Michael Vögel

QUASI JESUS

Roman

GEGRÜNDET
1999

Michael Vögel

QUASI JESUS

Roman

Czernin Verlag, Wien

Gedruckt mit Unterstützung der Stadt Wien, MA7 / Literaturförderung
und des Landes Vorarlberg

Vorarlberg
unser Land

Vögel, Michael: Quasi Jesus / Michael Vögel
Wien: Czernin Verlag 2018
ISBN: 978-3-7076-0643-0

Lektorat: Senta Wagner
Satz, Umschlaggestaltung: Mirjam Riepl
Autorenfoto: Winfried Sochor
Druck: finidr
ISBN Print: 978-3-7076-0643-0
ISBN E-Book: 978-3-7076-644-7

I

Im Anfang war das Wort

Es grüßten bereits die Berge, die schneeweißen, aus einem satten Hellblau sich schneidenden Gipfel, die schroffen Zacken und Kanten, Zinnen und Türme, die jäh aus tiefen Gründen aufschießenden Hänge, über die sich schützend dunkle Nadelwälder geworfen hatten, die schaurig rauschten, wenn der Föhn durch sie pfiff. Die nackerten in Ocker getauchten Bündte und Weiden, auf denen verfrüht die Krokusse blühten und im Tageslicht golden strahlten wie die sonnenverwöhnte Haut einer Almwirtin. Mit aufmüpfigen Wassern ein eisblauer Bach, der ohrenbetäubend durch die Klamm hinaus ins Land donnerte. Ein senkrecht in den Himmel ragender, wie ein mahnender Zeigefinger sich aus dem Tal emporstreckender Fels. Und die immer deutlicher aus dessen Schatten tretenden, zitternd im unwirtlichen Gelände verharrenden Häuser aus Stein, die aus Balken gezimmerten Tennen abseits davon und das alle Dächer überragende Zwiebelturmkirchlein eines Dorfes, das sich entlang der Bundesstraße reihte wie die Perlen an der Schnur eines Rosenkranzes.

Endlich kam das Taxi auf dem Dorfplatz zum Stehen. Josef Quantenspringer stieß die Tür auf, streckte seinen Kopf weit hinaus und einen, bald drei Finger in den Hals hineinsteckend begann er zu würgen. Nein er war nicht in bester Form. Die vielen Kurven hinauf ins Tal, in seinem Inneren rissen sie noch immer. Aber nichts wollte aus ihm heraus, nichts außer tiefe Würgetöne und der lauwarme Dampf einer zuvor in der Landeshauptstadt verspeisten

Leberkässemmel. Denn es war nicht die Zeit zum Kotzen, das war von Anfang an keine Geschichte, in der einfach alles aus sich herausgekotzt werden konnte. Die Zeit, innezuhalten, war gekommen.

Also bezahlte er stoisch den Fahrer, der nicht schnell genug weiterfahren konnte, und weiter hieß hier zurück. Seine Tasche über die Schulter geworfen blieb er auf dem Dorfplatz eine Zeit lang so stehen. Um ihn herum stabile Gebäude, die draußen hielten, was ungebeten reinwollte, und drinnen verwahrten, was draußen nichts verloren hatte. Die Fensterläden bei den einen grün, bei den anderen rot. Aus dem Giebelspitz eines Gasthauses schaute ein mächtiges Hirschgeweih. Ein Brunnen führte kein Wasser und die Blumenbeete hatten keine Blumen, die Erde lag braun und krumig und trug ihr Winterkleid nicht. Er steckte sich eine Zigarette in den Mundwinkel, zog den Rauch tief in sich hinein und blies ihn nach einer kleinen Ewigkeit wieder aus sich heraus. Ein lebhafter, aber milder Wind zerstob den blauen Qualm sofort ins Unförmige. Eine Ruhe herrschte hier, die ihn gnadenlos an sich, an das laue Gefühl in seinem Körper erinnerte. Keiner hatte seine Ankunft wahrgenommen. Das war beruhigend. Er war nicht der erste Fremde hier, wohl aber bald der letzte. Da warf er die halb gerauchte Zigarette auf den Boden, ging in Heiner Baldaufs kleinen Spezialitätenladen und kaufte sich eine Flasche vom Wacholderschnaps. Denn der Wacholder, so heißt es, vertreibt böse Geister. Nach einem ersten Schluck steuerte er endlich dem Gasthaus Hirschen zu.

Die massiven hölzernen Bänke waren alle leer, bloß von den Wänden glotzten ihn skelettierte Gams-, Reh- und Hirschschädel aus dunklen Höhlen an, ein ausgestopfter Auerhahn plusterte sich vor ihm auf. Schließlich fand er hinter dem Tresen die Wirtin, die Maria hieß. Ihr Dirndl für die Zimmerstunde bereits abgelegt schmierte sie sich, im verzerrenden Metall der Bierschank sich spiegelnd, frisches Rot an die Lippen, die sie schmatzend aneinanderdrückte, und richtete sich ihre dunklen Locken zurecht. Sie hatte kein Auge für den Gast, auch dieser kam ihr ungelegen. Darum rief sie nach Leonie, rief noch einmal und lauter und noch ein drittes Mal, bis diese endlich dahergeschlichen kam. Dem Herrn ein Zimmer solle sie zeigen.

Ein schmollmundiges, blondes, viel zu süßes Ding erschien. Eine hautenge Leggins bedeckte die spitzen Beine, ein hingehauchter weißer Stoff die fragilen Schultern und die frivolen Nippel ihres noch nicht volljährigen Körpers. Genervt kullerten ihre großen Augen unter die Knochen ihrer Brauen und wieder hervor. Sie ging mit Quantenspringer einen Stock höher und sprach kein Wort dabei, öffnete ein Zimmer. Das schlechteste von allen, das an der schattigen Rückseite des Hauses und über dem Dampfabzug der Küche. Ein spärliches Licht fiel hinein, kalt und grau, ein paar Jungtannen wuchsen vor dem Fenster und mittlerweile über dieses hinaus. Es roch nach dem Fett der Fritten und Schweinshaxen, die in diesem Haus unzählig gebrutzelt und gefressen wurden, vermischt mit dem Zigarettenrauch und den Bierausdünstungen der früheren Bewohner. Speckig das Tischchen, der Schrank, das Bett mit der durchgelegenen Matratze. Die Wirtin hatte ihrer Tochter zuvor heimlich einen vertrauten Blick zugeworfen, sie vermutete wohl, der unrasierte, in die Jahre gekommene junge Mann in seiner zerknitterten Hose und der rissigen Lederjacke hätte kein Geld. Quantenspringer nahm das Zimmer, fragte nicht nach dem Preis. Ja er lehnte dankend ab, als die überraschte und nun beschämte Wirtshaustochter dem Gast plötzlich ein besseres zeigen wollte, eines, das auf die Sonnenseite zum Dorfplatz hinausschaute.

»Im Hässlichen lassen sich die schönsten Ideen gebären.« Er sah ihr in die Augen.

»Was sind denn Sie? Ein Perverser?«

»Schriftsteller.«

»Schriftsteller … vielleicht ein perverser Schriftsteller?« Sie lachte und hörte auf damit, als Quantenspringer nicht mitlachte.

Wie er aber seine Tasche auf das Bett warf, mit geübtem Blick das Bad inspizierte, aus dem Fenster nach dem Blick schaute, da spürte er die Flammen sprühenden Augen der Kleinen auf ihn gerichtet, spürte, wie sie sich gierig im Chaos seiner Haare verfingen, über die Konturen seines Gesichtes strichen und sich durch die Bartstoppeln wühlten, sich an die Lederjacke hefteten und hineinkrochen, wo sie offen stand und sein Hemd hervorschaute, um schließlich an den Beinen hinunterzugleiten, bis sie aufgeregt in den Löchern seiner ledernen Schleicher stecken blieben.

»Wie lange wollen Sie denn bleiben?«

»Wie lange?«, Quantenspringer kratzte sich am Kinn. »Tage. Wochen. Vielleicht ewig.«

»Ewig? Das halten Sie nicht aus.«

Er schlüpfte aus der Lederjacke, legte ein Bündel Blätter auf das Tischchen, aber die Hirschentochter, die gleich wieder gegangen war, huschte immer wieder durch seine Gedanken. Die Reize dieses frischen Körpers hatten sich in sein Gewebe gebrannt, plagten ihn jetzt wie eine Wunde. In der Dusche dann ließ er den dampfend heißen Wasserstrahl so lange über seine zuckende Haut prasseln, bis alles Störende aus ihm herausgewaschen, bis die Leonie wieder aus seiner Haut gedampft war. Der Spiegel verriet seinen zerstörerischen Lebensstil, den er in der Stadt in den letzten Jahren praktiziert hatte, dass die Nächte lang waren und die Tage verloren. Um die Augen hatten sich Falten in die Haut gegraben, graue Haare schrien vereinzelt, aber doch hartnäckig vom Kopf herab oder stachen aus den dunklen Bartstoppeln hervor wie abgestorbene Bäume aus einem Wald. Die Zornesfalte auf der hohen Stirn, sie fraß sich tiefer und tiefer. Unterhalb der Brust gedieh ein Bäuchlein. Hunger kam in ihm auf. Es wurde dämmrig, es wurde dunkel, vom Wirtshaus herauf strömten deftige Gerüche. Also warf sich Quantenspringer wieder in seine Lederjacke und glitt die Stufen hinunter und hinein in die Hirschenstube.

An einem hinteren Tisch bestellte er sich ein Wienerschnitzel, für das der Wirt in der Region einen Namen hatte. Er musste das Fleisch schlecht geklopft haben oder er hatte ihm heute ein besonders zähes Stück in die Pfanne gelegt: Wie ein schwerer, dunkler Meteorit lag es in seinem Magen. Am Stammtisch hinter ihren Krügen saßen bärtige Männer mit langen Haaren und in Strickkitteln und waren derart in Gespräche vertieft, dass keiner den Fremden beachtete. Quantenspringer wollte hinaus, aber er ließ sich von drei am Tresen sitzenden jungen Männern abhalten. In einem tiefer gelegten Karren waren sie eben angefahren gekommen, ein Bass hatte daraus gedröhnt wie der Herzschlag eines gehetzten Tieres. Blank wie Babyärsche glänzten ihre Gesichter, die Nacken hatten sie sich weit nach oben rasiert. Zügig tranken sie von ihren Bieren. Der Kleinste von ihnen bestellte zuerst einen Toast Hawaii, worauf der Zweite dem Ersten folgte und dann der Dritte dem Zweiten. Hau, Mau und Sau wurden sie genannt, Hau, Mau und Sau nannten sie sich selbst. Unaufhörlich riss einer von ihnen einen Witz, Sabber und Bier spritzten dann aus ihren Mündern, Stücke vom

Toast Hawaii flogen durch den Raum, klebende Geschosse in einer niemals endenden Schlacht. Bald verarschten sie die Ausschankgehilfin Angelika, die, arm im Geiste, immer alles in sich hineinfraß, was ihr das Leben zum Fressen anbot. Nicht nur die Knödel, Braten und Torten im Hirschen, sondern auch den verbalen Dünnschiss ihrer Peiniger. Zog Grimassen dabei, quälte ihr eigenes Gesicht, nur um Heiterkeit zu bewahren, und gab den dreien damit bloß weiteren Anreiz. Quantenspringer nahm jetzt einen großen Schluck. Hinübergehen sollte man, dachte er sich, und nicht sitzen bleiben. Aber er fand plötzlich keine Worte mehr in seinem Kopf. Sitzen bleiben sollte man und sich nicht aufregen, beruhigte er sich. Er musste jetzt verdrießlich dreingeschaut haben, denn die drei schauten jetzt verdrießlich drein, ließen übertrieben ihre Schultern hängen und fuhren sich lachend über den Kopf, als ob sie ihre Haare nach hinten streichen würden. Jetzt äfften sie ihn nach, so viel war klar. Als Quantenspringer nicht mehr auswich und der Schmerz in seinem Blick mit der Freude in ihren Blicken verschmolz, quiekten sie auf und hoben zum Prost ihre Gläser ihm entgegen. »Lebensfreude« riefen sie ihm nun zu, »Lebensfreude«, immer wieder »Lebensfreude«.

Rechter Hand von ihm aber ging ein Mann zwischen die Auseinandersetzung, eine hünenhafte Erscheinung im Trachtenjanker und mit blondem, kurz geschorenem Haar. Zwischen strengen Gesichtszügen blitzten zwei Augen hervor, die so blau waren wie das Nordpolarmeer. Gleich stutzte er die drei am Tresen zurecht, und damit sie Ruhe gaben, bestellte er mit gespreizten Fingern drei Bier für sie. Ob er der Schriftsteller sei, wollte er wissen, obwohl er es bereits wusste. Über was er denn schreibe? Über Gott und die Welt? Na, die Welt sei hier noch in Ordnung, und zwar weil man sich der göttlichen Ordnung füge. Klaus-Peter Heller, Tourismusmanager, der alles managte, was sich managen ließ, sowie Oberhaupt einer im Dorf aufstrebenden Partei. Dass er willkommen sei, drohte er ihm. Gott sei Dank, der Mann war gleich wieder weg.

Endlich war Quantenspringer auf der Straße, kramte nach einer Zigarette und nach ein paar verfluchten Versuchen diese anzuzünden blies er den Rauch erleichtert in einen funkelnden Himmel. Langsam, aber sicher hatte er die letzten Häuser hinter sich gelassen. Dunkelheit umgab ihn nun wie ein schwarzes, nächtliches Meer. Plötzlich fand er Geborgenheit, ging darin auf wie ein aufgeblasener Schwimmreifen, wollte er nicht untergehen in der Lache seiner Selbstzweifel. Jetzt war er plötzlich froh, hier zu sein, hier in diesem Dorf in den Bergen und nicht in der Stadt. Denn hier wurde es dunkel, hier konnte er verschwinden.

Er folgte einem Weg auf eine Anhöhe, die von den Einheimischen der Schmalzbuckel genannt wurde und die einen Blick auf die Häuser darunter freigab. Aus den Fenstern floss warmes Licht, das sich mit dem der Straßenlaternen zu einer leuchtenden Masse vermengte, die der Straße folgend und an den Weggabelungen sich verzweigend einen Körper mit verzerrten Beinen und Armen und Köpfen bildete. Der flirrende Körper eines schlafenden Drachen, den keiner sich bislang getraut hatte aufzuwecken. Jetzt stand er mausalleine da oben und blickte hinunter. Er sollte jetzt, dachte er bei sich, das tun, was ein Städter tut, wenn er in die Berge kommt: alles nach Leibeskräften aus sich herausschreien. Den Drachen wecken. Aber dies war von Anfang an keine Geschichte, in der einfach alles aus sich herausgeschrien werden konnte. Also beschloss er, wieder hinunter ins Dorf und auf sein Zimmer zu gehen, um dort vielleicht ein Blatt

Papier mit der in Worte gefassten derzeitigen Stimmung zu verfinstern.

Am Hirschen angekommen hörte er aber von der Rückseite des Hauses ein dumpfes Hämmern. Leonies Hip-Hop dröhnte aus einem kleinen Spalt eines geöffneten Fensters in die Nacht hinaus. Ein kaltes Feuer reizte noch immer tief unten in ihm. Warum, wollte er jetzt nicht wissen, aber er schlich an der Mauer entlang bis direkt an den Spalt. Wärme drang heraus und der anrüchige Duft ihres jungen Körpers. Sie schien zu schlafen, von den abgehackten Wortsalven ihrer Möchtegerngangster in die Träume getragen. Bilder der Jugend sprangen in ihm auf, schwebten bunt blühend durch seinen Kopf wie plötzlich sprießende Blumen. Und Leonies zarter Leib, der geschmückt dazwischenlag. Quantenspringer stöhnte auf. Nein so jung war sie nicht mehr. Aber so alt war sie auch wieder nicht. Seufzend machte er sich davon. Erreichte sein Zimmer, riss das Fenster auf und rauchte eine Zigarette. Vor ihm ein Tal, Berge, Sterne darüber. Seine Hand wollte keine Ruhe haben. Ihm wurde immer wärmer. Angenehm schmerzend baute es sich in ihm auf, einander überlappend und sich ineinander werfend trieb sich Welle für Welle einem Gipfel entgegen, um gleichzeitig in grundlose Gründe hinabzustürzen. Raum dehnte sich und fiel im selben Moment in sich zusammen, entspannte sich bloß, um sich von Neuem zu verdichten, immer enger, immer weiter, immer höher, immer tiefer, und das zeitgleich. Ein teuflisch schöner Ritt, er ließ es laufen, ließ es gehen, endlich und doch unaufhörlich dem Glätten dieser unheimlichen Wogen entgegen. Jetzt durfte die Hand endlich ruhen. Immerhin, ein erster Höhepunkt.

Schwer atmend versank das Tal in einer Nacht, in der alle Lichter verblassten und sich nichts mehr rührte im Dorf außer einer in den Gassen jammernden Katze oder einem aus den Bäumen rufenden Kauz; in Quantenspringers Zimmer aber brannte Licht. Rauchend lag er in seinem Bett, spitzte die Lippen zum Wacholderschnaps und fand doch keinen Schlaf. Wälzte sich in den Laken, bis der Wirtshausgeruch durch die Poren seiner Haut zu ihm gekrochen kam. Schlief erst ein, als die Glocken des Kirchturms morgens um sechs mit lauten Schlägen die Dämonen der Nacht vertrieben hatten. Da machte der Sunagler Albert, der hinter dem Hirschen seine Landwirtschaft hatte, die Lampe seines Stalles an, ging ans Ausmisten, Viehfüttern und Melken. Die Pendler brummten in ihren Wagen hinaus ins Land, um in den Fabriken dem allgemeinen Wohlstand zu dienen, den sie mit ins Tal hinaufbrachten. Unten in der Wirtsstube fing die Kaffeemaschine an zu gurren, surrte die Brotschneidemaschine und heulte der Eierkocher, denn die Wirtin richtete das Frühstück für die Gäste her. Der Zimmermann Liebknecht sperrte seine Werkstatt auf, Heiner Baldauf seinen Laden, beim Bauunternehmen Hump brummte schweres Gerät und der Skiliftbetreiber Schnabel warf auch an diesem Morgen seinen Blick in einen gleichgültigen Himmel, der ihm schon den ganzen Winter nichts anderes zu sehen gab als von Süden heraufschleichende Föhnwolken, die in diesem Jahr auf seinen Hängen nicht das begehrte Weiß bringen wollten. Erst als der Wirt in der Küche unter seinem Zimmer anfing auszuräumen, was er abends erst aufgeräumt hatte, Töpfe zu klappern, zu zischen und zu fauchen begannen, er mit dumpfen Schlägen die Schnitzel weich klopfte und im tosenden Fett goldbraun briet, als der Dampfabzug zu raunen begann und es schon wieder die Gerüche der unten

Geräusche

zerkochten Speisen in einer penetranten Melange nach oben trieb, da war es um das bisschen Schlaf geschehen, und schwerfällig, die zerknitterten Augen sich reibend stemmte sich Quantenspringer aus dem viel zu weichen Bett, um sich an das Tischchen zu mühen, wo die Schachtel mit den Zigaretten lag.

Nachmittags ging er hinaus. Unter seinen löchrigen Schuhen ein in den Abgrund fallender oder in schwindelerregende Höhen gierender Boden. Grüßte dabei keinen, ja seinen Kopf bekam er kaum aus dem Kragen. Den Blick wahllos umherschweifend, die Ohren gespitzt zog er durch die paar Gassen und weg vom Dorf. Er war ein Jäger, ein trügerisch harmlos den Raum durchschleichender Jäger, auf der nie zu stillenden Jagd nach Einfällen, nach Einfällen lechzend, nervös wartend, bis ihm eine Idee vor seine abschussbereite Flinte lief.

Das Dorf in seiner geballten Anordnung aber blieb ihm fremd. Stumme Gebäude, in die Zeit gedrückt wie darin einzementierte Bausteine harrten sie ihrer eigenen Geschichten, die für ihn versiegelt blieben. Ein feuerroter alter Opel Corsa mit platten Reifen und schräg im Hof hinter einem Bauernhaus parkend rostete nur verschwiegen vor sich hin. Ein schiefer, von Wind und Wetter zerschlissener Lattenzaun grenzte ihn aus. Ein geschnitzter Heiland starb an einem Kreuz an einer Weggabelung einen immer neuen, eigenen Tod. Die Berge grüßten nicht, für sich schwangen sie in fernen Sphären. Die Tiere im Wald flohen vor ihm, flohen vor seinen Tritten, flohen vor seinem Atem, flohen vor seinem Hunger. Begegnete ihm einer der Dorfbewohner, schreckte dieser zurück. Erkannte gleich, er war keiner von ihnen, sie trennte mehr als nur die unterschiedliche Art, den Körper in der Welt zu behaupten. Er gehörte hier nicht einmal als Gast dazu, als jemand, der wieder ging. Denn wer von wo geht, muss dort erst einmal Halt gemacht haben. Quantenspringer aber blieb unfassbar, blieb in der Schwebe, aus der er jederzeit hätte fallen können.

Es dauerte nicht lange und hinter seinem Rücken wurde geredet. Wer das war, was der hier machte, wollte man voneinander wissen. Fremd wirkte der Fremde auf eine eigenartige Weise und wurde fremder, je öfter man ihn zu Gesicht bekam. Eine schreckliche Einsamkeit umgab ihn, wenn er verschwiegen und irgendwie gelangweilt an einem hinteren Tisch im Hirschen saß, mit traurigen Augen die Gaststube und die Menschen darin durchmaß und hin und wieder etwas in ein kleines Notizbüchlein kritzelte. Ewig wolle er bleiben, habe er gesagt. Die Frauen sahen ihm nach, wenn er durch die Gassen zog, blickten im Gasthaus scheu zu ihm herüber. Auch die Kellnerinnen verhielten sich irgendwie verlegen in seiner Nähe, selbst die Wirtin verlor ihre resolute Haltung und wurde beinah freundlich. Und die Leonie hatte plötzlich wieder Hunger und kam aus ihrem Zimmerchen im Keller und verlangte in engem Stoff nach Essen, aber nur wenn der Schriftsteller in der Stube saß. Den Männern im Dorf war er naturgemäß bald unheimlich. Die kantigen Kieferknochen, das unrasierte Gesicht, die hohe Stirn. Aber die wässrig wirkenden Augen und ein hübsch geschwungener Mund gaben ihm wiederum etwas Sanftes. So viel war klar, da saß kein Schweinsgrind vor ihnen, sondern ein Kopf, der an den innewohnenden Geist erinnerte. Die Widersprüche darin. Und die nachbarliche Mesmerin musste einmal mit ansehen, wie er sich zu später Stunde pudelnackert ans offene Fenster gestellt hatte, um, so beschrieb sie es aufgeregt, die Sterne zu küssen. Was war das für einer? Ein Poet? Ein Spinner? Ein Sittenstrolch? Er selbst habe sich als Schriftsteller bezeichnet.

Gierig zog diese Information von Mund zu Ohr wie ein um sich greifendes Feuer. Josef Quantenspringer? Der komische Name war bald gefunden im Netz. Dichter und Autor, Kult geworden mit einem Buch namens *Mein Krampf*. Ein Heimatroman, der von Bergeshöhen, Trachtenjankern und Heimattreue, aber auch vom Saufen, vom Ficken und von in Kokainräuschen vollgeschissenen Betten handelte. Nestbeschmutzer schimpfte man, Popliteratur ätzte die Kritik. Aber der Aufschrei im Land, der weit über die Bergspitzen hinausgehallt war, hatte ihm zu Ruhm und einem Batzen Geld verholfen. Doch seit diesem Erfolg, und der war sieben Jahre her, hatte er nichts Gescheites mehr hinbekommen. Das Netz verriet noch mehr: Aufgewachsen war der Schreiberling nämlich in einem Tal nicht weit von hier, geboren aber wurde er unter dem Namen Kantinger Josef, und sein Vater war der in der Region bekannte Holzbildhauer Kantinger Werner. Schließlich brannte sich vor allem eine Frage in die Köpfe der Einheimischen und glühte selbst im harmlosen Tratsch: »Schreibt er über uns?«

Man fing an, den Schreiberling zu beobachten, was er hier beobachten könnte. Der Stammtisch schaute, was er schaute. Quantenspringer aber schaute, ob sie schauten, wenn er schaute.

»Er wird hier nichts finden!«, winkten die einen ab mit flatternder Hand, während ein in der heimischen Literatur bewanderter Pensionist beruhigte: »Am Ende zerfleischt er sich doch nur selbst.«

Doch auf Quantenspringers Tischchen blieben die Blätter jungfräulich, warteten vergeblich darauf, von ihm befleckt zu werden. Fing an und blieb solange auf einem Wort sitzen, bis er von diesem herunter- und in die gähnende Leere dahinter stürzte. Einmal schreckte ihn dabei sein Telefon aus dem Schlaf: Ob er gut angekommen sei, wie es ihm denn gehe? Zum Kotzen gut? Sein Verleger, der Schweinehund. Gleich schwappte ein Text in Quantenspringers Gehör: Die frische Luft werde ihm guttun! Das werde schon! Nur nichts wieder verknoten! Entspannen müsse er sich! Nur nicht zu viel wollen, dann laufe es schon! Wahrlich, dieser Mann war ein Dampfhammer, der ihn unaufhörlich antrieb.

Zurück konnte er jetzt nicht, nicht mit leeren Händen, nicht halb verrichteter Dinge. Nicht jetzt gleich schon. Nicht ohne eine Geschichte, ohne wenigstens ein Wort mitgebracht zu haben. Was auch tun in der großen Stadt? Dort blühten bloß wieder die Neurosen, brachten aber keine Frucht. Er musste wohl oder übel hierbleiben, musste sich seinen Dämonen stellen, musste hier die Wahrheit finden, dieses Tal durchschreiten. Punkt. Gut, dass er noch etwas Wacholderschnaps in der Flasche fand … böse Geister, die fliehen. Ruhig Blut, alter Knabe, alles wird gut! Es wird sich dir hier schon noch etwas auftun! Du bist doch erst angekommen, musst erst einmal die frische Bergluft ertragen!

Der Föhn blies und blies stärker und stärker, jagte die Temperaturen im Tal noch einmal auf zwanzig Grad, machte Tier und Mensch gleichermaßen fickrig. Ein Wetterumschwung deutete sich an, man sprach von Schnee, der folgen sollte. Bis zum Nachmittag zeigte sich der anfangs strahlende Himmel bereits vollständig geschlossen, dunkle Wolkenschiffe schoben sich von Südwest über die Berge und verdichteten sich zu einer grollenden Masse. Bald schon fauchten erste zornige Böen über sich beugende Wälder hinweg, die jaulten und polterten und mit den Wipfeln aneinanderschlugen, als tanzten sie einen wilden Hexenreigen. Heulend griffen sie ins Dorf hinein und pfeifend an

Mauern und Dächern vorbei und rissen dabei scheppernd lose Tafeln und Abdeckungen um und mit, auch ein am Ortseingang gespanntes Banner mit einem dornengekrönten Jesus als Werbung für ein Passionsspiel darauf flog in Fetzen zerrissen davon. An den unzähligen Kanten, Felsvorsprüngen und Höhlen der umliegenden Berge hob der Wind ein aberstimmiges Gezeter von solch schauriger Tonart an, als hätten die Steinkolosse beschlossen, dem Dorf sein Untergangslied zu singen, und manch altes Weiblein, dem Aberglaube noch immer sehr verbunden, glaubte in dem Gejaule beinah die sieben Posaunen der Apokalypse auszumachen. Noch bevor die hereingebrochenen Schatten des Abends sich verfinstert hatten, hatten die unheilvollen Stimmen des Sturms gänzlich das Sagen im Dorf übernommen. In den Gassen zwischen den Häusern war keine Menschenseele mehr zu sehen, ein Blatt Papier, altes Laub, eine Plastiktüte fegten durch, und das im Höllentempo. Die dürren Zweige winterlich nackter Büsche wurden gnadenlos im Sturm hin- und hergerissen, bereuten es, hier an diesem Ort, in diesem Tal Wurzeln geschlagen zu haben und genau aus diesem Grund nicht mehr wegzukommen von ihrem peinigenden Hier und Jetzt. Im Hirschen war keine Menschenseele anzutreffen und die Küche blieb kalt, so sangen einzig die knarrenden Balken des Dachstuhles ein unheimliches Opus. In Quantenspringer rumorte bald schon wieder der Hunger, endlich erhoben sich unten in der Stube erste Stimmen, die Einheimischen kamen geballt. Wieder schlüpfte er in die Haut seiner Lederjacke, strich sich die Haare zurecht und tappte die Treppe hinunter.

Das ganze Dorf war jetzt da. Alle Bänke waren belegt, Stühle mussten extra herbeigebracht werden. Die Tür zur Küche wurde aufgerissen und heraus flog die Wirtin, schob im Dirndl ihre prallen Rundungen und in ihrer Hand ein Tablett mit schäumenden Bierkrügen an ihm vorbei und wuchtig in die jauchzende Menge hinein. Ihr folgte eine Kellnerin mit hölzernen Platten, belegt mit würzigen Landjägern, fettem Speck und streng riechendem Käse. »Elena, Elena!«, kam es aus den sabbernden Mäulern. Die Ausschankgehilfin Angelika stand hinter dem Tresen und war damit überfordert, dem Durst der Gäste nachzukommen. Umständlich und die Arme verdrehend ließ sie das Bier in die Gläser schäumen. »Angelika, Angelika …«, seufzte die Wirtin, den das Hemd sprengenden Leib ihrer Gehilfin beiseite drängend und schnurstracks Glas um Glas selbst füllend. Es dauerte, bis Quantenspringer bestellen konnte, und es dauerte, bis er endlich sein Wienerschnitzel serviert bekam. Wienerschnitzel, Wienerschnitzel, jeden Tag wieder so ein weich geklopftes und dann paniertes Stück Fleisch. Vergeblich hatte der Wirt versucht, ihm ein Stück vom selbst erlegten Reh anzudrehen.

Wie plötzlich alles anders war hier drinnen als sonst, wie der Saal plötzlich bebte und die Wände keuchten. Mit seinem Gehör wanderte Quantenspringer hinein in das auf und nieder schwappende Raunen eines auf ihn zubrechenden Stimmenmeeres. Die bärtigen Männer mit den langen Haaren verloren sich in den üblichen Themen, zwischen ihnen klemmten ein paar Frauen, die die Köpfe zusammensteckten oder damit beschäftigt waren, ihre aufgekratzten Kinder im Zaum zu halten. Es wurde aber auch über Jesus debattiert. War der Messias der fromme Gottessohn oder doch eher ein Rebell, vielleicht sogar ein menschlicher voller Wut und der Lust am Umsturz? Haben die Juden den Heiland ans Kreuz gehauen oder doch eher die Römer? Hatte der Erlöser eine Frau unter seinen Brüdern?

Denn mit dem Beginn der Proben für das Passionsspiel hatten sich die Einheimischen bereits vom Alltag ab- und einer biblischen Zeit zugewandt. Ein mehr als zweihundert Jahre altes Gelübde wollte erfüllt werden. In einem besonders schneereichen Winter hatten damals die Dorfbewohner einander und Gott geschworen, alle fünf Jahre das Leiden und Sterben Jesu Christi aufzuführen und sich die Bärte und auch die Haare wachsen zu lassen, wenn er ihr Dorf noch einmal vor Lawinenabgängen verschonte.

Mit zunehmender Dauer des Abends an den bierseligen Tischen des Hirschen aber verlor der Sog des Gelübdes seine Kraft, verflog der Ernst der Leidensgeschichte. Bald lachte man über Versprecher, wenn jemand den Text vergaß oder allzu sehr der blieb, der er immer war. Man stritt sich darüber, wer der geeignetere Darsteller dieser oder jener Rolle wäre. Sprach im Spaß dem anderen die Qualitäten für die von ihm gespielte Figur ab oder fand allzu viele Ähnlichkeiten mit ihr. Herzhaft wurde einander nachgeäfft und schnell schwappten heiter Drohungen und Verwünschungen von einem Tisch zum anderen. So preschten die Stunden unaufhaltsam durch den Abend. Den Schaum aus den Mundwinkeln wischend trieb man sich gegenseitig immer weiter einer dröhnenden Seligkeit entgegen. Ein allgemein wachsendes Selbstwertgefühl hob den Lautstärkepegel und führte das Gelächter und Geschwätz in immer schrillere Höhen, und gemeiner wurde es, je länger der Abend dauerte. Darum bettelnd war den Einheimischen der Alkohol rasch in die Gemüter gezogen. Aus den Mündern drang der säuerliche Geruch des Bieres, stachen die Fahnen vom scharfen Schnaps, und der zudringliche Hauch des zuvor Verspeisten entwich aus allen Körperöffnungen. Runde Gesichter schwollen an und erröteten, hagere fielen in sich zusammen und wurden blasser. Die

Adern in den Augen platzten und färbten das Weiß des Apfels rot, wie ein von Blut angelaufenes Fenster, hinter dem gerade eine Sau geschlachtet wurde. Die junge Kellnerin saß den Kerlen bald schon reihenweise auf dem Schoß. Und manch noch so wackeres Mannsbild geriet bereits ins Wanken.

Da ging die Tür noch einmal auf. Herein trat ein altes, bis auf die Knochen abgemagertes Männlein, das neben dem eigenwilligen Aufzug, in dem es steckte, vor allem deshalb auffiel, weil in der Stube plötzlich alles still wurde und sich nach ihm drehte. Getuschelt wurde gleich und auch gelacht. Denn bekleidet war der Alte nur mit einem Leinentuch, das er sich um seine knochigen Gebeine gewickelt hatte, und seine sehnigen, verschrobenen und eingerissenen Füße, aus denen gelbe verbogene Nägel wucherten, trotzten der kalten Jahreszeit nackend. Im Gesicht prangte ein wilder, schmutziger und ergrauter Urwald von einem Bart, und über eine in unzählige Falten geworfene Stirn fielen wirre, fettige Haare. In seinem Schritt aber erhob sich aufreibend die Beule einer Erektion.

Der Krämer Elias. Jeder im Dorf kannte ihn, kannte ihn als eigensinnigen, aber rechtschaffenen, grundehrlichen, ja gottesfürchtigen Mann bis zur Selbstaufgabe. Einer, der schon immer und zu jedem Anlass in seinen verdreckten Stallhosen und in Gummistiefeln erschienen war, meist mit nicht gekämmtem Haar auf dem spitzen Kopf und einem strengen Geruch am Leib von der Arbeit auf dem Feld und beim Vieh. Aber jetzt in diesem Aufzug! Denn jeder wusste, der Alte war einer der wenigen im Dorf, die nicht mitmachten beim Passionsspiel.

»Elias«, rief Bürgermeister Eberle dann, »was ist denn in dich gefahren?«

Mit irrem Blick ging der Alte erhabenen Schrittes durch die Menge hindurch, Stühle ruckelten auf die Seite, wer ihm im Weg stand, wich zurück. Mütter zogen ihre Kinder zu sich heran. Männer verschränkten die Arme. Der alte Jakob, der Orgelspieler der hiesigen Pfarre, bekreuzigte sich schon. Hau, Mau und Sau unterdrückten vergeblich ein Prusten. Ein Junge zeigte mit gewitzten Fingern auf die Erhebung im Schoß des Alten. Der aber, in der Mimik unberührt, lief auf zittrigen Beinchen an allen vorbei und kletterte auf den Tresen.

»Elias, du bist ja sturzbetrunken!«

»Der Herrgott!«, rief der Alte dann mit schriller Stimme und einer Dominanz, die ihm keiner zugetraut hätte. »Der Herrgott wird euch alle richten. Die Guten von den Bösen, die Spreu vom Weizen werden getrennt! Sehet euch vor!«

Die Menge erstarrte.

»Elias, beherrsch dich. Komm wieder runter, bevor es dich runterhaut!«, fasste sich einer ein Herz.

Der Alte aber riss die Augen weit auf, fuhr mit dem Zeigefinger drohend gegen die Decke und völlig unbeeindruckt ließ er sogleich gellende, am zähen Speichel klebende Worte in die Menge regnen.

»Nicht ich stürze Israel ins Unglück, sondern ihr, und eures Vaters Haus dadurch, dass ihr des Herrn Gebote missachtet habt!«

Man sah einander an, wurde lustig. »Komm, Elias, beruhig dich wieder, geh und schlaf deinen Rausch aus!«

Der Alte aber bebte weiter, und das zur wachsenden Unterhaltung, denn man ließ sich jetzt gerne von dem Verrückten beschimpfen und bedrohen, kam so etwas in diesem Extrem doch nicht alle Tage vor.

»Was schwankt ihr nach zwei Seiten?«, rief er fragend in den Pulk und erwartete keine Antwort. »Was wandelt ihr den Baalen nach?«

»Mein Gott«, schlug die bibelfeste Anneros die Hände vors Gesicht, »das sind die Worte des Propheten Elija! Der Elija glaubt er zu sein!«

Es raunte.

Der Elias warf jetzt einen wilden Blick auf die Menge unter ihm: »Es werden Tage über euch kommen«, erhob er wieder seinen Finger, während sein Zorn von Neuem zu glühen begann, »da werden eure Feinde einen Wall gegen euch aufwerfen, euch ringsum einschließen und von allen Seiten bedrängen und eure Häuser dem Erdboden gleichmachen und euch eure Kinder holen. Denn kein Stein wird auf dem anderen bleiben! Weil die Zeit eurer Heimsuchung wolltet ihr nicht sehen und wolltet nichts hören von den mahnenden Rufen des Herrn!«

Aber die Menge lachte nur wieder.

Der Elias wurde lauter: »Der Tag wird kommen, da wird der Herr richten die Toten und die Lebenden, und es wird ein Verderben werden für die Zwieträchtigen, ewiges Leben aber und Friede für die Einfältigen und Gerechten! Der Tag wird kommen, da werdet ihr euch entscheiden müssen! Und der Tag ist nah, nah! Aber die Rechtschaffenen vor dem Herrn, die werden den Heiland erkennen und werden ihm folgen in das offenbarte Himmelsreich, die aber, die Böses taten und sich groß machten und Gott lästerten, die werden mit den Bergen und den Tälern und allem, was sich in und auf ihnen angesammelt hat, untergehen! Sie werden um Vergebung schreien und sie werden die Hände zum Himmel reißen, aber keiner im Himmel und auf der Erde wird sie mehr hören, weil sie nicht hören wollten, als der Herr ihnen zu hören gab, und sie nicht sehen wollten, als sie zu sehen bekamen. Denn der Vater hat seinen Sohn unter sie geschickt, damit sie ihn erkennen und aufhören mit ihren frevlerischen Lügen!«

Hau, Mau und Sau quiekten auf. Kinder bekamen aber Angst und ihre Mütter wandten sich ab, während die Herren vom Stammtisch einander die Köpfe zusteckten. Der Elias war ja außer Rand und Band, das war kein Schauspiel mehr, auch kein außer Kontrolle geratener Rausch, der schien es ernst zu meinen!

Heller schnappte sich den Hau, vorsichtig hangelten sie sich dem Tresen entgegen. Die zwei groß gewachsenen Männer hofften, den Irren packen und zur Ruhe zwingen zu können, wenn er es schon nicht von selbst tat. Der Alte aber, gewahr, dass ihm da jetzt jemand das Wort nehmen wollte, zerbarst nun schier in seinem Eifer. Prall gefüllte blaue Adern traten am Hals und an der Stirn hervor, den zahnluckigen Mund riss er derart weit auf, dass man glaubte, direkt in den Abgrund der Hölle zu blicken. Sich hastig bückend, dabei tobend, griff er vergeblich nach etwas Losem, griff nach Bierdeckeln, Flaschenöffnern, Gläsern, nach allem, was er greifen konnte, was ihm aber alles sofort wieder aus den zittrig starren Fingern glitt, um schließlich in letzter Verzweiflung wütende Luftgeschosse auf die beiden zu feuern.

»Wagt es nicht«, fauchte er sie an, »oder das Feuer der Hölle wird euch versengen!«

Die beiden zogen sich erschrocken zurück, erahnend, dass der Krämer gerade zu allem fähig war und dass es dies wacklige Gestell am Ende vielleicht doch noch von seiner Kanzel warf.

Bald kam die Polizei, sie kam leise und sie kamen zu dritt. Sie mussten nichts sagen, der Pulk stob auseinander wie das von Moses Stab geteilte Meer Sinais. In blauen Uniformen machten sie sich die Umstände gehörig. Scharfen Blickes schauten sie in die Menge, erpicht darauf, den gewonnenen Raum nicht wieder herzugeben.

»Dieser Kristallpalast, der ist euer Grab! Höllenhunde, Nichtige! Elendige!« Noch einmal schwang der Alte trotzig seine schrille Stimme in bislang unerreichte Höhen, spuckte glühende Wortsalven aus sich heraus und wüste Drohungen und Beschimpfungen, und die bereits in einer Sprache, die keiner mehr verstehen konnte. Aber hinter den Nebel seines Wahns war doch eingedrungen, dass sie ihn jetzt holen kamen.

»Komm, Elias, es ist gut. Wir gehen jetzt die Vögel füttern. Die Vögel haben Hunger. Die Vögel fliegen uns sonst noch davon«, sprach Lechner mit süßer Stimme.

Und der Elias schien als Einziger zu verstehen, was der Polizist als Nachbar mit diesen Worten meinte. Denn plötzlich riss er seinen Blick aus den Gesichtern vor seinen Augen und hinein in das rosafarbene, allzu gutmütige Gesicht des vor ihm erschienenen Beamten, und seine Stimme stürzte hinab in das letzte Zittern eines von Wassern plötzlich besänftigten Feuers.

»Die Vögel? Die Vögel … die Vögel habe ich gefüttert heute Morgen … sie haben mir wieder aus der Hand gepickt. Aus der Hand picken sie mir! Ihre warmen, feuchten Zungen spüre ich dann auf meiner Haut, ihre piksenden Schnäbelchen! Die Vögel, die lieben Vögel.« Er lächelte jetzt unendlich sanft.

Lechner kam vorsichtig an den Tresen, streckte seine Hand dem Elias entgegen, keiner traute sich, etwas zu sagen.

»Höllenfeuer!«, kam es doch noch einmal hervorgeschossen, aber die Stimme war bereits gebrochen, der Elias so gut wie ausgeglüht. Als der Polizist den Alten schließlich packte, war er bereits in sich zusammengestürzt, zerknüllt zu einem unlesbaren Knäuel. Der Krämer wurde vom Lechner auf den Boden geholt, an eine Bahre gebunden fuhr man ihn im Rettungswagen hinaus ins Land und dann hinauf ins

Nachbartal, wo die allseits gefürchtete Nervenheilanstalt Maria Höhe sich befand. Er sollte in sein geliebtes Dorf, das er zeitlebens kaum verlassen hatte, nie wieder zurückkehren dürfen.

Quantenspringer zog hinaus in die Nacht. Zündete sich eine Zigarette an, zog ein, blies aus. Dehnte die Zeit, öffnete den Raum. Der Himmel rückte ihm näher. Noch fand er darin den Mond und die Sterne leuchten. Schon preschten aber Wolken über die Berge, wurden vom Wind auseinander und sogleich wieder ineinander geworfen, denn was zueinander will, muss erst auseinander sein. Formen entstanden, Formen verschwanden, ein ständiges Werden und Vergehen, da gab es kein Festhalten. Was nicht ist, wurde, was ist, war. Ein ständiger Wandel, ein ständiges Wachsen. Eine beeindruckende Masse an Wolken, wie Gedanken kamen sie daher und zogen wieder weg, erzählten eine immer andere Geschichte, schlugen immer neue Kapitel auf. Ein niemals endender Schwall an neuen Worten. Wortlos das beobachten können, wortlos das ertragen und sich bloß im Schauspiel des Himmels vergessen, wieso wollte ihm das nicht gelingen? Wozu zogen immer wieder neue Worte zwischenrein? Deutungen, Bewertungen, Benennungen, Bedingungen. Warum hörte das denn niemals auf? Worte über Worte. Sein ganzes Leben bestand doch aus Worten, aus Worten, die er einmal angefangen hat auszusprechen oder nur zu denken, und einmal ausgesprochen oder gedacht wurden sie Wirklichkeit, wurde die Wirklichkeit festgenagelt, und mit neuen Worten, die er wiederfand oder auch erfand, umschrieb er nur, was sich nicht beschreiben ließ. Einmal die Worte gefunden wollte er sie nicht mehr verlieren. Vielleicht war deswegen sein Leben, war deswegen sein Schreiben kein Fließen mehr, und womöglich war darum sein Leben wie sein Schreiben und sein Schreiben wie sein Leben: ein klammsteifes Festhalten bis zur Erstarrung. Und jetzt fand er sich doch wieder nur selbst, wie er sich selbst dabei im Wege stand. Wie er Worte um etwas spann, das auch ohne seine Worte spann. So geriet er doch wieder ins Grübeln, ließ sich stören von quälenden Gedanken, fiel aus der Nacht und ihren Geheimnissen zurück auf das harte Pflaster zwischen den Häusern. Unmöglich war es ihm, sich einfach in die Dunkelheit der Nacht tragen zu lassen und wie ein Stern fern darin zu erleuchten.

Der Krämer Elias. Wieder so eine Geschichte, wieder so ein Einfall, wieder so ein Fall. Da kam es ihm plötzlich. Quantenspringer zog sein Notizbüchlein aus der Brustinnentasche seiner Lederjacke. Vergeblich pochte sein Herz so oft gegen den harten Einband um Einlass, jetzt aber öffnete er es mit getriebener Hand und verfasste genau einen Satz, der die gerade gewonnene Idee zusammenfassen sollte: Jesus kommt zurück und rückt gerade, was sie einst verrückten. Was beim einen Wahnsinn war, war beim anderen Literatur. Und als er seinen Blick wieder in den Himmel hob, wurde er gewahr, wie aus den Wolken, die nun zu einer undurchdringlichen Masse zusammengeschoben waren, die ersten zarten Flocken Schnee auf ihn herunterfielen.

II

Und das Wort ist Fleisch geworden

Und es geschah, dass Jesus zwei Jünger nach Betfage sandte, um dort ein Eselsfüllen zu finden, es loszubinden und zu ihm zu bringen. Doch der ausgefahrene Finger zitterte, während er so sprach. Träge aber schlurften Petrus und Johannes dahin wie zwei Lebemänner, warfen auf das vor ihnen ausgerollte Geschehnis einen gleichgültigen Blick und schmunzelten spöttisch, als könnten jederzeit zynische Sprüche aus ihren Mündern dringen. Das Füllen, das sie fanden, war aber gerade läufig und damit eigensinnig.

Eine Gruppe Männer stand da an eine Mauer gelehnt, schwatzte und rauchte und kaute auf der Betel und tat dabei so, als ob sie völlig entspannt wäre.

Petrus, einer, der gerne redete, sprach mit einer Stimme, die lakonisch war: »Der Herr hat uns geschickt, ihm dieses Füllen zu bringen. Denn es soll erfüllt werden, was bereits erfüllt ist!«

Aus der Gruppe der Männer rief einer zurück, wieder so, als wäre ihm vorgeschrieben worden, was er sagen sollte: »Was sind das für Worte, die ihr da sprecht? Was für einem Herrn folgt ihr?« Das war der Besitzer des Tieres, ein Mann, der bekannt war als einer, der grausam zum Vieh sein konnte. Nun lachte er höhnisch, damit es ihm die anderen nachtaten. Und auch die anderen lachten.

Die Jünger antworteten, redeten abwechselnd und doch dasselbe: »Er ist der König der Juden und er wird auf dem Esel nach Jerusalem reiten, um den Thron zu besteigen, der für ihn bestimmt ist.«

Aber die Männer lachten wieder ob der seltsamen Worte, die sie da hörten. Sie alle waren Bauern und dienten schon ihr Leben lang der Arbeit, auf ihren Feldern wähnten sie sich selbst als Könige. Wer sich da ihr König nennen wollte, wurde von ihnen mit Spott bedacht.

»Und was soll das für ein König sein, der auf einem Esel dahergeritten kommt?«

Petrus wurde jetzt zornig: »Sein Reich ist nicht von dieser Welt. Er kann über Wasser gehen und Wasser verwandelt er in Wein.« Aber ein Zweifel zeigte sich, der sich in seine Worte schwang.

Die Männer brüllten jetzt vor Lachen und klopften einander an, denn das konnten sie. Dann solle ihr Herr doch mal bei ihnen vorbeikommen, Wasser nämlich führe ihr Brunnen genug!

»Nehmt den Esel, so einen König haben wir gerne!«

Und Petrus und Johannes banden das Füllen los und führten es an den Ort, wo Jesus und die anderen Jünger auf sie warteten. Sie legten ihre Kleider auf das Tier und halfen ihrem Herrn hinauf, der sich auf diesem aber nur wacklig halten konnte. Mit aufgesetzter Würde klemmte er jetzt auf dem Rücken und verkrampfte dabei, die Jünger aber trieben das störrische Vieh nun an, und das wie blöd, denn unter den Hieben sollte der Esel die Lust nach einer Eselsdame vergessen. Sie kamen nach Jerusalem, in die Heilige Stadt mit den mächtigen Mauern und Gebäuden, die gelb waren wie das Gestein und der Sand der umliegenden Gebirge und Wüsten, mit der aus dem Dunkeln ragenden goldenen Kuppel des Tempels, den Säulen und Balustraden des Palastes, den erhellten Fenstern der Pharisäerhäuser. Auf dem Marktplatz waren Menschen versammelt, die Roben in allen Farben trugen oder auch bloß graue Fetzen, auf nackten

Füßen liefen oder in ledernen Sandalen und sich um Bänke und Tische scharten, auf denen Gewürze, Früchte und Gemüse oder übereinandergestapelte Fladen Brot angeboten wurden. Dazwischen gab es Handwerkszeug aus schwerem Eisen und Geschirr und Schalen und Töpfe aus gebranntem Ton. Schwatzend, lachend, feilschend, schimpfend bot das Volk einander Unterhaltung, machte einen Lärm, als ginge es ums Leben. Schafe rannten herum, Ziegen und Hühner. Schöne Mädchen präsentierten sich reizend, denn von überall kamen die jungen Männer her, von nah und fern in ihre Stadt. Sie steckten jetzt die Köpfe zusammen und spitzten kokett auf diese fremden Kerle und beobachteten vor allem ihr wunderliches Gebaren. Sündige Blicke und laszive Sprüche warfen sie hinüber zu ihnen, auf dem Marktplatz einer Metropole wird schließlich alles verkauft. Auch drei römische Soldaten hatten sich unter die Menge gemischt, nichts anderes im Kopf als die von einer Obrigkeit angewiesenen Dummheiten. Feixend und prustend und in klappernden Rüstungen, die Angst und Schrecken erzeugen sollten. Sie hatten sich aber brav ihre Köpfe rasiert. Im Hintergrund weilte schweigend eine Schar Priester, die lapislazuliblaue Roben an den Leibern trug und in den Himmel wachsende Mitren auf den Köpfen. Streng schaute sie auf das Treiben und fragte sich, wohin das alles führen werde. Und Pontius Pilatus erhob sich von seinem Thron und auch er sah den Tumult und beriet sich darum mit seinen Leuten. Einige der Kinder aber mussten lachen und manch Erwachsener folgte ihnen verhalten. Denn der römische Statthalter trug zwar ein kostbares, mit Stickereien verziertes weißes Hemd am Oberkörper, um das ein scharlachroter Umhang gewickelt war und ihm als Herrscher Würde gab und Rang. Darunter aber blitzten seine nackten, behaarten, käseweißen Storchenbeine hervor, die das etwas zu kurz geratene Röckchen nun freigab, und an den blanken Handgelenken klapperten Ketten und Ringe, sodass er mit den im Bühnenlicht schimmernden und glänzenden blauen Augen aussah wie ein grausam schwuler Gigolo, der im Dunkel zwielichtiger Etablissements zu allem fähig war, nicht aber auf dem grell beleuchteten Thron einer Weltmacht. Pontius Pilatus war irritiert ob der ihm geltenden Lacher und wollte schon rot werden an den Backen. Da aber fasste er sich, haute die Züge seines Gesichtes zu grimmigen Ecken und Kanten und beobachtete angefressen, was nun geschehen sollte.

Denn die Menge strömte auf jenen Mann zu, der von sich behauptete, er sei der Messias und könne Lahme gehend und Blinde wieder sehend machen. Und aus allen Winkeln, von allen Seiten eilten sie herbei und zogen und zerrten einander, nur um ihm nahe zu sein, denn jetzt gab es eine Sensation in der Gestalt dieses Fremden! Und sie kamen mit Palmblättern und wedelten damit dem Heiland zu, frohlockten und riefen das Hosianna. Und: »Gepriesen sei der, der da kommt im Namen des Herrn!« Und sie rissen sich ihre Tücher vom Leib und schmissen diese einem Himmel entgegen, der ihnen durch die Ankunft dieses Mannes plötzlich wohlgesonnen zu sein schien. Die Mädchen verschenkten ihre schönsten Blicke nun an den Mann, von dem es hieß, er vollbringe wahre Wundertaten. Der Fleischer vergaß einmal sein Fleisch, so gewahr wurde er dem Geist, der durch das Antlitz dieses Nazareners strahlte. Der Obsthändler traute sich hinter seiner Bank hervor, denn er sah, hier blühte die Frucht des Lebens ewig. Der Töpfer schob seinen wertvollsten Krug beiseite, denn das Gefäß vor ihm in Form dieses Mannes fasste das gesamte All. Und der Engel des Herrn rückte in den Mittelpunkt des Geschehens, denn viel zu oft saß er bloß beiseite, und trällerte jetzt inbrünstig ein Halleluja und durfte beweisen, welch goldenes Stimmchen da in ihm wohnte. Denn wie dieser Mann gerade in ihrer Stadt angekommen war, so waren nun auch sie in ihrer Stadt einmal angekommen, zum ersten Mal waren sie wirklich da. Das Neue Jerusalem, der Traum der Propheten, es war zum Spüren nah.

Doch ein Mann, der sich im Leben als Schnapsbrenner verdingte, fiel auf die Knie und richtete die Hände dem wahrhaftig reinen Geist entgegen. Fiel aber, und das schwerfällig, betete, und das theatralisch. Und die Menge wurde allzu schnell müde in ihrer Begeisterung. Die Freude verebbte, die Stimmen flachten ab. Sie begannen schon wieder über einander zu reden und wollten es auch jetzt nicht lassen, einander zu verlachen. Haben sie sich schon wieder satt gefressen an dem Spuk, trachteten sie bereits nach einer neuen Sensation?

Eine Marktfrau sprach es aus: »Dieser lebensmüde Geck auf seinem Esel soll der Heiland sein?«

Denn der Blick des Heilands verriet Herablassung seinen Mitmenschen gegenüber anstatt Mitgefühl, und seine weisen Sprüche brachen bereits in den krausen Haaren seines Gesichtsschmucks anstatt in den Herzen der nach Erlösung lechzenden Menge. Apathisch ritt er durch das Durcheinander an Armen und Händen, die auf ihn zugeflogen kamen wie träge, fette Vögel, auf dem Rücken des armen Tieres gelangweilt an den Palmblättern und ihm nachgeworfenen Tüchern vorbei und machte noch immer einen fürchterlichen Buckel. Der Heiland war nicht locker genug. Vielleicht, weil der Prozess der Erlösung noch nicht vollendet war. Vielleicht aber auch, weil noch nicht sicher war, ob dieser Mann als Messias keine Fehlbesetzung war.

Da sprang ein Mann dazwischen, der einen dicken Wollpullover und eine Jeans an den Beinen trug. Die lächerlichen Kleider einer lächerlichen Zeit? »Macht weiter«, rief er und fuchtelte wild. Und er fing an, sie zu schelten, weil sie machten, was sie wollten, und nicht, was er von ihnen verlangte. Hannes Bundschuh, der Spielleiter. »Ihr seid jetzt nicht mehr Wirt und Wirtin, Skilehrer und Metallverarbeiter, Banker und Bauer, ihr dürft jetzt die Personen einer bedeutenden Geschichte sein, Menschen, die durch ihre Worte und Taten den Lauf der Geschichte gestaltet haben. Lasst raus, was aus euch rauskommen will!«

Zeit, sich eine Zigarette anzustecken.

Doch Leonie in Gestalt des Engels zeigte auf die Glut im Dunkeln und rief: »Schaut mal, es schaut uns jemand zu!« Und von ihrem ausgestreckten Finger schweifte die Aufmerksamkeit in die Ränge jenseits des Geschehens. Die eine Spannung wich einer anderen, die Glut hatte Quantenspringer verraten. Plötzlich war er mitten unter ihnen. Zwölf mal zwölf Augen, die ihn gefunden hatten.

»Der Schreiberling«, murrte der Wirt in der Robe eines Hohepriesters.

»Soll er uns doch sagen, ob er uns gut gefunden hat«, meinte die Wirtin, die eben noch die Mutter Gottes war. Und der Hannes bat ihn vor an die Bühne zu kommen. Quantenspringer aber drückte schnell die Zigarette in einem Blumentopf aus und gab bloß zurück: »Spielt weiter. Spielen sollt ihr!«

Zwölf mal zwölf Pfeile, die ihn verfolgten, als er, eine nur flüchtige Erscheinung, auch schon wieder im Schneegestöber verschwunden war.

Tief hängende Wolken warfen in den folgenden Tagen eine kniehohe Schicht Schnee in die umliegenden Hänge, auf die Weiden und Bündte im Tal und über die Klippen der Klamm, auf alle Wege, Straßen und Dächer, über parkende Autos, in die Äste von Bäumen und auch auf Stromleitungen. Was sich sonst scharf in den Raum zeichnete, trug nun eine weiche, runde Haube. Formen und Farben verschwanden, Geräusche wurden verschluckt. Eine Stille und Leere breiteten sich aus, gegen die der Mensch sich nun zu stemmen trachtete. In den Gassen gab es plötzlich Leben. Als hätte man einem schläfrigen Kind eine Decke übergelegt, doch sich dagegen wehrend begann es wild zu strampeln. Mit Schaufeln, Hexen, Fräsen räumten die Einheimischen die verschneiten Zufahrten ihrer Häuser frei. Über den Dorfplatz und die Straße hinaus brummten Traktoren mit schweren Pflügen, schoben donnernd den Schnee von der Straße, griffen nach den Haufen und kippten sie in den Tobel hinunter. Helles, hohes Gelächter, Geschrei und Geplärre schwangen zwischen den Häusern, wenn die Kinder die Hänge hinunterrutschten, sich mit Schneebällen bewarfen, die Jungen die Mädchen einseiften und den sonst trägen Alltag des Dorfes nun mit überschwänglichem Puls zum Schlagen brachten.

Was in den langen, milden Wochen des Winters unter den Einheimischen immer und immer wieder beschworen worden war, war jetzt eingetroffen: Am Ende, dann wenn den Schnee keiner mehr brauchte, da kam er dann, und das umso böser. Aber noch wollte keiner es wagen, diesen Kälteeinbruch allzu laut zu verfluchen, brachte dieser doch noch ein paar Nächtigungen in den unterfrequentierten Betten. Mit rasselnden Schneeketten wiegte sich nämlich jetzt eine Kolonne an Wagen im Schritttempo von einer Kurve in die nächste die Klamm hinauf. Dass bloß keiner glaubte mit

Sommerreifen daherzukommen. In grellen Skianzügen und mit klobigen Stiefeln an den Füßen klopften die Gäste zu den Skiliften des Schnabel Richard. Der hatte die ganze Zeit über den Himmel umsonst um Schnee angefleht und dabei diesen Winter bereits derart verflucht, dass der sich eigentlich nicht mehr hätte trauen sollen wiederzukommen. Jetzt aber durfte Schnabel den heiß ersehnten Schnee begrüßen. Auf seiner Almhütte, die den Gast am Ausstieg zur Einkehr einlud, drängten sich den ganzen Tag Leute um die Tische, aßen und tranken dabei zu erhöhten Preisen, berauschten sich an Bier und Schnaps, das Ganze untermalt von volkstümlichen Klängen. Die im Winter früher gepflegte Depression, das war einmal. Jetzt herrschte hier oben die Gaudi und nebenbei wirtschaftliche Expansion, das Leben in den Bergen, jahrhundertelang unwirtlich und karg, rentierte sich. Nein, der Schnee war sehr willkommen, nicht nur beim Schnabel, sondern auch in anderer Hinsicht. Weil er nämlich eine Decke bildete, die rein und weiß verbarg, was darunter war und schmutzig und unpässlich sein könnte. Eine Decke, wie sie sich auch über den Fall des Krämer Elias legte.

Im Hirschen, ja im ganzen Dorf wurde nach seinem Anfall zwar von nichts anderem geredet als von dem armen Bauern. Der Prophet Elija glaubte er zu sein! Den Untergang verkündete er! Dass der Heiland wiederkehre! Ja bei Gott, wo gab es denn so was! Immer wieder ließen die Einheimischen die schrecklichen Bilder, die sich ihnen an jenem Abend dargeboten hatten, durch ihre Köpfe stürmen und warfen sie sogleich kopfschüttelnd von sich. Wieder und wieder wurde jener Abgrund heraufbeschworen, der sich da vor ihnen aufgerissen hatte, um als prickelnder Schauer über die Rücken zu schleichen und ein immer neues Gefühl des gewünschten Unbehagens auszulösen. Debattiert wurde, geschimpft, geflucht, auch gelacht, seltener nach Erklärungen gesucht. Aber egal, wie dieses Ereignis gedeutet wurde, ob als lustige oder als schreckliche Geschichte, am Ende blieb man doch darin stecken, und das fassungslos. Was aber doch angenehmer war, als sich im Klaren darüber zu sein, worüber sich niemand im Klaren sein wollte.

Früher habe es doch schon ähnliche Fälle gegeben, beruhigte man sich gegenseitig. Gerade wenn das ganze Dorf bei den Proben war und plötzlich ein Hauch des Himmlischen alles durchwehte. Dann kam es schon vor, dass ein ganz gewöhnlicher Stallbursch auf einmal meinte, ein biblischer Prophet zu sein und zu visionieren begann, glaubte, er könne Kranke heilen, oder gar damit drohte, er sei befähigt Seuchen zu verursachen. Ein Jesus tauchte doch schon vor hundert Jahren auf im Dorf, erinnerte man sich an die Anekdote, als ein Holzfäller und Vater von zehn Kindern von heute auf morgen behauptete, er sei der Erlöser und könne übers Wasser laufen. Um schließlich, unter dem Gelächter der Dorfbewohner, das jetzt von Neuem aufkam, bis zu den Hüften im eiskalten Wasser des Wildbaches zu versinken. Vor nicht allzu langer Zeit, es musste in den späten Sechzigern gewesen sein, beteuerte eine Fabrikangestelltentochter die Jungfrau Maria zu sein. Lief nackend durchs Dorf, um mit aufgerissenen Armen zum Himmel zu flennen, wie schön es doch auf Erden sei. Religiöser Wahn, wusste man Bescheid. Ein Phänomen, das auftauchte, wenn eine labile Seele auf eine hartnäckige Religiosität traf, und für das der Menschenschlag dieses Dorfes eine Schwäche zu haben schien. Die Wissenschaft, die sich sogar damit befasste, verglich es mit dem Jerusalem-Syndrom.

Stellte aber Quantenspringer in den folgenden Tagen Fragen nach dem alten Mann, gab es nur ungern Antworten.

Die Wirtsleute wollten darüber nicht sprechen. Dem Wirt zuckte wieder der kleine Finger, er knurrte sich etwas zurecht, nur damit er nicht das sagte, was er sagen wollte, und sagte dennoch das, was er nicht sagte, und als es ihm zu blöd damit wurde, sagte er, dass er jetzt gar nichts mehr dazu sage. Die Wirtin hatte wie immer einiges an Worten auf der spitzen Zunge liegen, entließ jetzt davon aber nur eine einzige Silbe: »Schlimm.« Die wiederholte sie wie ein Kleinkind immer und immer wieder und schluckte den Rest hinunter wie einen scharfen Schnaps. Bei ihr zuckte es nicht im Finger, sondern in den Mundwinkeln, als hätten sich Wirt und Wirtin auch auf diese Art aufeinander abgerichtet. Was der Alte denn mit dem Kristallpalast gemeint haben könnte, fragte sich Quantenspringer erst selbst und dann die anderen, doch man zog nur die Schultern an. Kristallpalast? Keine Ahnung. Doch nach und nach kam es doch hervor. Der Krämer könne damit nur den Bau eines Hotels gemeint haben, das im Hinteren Wildbachtal, im hintersten Zipfel des Tales geplant sei. Ein hochmoderner Komplex aus viel Glas und in der Form eines Kristalls, ein Luxustempel, in dem reiche Russen für viel Geld Wohlgefühle kaufen könnten.

Am Stammtisch tat man so, als beachtete man ihn nicht. Man baute eine Wand vor ihm auf, die aus abfälligen Blicken bestand und sich zwischen ihnen als eine undefinierbare, aber deutlich wahrnehmbare Abneigung bündelte. Wieder wurde vom Schriftsteller geredet als von einem, der im Dorf herumlief und hören wollte, was er nicht hören sollte. Der nach Skandalen, Abgründen gierte. Heller drohte mit Gegenwind, wenn er glaubte, das Dorf und seine Bewohner ausschlachten zu können.

Mit dem Schnee war noch ein neuer Gast in den Hirschen gekommen. Aus den Sümpfen des Nordens war er am Vortag angereist, begleitet von zornigen Winden und grollenden Wolken. Dampfend polterte er bei seiner Ankunft die Stiegen hinauf, machte einen Mordsradau und zog natürlich in das beste Zimmer auf der Sonnenseite des Hauses. Ein Deutscher mit dem Namen Detlef Knorr. Stammgast schon seit siebenundzwanzig Jahren, quasi ein Teil der Familie, wie er selbst sagte, aber keiner von den Wirtsleuten mochte ihn leiden. Noch im Gang nutzte er gleich die erste Gelegenheit, Quantenspringer anzuquatschen. Was er denn von Beruf sei? Schriftsteller, soso. Josef Quantenspringer, diesen Namen habe er noch nie gehört. Ob es sich von der Schreiberei denn leben lasse?

Abends saßen sie im Hirschen nebeneinander an ihren Tischen. Aßen, tranken und vermieden es, sich anzusprechen, obwohl die Augen des Deutschen immer wieder über die dicken Ränder seiner Brille hinaus zusammengekniffen zu ihm herüberlugten. Zwei, drei Bier intus, und der Stammgast gesellte sich zum Schriftsteller. Fing auch schon an von seinem Tag zu erzählen, schwärmte dabei von diesem wundervollen Ort, von der frischen Luft sowieso und im Speziellen von der Ruhe hier oben, davon dass hier die Zeit irgendwie stehen geblieben sei, zumindest gemächlicher laufe sie als bei ihm im Pott. Und fügte zähneknirschend hinzu, den roten Kopf beugte er dabei zu ihm hinüber, dass es mit der Idylle bald vorbei sein werde, wenn dieser russische Milliardär sein Luxushotel bauen werde. Hinter dem buschigen Schnurrbart, der zwischen speckigen Backen klemmte, drang plötzlich Unbehagliches hervor, ja er sprach nun nahezu literarisch: Ihr eigenes Grab schaufelten sich die Einheimischen damit bloß, in das sie einen gläsernen Sarg hineinbetteten, verschleierte es der Deutsche metaphorisch. Er selbst, schloss er beherzt mit anschwellender Brust, sei ein erklärter Feind der Globalisierung. Und einem Russen habe er noch nie über den Weg getraut! Beim Wort Russe aber wurde er auch schon fortgerissen. Der Sunagler vom Stammtisch packte ihn nämlich am Ärmel, zog ihn zu sich her und hielt ihm ein Stück Speck unter die Nase. Das sei vom heimischen Schwein, aus seinem eigenen Stall, das von ihm eigenhändig gemästet worden sei! Kosten solle er, kosten!

Allmählich aber, aus all den verschiedenen Fetzen und Brocken, all den Bruchstücken an Informationen über den Alten, die er um den Stammtisch herum aufgeschnappt hatte, all das vor ihm unschlüssig Hingemurmelte, hinter vorgehaltener Hand Zugeflüsterte oder neben ihm ungewollt Preisgegebene, Stichworte wie Kristallpalast, Russe, rollende Rubel, ergaben immer mehr, zusammengefügt und in eine Reihenfolge gebracht, das Bild und die Causa eines im Grunde gutmütigen, aber strenggläubigen und oft bis zur Übertreibung rechtschaffenen Mannes, der, und dafür war er schon sein Leben lang bestens bekannt gewesen, stur sein konnte bis zum Schädelzerbrechen. Schon als junger Bauer, zu Zeiten der Wirtschaftswunderjahre nach dem Krieg, war er so eigen und hatte es abgelehnt, einen Kredit bei der Bank aufzunehmen, auch nicht, um seinen Hof zu modernisieren oder sich schweres maschinelles Gerät anzuschaffen. Bei dieser Hochfahrt spiele er nicht mit, maulte er. Sich um des Fortschritts willen von Maschinen abhängig zu machen, bloß um sich die harte, von Gott auferlegte Knochenarbeit auf den Feldern und im Wald zu erleichtern, das sei für ihn ein Sündenfall, auch wenn er mit seiner Handarbeit der Einzige sei und es als Letzter auch bliebe! Dabei waren ihm die Bankhäuser großzügig mit leichtem, schnellem Geld entgegengekommen, ihm, dem Besitzer von Grund und Boden. Aber nein, Herrgott nochmal, fluchte er, nein! Anstatt mit stählernen Vehikeln sein Land zu bestellen, seine geliebten Viecher an die Maschinen zu schließen und sie zu bloßen Fleisch- und Milchproduzenten zu degradieren, blieb er seinem Boden und seinem Himmel treu, ächzte das Heu lieber mit dem Leiterwagen in die Tenne, fuhrwerkte trotzig den Mist mit einer mickrigen Schubkarre auf die Felder, bekam vom zweimal täglichen händischen Melken seiner paar Kühe lieber rissige, schwulstige Griffel, von denen sich keine Frau mehr anlangen lassen wollte, als sich wie die anderen in die Krallenhände der Geldhäuser zu werfen und sich von der Fuchtel ihrer Zuckerpeitsche – dem Wohlstand – versklaven zu lassen. Fremde Herren auf seinem Grund und dass die ihm dann die Arbeit vorschrieben, das lasse der Elias niemals nicht zu! Darum musste der kantige Bergbauer es ertragen, von seinen Kollegen belächelt und bemitleidet zu werden.

Dass dann auf einmal die Herren, im Trachtenjanker das eine und das andere Mal im legeren Hemd mit offenem Kragen, in die Häuser derjenigen kamen, die im hinteren Zipfel hinten ein Gut besaßen, gerade auf diesem versumpften, abgelegenen, versteinerten Fleckchen Erde, dem konnte er von Anfang an nur mit Misstrauen begegnen. Dort an den Tischen der Einheimischen, bei Kaffee und Kuchen, bei Bier und bei Schnaps, breitete Heller mit dem Schamberger von der Bank goldene Zukunftsaussichten aus. Nur der Krämer glaubte nicht daran. Köderten mit den Verlockungen eines guten Geschäftes, wenn man seinen Grund dafür verkaufte, mit einer hohen Rendite, und drohten mit Niedergang und Abwanderung, die das Dorf strafen würden, ginge man nicht mit der Zeit und verstellte sich dem Wettbewerb. Der Krämer aber blieb stur. Und er blieb es noch immer, als man das Angebot für seine magere Bündt erhöhte, und auch noch, als man noch einmal einen draufsetzte. Und wurde natürlich noch sturer, als man ihm sagte, dass er ein vermaledeiter Sturgrind sei. Dass diese Herren auf seiner Wiese ein Hotel bauen wollten, dort im hinteren Zipfel diesen Luxustempel, so einen Kristallpalast, und dass ausgerechnet dort der Wellnessbereich mit Sauna und Massage geplant war, wo der Bergbauer jahrzehntelang mit der Sense das dünne Gras schneidend seinen Körper geschunden hatte, um sich seinen Körper zu erhalten, dagegen stellte er sich nun mit Fug und Recht quer. Für diese gottlose Sache, wie er sie nannte, gebe er keines seiner Felder her, auch wenn er schließlich der Einzige blieb, der sich bis zum Ende hartnäckig wehrte. Im Dorf machte er sich damit natürlich unbeliebt. Nachdem sie ihn sein Leben lang verlacht hatten, wurden sie ihm nun böse und schnitten ihn jetzt, wo es nur ging. Hilfe, sei es im Wald oder auf dem Feld, durfte er von nun an von keinem mehr erwarten. Der eigensinnige Alte reagierte darauf, indem er noch eigener wurde. Schuftete und buckelte, dass es die maschinisierten Kollegen bisweilen sogar vom bloßen Zusehen schmerzte. Stemmte sich gegen seinen Untergang mit letztem Einsatz und bis zur letzten hellen Minute des Tages, und das obwohl er nicht mehr der Jüngste war und eigentlich in Pension hätte gehen sollen. Doch was für die einen eine Erlösung war, wäre für ihn ein drohender Absturz aus allen jenen Netzen gewesen, die ihm doch die tägliche Arbeit im gewohnten Trott bot, und wieder stemmte er sich dagegen mit letzter Kraft. Auch die Gnade eines Pensionistendaseins ließ er sich von keinem schmackhaft machen und beerdigte damit die Hoffnung vieler. Solange der Alte aber geflissentlich seine Pflichten beim Vieh verrichtete, es rechtzeitig molk, den Stall ausmistete und es ordentlich fütterte, konnte es ihm keiner nehmen.

Genommen aber wurde es ihm letztlich doch, und zwar von genau jenen Kräften in ihm selbst, die der Bauer seit alters her mit Vaterunser und Ave Marias zu besänftigen gelernt hatte und denen er sich mit zunehmendem Alter, wachsender Vereinsamung und Ausgrenzung mehr und mehr zuwandte. Denn aus heiterem Himmel, beinah von einem Tag auf den nächsten, verkaufte er doch sein ganzes Vieh, ging doch in Pension und fiel damit der Kauzigkeit vollkommen anheim. Jetzt verschloss er alle Türen, zog die Vorhänge seiner Fenster zu und verflüchtigte sich ganz in das Studium der Heiligen Schrift. Ließ er früher beflissen keine Messe aus, so sah man ihn jetzt nicht einmal mehr die Beerdigungen besuchen, und man munkelte bereits, hinter den verdunkelten Fenstern halte er seine eigenen gespässigen Gottesdienste ab. Was im Dorf vor sich ging, interessierte ihn nicht mehr und er hielt sich von den Menschen fern, auch von den paar, die ihm noch wohlgesonnen waren. Für das Passionsspiel, sonst eine Pflicht für ihn, meldete er sich nicht. Nur zum Einkaufen erschien er hie und da, meist in den zerflickten, schmutzigen Kleidern, die er schon getragen hatte, als er noch auf den Feldern arbeitete. Jeder im Dorf konnte mit ansehen, dass dem Mann der Streit um dieses Stück Land den Boden, in den er zeitlebens seine klobigen Stiefel fest hineintrat, unter seinen Füßen weggezogen hatte. Der Zank um seinen Grund war der Grund für den Abgrund, in den er schließlich stürzte. Dass er dabei aber derart aus dem Häuschen geraten könnte, wie neulich geschehen, hätte dann doch keiner erwartet.

Das Telefon klingelte. Zu einer Tageszeit, die Quantenspringer gewöhnlich mit Träumen füllte. Noch blind und blöd vor Schlaf meldete er sich, der Verleger war es, wer sonst. Die letzte Vertrauensperson in seinem literarischen Umfeld.

»Jesus kommt zurück? Warum nicht, dann halt auf den Spuren Dostojewskis! Tacheles soll er reden? Ja wenn du das hinbekommst. Aber pass auf, schnell hast du dich damit vollends vertan! Mach am besten eine Satire draus, ja, eine Satire. Das ist schon starker Tobak, was du da vorhast, verstehst du, Junge? Besser nicht allzu ernsthaft werden, besser. Und fang ja nicht an von dir selbst zu schreiben, nicht bei dem Stoff. Aber es läuft, du kommst voran, es geht was weiter?«

Quantenspringer blies den Rauch aus sich, der Verleger schwadronierte noch immer. Die Zeit! Drängt! Vorschuss! Aufgebraucht? Vertrauen! Gegenseitiges! Der Mann wollte immer noch nicht verstehen, dass gut Ding Weile braucht.

»Ruhig, Mann«, fuhr ihm Quantenspringer dazwischen, »es läuft doch, es läuft. Es wird schon laufen.« Schweinehund. Und seine Hand grub sich in die Blätter auf dem Tischchen, zog sich zusammen, bis alles bislang Geschriebene in Knäueln unlesbar dalag.

Am Dorfplatz draußen wartete der alte Jakob mit einem Haflingergespann auf Kundschaft. Ein kleines, bucklig gewordenes Männlein in einem langen, schwarzen Mantel, aus dessen Ärmeln dürre, durch das jahrzehntelang praktizierte Spiel auf der Kirchenorgel schier endlos lang gewordene Finger schauten. Auf dem Kopf trug er eine Fellmütze. Heute spekulierte der Alte, der sich sonst als Bergbauer verdingte, ein wenig mit Touristen, die auf seiner Kutsche in die prächtige Wintermärchenlandschaft gleiten wollten, dazuzuverdienen. Die steinigen Böden auf seinen verflucht steilen Hängen, die er, weil sie Maschinen nur ungern trugen, seit früher Kindheit vor allem durch Muskelkraft bewirtschaftete, ernährten nur eine kleine Anzahl Vieh, und das schlecht. Sich mit dem Fremdenverkehr ein wenig das Leben zu erleichtern, so hatte er es irgendwann eingesehen, das würde gerade ihm, einem sehr gläubigen Mann, der sich, wenn die Arbeit getan war, am liebsten mit den Liedern aus dem *Gotteslob* die Zeit vertrieb, vom Herrgott doch gewährt werden. Schließlich hatte er ihm die Touristen ja auch vor die Nase gesetzt. Noch wollte aber keiner sich von ihm kutschieren lassen. Quantenspringer aber sah beim besten Willen nicht nach jemand aus, der für solche Geschichten zu haben wäre: ein finanzpotenter Kurzzeitprinz, der mit einer Kurzzeitprinzessin sich einem Märchen hingab, dessen harmlosen Verlauf jeder kannte und das dem unspektakulären Plot einer Gebrauchsanleitung gleichkam. Dennoch winkte der alte Jakob ihn zu sich heran, und als der Schriftsteller dankend ablehnen wollte, fuhr er ihm gleich dazwischen und versicherte: »Nein, nein, heute kostet es nichts. Steigen Sie auf, aber machen Sie schnell, nicht jeder muss uns zusehen dabei.«

Der Jakob lockerte die Zügel und nachdem er ein schneidiges Hühoh! seinen Tieren in den Rücken getrieben hatte, ging es aus dem Dorf hinaus und auf einem Forstweg durch aufwirbelnden Pulverschnee dahin. Durch überzuckerte Wälder hindurch, vorbei an tief verschneiten Weiden und Sumpflandschaften, in denen kleine Stadel im Schnee versanken, und gleich erschien das Dorf fern. Der Jakob begann zu reden. Der Elias, beschwor auch er es, sei ein tiefgläubiger Mensch gewesen, da könnten sich andere ein Beispiel nehmen. Immer habe er gut gearbeitet, und das, ohne großen Ertrag zu erwarten. Aber das moderne Leben sei es gewesen, das den Guten letztlich zerrissen habe. Das moderne Leben und der Glaube ihrer Vertreter, aus den Fetzen des zerrissenen alten Lebens ließen sich Geldscheine drucken. Angefeindet hätten sie ihn, fuhr er nun mit einer Stimme fort, die ähnlich holperte wie seine Kutsche, verfolgt mit ihren Schmähungen und bösen Reden hätten sie ihn, ja im Grunde exkommuniziert. Weil er nicht mitmachen wollte, weil er nicht glauben wollte, ließen sie ihn am Ende von allen guten Geistern verlassen auf dem Scheiterhaufen seiner erlittenen Höllenqualen verbrennen. Es folgten schnalzende Laute, die er aber an seine beiden Tiere richtete. Er drehte seinem Fahrgast wieder seinen schmalen Rücken zu, ließ nur mehr den Wald und den Bach sprechen und wollte nicht wieder in das angefangene Gespräch zurück.

Man war mittlerweile ganz hinten im Tal angekommen, an einem von den höchsten Gipfeln des Tales majestätisch umringten Flecken, der den Namen Hinteres Wildbachtal hatte und von den Einheimischen seit alters her der hintere Zipfel genannt wurde. Ein Ort, der Quantenspringer unweigerlich an eine Kraft erinnerte, die ihn immer so in Unruhe versetzte: die Ruhe. Der alte Jakob zog die Zügel an, schnaubend blieben die Rösser stehen, Dampf stieg von den fleischigen Hinterteilen auf. Er deutete mit dem Finger auf einen offenen Grund: »Dahin wollen sie das Hotel bauen.«

Quantenspringer stieg ab. Blickte umher und fand zwischen schneeverhangenen Bäumen die dunklen Balken einer kleinen Hütte vor. »Unser Öhlerdichl«, erklärte der Jakob und sagte nichts mehr dazu. Der Wilde, der Einsiedler, Philosoph und Narr vor dem Herrn. Der Verrückte, Irre, der im Kopf Verdrehte. Ein Giftler, Pilzesammler und Vegetarier. Ehemaliger Fructarier. Antialkoholiker. Anhänger von fernöstlichen Ritualen. Suchtler, Omaschreck und Kinderfresser. Verderber der Jugend, vom Teufel besessen. Sturkopf, Rindvieh, Querulant. Durch den Rost gefallen. Zottel und Wirrkopf. Ein armer Hund. Ein blöder Hund. Der Judas, der am liebsten mit der

Klinge seines Messers spielte. Der Zelot, der Gottverfluchte. Vom Öhlerdichl hatte Quantenspringer bereits einiges gehört im Dorf. Genau zu dem wollte er nun gehen. Er bedankte sich und ließ den Alten ziehen. Von der schneebedeckten Forststraße, auf der sie in den hinteren Zipfel gelangt waren, gingen frische Fußspuren zur Hütte ab. Es müssen mehrere Personen erst vor Kurzem hier gelaufen sein. Rauch stieg aus dem Kamin, es schien jemand da zu sein. Gleich hinter der einfachen Behausung harrten eingeschneite Felsblöcke, kleine und größere Steine, die der Berg einmal ins Tal hinuntergeworfen hatte, wie erstarrte Tiere den Dingen. Noch hatte sie der Öhlerdichl nicht losgelassen. Quantenspringer wagte sich näher, bis er dem Eingang unweit gegenüberstand. Hingehen werde er jetzt, nahm er sich vor, ein paarmal kräftig klopfen und mit dem Guten ein Gespräch anknüpfen. Da traf ihn von hinten direkt ins Genick ein Schneeball. Eiskalt stiebte es ihm in den Kragen und von dort endlos die Treppen der Wirbelsäule entlang hinunter. Doch ehe er sich's versah, ehe er diese Empfindung ausstehen, ehe die sich nun erhitzende Haut den Kampf gegen die Kälte gewinnen konnte, flog ihm auch schon ein zweiter Wurf um die Ohren. Er duckte sich, wich erst erfolgreich aus, um sich bloß in einem Bombardement an Schneebällen wiederzufinden. Die Hände schützend vors Gesicht werfend, den Einschlag eines Schusses an die Stirn mit lautem Schrei verfluchend, im flirrenden Licht plötzlicher Angst einen wilden zotteligen Kerl wahrnehmend, der unablässig hinter einer vielarmigen Wurzel grölend weitere Geschosse abfeuerte, suchte er so schnell es ging hinter dem Stamm eines umgefallenen Baumes Schutz. Er schüttelte sich den Schnee aus den Haaren, hob das stechend nasse und kalte Hemd ein Stück weit vom Körper und blinzelte vorsichtig aus seinem Versteck hervor.

Keine Schneebälle flogen mehr, es war plötzlich still. Mutiger geworden sah er sich um, aber der Wilde schien sich verzogen zu haben. Quantenspringer stand auf, klopfte sich den Schnee von der Hose. Überall der Schnee! In die Halbschuhe von oben hineingerieselt und schmelzend an der Haut zog er schauerlich kalt bis in die Knochen. Was hatte das hier zu bedeuten? War das ein Spiel, war es Ernst? Der Anfall eines Irren, oder wurde er hier zum Narren gemacht? Musste er sich als Held beweisen? Ein plötzliches Schnauben hörte er noch hinter seinem Rücken, da stürzte er auch schon, von einem um seinen Hals sich schlingenden Arm gepackt, kopfüber den gefrorenen Elementen entgegen. An der nun zitternden Kehle spürte er die brennende Klinge eines Messers.

Quantenspringer röchelte, bis auf ein Zappeln der Hände völlig erstarrt vor Schock. Jetzt lachte der Wahnsinnige laut auf, schrie einen Fluch in einem Dialekt aus sich heraus, den kein Fremder mehr verstehen konnte, und drückte noch einmal und noch brachialer fluchend die Klinge an sein Fleisch, lachte wieder laut auf, um ihn dann doch loszulassen.

»Sieh an, der Herr Schriftsteller! Wenn das mal keine Spannung ist, hahaha!«

Quantenspringer hievte sich hustend zurück auf seine Beine, zischte nun selbst Flüche aus sich heraus, die aber die erhoffte Wirkung verfehlten, denn der Öhlerdichl riss sein höhnisch lachendes Maul bloß extraweit auf. Zähne bleckten gelb auf wie angepisster Schnee.

»So habe ich mir das nicht vorgestellt!«

»Hahaha! Sind wir irgendwo falsch abgebogen? Läuft es manchmal anders als gedacht?«

»An ein schnelles Ende habe ich tatsächlich nicht gedacht.«

Wieder schallendes Gelächter, der Wahnsinnige freute sich, dass es da jemand gab, der seinem Wahnsinn folgte.

»Es wird schon einen Grund haben, weswegen dir widerfahren ist, was dir eben widerfahren ist … widerfahren, was für ein Begriff! Widerfahren! Wenigstens ist dir ein wenig Spannung widerfahren.«

Quantenspringer nickte: »Alles hat seinen Grund.«

»Auch wenn er manchmal eingeschneit ist, hahaha! Es braucht aber einen guten Grund, einen triftigen Grund. Und grundlos wäre grundsätzlich grundverkehrt. Ein verkehrter Grund würde dich auf dem Kopf stehen lassen, nicht grundlos, aber grundsätzlich abgründig, hihihi.«

»Auf wessen Grund befinden wir uns eigentlich hier?«

»Ohohoh …«, kullerte der Öhlerdichl mit den Augen, er wurde immer vergnügter. »Der Herr Schriftsteller wagt sich ran an den Speck!«

Er zog ein kleines Tonpfeifchen aus der Tasche und stopfte es mit Marihuana, zündete es an und zog daran. Duftender Qualm stieg auf.

»Du frierst ja«, riss der Öhlerdichl plötzlich ab und sah Quantenspringer mitleidig an. »Ihr Autoren seid aus zartem Holz geschnitzt. Aber was wälzt du dich auch im Schnee wie ein rammliger Hirsch, hahaha! Lass uns bei mir ein heißes Teechen trinken, gegen alles ist ein Kraut gewachsen«, und gab ihm einen Wink mitzukommen.

Man folgte dem in den Schnee getrampelten Pfad zur Hütte. An den Rändern summte der Wald, über die in Schleier gehüllten Grate heulte der Wind. Aus der geöffneten Tür drang warme, dicke Luft heraus. Den Strom für Licht spendete eine kleine an der Südwand angebrachte Solarplatte, es gab den Blick frei auf das im Inneren angesammelte Tohuwabohu. Um in die Hütte zu gelangen, musste man erst über einen quer im Eingangsbereich klemmenden Baumstamm klettern. Beizeiten wollte der Öhlerdichl daraus einen Waldgnom schnitzen, der dann, gut am Wegrand platziert, die Touristen erschrecken sollte. Der Raum atmete den würzigen Geruch verschiedener Kräuter, die getrocknet und zu Sträußen gebunden an den Wänden oder von der niederen Decke hingen, um von dort knisternd in die Haare zu streifen. Gedörrtes Obst, gesammelte Rinden von Bäumen, verworrene Wurzeln und verschrumpelte Pilze in Gläsern, Schalen und Dosen, in bauchigen Flaschen abgefüllter Sud in allen Farben standen in den Regalen. Mit großen Augen glotzten die erhabenen Gesichter indigener Masken in den Raum. Trommeln, Rasseln, eine Gitarre und zwei Didgeridoos lagen herum, als wären die Musikanten gerade in die Pause gegangen. Der Öhlerdichl räumte eine Jacke, Hemden und eine darüber geworfene schmutzige Hose beiseite und Quantenspringer nahm Platz auf einer Bank hinter dem voll belagerten Tisch. Eine leere Flasche fiel dabei klirrend in einen mit Essensresten verklebten Teller. Mit flinken Händen machte der Öhlerdichl im Ofen neues Feuer, stellte einen verbeulten Kessel mit Wasser auf. Schweigend holte er aus den Gläsern Kräuter, Beeren, Rindenstücke hervor und warf sie ins sprudelnde Wasser. Quantenspringer stellte währenddessen ein paar belanglose Fragen, die dem anderen wohl aber zu belanglos waren, er bekam keine Antwort darauf.

Endlich stand dampfend der Tee auf dem Tisch, ein schwerer, herzhaft riechender blutroter Sud, der, einmal an den Gaumen gelangt, die Lebensgeister wild aufheulen ließ. Das zerlebte, von Falten zerschnittene magere Gesicht mit der langen Nase beinah in die Tasse getaucht schlürfte der Öhlerdichl seinen Tee, andächtig blies er Welle um Welle über einen See. Dann kramte er wieder sein Pfeifchen hervor, stopfte es sich und zog daran. Erbarmungslos verglühte der

Inhalt zu grauer Asche. Es roch betörend im Raum nach dem Sexschweiß indischer Göttinnen.

»Quantenspringer heißt du … Quantenspringer. Das ist gut, das ist sehr, sehr gut. Auf Schriftsteller machst du also?«

»Es wollte nichts Besseres aus mir werden.«

Der Öhlerdichl lächelte gnädig und reichte die Pfeife Quantenspringer. Schwerer, harziger Rauch zog in seine Lunge, gleich öffnete sich seine Schädeldecke gen Himmel.

»Die moderne Literatur kann mir nichts sagen. Der Literat heute ist doch nur darum bemüht, Ja zur Welt zu sagen, selbst wenn er dafür die Welt opfern muss. Der Blick fürs Ganze fehlt.«

Quantenspringer blickte in die uneinsehbaren Tiefen seines Tees. Warm hatte der sich in seinem Magen ausgebreitet, angenehm ermüdend wanderte er ihm von dort in die Adern.

»Zurück zum Grund meines Besuches.«

Der Öhlerdichl stopfte sich noch ein Pfeifchen. Zog daran und stand seufzend auf. »Komm mit«, sagte er und gemeinsam gingen sie hinaus, einem Pfad im Schnee folgend entfernten sie sich mit langsamen Schritten von der Hütte. Dann holte er aus. Erst seinen Arm, dann mit Worten: »Sieh ihn dir an, diesen Flecken Erde. Sieh dir die Berge an, sieh in die Wälder, sieh über die Wiesen. Sieh die Harmonie, die sich zwischen jedem dieser Elemente zeigt. Hör hin. Hörst du es? Dieses Land ist heiliges Land. Das Land unserer Ahnen, im Wandel der Zeit zu Raum verwobene Geschichte, deren Lauf die Weisen dort in den Höhen hüten. Zu Stein geworden und allen Wettern trotzend harren sie der Zeit und zeitigen, was harrt. In ihren Schößen, den Mooswiesen und Waldböden, tanzen Feen und spielen Kobolde und Elfen, denen dieser Ort ein Zuhause ist wie den Tieren und den

Menschen. Das ist Mutter Erde, und wir sind ihre Kinder. Hier treffen die Geschicke der irdischen Natur mit denen des Kosmos zusammen und lassen uns über unsere eigene menschliche Natur erahnen, dass wir letztlich eins mit der Natur, eins mit diesem Land sind. Dass wer wir sind, wo wir sind ist. Dass wo wir sind, Heimat ist. Und dass Heimat dort ist, wo wir sind, wo immer wir sind. Ein Ort ist, den wir Menschen hüten, dessen Geister wir umschmeicheln müssen mit unseren eigenen Geisteskräften wie eine wunderschöne Braut. Auf die wir uns erst einlassen können, wenn wir bereit sind, uns für sie hinzugeben, die uns ihre Schätze erst offenbart, wenn wir uns trauen, uns ihr zu offenbaren. Wenn wir uns trauen, uns mit ihr zu trauen. Das ist Liebe, das ist Heimat.«

Der Öhlerdichl lächelte jetzt unglaublich sanft, zufrieden mit sich und seinem Text. Er hielt das Feuerzeug in den Schlund der Pfeife und zog den glühenden Rest mit einem entschlossenen Zug in sich hinein.

»Die aber«, zeigte er mit wütendem Finger plötzlich in Richtung Dorf, »die da bringen die Wälder zum Heulen und sägen mit ihren Höllengeräten um, was sich hier aufgerichtet hat, um das Leben zu ehren! Das Moos werden sie mit ihren monströsen Schaufeln, die sie immer weiter hinein in die Erde hauen, verletzen und zerstören werden sie, was sich seit Urzeiten hier gebildet hat! Verstummen werden die Lieder, die zu Boden, zu Grund sich verdichteten und Halt gaben und Richtung. Ein Geschrei wird es stattdessen geben und das Geschrei wird Dämonen gebären, die aus der aufgerissenen Erde fahren, um an der Oberfläche, wo sie nicht hingehören, Unheil anzurichten. Diese Menschen wollen ein Loch in dieses Land, in diese Geschichten, in unsere Geschichte reißen, ihre Maschinen stehen schon bereit, und mit ihnen der Tod. Hörst du ihr Brummen, hörst du ihren Zorn? Ein Grab für alles Schöne, Echte, Reine, Erhabene werden sie schaufeln und dafür eine Stätte für das Dunkle, Niederträchtige, Falsche, Morastige schaffen! Eine Senkgrube, ein Scheißloch, wo die Abfälle ihrer verdrängten Natur, faul geworden und stinkig, hineingekippt werden, um dort zu verrotten. Verrottete Gefühle, die zusammengerottet nur mehr eines kennen: das Rotten. Der Rubel wird dabei rollen, Quantenspringer, das Rotten und Verrotten bis zur totalen Verrottung wird nun das Leben sein, das an die Stelle des schöpferischen Lebens tritt. Heller ist der Initiator, der Mann der Worte, der Verführer, der Lügenmann, ihm sind sie alle auf den Leim gegangen. Schamberger, der kleine Banker, kam dann in die Häuser und verwandelte diese Worte in Zahlen, Zahlen, die das eigene nichtige Dasein beziffern und es wertvoll machen. Sie verkaufen ihre Seelen dafür, dem Mammon zu dienen, und schaffen sich einen Himmel, indem sie den Himmel auf die Erde, auf die von ihnen untertan gemachte Erde hinabziehen! Sie alle haben veräußert, was nicht ihnen gehörte! Bürgermeister Eberle als Zeichen gleich als Erstes, dann der Hump, auch der nette Kaiser sowie der Sunagler, der anschließend im Beichtstuhl von allen am längsten drinnen war. Sie verscherbelten, was ihnen durch ihr Blut überlassen wurde und dem sie darum hörig sein sollten, nie ging es ums gehören, auch wenn sie tausend Papiere zum Beweis dafür angebracht haben. Ja sie bestanden auf den Worten auf diesen Papieren, Besitzurkunden und dergleichen, und verhöhnten gleichzeitig jene stillschweigend abgeschlossenen Verträge, die mit den Ahnen gemacht wurden. Während andere Worte wiederum, solche nämlich, die in unserer Gesetzgebung verankert sind, missachtet, verfälscht, verdreht und in neues Licht gehüllt wurden, um ihre beiläufigen Schatten ins Reich der Dunkelheit zu verdrängen. Stattdessen wurden Worte hervorgeholt, hervorgezaubert, die das Gesetz und die Widmungen so formten und verformten, bis sie bissfertig in ihre nimmersatten Rachen gut hineinpassten und geschmeidig hinunterflutschten in die Abgründe ihrer Eingeweide. So wurde im Graubereich unserer Gesetze wertloser Weidegrund zu gewinnträchtigem Baugrund umgewidmet.«

Ein kruder Schwall an Worten, getrieben von dem, was da an Bildern in ihm entsprang und sich der Welt zeigen wollte, schoss nun unaufhörlich aus dem Öhlerdichl. »Aber«, riss er plötzlich seinen Zeigefinger in die Luft, »sie haben die Rechnung ohne den Wirt gemacht«, und lächelte verschwörerisch: »Nein, nicht ich bin der Wirt, auch nicht du. Der Wirt ist größer als wir. Man muss nur hinausschauen: Es schneit und schneit und hört gar nicht mehr auf damit!«

Quantenspringer vermutete es bereits, und danach gefragt bestätigte es sich in immer wilderen Abstraktionen: Dem Öhlerdichl gehörte hier gar nichts, er war im wahrsten Sinne des Wortes nicht der Wirt. Diese Hütte und das Feld und der Wald darum gehörten dem Krämer Elias. Und der immer aufgebrachtere Öhlerdichl war sein Neffe und durfte bloß hierbleiben, unentgeltlich zwar, aber ohne Besitzansprüche, wenn er im Sommer ab und zu nach dem Jungvieh schaute. Würde der Krämer nun für verrückt erklärt, fielen das Erbe und damit die letzte Bastion gegen das Hotelprojekt in die Hände seines einzigen Bruders, dem Vater vom Öhlerdichl. Ein Mann, der in der Landeshauptstadt draußen lebte und mit dem kargen, steinigen Flecken und der schiefen Hütte nichts anzufangen wusste, genauso wenig wie mit seinem missratenen Sohn, für den er sich nur schämen musste. Schon seit Jahren sprachen sie kein Wort mehr miteinander, ja sie waren sich spinnefeind geworden.

Der Vater würde auf den Sohn also keine Rücksicht nehmen. Dem Bau des Hotels stünde nichts mehr im Wege und dem Öhlerdichl ginge sein Eden verlustig. Also steigerte sich der nun noch weiter in seine wütenden Tiraden hinein, fuchtelte dabei mit dem Zeigefinger wie neulich auf der Kanzel sein Onkel Elias.

Der Wahnsinn sei bloß eine Ausgeburt derjenigen, fauchte er jetzt, die ihren Wahn zur Norm erklärt hätten und jeden, der sich dagegenstelle, der von dieser Norm abrücke, als verrückt bezeichneten, schlimmer noch, ihn auch als solchen behandelten und solange verrückt machten, bis der als verrückt Bezeichnete von seiner eigenen Norm abrückte und dadurch tatsächlich verrückt würde. Wüste Beschimpfungen folgten, gerechtfertigt durch krude Verschwörungstheorien, die sich bald auf die ganze Gesellschaft, die ganze Welt ausweiteten. Ein Wirrwarr und Wildwuchs an Gedanken wucherten jetzt, Ansichten, Urteile und Beschuldigungen in irren Schattierungen bauten sich da vor Quantenspringer auf. Entlang am mürrisch tosenden Bach lief man in einen Wald aus Bäumen gleichermaßen wie in einen aus Wörtern, ein dichter werdendes Dickicht, aus dem er, der Ortsfremde, nur mehr herausfinden konnte, wenn er dem Ortskundigen kopfnickend zuhörend bis ans verheißene Licht einer baldigen Verabschiedung folgte.

In denselben Fußstapfen ging Quantenspringer dann zurück ins Dorf, tief durchatmend. Mitten im Wald hörte er hinter sich ein Fahrzeug kommen. Ein beeindruckendes Exemplar von einem Geländewagen fuhr an ihn heran und hielt neben ihm an. Aus dem heruntergelassenen Fenster des Beifahrersitzes schaute ein gesetzter Herr mittleren Alters und nicht vom Dorf, an diesem vorbei grüßte aber der Lenker des Wagens: Klaus-Peter Heller.

Ob er mitfahren wolle, zurück ins Dorf sei es noch ein Stückchen. Quantenspringer nahm auf dem Rücksitz Platz und zweifelte an seinem Tun. Neben ihm saß ein Mann etwa in seinem Alter, schaute aber noch recht frisch aus. Kein Auswuchs nur eines einzigen Härchens auf der gebräunten Haut, wunderschön geföhnte Haare auf dem zart geformten Kopf und in die weiche Haut seines Gesichtes schnitt sich ein freches Grinsen. Maximilian Schamberger, im Dorf von manchem scherzhaft der kleine Banker genannt, weil er für einen Mann sehr klein gewachsen und außerdem trotz allem großmännischen Gehabe bloß in der bedeutungslosen Filiale eines Dorfes tätig war. Quantenspringer hatte den Mann beim Passionsspiel als Herodes wahrgenommen, den von den Römern eingesetzten jüdischen König, der dort königliches Gewand trug und nicht wie jetzt das eines Dieners der Wirtschaft mit Anzug und Krawatte unter einer funktionellen Winterjacke. Auf ledernen Sitzen fuhr man abgefedert schaukelnd über die von Schnee bedeckte Piste durch die Landschaft, am Gesäß wohlig sich ausbreitende Wärme und die Luft geschwängert von einem am Innenrückspiegel tanzenden Vanilleduftbaum, während unaufhörlich Lichter aus dem dunklen Armaturenbrett leuchteten wie Planeten in einem überschaubaren Kosmos. Der Natur gellende Widrigkeiten schienen in dem Wagen besänftigt und unter Kontrolle zu sein. Nur vom schmalen Weg sollte man nicht abkommen.

Denn Heller drehte sich nach Quantenspringer um und fragte hinterhältig: »Konnten Sie sich ein Bild von diesem Irren machen?« Während der Politiker aus dem Land neben ihm keine Miene verzog, lachte Schamberger giftig in sich hinein und verriet damit, dass die drei Herren den Schriftsteller und damit die Messerattacke beobachtet haben mussten.

Dementsprechend schimpfte Heller: »Das ist nicht die erste Attacke von diesem Querulanten, und seit ein paar Wochen häufen sich solche Vorfälle. Jedes Mal, wenn jemand zu nahe an seine Hütte kommt, fliegen Tannenzapfen, Stöcke, Kuhdreck und auch Steine. Jetzt also Schnee. Wir wurden heute auch angegriffen, nicht viel vor Ihnen. Dabei wollten wir doch nur mit ihm reden.«

Der Mann neben Heller auf dem Vordersitz seufzte grantig. Der kleine Banker bekam ganz rote Haut im Gesicht. Quantenspringer klemmte etwas verschlagen auf der Rückbank, auf diesem Leder fand er irgendwie keinen Halt. Als würde er auf etwas Fremdartigem sitzen, das ihn ständig von seiner Oberfläche schubsen wollte. Überdies herrschte in dieser Blechbüchse, trotz des freundlichen Tonfalles, den Heller an den Tag legte, eine bedrückende Spannung.

»Zu mir war er freundlich«, befreite sich Quantenspringer etwas.

Heller, der sich auf den schmalen Weg konzentrieren sollte, blickte jetzt doch wieder über den Rückspiegel angefressen in Quantenspringers Gesicht. »Dann haben Sie ihn vermutlich in einer guten Phase erlebt.«

Schamberger lachte linkisch, blieb aber weiterhin stumm.

»Der Kerl ist verrückt, der gehört eingesperrt. Ein Suchtler ist er obendrein. Ein ewiger Suderant. Verdrossen, weil die Zeit nicht auf seiner Seite steht. Einer, der auf Kriegsfuß steht mit seiner Heimat.«

Heller hatte mit spitz werdender Nase etwas gefunden, auf was er picken konnte, und wollte gar nicht mehr aufhören damit. Die Haut des Bankers war jetzt feuerrot und sein Grinsen wurde immer listiger.

»Judas eben«, sagte Heller und alle lachten, auch der Mann vom Land. »Und Sie? Wie läuft es bei Ihrem Projekt?

Kommen Sie weiter? Na, heute haben Sie zumindest was erlebt, nicht wahr?« Wieder lachten alle. Der Politiker auf dem Beifahrersitz gurgelte dabei, während Schambergers Grinsen sich jetzt bis hinter seine Ohren dehnte, um von dort schier in den Raum hinauszuwachsen.

Dann herrschte betretenes Schweigen, bis Heller wieder einen Blick in den Rückspiegel stach. »Hören Sie, ich gebe Ihnen einen Tipp«, sagte er mit aufreizender Gelassenheit, den Ellbogen in die Seite gelehnt und den Wagen nur mit einer Hand lenkend, »lassen Sie sich doch etwas Positives einfallen, machen Sie die Augen dafür auf. Schreiben Sie doch über die Schönheit unseres Landes, über die Erhabenheit der Berge, über die Tapferkeit der Menschen hier. Wie sie die von Gott gegebenen Herausforderungen, die ihnen so ein Fleckchen Erde bereitet, annehmen und daraus etwas Lebensbejahendes machen. Wie sie schaffen und dabei etwas schaffen. Wie sie für ihre Familien sorgen und füreinander leben. Sie aber suchen hier nach Abgründen, nach Skandalen, nach geheimen Kellern. Der Schriftsteller sucht den Zwist, er lebt davon, wie die Fliegen von der Scheiße leben oder wie der Teufel Fliegen frisst. Die Geschichte mit dem Krämer, die reizt Sie, und Sie gieren danach, Ihre Beute zu zerfleischen. Das ist bedauerlich, denn Sie könnten mit Ihrer Arbeit, ja mit Ihrer Zeit und Ihrer Muße Ihrer Umwelt und sich selbst eine Freude machen, indem Sie etwas schaffen würden, was Freude bereitet. Sie könnten hier eine Erfolgsgeschichte schreiben! Wie eine Dorfgemeinschaft die Ärmel hochkrempelt und sich gemeinsam dem Abenteuer Zukunft stellt.«

»Sie helfen mir weiter, merken Sie das nicht?«

»Sie machen sich lustig über mich! Ich will keinen Zwist, ich nicht. Hellers eisblaue Augen hafteten an Quantenspringer und widmeten sich bestenfalls für Augenblicke den Tücken des Weges. »Glauben Sie an eine Zukunft?«

Quantenspringer zog die Schultern an.

Heller setzte unentwegt fort: »Es wird hier etwas Großes entstehen. Etwas Bedeutendes. Etwas für die Menschen. Ein Quell positiver Energie, ein Ja zum Leben und nicht zu Missmut und Griesgram. Arbeitsplätze werden geschaffen, das ganze Dorf wird davon profitieren, speziell die Jungen, die sonst ins Land hinausgehen müssten, um zu arbeiten, und dann oft gleich ganz wegziehen. Hier, in ihrer Heimat, bieten wir ihnen eine Zukunft. Träume können hier verwirklicht werden. Dieses Hotel wird unser Dorf erblühen lassen, und das alles im Einklang mit der Natur. Fragen Sie nach, wie sehr unsere Leute dieses Projekt begrüßen, recherchieren Sie, auf welche Energien wir hier setzen, machen Sie die Augen auf und erkennen Sie, auf welchen Wert wir vor allem setzen: Liebe.«

»Der Öhlerdichl will Ihre Liebe nicht?«

Heller zog gequält ein Lächeln in seinen grimmigen Schädel, das ihm aber sofort zu einem bedauerlichen Ausdruck verkam. »Es soll Leute geben, die im Hass mit sich und ihrer Umwelt leben.«

»Und der Krämer?«

»Der Elias konnte sich lange nicht entscheiden. Jetzt wird für ihn entschieden. Dass es so kommen musste, das ist eine traurige Geschichte. Der Elias hat sich selbst verrückt gemacht. Er konnte sich nicht öffnen für das Neue. Blockiert war er, das hat ihn innerlich zerfressen. Ständig dieses Wehren, das Dagegensein, die Fragen, die Zweifel, die kreisenden Gedanken. Letztlich hasst man sich doch bloß selbst dafür, dafür nämlich, dass man gegen den Strom des Lebens anschwimmt. Aber ich nehme an, ich erzähle Ihnen nichts, was Sie nicht kennen?«

Jetzt stieg Quantenspringer Heller über den Rückspiegel in die Augen. Schamberger zischte auf und grinste danach wieder frech. Endlich war man im Dorf angekommen. Quantenspringer kramte in seinen Taschen, verdammte Scheiße, die Zigaretten waren alle. Sagte: »Ich werde mein Bestes geben, den Fluss nicht aufzuhalten.«

Nur Heller lachte, lachte aber wie ein gefuchster Schwerarbeiter.

»Dann wollen wir nicht hoffen, dass er als stinkendes Rinnsal in einer Jauchegrube endet.« Jetzt lachten die anderen Männer wieder mit. Heller hatte sich das letzte Wort genommen. Quantenspringer ließ es ihm.

Am nächsten Nachmittag versammelte sich am Stammtisch eine Runde Männer. Auf der Eckbank saß der Bauunternehmer Hump, neben ihm der Liftbetreiber und Großalpbesitzer Schnabel Richard, der eigens zu diesem Gespräch von seinem Gsäss heruntergefahren gekommen war. Etwas abseits hockte Balthasar, der da bloß hockte, weil er da eigentlich immer hockte, während ihnen gegenüber der Wirt selbst mit breiten Beinen auf einem Stuhl klemmte. Bald kamen in kniehohen Lederstiefeln der Sunagler und der Norbert Halblinger, beide aufgekratzt. Aus dem abgelegten Kittel des Sunagler drang sofort ein kräftiger Geruch, die Abgase der Motorsäge, das Harz der Bäume, die der Landwirt in den warmen Wintermonaten unaufhörlich gefällt hatte, und der dabei vergossene Schweiß vermengten sich in seinen Fasern zu einer beißenden Note. Es hatte etwas Zoff gegeben. Der Sunagler, der wie jedes Jahr beim Schneeräumen das Kommando übernommen hatte, musste seinen jüngeren Kollegen nämlich zurechtplärren. Denn was der Biobauer da pflügte, war ihm nicht ordentlich genug, ständig kippte er den Schnee ins falsche Loch, und zwar auf eine Wiese, die den Sunaglers gehörte. Als Quantenspringer durch den Seiteneingang in die Stube trat, war bei ein paar Bieren bereits eine Debatte in Gang gekommen, er blieb an der Garderobe stehen, wo er seine Lederjacke besonders umständlich aufhängte und sich zwischen den Anoraks und Strickkitteln unsichtbar hielt.

»Das mit dem Krämer ist so eine Sache«, sagte der Sunagler, »eine schwierige Sache.«

»Ja, ja«, fielen die anderen nickend mit ein.

Wieder der Sunagler: »Das Irrenhaus hätte er sich ersparen können. Aber er musste ja derart bockig sein.«

Die anderen: »Ja was musste er auch immer so bockig tun!«

Der Hump: »Jetzt hat er eben alles verloren. So ist das im Leben. Wenn man sich dagegen stellt.«

Die anderen: »Furchtbar ist das, furchtbar.«

Der Wirt: »Es ist besser, wenn man mitmacht. Was bleibt uns anderes übrig?«

»Ja, ja«, fielen die anderen wieder nickend mit ein.

Der Schnabel: »Aber der Fall vom Krämer hat auch etwas Gutes.«

Die anderen sahen ihn erschrocken an, stimmten aber zu.

Der Sunagler: »Jetzt müssen wir nur noch den Öhlerdichl aus seiner geschissenen Hütte jagen. Diesen Querulanten, diesen elendigen.«

Der Hump: »Über den mach ich mir keine Sorgen. Der hat keine Rechte. Im Weg steht uns jetzt nur der Schnee.«

Der Sunagler pflichtete ihm bei.

Noch einmal ging die Tür auf und der Kaiser Lennie kam, ein Skilehrer und Bergführer der ersten Stunde und nun im wohlverdienten Ruhestand. Sein Lebenswerk, die Skischule, hatte er in diesem Winter seinem Sohn Lukas übergeben.

Ein tiefgebräunter Mann mit schütterem, etwas zerrauftem, grauem Haar, der trotz unzähliger Falten, die Wind und Wetter in sein Gesicht gerissen hatten, aussah wie ein Junge. Seinen Skilehrerkittel, den er trotzdem noch trug, an der Garderobe und Quantenspringer vorbeiführend grüßte er in den Raum. In seinem Beruf hatte er es über die Jahrzehnte gelernt, mit den verschiedenartigsten Typen von Menschen umzugehen, jeglichem Hochmut und Kleingeist zum Trotz, die ihm da oft gleichzeitig entgegenstürzten, sein sonniges Gemüt scheinen zu lassen und dabei zu erfahren, dass die Menschen dann bereit waren, zurückzuscheinen. Vor allem bei den Frauen war es so. Also rief er dem Schriftsteller, der immer noch an der Garderobe stand, plötzlich zu: »Seppi, komm, setz dich her zu uns!«

Als die Herren den Schriftsteller bemerkten, verstummte die Debatte. Der Schnabel rutschte nur widerwillig beiseite, um ihm Platz zu machen. Jetzt wurde nach allen Künsten herumgedruckst, tunlichst vermieden, etwas voneinander preiszugeben. Der kernige Organismus von Quantenspringers Gegenüber Hump wurde zu einer hochverdichteten Masse, in der sich die Moleküle schier unverrückbar zusammenpressten und nichts mehr herein- und schon gar nichts mehr herausließen, seinen kolossalen, von einem dicken Strickjanker warm gehaltenen Oberkörper hielt er mit beiden auf den Tisch gelegten Unterarmen, an denen zwei gefleckte, fleischige Pratzen steckten, aufrecht. Nur hin und wieder gab er diese Haltung auf und hob einen Arm an, um sich seine qualmende Pfeife an die dünnen, aus einem krausen, grauen Bart schauenden Lippen zu führen, nach jedem Zug gab er mit einem beschwerlichen Wippen mit dem Kopf den Bedingungen seinen Segen. Als Bauherr hatte er sich nicht nur die Erde untertan gemacht, sondern auch alles Widerspenstige in ihm selbst. Nur der alte Kaiser fand die Gemütlichkeit, sein Gemüt dem Fremden gegenüber zugänglich zu machen.

Schnee hamma! Ob er Skifahren gewesen sei? Na dann, prost!

Angelika brachte zittrig frisches Bier.

Quantenspringer versuchte ein geselliger Gast zu sein, einer, der auch mit den Einheimischen konnte. Gab Rede und Antwort, stieß an, lächelte sogar. Aber er schaffte es nicht. Das Eis wollte nicht brechen, prangte zwischen ihnen wie eine uralte, stumme Gletscherzunge und schmolz auch nicht, als er den Männern eine Runde brennenden Obstschnaps spendierte. Und dennoch, tief unter dem Eis, in unergründlichen Schichten, da brodelte es bei den Beteiligten, und in diese Glut stach Quantenspringer jetzt hinein.

Ob der Krämer Elias denn schon für unmündig erklärt worden sei?

Der Wirt warf einen Arm auf den Tisch, auf dem eine dicke schwarze Flechte an Haaren wuchs, sagte aber nichts. Dem Sunagler fielen die zuckenden Augen auf den zerfurchten Holztisch, als könnte er in den mit Dreck verklebten Ritzen eine Antwort lesen, als wären sie ein Buch, in das mit der Zeit alle jemals bei Tisch wieder und wieder geklopften Sprüche, Redewendungen und Anekdoten Einlass gefunden hätten, die bei Bedarf herausgesucht und angewendet werden könnten – der Stammtisch, die Bibel des Wirtshauses. Doch dann reckte der plötzlich den Oberkörper empor, machte einen langen Hals und schmiss tatsächlich mit einem Bibelzitat um sich: »Man drücke die Leute mit Arbeit, dass sie zu schaffen haben und sich nicht um falsche Reden kümmern«, und seine Augen bohrten sich in die des Schriftstellers.

Alle starrten gebannt auf den Kollegen in der Befürchtung, der fleißige Kirchgänger vermischte am Ende wie schon so oft die Worte aus dem Buch Gottes unheilbar mit den eigenen. Schließlich war der Sunagler bekannt dafür, kein Blatt vor den Mund zu nehmen, sobald er einmal in Fahrt gekommen war, und in Fahrt geriet er ziemlich schnell. Vor allem wie jetzt am Stammtisch, wenn er sich am Futtertrog wähnte und gleichzeitig von der Furcht gepeitscht wurde, er könnte zu kurz kommen dabei, denn mit fünf Brüdern und zwei jüngeren Schwestern hatte ihn das Leben gleich früh harten Prüfungen unterzogen. Locker lassen, so lernte er es, führte zum eigenen Nachteil.

Bauherr Hump aber wippte nun wieder seinen Schädel, der Vers, den der Kollege gerade gebracht hatte, war bei ihm da drinnen gar nicht vorhanden. Man einigte sich darauf zu sagen, dass der Krämer halt ein armer Hund gewesen sei, ein Schaffer vor dem Herrn, der aber trotz der vielen, harten Arbeit, die er sich zu der notwendigen durch seine Umständlichkeit meist selbst gemacht habe, auch den Gottesdienst nie vergessen habe. Nachdem er aber all sein Vieh verkauft habe und in Pension gegangen sei, habe er bald nichts mehr getan, außer hinter zugezogenen Gardinen sich dem Studium der Heiligen Schrift zu widmen, bis sich der Gute am Ende in den Worten verirrt und nicht mehr rausgefunden habe. Der Fall solle, setzte der Sunagler drohend nach, für alle eine Lehre sein, die sich dem Nichtsnutz der Wortklauberei verschrieben hätten. Der Norbert sah bloß leer über den Tisch hinweg. Beschämt über seine Kollegen fand er die Worte nicht, die er hätte aussprechen wollen. Der Kaiser trank sein Bier rasch aus und verabschiedete sich, sein Allzwecklächeln hatte er verloren. Aber Quantenspringer hakte nach, die Angst, wegen seiner Fragerei von seinen Mitmenschen gehasst zu werden, hatte er, so entschied er es jetzt, längst verwunden. Da stand auch der Sunagler auf und musste plötzlich schleunigst in den Stall. Hump folgte ihm sogleich, auch wenn er gar keinen Stall zu misten brauchte. Und auch der Schnabel hatte es plötzlich wieder nötig, etwas zu tun. Norbert war der Einzige von ihnen, der zum Abschied einen Gruß sprach.

Nur Balthasar war neben dem Wirt und Quantenspringer zurück am Stammtisch geblieben. Er tat dem Moritz einen Gefallen und bestellte sich noch ein Bier, damit hatte auch der Hausherr einen Grund aufzustehen. Der Stammtischstammgast blinzelte nun aus seinen geschwollenen Beuteln, die unter blutunterlaufenen Augen bis zu den Backen hinunterschwappten, auf denen ein dunkler, mit grauen Büscheln versetzter Bart wucherte, trübe zu Quantenspringer her. Nur langsam wollte er aus sich, aus dem ihn einhüllenden Nebel seiner Bierseligkeit herauskommen, um in ungelenken, von einer Alkoholfahne getragenen Sätzen stammelnd, spuckend und mit gebrochener Stimme doch in die komplexe Form der Worte zu finden. Er sprach von seiner Uschi, einem süßen Kätzchen mit schwarzem Fell, ihre Stirn schmücke ein weißes Herzchen. Die Uschi aber sei ihm vor ein paar Tagen entlaufen. Seit er im Herbst in eine andere, schäbige Wohnung talauswärts in schlechter Lage habe ziehen müssen, haue ihm die Uschi immer wieder ab.

»Ich wäre ja nie in dieses Armenhaus gezogen!«, donnerte der Mann, den Quantenspringer schon oft im Hirschen hatte hocken sehen und der ihm auf der Passionsspielbühne als Apostel Jakobus bekannt war.

Zuvor, fuhr Balthasar aufgebracht fort, habe er mit Uschi direkt im Zentrum gelebt: »Drüben da«, zeigte er mit zittrigem Zeigefinger über den Dorfplatz. »Dort, wo demnächst feine Russenschlampen ihre funkelnden Steinchen kaufen werden!« Ein bekannter Großjuwelier habe das Haus gekauft, um es abzureißen und auf dem Grund eine Filiale zu errichten. »Alles wegen diesem verdammten Hotel. Aber noch sind sie nicht durch damit!«

Er grinste resigniert in sich hinein und ließ dann das dröhnende Lachen eines Siegers aus sich heraus. Nur ein kleiner Fisch sei er, hob er an mit der Selbstgerechtigkeit des kleinen Mannes. Ein zu kleiner und einer von der Sorte, der bloß versehentlich ins Netz gegangen sei. Den eigentlich keiner wolle, der nichts bringe, weil er wirtschaftlich nicht rentabel sei und darum beiseite zum Abfall geworfen werde, wo er noch ein bisschen nach Luft schnappend zappeln dürfe, bevor er mit seinen vielen Leidensgenossen jämmerlich ersticke.

»Aber nicht mit mir!«, donnerte er jetzt wieder aus seinem Bart hervor. Denn er habe nun beschlossen ganz klein zu werden, also sich gar nicht mehr groß zu machen, bis er einfach, und damit prost, durch die Maschen des Netzes hindurchschwimmen könne. »Sanieren«, brüllte er in die Stube, »sanieren tun sie das Haus und mich rauswerfen! Sanieren wollen sie das ganze Dorf, sanieren wollen sie ihre Lebenslügen! Sanieren«, lachte er und zeigte seine braune Gebissruine, »für was denn bloß sanieren?« Sein Herr Doktor habe doch schon vor zwanzig Jahren gemeint, er solle sich unbedingt seine Leber sanieren, darauf gepfiffen, und, wie man sehe, er lebe immer noch, und das bestens! Quantenspringer erwiderte das Prost, er war gut erzogen, auch das hatte er an seiner Erziehung oft bemängelt.

Doch gerade als er Genaueres erfahren wollte, kam wie bestellt der Wirt dazwischen, stellte dem Balthasar das bestellte Bier hin: »Da, und jetzt maulst du mir nicht mehr so viel«, und blieb eine Zeit neben den beiden stehen. Herrschte den Schriftsteller plötzlich an, was ihm denn einfalle, mit seinen Fragen hier die Kundschaft zu vertreiben.

Balthasar wollte Quantenspringer schnell ein Bier spendieren, damit der Wirt sich wieder beruhige, doch der lehnte ab. Mit einem Trinker zu trinken ist ähnlich anstrengend, dachte er sich, wie mit einem Schriftsteller sich über seine Schriften zu unterhalten. Nein, es ging ihm nun darum, eine unaufhaltsam davongaloppierende Zeit festzuhalten und derart zu verdichten, dass sie auf einem Blatt Papier bliebe bis in alle Ewigkeit. Balthasar, der alleine beim Bier sitzen gelassen wurde, zeigte dafür ein Verständnis, das sich in Grenzen hielt.

Währenddessen waren vor der Hirschentür die Wege der Herren auseinandergegangen. Der Sunagler ging tatsächlich sofort in den Kuhstall. Nahm sich eine Mistgabel und stach sie in den frischen Scheiß. Kuhdreckdampf stieg ihm in die Nase, das Methan entfaltete im Gehirn einen angenehmen Schwindel. Mit der Gabel aus dem Stall hinausgeworfen klatschte der Dreck auf den in der Kälte dampfenden Misthaufen. Wieder und wieder tat er diese Arbeit, schon seit Jahren, schon seit er sich erinnern konnte an sein Existieren. Stall ausmisten, Kühe füttern, Kühe melken, nie stellte er da lästige Fragen. Nein, das konnte nicht sein, dass da einer daherkam und Fragen stellte, in Frage stellte, was ihm doch bloß Gewissheit brachte. Wo kämen sie denn da hin, wenn jeder mit dummen Fragen zerpflückte, was zusammenbleiben musste! Was sollten Fragen denn bewirken, außer dass sie verkomplizierten, was doch einfach war. Sein Leben verlief im Wandel der Jahreszeiten und war abhängig von den Launen des Wetters, also in vom Himmel geregelten Kreisläufen, die wie bei einem Baum Ring für Ring auf einen Rand zuwanderten, wo das Alter kam und dann die Erlösung. Also begab er sich jeden Morgen wieder zu seinem Vieh, ran an die prallen Euter und die fleischigen Hüften, die ihm sein Leben garantierten, die ihm Arbeit machten und darum ein Netz waren, das ihn auffing, wenn er aus sich selbst herausfiel.

Er warf die nächste Gabel Kuhdreck in hohem Bogen von sich weg. Wie sehr er es doch eigentlich hasste! Aber lange würde sein älter werdender Körper diese Mühsal ohnehin nicht mehr erdulden müssen. Denn wenn im Frühjahr der neue Stall gebaut wurde, würde ganz einfach ein motorisiertes Förderband den Scheiß zum Loch hinaustransportieren. Auch das wäre eine Erlösung. Die Zeit brachte schon einiges an Veränderungen mit sich, wie neue Maschinen und damit neue Arbeitsbedingungen. Er hatte da nie nicht Nein gesagt. Eher schon sein Portemonnaie beziehungsweise seine Kreditwürdigkeit vor den Herren der Geldhäuser.

Aber es hatte sich einiges zum Guten gefügt in letzter Zeit. Dass der Heller diesen Russen an Land gezogen hatte und der ausgerechnet auch auf einem Eck seines Grundes das Hotel bauen wollte. Dass es mit der Umwidmung von Weide- in Bauland so gut klappte, und der Schamberger ihm einen großzügigen Kredit gewährte. Und letztlich, letztlich, ja man musste, nein man durfte es gar nicht sagen, dass dem Krämer, diesem Bock, sein Bockigsein derart zum Verhängnis wurde. Auch das wird Gottes Wille sein, da stellte er keine Fragen, diesen Hochmut ließ er nicht zu. Mit Fragen kam man Gott nicht näher, nur mit Fügung. Man musste sich fügen, um dem gerecht zu werden, was Gottes Wille ist: den sich ihm unterwerfenden Menschen als Teil seines göttlichen Planes in Herrlichkeit aufzunehmen. So sollte es sein, also würde es auch so sein! Da konnte dieser Schreiberling doch daherkommen, wie er wollte, und alles in Frage stellen! Aber es sich so einfach gefallen lassen, das konnte man doch auch wieder nicht. Dagegen musste etwas getan werden, der Mann war hier zu Gast, ein Fremder nur, das musste ihm doch klar gemacht werden. Sunagler stellte die Mistgabel beiseite, sehr echauffierte er sich wieder. Ging zu seiner Lieblingskuh, kraulte ihr die kleinen Löckchen auf der Stirn, ließ sich ihre raue Zunge über seine hingehaltene Hand schlecken. Ja er konnte gut sein zu seinen Tieren, solange sie nicht eigensinnig wurden. Aber auch das hatte jetzt keinen Wert, nicht um seine Erregung zu lindern. Nein, da half nichts, die Stallarbeit musste jetzt warten, stattdessen war es doch viel besser, ja vernünftiger sofort zum Bürgermeister zu gehen und an seinem Tisch um ein Gespräch zu bitten, ja ihn dazu zu drängen!

Auch der Hump war eilig davongezogen, und zwar in sein Büro. In diesen engen Raum, dessen Fläche fast vollständig der Schreibtisch in Anspruch nahm. Hinter diesem stapelten sich in ächzenden Regalen unzählige Ordner, aus denen vergilbtes, von Zigarettenqualm und Kaffeedunst imprägniertes Papier hervorschaute. Drei Telefone und eine Funksprechanlage gaben ihm die Macht, nur kraft seiner Worte Menschen, Fahrzeuge, Erdmassen gleichermaßen zu bewegen. Sein Bauunternehmen florierte, er hatte es in der Region zu Rang und Namen gebracht. Fuhr er durchs Dorf hindurch und auf der Bundesstraße hinaus aufs Land, vorbei an Häusern, Befestigungswällen und Mauern, über Brücken hinüber und unter einer Lawinengalerie hindurch, dann konnte er mit Fug und Recht behaupten, dass er, Leonhard Hump, die Geschichte dieses Landes mitgestaltet, dass er ihr seinen Stempel aufgedrückt hatte. Gleich warf er sich in die Lehnen seines wuchtigen Bürosessels, die nun ob des Gewichtes knarrten und ächzten. Hier am Schreibtisch kam in Fahrt, was sich eben im Hirschen zur unnahbaren Vaterfigur verfestigt hatte, konnte zur Bestie werden, was draußen als ein ehrenwerter Mann angesehen wurde. Hier konnte es ihm nie schnell genug gehen, nichts konnte ihn zufriedenstellen, da half dann auch die Pfeife nichts mehr. Denn kaum hatte er vorhin nur für einen Sprung seinen Schreibtisch mit dem Stammtisch eingetauscht, wollte auf einer Baustelle draußen im Land wieder nichts vorangehen. Die Bauarbeiten stockten, nur weil irgendwelche Idioten die Rohstoffe nicht rechtzeitig dahergebracht hatten! Also riss er sich einen Hörer nach dem anderen ans Gehör und an den Mund, musste brüllen, musste fluchen, musste alles in Grund und Boden stampfen, was gerade unfähig war, ein Bauvorhaben aus Grund und Boden zu stampfen. Schließlich wurde unter seinem Namen eine Welt gestaltet, die in Gottes Namen zu einer besseren wurde. Er war doch bloß ein williger Handlanger göttlich weiser Fügung, ein kleiner Baumeister in der großen himmlischen Kathedrale, da würde, da musste man doch ein wenig brüllen dürfen, gerade wenn die Zeit so sehr drängte und er überdies etwas aufgebracht war. Denn Gottes Plan schien sich allmählich zu fügen. Die Zeit schien reif zu sein, sie duftete nach prallen Früchten. Der Krämer hatte es halt übertrieben mit seiner Furcht vor dem Herrn, ein gutes Fundament brauchte es dafür schon. Darum hatten ja die Herren, die der Heller da dahergebracht hatte, gerade ihm den Auftrag gegeben, für das Hotel den Aushub vorzunehmen und ein ordentliches Fundament zu betonieren. Aber auch diese Worte brachten in seinem Kopf nicht die Erleichterung, die ihn diesen Schriftsteller hätte vergessen lassen können. Was erlaubte es sich denn dieser Dahergelaufene, sich frech zu ihnen an den Stammtisch zu setzen und die Gosche aufzureißen? Noch einmal verstieg er sich in die Situation, die ihm im Hirschen widerfahren war, derart in Gedanken vergaß er ganz seine Telefonhörer. Ach eigentlich, befand er plötzlich, war da an der Baustelle jetzt ohnehin nichts zu richten und im Grunde war es sowieso eine Lappalie, Verzögerungen gab es immer wieder, nicht alles war planbar. Die verlorene Zeit konnte reingeschafft werden, dafür würde er dann schon sorgen. Also steckte er sich noch einmal in den Janker, setzte sich seinen Hut auf den Kopf und, eine frisch gestopfte Pfeife im Mund, wankte auch er hinüber ins Rathaus, wo ihm der Eberle schon seine Zeit würde geben werden.

Auch Schnabel zog mit Wut im Bauch vom Hirschen davon, im Pick-up fuhr er die paar Häuserecken zu seinem Lift. Der Nachmittag war bereits in den frühen Abend übergegangen, sein Liftbube und Stallbursch, der nebenbei auch sein Sohn war, hatte den Betrieb schon eingestellt. Jetzt hieß es schnell das Geld zusammenzählen und dann ab in die Pistenwalze und glatt und geschmeidig machen, was die Kanten der Skier zerfurcht und aufgeworfen und der Neuschnee zugedeckt hatten. Ein Schnabel preschte durch die Zeit wie seine Pistenwalze durch den Schnee, mit stets nach vorne gerecktem Kopf verfolgte er seine Ziele, immer eine neue Aufgabe im Visier, und was unter seine Fittiche geriet, wurde plattgemacht. Aber wehe, wenn es nicht glattlief, dann wurde verflucht, was ansonsten heilig war! Jetzt verfluchte er diesen Quantenspringer, wünschte ihn zum Teufel, jagte ihn dorthin, wo der Pfeffer wuchs. Nein, dieses windige Männlein würde ihn sicher nicht abbringen von seinem Kurs.

Er stieg in sein Fahrgerät, auf und ab ging es gleich den Buckel, sein Berg wurde gekämmt wie das Haupt eines

Sängerknaben. Alles würde von nun an glattlaufen, da war er schwer davon überzeugt. Der Krämer hatte sich eben vertan mit seiner Hartnäckigkeit, er stemmte sich gegen das Schicksal und wurde von diesem plattgemacht. Jetzt standen die Zeiten auf Wandel, sein Berg sollte ihm noch sehr viel Heil bringen. Ein heiliger Berg, eine Goldgrube werden. Dann würden nicht mehr klappernde Bügel die Gäste an den Eingang seiner Alm hinaufbefördern, sondern eine Gondelbahn, und die gleich ein gutes Stück weiter den Berg hinauf und in Verbindung zum von Skipisten gesegneten Nachbartal. Pisten würden dann erschlossen, neue in den Wald gehauen, Felsen dafür weggesprengt. Was er vor zwanzig Jahren schon beantragt hatte und von Baumknutschern damals abgelehnt wurde, würde jetzt mit den richtigen Leuten im Köcher und einem finanzpotenten russischen Oligarchen als Finanzier möglich gemacht, jetzt konnte er die bereits verstaubten Pläne endlich wieder hervorholen. Denn mit dem Rubel kamen auch die festgefahrenen Widerstände heimischer Behörden und vor allem die der knausrigen Umweltschützer zum Rollen. Gott sei Dank, man durfte es ja nicht allzu laut sagen, der Krämer würde nicht mehr viel zu sagen haben. Also drüber über diesen Huckel, oben angekommen umdrehen und die Spur daneben wieder hinunter, es musste schnell gehen heute, er hatte noch einiges vor. Nach dem Präparieren würde er in seiner Alm nach dem Rechten sehen müssen, denn die Bewirtschaftung hatte er seiner Frau und der Tochter überlassen. Dann würde es ins Tal gehen, wo auch er auf seinem Hof ein paar Viecher zu versorgen hatte. Und schließlich stand um acht noch eine Probe an, bis dahin musste alles glattgelaufen und erledigt sein! Wenn sich da nicht diese nervigen Gedanken an diesen Lump von Schriftsteller graben würden wie die Schneisen und Löcher in eine nachmittägliche Piste. Nicht ständig wieder so ein fieser Wortschwall aus der polierten Oberfläche seines Handlungsrahmens spitzen würde wie die Steine in seinen Hängen durch den Schnee. So konnte er nicht pistenwalzen. Da hatte sich ein Loch in die präparierte Bahn gerissen, ein gefährliches Loch, das sich derart ausweitete und vertiefte, dass es bald unumgänglich war, sich diesem zu widmen und dafür dem straffen Plan etwas Unvorhergesehenes hinzuzufügen. Pistenwalzen konnte er doch später immer noch, es hörte ja sowieso nicht auf zu schneien. Und für was hatte er noch einen zweiten Sohn. Wenn der von der Arbeit im Land draußen nachhause kam, sollte er sich ruhig an seinem Erbe nützlich machen. So stieg er gleich in seinen Pick-up, fuhr zum Dorfplatz hinüber vor das Gemeindehaus und traf beim Eberle im Büro, als hätte da wer ihnen die gleichen Gedanken eingegeben, auf die geschätzten Kollegen Hump und Sunagler.

Alle drei redeten sie nun auf den Bürgermeister ein, der nicht recht wusste, was er von den ihm zugetragenen Befürchtungen halten sollte. Mit zu Figuren gespreizten Fingern hörte er sich aber an, dass dieser Schriftsteller sich immer mehr in die Angelegenheiten des Dorfes mische. Mit seinen Fragen habe er vor sie zu ködern, dieser Nestbeschmutzer, schimpften die drei, nur um sie hinterher schlecht hinzustellen. Das dürfe man nicht zulassen, da würden sie nicht mitspielen. Bevor sie der Stoff für eines seiner kranken Bücher werden sollten, müsse man den Mann stoppen. Dieser Schreiberling dürfe doch nicht überall seine Nase hineinstecken. Wenn, dann nicht, ohne sie blutig wieder herauszuziehen.

Eberle blieb ruhig hinter seinem Schreibtisch sitzen, noch sei ja gar nichts passiert, meinte er. Was solle er auch gegen diesen Mann unternehmen, er sei erst einmal ein Gast wie jeder andere, einer, der dem Dorf Devisen bringe. Dieser

Mann habe halt vor, ein Buch zu schreiben, was an sich ja nichts Schlechtes sein müsse, dem Dorf bei entsprechendem Erfolg sogar einen Namen machen könne, und letztlich wisse ja noch keiner, über was er denn schreiben werde. Nun, musste er den dreien doch recht geben, sei dieser Schriftsteller mit einem Werk bekannt geworden, das einen Skandal verursacht habe, und das sei in der Tat bedenklich. Man müsse halt aufpassen auf den Mann und seine Fragen, vor allem was für Antworten man ihm gebe.

Mit diesen Worten entließ er die nur ungern besänftigten Kollegen, es war Zeit geworden. Eigentlich war er gerade dabei, nachhause zu gehen, und es stand ja noch eine Probe an. Da würde er sich wie der Hump, der Schnabel und der Sunagler die feinen Kleider der Hohepriester und Pharisäer über den Körper ziehen, sich wie sie mit falscher Stimme besorgt geben über die Reden des Nazareners und auf die Einhaltung der Ordnung pochen. Ganz so als hätten sie nie etwas anderes getan.

Und es geschah, dass das Volk vor einem Berg beisammenstand und aufgebracht war, weil es hörte, Jesus von Nazareth wollte kommen. Männer und Frauen gleichermaßen wie Reiche und Arme. Und ein Familienvater, der lahm geworden war, wurde herbeigebracht, denn es hieß, dieser Jesus könne Kranke heilen. Und eine Frau, die an der Tobsucht litt, war da, denn es hieß, er sei der Messias und habe Macht über alle Dämonen. Aber auch eine Schar Hohepriester wollte diesen Mann und seine Taten sehen und hören, wovon er sprach, und ob seine Taten und seine Worte nicht gegen ihre eigenen Taten und Worte sprächen. Die Pharisäer standen nahe bei ihnen in teuren Roben und mit Schmuck an Armen und Beinen, denn ihr Dienst am Wort schaffte Taten, die handfeste Erträge brachten. Und auch sie waren aufgeregt, nicht dass dieser Heiland ihnen ihre Habseligkeiten wieder in Abrede stellte. Darum mischten sich auch drei römische Soldaten unter die Menge, denn es sollte schon Worte gegeben haben, die es vermochten einen Tumult auszulösen.

Als Jesus aber das Volk sah, ging er auf den Berg, setzte sich und seine Jünger traten zu ihm. Und er lehrte sie und sprach: »Selig sind die geistlich Armen, denn ihrer ist das Himmelsreich. Selig sind die da Leid tragen, denn sie sollen getröstet werden. Selig sind die Sanftmütigen, denn sie sollen das Erdreich besitzen.«

Der einfache Mann aber und seine einfache Frau hörten solche Worte gerne, fanden sie sich doch darin wieder in ihrem Selbstbild. Aber auch die Pharisäer warfen einen Blick über ihre fein betuchten Schultern und hinunter bis zu den eleganten Schuhen, versicherten sich, dass es die Sanftmut war und das ertragene Leid und dass sie sich im Geiste arm gemacht hatten vor den Göttern und anderen Obrigkeiten, warum sie jetzt den Lohn genießen durften.

Und Jesus sprach: »Ihr seid das Salz der Erde«, und sie nickten einander zu. »Ihr seid das Licht der Welt«, und in ihren Brüsten schwoll es an.

Da aber sprang der Hannes dazwischen. Sein Jesus fand die Worte kaum und wenn, im falschen Tonfall. Nicht der Erlöser sprach ihm hier, dieser Mann war ihm nicht Herr über die Worte, sondern ein langhaariger Versager, der im richtigen Moment den Mund nicht aufbrachte. Da sprach ihm keiner, dass kein Zweifel bestand an dem Gesagten, der eine Milde schaffte, selbst wenn er schimpfte, und der verband, wenn er trennte. Dieser Jesus hatte ihm nicht den Mut, nicht die Liebe, sondern schien dauernd daran zu zweifeln, wie er denn überhaupt sein sollte. Und der Hannes zeigte seinem Heiland vor, wie er mit echter Leidenschaft spielen sollte. Aber man lachte nur über ihn. Da nahm er sich auch gleich alle anderen vor. Denn auch die Apostel taten nicht so, wie er es sich vorgestellt hatte. Sie sollten dem Heiland gierig an den Lippen hängen, die Botschaft aufnehmen wie trockene Schwämme. Gelähmt aber standen sie unter ihm, als fürchteten sie die Schmach einer Brandrede. Nein, aus einem Skilehrer wollte kein Petrus werden. Das süffisante Schmunzeln auf seinen Lippen und die wild auf seinem Kopf sich kräuselnden Locken ließen sich kaum glaubhaft in eine demütige, ja ängstliche Hörigkeit seinem Rabbi gegenüber verwandeln. Im um Standhaftigkeit ringenden Fels der Kirche steckte zu sehr der Lebemann Lukas, der in seiner Rolle so von sich selbst überzeugte Spieler, der im Schutz der Spielerei Unverwundbare. Jojo, der den Lieblingsjünger Johannes machte, versank in den Sümpfen seiner Schüchternheit, denn man verlangte von ihm etwas zu sagen, und das vor all den Leuten. Und der Öhlerdichl als Judas Iskariot verfolgte bloß mit mürrischem Blick die Szene vor seinen Augen, der jedem verriet, für was für Dummköpfe er seine Mitmenschen hielt. In seinen Händen aber führte er sein Messer, strich mit seinem Daumen über die Klinge und bohrte es immer wieder mit der Spitze in das Holz des ihn stützenden Balkens. Und Hau, Mau und Sau sollten endlich einmal die Klappe halten.

Also versuchte es Liebknechts Jesus noch einmal: »Wer eine Frau ansieht, sie zu begehren, der hat schon mit ihr die Ehe gebrochen in seinem Herzen.« Und die in der Menge erstarrten, als sie das hörten.

»Wenn dich jemand auf deine rechte Backe schlägt, dem biete die andere auch dar. Liebt eure Feinde und bittet für die, die euch verfolgen.«

Und das Volk sah sich an, was verlangte dieser Mann von ihm? War es nicht viel einfacher, die Rituale zu erfüllen und die Gebete zu sprechen?

Jesus aber sprach weiter: »Ihr sollt euch nicht Schätze sammeln auf Erden, wo Motten und Rost sie fressen und wo Diebe einbrechen und stehlen. Niemand kann zwei Herren dienen: Entweder er wird den einen hassen und den anderen lieben, oder er wird an dem einen hängen und den anderen verachten. Ihr könnt nicht Gott dienen und dem Mammon. Seht die Vögel unter dem Himmel an: Sie säen nicht, sie ernten nicht, sie sammeln nicht in die Scheunen; und euer himmlischer Vater ernährt sie doch. Und warum sorgt ihr euch um die Kleidung? Schaut die Lilien auf dem Feld an, wie sie wachsen: Sie arbeiten nicht, auch spinnen sie nicht. Ich sage euch, dass auch Salomo in all seiner Herrlichkeit nicht gekleidet gewesen ist wie eine von ihnen.«

Als Liebknecht-Jesus die Rede beendet hatte, war die Menge aber schon wieder belustigt von seiner Lehre; denn er lehrte sie nicht wie einer, der Vollmacht, sondern wie ein Klugscheißer, der einen Stock im Hintern hatte. Hannes Bundschuh raufte sich die Haare, die er auf seiner Glatze schon lange nicht mehr finden konnte.

Da meldete sich aus der Menge die Maria Magdalena, sie trug einen schwarzen Umhang und ihr Haar unzüchtig offen, hatte sich die Augen bunt tuschiert. Gekonnt wandelte Elena, die Kellnerin im Hirschen, auf dem schmalen Grat zwischen Hure und Heiliger, die über den Abgründen taumelnd jenen Mut und jene Kraft fasste, um als Einzige Leben ins Spiel zu bringen. Sie rief: »Das soll mein Erlöser sein? Bin ich nicht mein eigener Erlöser?«

Endlich, der Hannes hatte Grund zur Freude. Endlich gab da einer seiner Laien etwas von sich preis! Kein Wunder, dass es sein Liebkind Elena war, die er schon immer hofierte wie einen Hollywoodstar.

Jetzt meldeten sich aber die Herren Pharisäer, in der Gestalt des Hump Leonhard, des Schnabel Richard und des Sunagler Albert. Bislang wollten sie wenig zeigen, blieben viel zu sehr Bauunternehmer, Skiliftbetreiber und Landwirt. Doch jetzt, als sie gar nichts sagen sollten, redeten sie plötzlich, und das überzeugend: »Was sind denn das für Worte? Wo kommen die her? So können wir das nicht bringen!«

Elena aber entgegnete: »Ich habe es gesagt, weil es meiner Überzeugung entspricht.«

Der Sunagler aber wusste: »So steht das nicht in der Schrift.«

Und der Hump maulte: »Das sind keine Überzeugungen! Das sind Abweichungen von den Überzeugungen, wie sie uns die Evangelien lehren. Und es sind die Evangelien, die wir hier darstellen.«

Aber Maria schimpfte dazwischen: »Was seid ihr nur für altbackene Herren.«

Klaus-Peter Heller, der in dieser Szene eigentlich nichts zu sagen gehabt hätte, ging dazwischen und sprach aufgeregt: »Solche Worte lasse ich nicht zu. Es gibt eine Schrift und die wollen wir erfüllen. Unsere Eitelkeiten dagegen sollten wir hintanstellen. Es geht nicht um deine Passion, Hannes, sondern um die des Herrn Jesu Christi.«

Der Spielleiter konnte es nicht fassen, erschlagen ließ er sich in einen Stuhl. Schon wieder fing man an, gegen ihn zu sprechen.

»Spielen sollt ihr! Sonst kommen wir nirgendwo hin, wenn ständig diskutiert wird! Spielt weiter«, bat er, aber es war zu spät. Das Einzige, was nun gemeinsam geschaffen wurde, war ein Streit. Denn es meldeten sich auch Stimmen, die es mit dem Hannes hatten. Auch sie wollten sich vom Kirchenmief befreien. Debattiert wurde, diskutiert, doch anstatt zu einer Lösung zu kommen, verhedderten sich die einzelnen Parteien immer mehr in einem Geflecht aus Worten. Anschauungen zeigten sich, die sich als immer blinder erwiesen, Begründungen wurden in den Raum gestellt, die grundlos waren, Rechthabereien ins Feld geworfen, die ziemlich link waren, zu Untergriffen kam es, die vor allem das eigene Niveau in den Keller zerrten. Bis die Zeit es war, die ein Einsehen hatte. Sie verging, wie sie es immer tat, und ließ sich auch von diesem Streit in die Zukunft feuern. Denn man sah auf die Uhr und befand, dass es für heute spät genug geworden war, und durfte die Rollen, in die man geschlüpft war, endlich wieder ablegen.

Der Hannes ging als Erster, das Skript unter dem Arm und eine Baskenmütze auf dem Kopf. Quantenspringer, der sich bislang im Hintergrund versteckt gehalten hatte, ihm nach. Bis zu einem großen Haus, in dem der Spielleiter in einer kleinen Dachgeschosswohnung hauste, vor dieser fing er ihn ab. Der Hannes sah Quantenspringer fragend an. Quantenspringer sah den Hannes fragend an. Doch ohne dass er ihm eine Frage hätte stellen müssen, legte der Spielleiter auch schon los, die Augen blitzten, die Lippen bebten: »Spielen, sagtest du zu uns, spielen sollen wir! Wie recht du damit hattest! Aber ist dieses Spiel ein Spiel? Machen wir uns nichts vor. Das ist kein Spiel, Quantenspringer, sie spielen nicht. Sie spielen nur zu spielen. Sie spielen nur zu spielen, weil sie auch im Leben nicht spielen, sondern nur spielen zu spielen. Das Leben ist so kein Spiel, und ein Spiel hat so kein Leben.«

Quantenspringer schaute verwirrt. Hannes drehte sich noch einmal um wie ein Geheimdienstbeauftragter, um mit einer kaum sichtbaren Kopfbewegung und wortlos den Schriftsteller zu bitten mitzukommen. Hinter der geöffneten Tür nahm der Hannes die Baskenmütze vom Kopf und schlüpfte in gefilzte Pantoffeln, die lauwarm vom Anschauen machten. Das Bündel Blätter auf dem Tisch ablegend ging er zur Küchenzeile und kochte Kaffee. Bücher hatte der Hannes einige gelesen. In seinen Regalen bevorzugt Klassiker, die er dem Namen nach sortiert hatte. Ein antiquarisches Grammofon lugte mit goldenem Trichter aus einem Eck, daneben eine Schatztruhe an alten Platten. Der Hannes legte eine auf, die guten alten Sechziger erschallten. Schnell war man bei einer Flasche Wein, die der Gastgeber mittlerweile aufgetischt hatte, zurück zum Thema gekommen: der Passion, seiner Passion. Ein echtes Theater wolle er, ein echtes großes Theater, begann er zu schwärmen. Funkeln solle das gute Stück, leuchten, lebendig solle es sein. Schafe sollen herumrennen und Ziegen und Hühner, sollen sie doch kacken, das schaffe Authentizität. Nein, machte er sich auf dem Stuhl ruckelnd noch ein wenig größer, als er ohnehin schon war, nein, er wolle keine bloße Wiedergabe eines hölzernen Kirchenstückes, kein bloßes Erfüllen eines verstaubten Gelübdes, ihm genüge es keineswegs, bloß die Evangelien nachzuerzählen. Seine Vision sei es, eine Passion aus der Passion zu machen. Eine Offenbarung, ein Spiegel, in dem die Wirklichkeit des Dorfes sich zeige. Mit jedem Tag, mit jeder Probe, mit jedem Einfall, nicht nur seinen eigenen, so strebe er es an, solle das Spiel sich weiterentwickeln, erst mit dem letzten Akt solle es sich verwirklichen. Laien wolle er sehen, die sich voll und ganz einließen auf ihre Rollen, bereit seien diese auszufüllen, mit allem, was in ihnen stecke, alle Barrieren niederreißend, jene, die zwischen ihnen und ihren Rollen, und auch jene, die zwischen ihnen untereinander bestünden. Spielen sollen sie, spielen! Der Hannes senkte seine Augen, als stiege er aus einem entschwindenden Gesicht. Er goss den letzten Schluck Wein in die Gläser und fuhr, plötzlich betrübt geworden, fort: »Es wartet noch sehr viel Arbeit, Quantenspringer, du hast es gesehen. Gleich gibt es Diskussionen! Gleich müssen die Herren sich erzürnen! Am Text stoßen sie sich schon wieder! Wollten sie nicht auch improvisieren, das Spiel modernisieren? Wollten sie nicht spielen? Wurde ich nicht darum mit einer Mehrheit zum Spielleiter gewählt? Aber schon wieder stoßen sie sich an den Veränderungen und sehen gleich ihre heilige Lehre in Gefahr! Glaubensbrüder, elendige!«

Stöhnend blieb der Hannes an diesem Punkt stehen, suchte Quantenspringers Augen.

»Einen Heiland will ich, der glüht vor heiligem Zorn, einen feurigen Jesus, einer, der brennt vor Liebe und dem Willen zur Wahrheit und Gerechtigkeit, keinen Frömmling, der mit sanfter Stimme weise Sprüche ablässt!«

Es wurde spät, der Hannes beruhigte sich etwas und blickte immer häufiger auf die Uhr. Sein Gast hatte ihn gut reden lassen, und er war dankbar darum. Die Gläser waren leer, doch der Hannes legte eine neue Platte auf und öffnete eine zweite Flasche, die sie, angetrieben von rebellischen Klängen aus dem Grammofon, zügig tranken. Irgendwann aber, Quantenspringer wurde des Redens und Zuhörens müde, machte er sich doch davon. Der Volksschullehrer blieb alleine in seiner Junggesellenwohnung, wo die Schulaufgaben seiner Klasse auf ihn warteten, denn die sollte er morgen benotet zurückgeben. Doch jetzt schaffte er es nicht mehr, sich darauf zu konzentrieren. Die Gedanken flogen in seinem Kopf von Ohr zu Ohr und fanden doch nicht das Loch hinaus. Er legte eine neue Platte auf. Die Töne, die da nun griffig schepperten, die waren Freud und Leid, die klangen lebendiger, als es das Leben für ihn jemals gewesen war, das war wahrhaftig, war schön, gab ihm einen Raum, den er gerne innehatte. Die Schulaufgaben erschienen ihm jetzt plötzlich ziemlich lächerlich. Dieses Kirchenspiel, diese Querelen, lächerlich. So fand er wieder zurück zu seinem Optimismus, der beharrlich sein konnte, vor allem dann, wenn in seiner Realität das Scheitern bereits vorprogrammiert zu sein schien. Er tröstete sich mit dem Gedanken, dass er nicht aufgeben und schon noch etwas Außergewöhnliches aus diesem verkrusteten Kirchenstück formen würde. Modernisieren, Improvisieren, Modifizieren, lachte er. Auffrisieren! Bald schob er die Schulaufgaben ganz beiseite und bastelte vor dem Hintergrund seiner Musik bis in die späte Nacht hinein am Skript seiner Passion. Einzelne Formulierungen gab es da, die er korrigieren wollte, auch an der einen oder anderen Figur ließe sich noch etwas feilen.

Worte füllten den nächsten Tag. Quantenspringer schrieb, verwarf es wieder, schrieb, verwarf es wieder, schrieb und verwarf, dass er es verwerfen wollte. Irgendwann rührte sich unerträglich der Hunger. Da war kein ordentlicher Gedanke mehr zu fassen. Da wurden die hehren Ziele schnell zur Nebensache. Was bedeutete es schon, Großes zu schaffen, was bedeuteten schon Erfolg, Anerkennung, was bedeuteten die ganzen Schulterklopfer, was bedeutete es, als Geisteswesen geliebt zu werden, wenn der Magen knurrt? In sein Inneres fraß sich ein Loch, das wollte gestopft werden. Den ganzen Tag hatte er nichts gegessen außer zwischendurch am Hirschentresen ein, zwei stibitzte Handvoll Erdnüsse. Es war spät geworden, aber vielleicht ließ sich in der Hirschenstube noch etwas Essbares auftreiben.

Recht still war es den Abend über geblieben, nicht das nach den Proben übliche Getöse und Gelächter der Einheimischen. Bloß eine lautstarke Auseinandersetzung zwischen dem Wirt und der Wirtin in der Küche hatte durch die Wände in Quantenspringers Zimmer gelärmt. Jetzt räumte Moritz die Küche auf, während Angelika den Boden wischte. Am verlassenen Stammtisch hockte aber Maria, an einer Flasche Marillenschnaps hielt sie sich aufrecht. Bis auf Detlef Knorr war kein Gast mehr in der Stube. Der verspeiste an seinem Platz einen Rehrücken und versuchte vergeblich mit der Wirtin ein Gespräch anzuknüpfen. Sie kochte innerlich noch immer wegen des Streites mit ihrem Gatten, dachte nicht ans Aufwischen ihrer trüben Gedanken. Der Geist der Marille befeuerte ihren Gram, bis nur noch pechschwarze Kohle davon übrig blieb. Vielleicht blinzelte sie darum aus schummrigen Augen zu Quantenspringer herüber und hieß Angelika, dem Gast noch ein Schnitzel zu bringen. Da konnte der Wirt jetzt motzen, so viel er wollte. Schließlich hatte man nicht alle Tage einen Schriftsteller im Haus, und dazu noch einen von Rang und Namen, der es vermochte, ein gutes Wort über den Hirschen und seine Wirtin zu verlieren.

»Iss, Bub, iss«, scherzte sie und lachte schräg in sich hinein, bis sie wieder in sich selbst, in ihrer Einsamkeit angekommen war; das seltsame Lachen eingefroren, jedes weitere Wort verstummt. Sie kippte sich noch einen Marillenschnaps hinunter.

Knorr wandte sich jetzt an den Schriftsteller. Er faselte vom Zerfall der Gesellschaft, den er als Folge eines Verlustes an Traditionen verursacht sehe. Denn jahrhundertelang bewährte Werte wie Familie, Glaube und Nationalität seien seit dem Krieg total vernachlässigt, ja eliminiert worden. Der Mensch, führte der alleinstehende Mann aufgeregt aus, setze heute auf Egoismus und Individualität, was kein Widerspruch sein müsse, wenn ein starkes Ego, ein ausgeprägtes Individuum sich mit ganzer Kraft für sein Volk einsetze, aber genau daran fehle es. Der liberale Mann sei ein schwacher Mann. Seine ganze Gutartigkeit und Humanität sei doch nichts anderes als ein Produkt, ein Produkt der Angst vor sich selbst und seiner Natur nämlich, das er aber teuer verkaufe. Gerade wenn man sich heute die Kunst und den Künstler so anschaue, dann machten die vor allem mit der Sache Profit, auf den Schwächen der Menschen herumzureiten, seine Schwächen hervorzukehren. Ständig werde einem eingetrichtert, wie schwach man doch sei, ständig werde der Mensch mitsamt seinen Wurzeln madig gemacht, der Mensch und seine Welt zerlegt und zertrümmert, um den Trümmerhaufen dann in Gold zu verwandeln. Das scheine lukrativer zu sein, als die Stärken des Menschen hervorzuheben. Der moderne liberale Mann habe nämlich vor seinen Stärken Angst, genauso wie vor einer Identität. Das passe nicht ins Bild von seiner Gutartigkeit und Freiheit. Da mache er lieber alles schwammig und fühle sich als feiner Mensch dabei. Anstatt auf Identität zu setzen, setze man viel zu lange schon auf Zersetzung.

Quantenspringer hatte dem nichts entgegenzusetzen, der Mann hatte ja irgendwo recht. Knorr ließ sowieso keine Lücke in seinem Schwall, kaum um einmal Luft zu holen, und wenn doch, dann fiel er ihm sofort ins Wort und setzte erregt dort an, wo er hatte stehen bleiben müssen. Quantenspringer ging aufs Klo. Der Mensch, dachte er, ist doch an sich das Produkt von Schwäche. Sonst wäre er kein Wesen, das in einem so verletzlichen, zerfallenden Körper lebt. Folglich ist dann auch alles, was er aus sich heraus zum Entstehen bringt, also Kultur und Nation und Kunst, ein Produkt von

Schwäche, ein Abbild seiner Schwächen, bestenfalls eine Hoffnung oder ein Versprechen auf Stärke, das er nun als solches verkaufen muss. Stark kann der Mensch tatsächlich nur sein, wenn er es endlich schafft, konsequent zu seinen Schwächen zu stehen. Als er zurückkam, stand Knorr zum Glück am Tresen und unterhielt sich dort süßlich mit der immer noch sauren Wirtin. Also zog er noch einmal hinaus.

Die nasse, kühle Luft traf auf sein erhitztes Wesen und ließ seinen Geist anlaufen. Quantenspringer steckte sich eine Zigarette an, wusste nicht wohin. Da leuchtete in einem Hof unter dem Dach eines offenen Unterstellplatzes eine fingerdicke Glut hervor, wanderte zwischen nur schemenhaft im Dunkeln zu erkennenden Personen im Kreis herum. Ein betörender Geruch wehte ihm in die Nase.

»Psst!«, machte es und dann: »Quantenspringer! Quantenspringer!«

Aus dem Schwarz der Nacht rief ihn eine Frauenstimme an. Die Duftwolke hatte die Runde eingehüllt und nahm jeden sofort mit, der ihr nahe kam. Die indischen Sexgöttinnen, sie schienen unersättlich. Zwei große, hell schimmernde Augen blinkten auf. Es war die Elena, die gar nicht so üble Kellnerin vom Hirschen. Den Schleier der Nacht um ihren Körper sah sie schöner aus als im grellen Licht der Wirtsstube. Neben ihr stand der Skilehrer Lukas »Luk« Kaiser, den Joint in der Papp'n. Rauchkringel entließ sein Mund. Links neben ihm stand der Balthasar, der auch diese Form des Rausches nicht verschmähte, und nickte dem Schriftsteller zu wie einem alten Bekannten. Außerdem befand sich in der Runde der Jojo, den Quantenspringer den Lieblingsjünger Johannes spielen sah. Ein blasses, schweigsames Bürschchen, der zwar immer dort war, wo die anderen waren, aber nie wirklich dabei.

Luk gab weiter an Elena. Etwas zerknittert stand er jetzt auf seinen Beinen, die er ohnehin am liebsten auf jenen zwei Brettern vorfand, auf denen er es zu etwas gebracht hatte. Er beherrschte alle Techniken und besaß das Zertifikat des staatlich geprüften Skilehrers. Haute er sich über die Wechten und Huckel, packte er die wildesten Tricks aus. Als Sohn des Skischulgründers machte er sein liebstes Laster schon früh zu seinem Beruf. Der Berg und seine Tücken waren seine Schule, und die Geschmeidigkeit der Elemente, wenn er im Pulverschnee einen Hang hinunterschwang, das Sichfinden in diesen wurde ihm zur Philosophie, zur Lebenshaltung, zum Wegweiser im Labyrinth der mannigfaltigen Lebensstrategien. All die widerspenstigen Elemente des Daseins erschienen ihm auf seinen Skiern besänftigt und wurden zu einem Rausch. Die Zeit flitzte dahin, die Räume schrumpften, ihre Bedrohung schwand. Der Skisport nährte sein Bedürfnis nach Spaß, wahrte die Verbundenheit mit der Natur und gab seiner Herkunft eine Bedeutung und war gleichzeitig noch ziemlich sexy. Denn die Frauen, die da ins Tal hochgefahren kamen, erlagen der Reihe nach seinem sonnenhaften Charme. Da er auch noch gut aussah, lagen sie ihm sofort zu Füßen. Spätestens wenn er diese erst einmal aus seinen klobigen Stiefeln genommen hatte, um zu ihnen ins Bett zu steigen, verfielen sie gänzlich seiner alpenländischen Animalität, die an einen Rockstar erinnerte, der er hätte werden können, hätte er in der Jugend mehr an seiner Gitarre geübt. Gerade im vollzogenen Liebesspiel bekam dann seine Lebensphilosophie den Sinn, den sie versprach: Alles steuerte dem Höhepunkt entgegen. Sprich, wer im Tal war, wollte auf den Berg, und das bis in alle Ewigkeit und ohne Amen. Heute waren es zwei junge Frauen aus dem Deutschen, die ihm die morgendliche Müdigkeit schnell aus den Gliedern getrieben hatten. Mit viel Einfühlungsvermögen zeigte er ihnen, wie man sich in die Kurven legt, voller Verständnis ging er auf ihre Ängste ein, nahm sie an, und was eben noch tapsig war, verwandelte er in ein sicheres Gefühl. Zwischendrin drehte er sich eine Zigarette. So verging der Tag, während die Nacht auf ihn wartete.

Elena klemmte den Joint zwischen ihre Finger und begann daran zu ziehen. Die Augen geschlossen entspannte sich ihr leidvoll geschwungener Mund zu einem friedlichen Lächeln. Quantenspringer erkannte die Frau kaum wieder. Sie war ihm aufgefallen, natürlich, hatte sie doch eine weibliche Figur mit einem außergewöhnlich blassen Gesicht auf einem zarten Hals, und ihre etwas zu vollen Lippen hatten etwas Verruchtes. Aber ihre Stimme tönte heute weich und nicht in dem groben Tonfall, mit dem sie sich im Hirschen Respekt bei den Herrschaften verschaffte. Dort im Dirndl wirkte sie wie ein Mädchen, das von schrecklichen Eltern dazu angehalten wurde, lieb zu sein und Kleider zu tragen, die sie nicht tragen wollte, während ihr Körper jetzt in einem schwarzen Mantel steckte, der vom Hals abwärts bis zu den Plateaustiefeln reichte. Eine warme, dicke Zweithaut in einer doppelbödigen Welt. Erfolgreich in den Feierabend gehangelt hing sie jetzt am Skilehrer. Mit einer Hand war sie ihm bereits unter seine Jacke gekrochen. Der Hirschen war erst einmal Geschichte für sie.

Den Joint in der Hand entkamen ihr schwebende Sätze, die wie Spinnfäden eines Altweibersommers vom Wind getragen irgendwo nach Halt suchten. Wie sie die Stammtischbrüder notgeil angestarrt hätten. Wie sie in sich drinnen gespürt hätte, wie sehr sie an ihr sogen, sie auszusaugen versuchten, weil sie wussten, ihr Körper würde nie ihnen gehören. Wie jeder in der Runde bemerkte nun auch sie, dass der Joint in ihren Fingern verglühte. Also nahm sie noch einen Zug und gab ihn schnell weiter. Quantenspringer hatte die Tüte in der Hand. Der Qualm zog schnell bis in die hintersten Spitzen seiner Lungen, brachte seine belebenden, aber verbotenen Stoffe mit, seine Lungenflügel schienen sich in seinem ganzen Körper und über diesen hinaus auszudehnen, Quantenspringer wurde flügge. Er gab an Jojo weiter. Der nahm den Joint zittrig entgegen und verzog dabei sein Gesicht.

Alle hatten Respekt vor dem Mann aus der großen Stadt. Als freier Literat hatte der es zu was gebracht, hatte einen Coup gelandet und war als Gast einmal in einer Fernsehshow gesessen, wo man ihm Fragen gestellt hatte, die er bissig beantwortet hatte. Berühmt war er und hatte Geld gemacht. Einer war das, der jetzt was zu sagen hatte, auch wenn er seit seiner Ankunft hier nicht viel gesagt hatte. Ein Mann, der ein Leben in einer Freiheit zu führen schien, das sie, in Verhältnissen stehend, mit dem Ende ihrer Jugend aufgegeben und doch nie abgeschlossen hatten.

»Worüber schreibst du?«, wandte sich Elena forsch an Quantenspringer, um die Beklemmung zwischen ihnen aufzulockern.

»Über Gott und die Welt.«

»Wird in deinem neuen Buch wieder viel gevögelt werden?«

»Kann sein, bis jetzt nicht.«

»Du weißt noch gar nicht, wovon du schreiben wirst?«

»Das muss sich entwickeln.«

»Das hört sich spannend an. Nicht zu wissen, wie es weitergeht, und doch den nächsten Schritt machen, darum geht es doch. Wohin die Reise geht, wie es am Ende ausschaut, das kann man nicht wissen. Und? Genau das ist doch der Spaß an der Sache. Darum treiben wir es allzu bunt!«

Sachte baumelten Schneeflocken durch das Schwarz der Nacht, wie fallende Engel in einem weißen Kleid. Elena ließ von Luk ab, denn der schien sich für ihre Hand an seinem Bauch überhaupt nicht zu interessieren, und fing an zu tanzen, warf sich mit weichen Bewegungen in den Reigen.

»Du auch!«, sie riss an Quantenspringers Händen und zog ihn hinaus in den Tanz der Flocken. Doch der hatte keine Lust sich zu bewegen. Blieb steif stehen. Enttäuscht hakte sie sich bald schon wieder bei Luk ein, hing jetzt wieder an ihm dran wie eine Klette, die da eigentlich gar nicht hängen wollte. Der aber zeigte immer noch keine Spur von Interesse. Lächelte nur gelassen aus sich heraus und gab hin und wieder einen Spruch von sich. Eine Frau fummelte an ihm herum, was juckte ihn das schon? Die Frau wandte sich einem anderen zu, was sollte ihn das stören? Bei seinen Schülerinnen war er immer so geduldig, so unterhaltsam, so war er auch bei ihr gewesen, als es noch darum ging, ihr näher zu kommen. Da zeigte er sich als ein Mann, der auf eine Frau eingehen konnte, fasste sie an wie einen verfangenen Schmetterling, den er befreien wollte. Jetzt war alles zur Gewohnheit geworden und er führte sich bei ihr nur mehr auf wie ein Monster, das hin und wieder bereit war, sie in Stücke zu reißen. Und doch, dieses Monster wollte sie bald wieder spüren.

»Schreibblockade?«, wandte sie sich wieder an Quantenspringer.

»Es bockt«, Quantenspringer senkte geschlagen den Kopf.

Er könne das gelassen sehen, schaltete sich Luk ein. »Hier gibt es Stoff für viele Bücher.«

»Nicht dass am Ende unsere verborgenen Seiten offenbart werden«, meinte plötzlich Jojo, der nach dem Joint so still wurde, dass im Dunkeln von ihm beinah nichts mehr wahrzunehmen war außer ein verlassenes weißes Gesicht, das dem Laken eines Gespenstes glich. Wohin nur schwebte er, wo nur lebte er gerade, in welchen Räumen war er gefangen?

»Du wirst das hier doch nicht in einem Buch festhalten?«, warf Luk dazwischen.

»Wir müssen uns zusammenreißen«, lachte Balthasar und machte dem Joint mit zwei kräftigen Zügen den Garaus.

»Ach, wir sind ohnehin die Guten.«

»Wer sind schon die Guten, wer die Schlechten«, antwortete Quantenspringer. »Frei atmen müssen die Figuren.«

»Und wer bist du in dieser Geschichte?«, fragte Elena.

»Ich weiß es nicht.«

»Wir wissen alle nicht, wer wir sind. Wir alle wissen nicht, was wir tun. Ich meine, wer sind wir eigentlich? Wer hat hier das Heft in der Hand? Führt da jemand Regie, zieht die Fäden und wir sind nur die Marionetten, spielen eine Rolle, werden an ein Ziel getrieben, das wir selbst nicht kennen? Und obwohl wir ahnen, dass es einen Ausweg gibt und wie der aussehen könnte, nehmen wir die Tür dafür nicht.«

Quantenspringer senkte den Kopf. »Wir fürchten uns vor dem, was hinter der Tür ist.«

Schweigen. Ein neuer Joint ging um. Alle sahen in den Himmel.

»Schnee«, raunte der berauschte Skilehrer. Er würde jetzt gleich die Elena vernaschen gehen.

»Schnee«, hauchte Jojo. Er würde jetzt gleich alleine nachhause gehen.

»Schnee«, lachte der Balthasar viel zu laut, zuhause stand eine Kiste Bier.

Gedehntes Schweigen, in dem aber die Zeit geschmeidig verstrich. Es brauchte nichts weiter. Das blanke Sein glimmte in kleinen Glitzern auf. Fünf Menschen standen beisammen, es war kalt, aber in ihren Adern rann warmes Blut, heiße Schwalle durchfluteten die Körper. Als wortlose Stimmung kreisten nun die vergangenen Stunden, Tage, Wochen, das ganze vergangene Leben und auch das, was noch zu erwarten war, im gemeinsam aus- und eingehauchten Kosmos. Bis ein Satz wieder auf die Reise geschickt wurde, um übereinstimmend im Raum zu verhallen:

»Guten Stoff gibt es hier in den Bergen.«

»Guten Stoff gibt es hier in den Bergen.«

»Guten Stoff gibt es hier in den Bergen.«

Man ging auseinander, verkroch sich in die Betten, wo Freuden auf die einen warteten und Frust auf die anderen. Die Spannung des Moments fiel ab, die Säulen des eben errichteten Tempels brachen wieder zusammen, die Klänge schepperten dumpf. Über den in finsteren Schatten liegenden Dorfplatz fegte ein eisiger Wind, peitschte die Flocken waagrecht ins Gesicht. Die Kirchenglocken schlugen zu irgendeiner halben Stunde. Spannungen herrschten wieder vor und das beklemmende Gefühl, das Glück verloren zu haben. Der aufkeimende Drang, dafür rennen zu müssen. Wieso, dachte sich Quantenspringer, manövrierte er sich mit diesem Projekt immer wieder an einen Punkt, an dem es eng wurde. Eng wie in diesem Tal. In eine Sackgasse hinein. Wieder stellte er fest, dass er nicht dort hingekommen war, wo er hinkommen wollte, und dass er dort, wo er war, nicht sein mochte. Von wo aus es schwer war, weiterzukommen. Dass es aber weitergehen musste. Man konnte doch nicht einfach stehen bleiben! Aber wohin nur, in welche Richtung bloß das Steuerrad reißen? Welchen nächsten Schritt tun?

Schweigend erreichte er mit Jojo den Dorfplatz, das Bürschchen wollte bislang partout nicht reden. Ließ nichts und niemand an sich heran und vermied es tunlichst, dem anderen zu nahe zu kommen. Nicht dass dem Gespenst dabei das Laken verlustig ginge. Er fror sichtlich, immer fror er, hörte nicht auf zu frieren, sein Kinn steckte tief im Kragen seiner Jacke, so als wollte er darin verschwinden. Aber plötzlich überwand Jojo sich doch. Nicht dass es wie immer zu spät sein würde und er mit einem Versäumnis auseinander und mit Vorwürfen in sein Bett gehen müsste.

Es sei ein Traum von ihm, gab er jetzt zu, einmal ein Buch zu schreiben. Am ganzen Körper wurde seine Erregung sichtbar, so bibberte er jetzt. Erzählte, dass er auch schon den einen oder anderen Versuch gestartet habe, über die ersten beiden Kapitel aber nie hinausgekommen sei. Plötzlich sei da eine ganze Lawine an Ideen, ja eigentlich eine Lawine an Versäumnissen über ihn hereingebrochen. Dadurch habe er aber immerhin seine neuste Idee gewonnen: ein Buch zu schreiben, wie jemand ein Buch schreibt. Und damit scheitert.

Quantenspringer sah ihn an.

Er müsse nur noch wieder beginnen damit, fuhr Jojo fort mit flackernden Augen, aber er traue sich nicht mehr.

Quantenspringer gab einen Ausdruck des Verständnisses von sich, der andere gab sich damit zufrieden. Um schließlich, ehe er tatsächlich verschwand, flüsternd anzufügen: »Gut, dass du in unser Dorf gekommen bist. Gut, dass nun jemand da ist, der einmal alles auf den Tisch legen und Tacheles reden wird.« Hochgradig angespannt, schwer atmend, so ernst nahm er die Rolle, in die er nun geraten war.

Quantenspringer wunderte sich sehr ob dieser hochfahrenden Worte, dem Jojo spielten die Nerven ja schöne Streiche. Der Tacheles reden wird! Er befand aber bei sich, dass er doch eigentlich gar nicht über dieses Dorf schreiben möchte.

Anstatt gleich auf sein Zimmer zu gehen, warf er einen Blick in die verdunkelte Hirschenstube. Hörte ein Geräusch. Vom erhitzten Atem zweier Menschen, der aus der Küche drang. Das Keuchen und Schnauben und sich hochschaukelnde Verlangen eines Liebesspieles, wenn zwei Leiber sich trafen und nackt und schutzlos sich gegenseitig darin zum Brutzeln brachten. Seine Augen lüstern geworden ins Dunkel der Küche geworfen sah er es. Bäuchlings über die Anrichte gehauen klopfte der Wirt heute nicht die Schnitzel vom Schwein, sondern die von Angelikas einladend ausladender Hinterpartie.

Ein neuer Tag kam. Wie gewöhnlich erwachte Quantenspringer erst gegen Mittag. Drehte seinen Kopf zum Fenster, in der Tat, es schneite schon wieder. Als wären es Zeichen, die da von oben aus dem Schwarz der Nacht kämen, unzusammenhängend aus einem überirdischen Gedächtnis, aus dem Buch Gottes hinab auf die Erde geworfen oder auch nur von einem unbedeutenden Möchtegernschöpfer mit Hang zur literarischen Ausschweifung. Die Zeichen dieses Werkes aber waren weiß und mit jedem neuen Wort wurde das Beschriebene heller, sie erhellten ihren Untergrund. Zeichen fielen auf Zeichen, Wörter überdeckten Wörter, Geschichten lösten einander ab, immer wieder neu und so lange, bis jemand die in weißen Flocken vermittelte Botschaft verstehen wollte.

Er knüpfte mit den üblichen Geschäften da an, wo er am Vortag aufgehört hatte. Zog sich an und an seiner Zigarette. Wusch sich das Gesicht, erschrak vor den hineingefurchten Gräben darin. Zähne putzen. Die Haare so richten, dass sie nicht gerichtet ausschauten. Der Abstieg in den Hirschen. Die warme Tasse Kaffee. Sich täglich wiederholende Riten, eine ständig wiederkehrende Schnur an Taten, die eine Welt schufen, die in immer neuen nach vorne preschenden Bildern weiter und weiter gewoben wurde. Irgendwann hatte einer angefangen zu weben, mit dem ersten Faden, dem ersten Knoten, mit dem ersten Wort, wusste nicht, konnte es nicht wissen, was daraus werden sollte. Wob weiter, knüpfte an seinem Werk, eine Aktion ergab die nächste, ein Einfall einen anderen, ein Wort das andere, es wurde immer ungeheuerlicher, es wurde immer bunter. Wer nur hatte angefangen zu weben? Woher kam der erste Faden, das erste Bild, das erste Wort? Und wann sollte es fertig sein?

Es ging weiter, bis schon bald wieder der Abend ins Tal geschlichen kam. Quantenspringer folgte der Bundesstraße ein Stück weit talauswärts. Durchs Dorf schlenderten vereinzelt ein paar Touristen, Skifahrer ratterten in ihren Fahrzeugen behutsam zurück ins Land hinaus. Auf dem Asphalt lag zu braunem Matsch zusammengefahrener Schnee, der ihm bei jedem Fahrzeug, das an ihm vorbeifuhr, gegen die Hose spritzte. Ein bissiger Wind fitzte ihm grobe Graupelkörner gegen die nackte Haut seines Gesichtes, hatte den Schnee mancherorts zu wuchtigen Wechten aufgetragen, gefrorene Wellen, die nicht brechen durften. Vor ihm gab es einen Tumult. In einem blitzsauberen Geländewagen, wie aus der Fernsehwerbung direkt in die raue Wirklichkeit gedriftet, war eine junge Familie aus der Stadt auf dem glatten Belag ins Schleudern gekommen und mit dem Heck in den tiefen Schnee gerutscht, aus dem sie ihren Wagen nicht mehr befreien konnte. Jetzt stand der junge Mann mit seinem Smartphone bedröppelt in der weißen Landschaft und fuhr sich nervös, ein grelles Tattoo huschte unter dem Ärmel hervor, durch die nach hinten geklebten Haare. Die hip gekleidete Lebensabschnittspartnerin saß ebenfalls telefonierend im Wagen und schrie zwischendrin die quengelnden Kinder an. Der Sunagler musste jetzt mit seinem Traktor anrücken und die Verzweifelten zurück auf den festen Asphalt ziehen, beschimpfte dabei den depperten, mit Sommerreifen angereisten Flachländer bestialisch.

Hinter einer scharfen Rechtskurve bog Quantenspringer ab, folgte einer verschneiten Einfahrt, bis er an ein Haus gelangte, das der Beschreibung der Wirtin nach nur die Bruchbude des Krämer sein konnte. An allen Seiten des Gebäudes neigten sich die Wände, aus den Rissen im grauen Verputz schauten die blanken, porösen Steine. Ausgerenkte Fensterläden hingen schräg nach unten, aus einem eingeschlagenen Fenster im oberen Stock winkte ein vom Wind zerfressener Vorhang. Gegen die Haustür hatte der Wind Schnee geweht. Quantenspringer blickte sich um, keiner konnte ihn sehen. Von den umstehenden Bäumen herüber krächzte bloß eine Gruppe aufgekratzter Kolkraben. Er wälzte sich durch den tiefen Schnee zur Tenne auf der Rückseite des Hauses. Eine umgekippte Schubkarre schaute aus dem Weiß, an einer Wand rostete eine alte Waschmaschine vor sich hin. Er ging auf den Schuppen zu, wo sich kreuz und quer zerlöcherte Planen, Säcke mit fest gewordenem Zement, rissige Gummistiefel, morsche Bretter, Kisten mit sonstigem Krempel türmten. In einem Eck die Überreste eines zu Knochen, Krallen und Haaren zerfallenen Tieres, vermutlich eine Katze. Übereinander und ineinander hatten sich ein vom Rost zerfressener Balkenmäher, Rechen, Gabeln, riesige Schrauben und schwere metallene Teile von Maschinen verkeilt. Dinge, die der Bauer einmal gebraucht und dann abgestellt hatte. Durch die Ritzen zwischen den Brettern der Tenne zog kalter Wind, von grauem Staub dick bedeckte Spinnweben schaukelten an der Decke. Quantenspringer tastete sich über das Gerümpel vorsichtig durch einen dunklen Gang zu einer Tür, die in den Wohnbereich des Bauernhauses führte. Ein knarrender Ruck, schon stand er in der Küche des Krämer, in der das in wirren Strichen entstandene Bild der Verwahrlosung weitergezeichnet wurde. Ein schiefer Boden aus dreckschwarzen Dielen knarrte unter seinen Schritten. Seine nervöse Hand warf scheppernd ein paar leere Flaschen um, die einen verkrusteten Holzherd überlagerten. Auf einem Tisch faulten in einer Steige Holzäpfel vor sich hin. Nicht gewaschenes Geschirr, Schachteln, Plastikverpackungen, leere Schüsseln auf dem Boden, es wucherte und gammelte, ein säuerlicher Geruch kroch penetrant in die Nase.

In der Stube dasselbe Bild: Der Teppich übersät mit Heu und Stroh und Tannennadeln, die mit nicht abgezogenen Schuhen und Stiefeln hineingetragen worden sein mussten. Auf Schränken, Stühlen und Regalen stapelten sich Zeitungen und Zeitschriften, auf einer schönen alten Kommode Berge von Briefen, Rechnungen und anderen Schrieben. Auf dem Tisch benutztes Geschirr, Brösel und vertrocknete Pfützen verkleckerter Milch. Auf einem Regal von Fliegen vollgeschissene Fotos von Verwandten. Eine alte Frau schaute aus mehreren Rahmen heraus, seine verstorbene Mutter. Daneben ein Hochzeitsbild in Schwarzweiß von ihr mit seinem Vater. Da daneben, aber umgefallen, entdeckte Quantenspringer ein Foto von einem Jungen im Firmlingsanzug, ein Kind mit strohigem Haar und einer auffallend langen, großen Nase im Gesicht. Der Öhlerdichl, der Neffe des Alten. Quantenspringer fand eine Kerze, vor der der Alte wohl gebetet hatte, und zündete sie an. Ein verstaubter Herrgottswinkel erstrahlte im flackernden Licht, aus dem ihn aus zwei gerahmten Bildern eine rührend sanftmütig dreinschauende Maria und daneben ein gehörig leidender Jesus ansahen, dem sich in die blutende Stirn eine Dornenkrone gerissen hatte. Dazwischen hing ein großes hölzernes Kruzifix, an dem ein Zweig Palmkätzchen steckte und der fast nackte Jesus in ein Kleid aus Spinnweben gehüllt war, in dem eine tote Fliege hing.

Mit leidgeprüftem Blick stierte der Erlöser auf das Chaos, das sich unter ihm im ganzen Raum ausgebreitet hatte. Was nur hatte er da angerichtet, was nur hatte er dem Krämer angetan? Dieser zur Schau gestellte Tod am Kreuz musste dem Krämer tagtäglich ins Bewusstsein drängen, dass dieses Leben grausam sein musste und er selbst es nicht wert war. So warf er seinen Blick aus dem furchterregenden Diesseits in ein erlösendes Jenseits. Im süchtigen Sehnen nach Gnade und im gleichzeitigen Schrecken vor den Qualen auf Erden verkam seine Existenz, der Abfall, der übrig blieb davon, zu einer Müllhalde. Der Krämer nahm sein Schicksal an. Zu säubern, aufzuräumen, was Gott ihm doch aufgetragen hatte, war Sünde. Zu selektieren, zu trennen, zu entscheiden wurde zu Schuld. Denn wer sich selbst erhöhte, der wurde erniedrigt. Denn Gott wählt aus und die Auserwählten sind die, die nicht entscheiden, und damit nicht scheiden, die Bescheidenen. Gott holt diejenigen in sein Jenseits, die sich fügen und den Dreck ertragen, die klein bleiben vor ihm und nichtig, die sich nicht herausputzen, die bereit sind, das Letzte, der letzte Dreck, die dreckigen Letzten zu sein, und werden irgendwann die Ersten sein, denen das reinigende Bad zuteilwerden wird, wenn sie nur die Hände aus ihrem Schmutz zu Gott hinaufreißen und um Gnade flehen. Gott ist derjenige, der dieses Leid aus Ekel und Sehnsucht, diese Prüfung in die Welt gebracht hat und es auch wieder beendet. Gott ist derjenige, der dem Krämer endlich das kümmerliche Leben aushauchen wird.

Quantenspringer hörte etwas hinter sich rascheln. Er sah in die Richtung eines Kanapees und vergewisserte sich, dass da niemand war außer ihm. Über den darauf zerwühlten Decken hing ein Regal, in das ein paar Bücher gereiht waren. Katholenkram bloß; verschiedene Glaubensratgeber, ein Bericht über Marienerscheinungen, ein Vergleich zwischen Marx und dem Satan. Und eine goldverzierte Bibel schaute hervor. Quantenspringer schlug sie auf. Die Bücher Mose, die Psalmen, der Habakuk, der Maleachi und wie die Propheten alle hießen glitten raschelnd durch seine Finger, bis er im Neuen Testament landete. Dort die Evangelien, Jesu Geburt, seine Wunder, die Leidensgeschichte. Aber ob bei Markus, Matthäus, Lukas oder Johannes, Gottes Wort war mit des Krämers kindlicher Schrift überschrieben. Zittrige Zeichen, die sich zu unleserlichen Kommentaren verdichteten, wirr Ränder und Spalten füllten und sich in die schmalen Räume zwischen den Zeilen schoben. Quantenspringer blickte genauer hinein, folgte den Strichen und Windungen, bis er Einzelnes schließlich entziffern konnte. Kränkungen, Schmähungen, die ihm widerfahren waren, die Wickel mit den Nachbarn. Und siehe da: Über dem Namen *Pontius Pilatus* konnte er, immer wieder aufs Neue, den Namen *Heller* entziffern, über *Kaiphas* war der Name des Bürgermeisters *Eberle* geschrieben, wurden die *Pharisäer* genannt, dann standen da jetzt *Hump, Sunagler, Schnabel* darüber. Beim *Petrus* stand *Lukas*, bei *Maria* noch einmal *Maria*, der *Judas* aber wurde zum *Böhler Michl*, so nämlich hieß der Öhlerdichl mit bürgerlichem Namen. Und über *Juden* fand er das Wort *Geldsäcke*. Der Krämer hatte in die Geschichte der Evangelien die des Dorfes eingefügt. Aber über Jesu Namen fand er nur den Buchstaben *K* geschrieben. *K* für Krämer? Glaubte er nicht, der Prophet Elija zu sein? Auch der Name

Kantinger fing mit K an, Quantenspringer schlug das Buch schnell wieder zu. Nicht dass der Wahnsinn auch noch nach ihm zu greifen begann. Aber als er es ins Regal zurückstellen wollte, fiel ein Zettel zwischen den Seiten heraus. Er hob ihn vom Boden auf und sah eine Sammlung von Bibelzitaten, die nummeriert die Abfolge von Krämers Geschichte zu ergeben schienen, so wie bei einer Inhaltsangabe.

1 *Im Anfang war das Wort*
2 *Und das Wort ist Fleisch geworden*
3 *Kein Stein bleibt auf dem anderen*
4 *Die Spreu vom Weizen trennen*
5 *Wenn der Feigenbaum reif ist*
6 *Schalen des Zorns*
7 *Das Neue Jerusalem*

Waren das die irren Auswüchse eines Wahnsinnigen? Oder hatte der Krämer einfach nur ein bisschen gespielt? Aus Spaß und aus Bosheit die Namen der Einheimischen und ihre Rollen in der Passion über die der biblischen geschrieben und darin seine verqueren Zusammenhänge hergestellt, bis er sich in ihnen selbst heillos verstrickt hatte? Quantenspringer lachte lieber einmal auf. Steckte den Zettel zurück zwischen die Seiten und schob dieses Buch für immer zurück ins Regal.

Da raschelte es wieder hinter ihm. Quantenspringer drehte sich zum Kanapee, unter diesem blitzte im Dunkeln ein Licht rasch auf und gleich noch einmal, dann sah er es genau: Zwei Augen funkelten. Eine Katze glotzte ihn scheu an. Vorsichtig ging Quantenspringer hin, das Tier machte sich klein, zog sich in ein Eck zurück, rannte aber nicht weg, miaute hell. Offensichtlich Hunger leidend spitzte es jetzt nach dem Fremden. Ein pechschwarzes Fell mit einem weißen Herz auf der Stirn zeigte sich: die Uschi! Die Uschi vom Balthasar! In dieses verlassene Haus hatte sie sich also verzogen. Quantenspringer erinnerte sich auf dem Tisch eine noch eingeschweißte Fleischwurst gesehen zu haben. Uschi kroch jetzt vorsichtig aus ihrem Versteck, an seine Füße sich schmiegend ran an die am Boden verteilte Wurst. Nun vergaß sie alle Scheu und ließ sich schnurrend über ihr weiches Fell streicheln und bald schmiegte sie ihr schönes, warmes Köpfchen in seine kalten Hände. Quantenspringer packte die Uschi, hob sie an seine Brust und floh hinaus aus diesem faulenden Haus und fort von dem Müll und Gestank, für die er plötzlich großen Ekel empfand. Mit Uschi im Arm ging er auf die Straße, es war Abend geworden. Im Sozialbau suchte er nach der Klingel des Balthasar, freute sich, dem Säufer gleich eine große Freude machen zu können. Aber keiner rührte sich, der Balthasar war wohl im Hirschen. Die miauende Uschi im Treppenhaus absetzend, noch einmal ihr das Herzchen küssend zog auch er, ein goldbraunes Wienerschnitzel vor Augen und gegen eine sich ihm entgegenwerfende Wand aus Schnee und Wind kämpfend, zurück ins Dorf.

Am Stammtisch hockten die üblichen Herrschaften, nur nicht der Balthasar. An den Nebentischen Übernachtungsgäste und Tagesausflügler. Knorr, der sich in die Runde am Stammtisch gemischt hatte, fiel mit seinem Hochdeutsch auf, und wie er damit immer alles besser wusste. Quantenspringer bestellte sich bei Elena das Übliche, die tat dabei so, als würde sie ihn gar nicht kennen.

Eine Horde Leute, man hörte sie schon von Weitem, kam in den Hirschen gerauscht, ausgelassen und laut schwatzend, kreischend, lachend, gackernd riss sie die Tür auf. Alles drehte die Köpfe nach dem brodelnden Getöse. Luk Kaiser hingen zwei blondierte Skihäschen im Arm, um das wankende Trio herum schwanzten Jojo und Severin, der linke Sohn vom rechten Bauherrn Hump, dem er damit die Zornesröte ins ansonsten eingefrorene Gesicht fahren ließ. Ihnen folgten noch zwei andere junge Männer, die Quantenspringer nur vom Sehen her kannte, und eben Balthasar, der mit donnerndem Lachen einem Streifzug in längst vergangene Jugendtage frönte. Krächzend und alle durcheinander bestellten sie sich Bier und Schnaps.

»Die kommen vom Öhlerdichl«, hörte man es vom Stammtisch murren, »der hat ihnen was von seinem Rauschgift gegeben.«

Denn wie die Runde da ekstatisch über alle Niederungen des Lebens hinwegflog, musste da doch mehr im Spiel gewesen sein als bloß der dumpf machende Alkohol. Die Stamperl aneinanderpreschend kippten sie sich den ersten Schnaps hinunter, wurden bloß noch ein wenig aufgekratzter. Ein zweiter folgte prompt, ein dritter, ein vierter. Die Blondinen in Luks Armen wurden weich wie schmelzende Milcheiscreme, während die anderen aufgebracht um sie herumtanzten und ihnen doch nie so nah kommen durften wie der hackedichte Skilehrer. Widerwillig ließ sich Elena von ihm an den Tisch rufen, schwerfällig lachend trank sie mit der Runde einen mit, zornig ertrug sie seine Späße, so ging es munter weiter. Die Wirtin ermahnte die Bande, den anderen Gästen zuliebe sich zu benehmen, und hielt still, als auch sie von dieser einen Schnaps spendiert bekam. Das Getöse wurde wilder. Angestachelt vom Gelächter der anderen schwang sich Luk jetzt auf den Tresen hinauf, auf dem er nur mühsam seine wankenden Beine halten konnte, um seinen Oberkörper hatte er ein weißes Tischtuch gewickelt. Alles starrte gebannt auf ihn, auf seine beiden flapsig fuchtelnden Arme, die übertrieben zitternden Glieder, wie er spuckte und dabei die roten Augen verdrehte, um den gestreckten Zeigefinger zu einer wütenden Rede zu schwingen. Eine prächtige Beule schmückte die Hose im Schritt.

»Seht die Lilien auf den Feldern!«, rief er mit epochaler Stimme quer durch den Hirschen. »Sie mühen sich nicht und sie spinnen nicht! Und doch war selbst König Salomo in all seiner Herrlichkeit nicht gekleidet wie sie.« Und riss, unter kreischendem Gelächter der anderen, sich das Tuch und gleich auch sein Hemd vom Körper. Die Blondinen quietschten vor Vergnügen, die anderen schüttelten sich vor Freude und johlten, applaudierten, grölten zu jedem weiteren Wort, dazwischen die donnernde Stimme Balthasars. Aber am Stammtisch saßen die Herren wie versteinert um ihre Krüge herum, es blitzte aus ihren Augen, sie murrten und knurrten dabei wie ein von heftigen Unwettern heimgesuchtes Gebirge. »Jetzt macht er sich für diese Weiber auch noch zum Affen!«, maulten sie.

Aber der sorglose Skilehrer setzte stampfend nach und fasste sich jetzt auch noch in den Schritt: »Seht die Vögel des Himmels an. Sie säen nicht und ernten doch!«

Die beiden Skihäschen, vor lauter Glück unbeherrscht glucksend, griffen lüstern nach seinen Beinen. Dann streckte sich eine von ihnen ein wenig und langte, mit glühend roten Bäckchen gezeichnet, direkt an seinen prallen Hosenstall, und zur wachsenden Ekstase der Gruppe begann sie diesen aufreizend langsam aufzumachen, um daraus eine Flasche Bier herauszuziehen. Luk öffnete sie mit seinen Zähnen. Sofort schoss schäumend weißer Gerstensaft heraus und ihm in den Bart und hinunter über den Latz, den Rest ließ er ex in sich verschwinden.

»Glückselig«, rief er rülpsend aus, »sind die geistlich Armen! Denn ihrer ist das Reich der Himmel!«

Gejohle. Prusten. Beifall. Die Wirtin lachte laut auf. Hau, Mau und Sau grunzten, obwohl sie es nicht wollten. Blickten verstohlen zum Stammtisch, der einhellig in Empörung geraten war. Da reichte es endlich dem alten Kaiser. Plötzlich riss er sich auf seine Beine und an seinen Kollegen sich ungestüm vorüberhangelnd stürzte er seinem Sohn entgegen, um dem prallvollen, halb nackten Filius, dem der Film jetzt allzu plötzlich am Reißen war, kurzerhand links und rechts eine ordentliche Watsche zu verpassen. »Weil es wahr ist! Rotzlöffel, elendiger!«

Luk Kaiser, die ewige Jugend leuchte ihm, hatte sich im Rausch wieder einmal einen Spaß erlaubt. Für eine Zeit machte er sich wieder einmal zum Gerede im Dorf. Man kannte das bereits. In die Fußstapfen seines Vaters tretend wollte er diesem in nichts nachstehen, wenn es darum ging, den Ernst des Lebens zumindest für einen Moment in die angenehm schleierhaften Gefilde der Vergessenheit zu drängen. Auch der alte Kaiser nahm das Leben nie allzu schwer. In seinen jungen, wilden Jahren waren auch bei ihm an so manchem Tisch die Hosen runtergelassen worden, war er am nächsten Morgen mit schwerem Kopf nicht im Ehebett aufgewacht. Aber sich derart aufgeführt auf Kosten der religiösen Gefühle von anderen Menschen und als Häme gegenüber dem armen Elias, so etwas hätte er sich nie erlaubt, schon gar nicht in heiklen Zeiten wie diesen. Auch wenn die Zeiten sich änderten, die Späße einen immerzu expandierenden Reiz forderten, der Ernst schien in dieser Angelegenheit allzu eng gestrickt zu sein, für Spaß war da unter den Altvorderen kein Raum mehr zu finden. Nein, dieser Spaß hatte ein allzu großes Loch. Wie ernst es in diesem Falle bestellt war, durfte der Luk dann noch weitererfahren. Von üblen Kopfschmerzen geplagt, mit einunddreißig war er nicht mehr der Jüngste, musste er nämlich eine weitere Peinigung über sich ergehen lassen – ja das Leben und vor allem ihre Vertreter bestraften die allzu Lebhaften auf dem Fuß. Erst der Vater mit der verdienten Watsche, dann wurde er vom Bürgermeister Eberle an dessen Schreibtisch bestellt. Wo dem Kind der Sonne der Ernst des Lebens versucht wurde einzubläuen. Und auch diesmal gelobte der Lukas Besserung.

III

Kein Stein bleibt auf dem anderen

Sonntag. Schon um acht kündigte aus dem nahen Zwiebelturm epochales Glockengeläut die Messe an, schellte noch eine Stunde lang, um die Bewohner zum Gottesdienst zu rufen. Alles, was Jung und Alt war, ging hin. Alles, was an diesem Morgen keinen Kater auszuschlafen hatte, nicht anderen Göttern frönte oder noch nicht aus der Kirche ausgetreten war, was hier oben sich aber nur wenige erlaubten. In den vorderen Bänken klemmten artig die Kinder, dahinter auf der linken Seite die Frauen, auf der rechten Seite die Männer in ihren Anzügen und Jankern in trübseligen Farben. An den Stufen hinauf zur Empore standen immer die Stammtischbrüder händefaltend, goschehaltend beisammen, die Gesichtszüge in Sorgenfalten geworfen, als wären sie die Schutzpatrone des ins Kirchenschiff hineinregnenden Heiligen Geistes. Sich in weihevoller Gutartigkeit versteifend trauten sie sich kaum mehr sich zu bewegen. Dafür näselten, räusperten, hüstelten sie andauernd, und das schier manisch, nicht dass sie von der kirchlichen Beeinflussung noch ganz aus ihren mit Gewalt gehauenen Fassungen geschwemmt würden. In einer der hinteren Bänke hingen Hau, Mau und Sau mit Köpfen, die jederzeit vom Hals hätten kullern können, so müde waren sie noch von der Disco der vorigen Nacht. Saßen noch, als alles um sie herum längst stand, und standen dann, und das bucklig, wenn alles schon auf den Knien war. Die alten Weiblein, die in den hinteren Reihen Platz genommen hatten, versanken in einer Gottesfurcht, die zumindest glaubhaft war. Mit rührseligen Gesichtern hielten sie die Hände gefaltet, durch die spröden Finger glitten die Perlen ihrer Rosenkränze, schimmernde Augen blickten in eine jenseitige Welt, die sie bereits begrüßten. Ihnen fiel es sichtlich leichter als den Männern, die in dieser Stunde gepflegten Worte wie Frieden und Liebe entsprechend zu verkörpern, traditionell war hier oben der Mann ein Mann, wenn er wusste, wie er zu kämpfen und zu bekämpfen, zu hauen und zu töten hatte.

Unweigerlich war die Zeremonie in die Predigt geraten, plötzlich schlug es leise, aber darum umso deutlicher vernehmbare Wellen der Empörung auf und gegen die Müdigkeit in den Bänken. Was konnte er da gemeint haben, der Pfarrer Reinmund in seiner Predigt? Seine Worte verrieten erst nichts Dramatisches. Wie immer fing er mit seiner monotonen Stimme an zu sprechen, wie sonst auch schaltete man nach kurzer Zeit ab. Diesmal aber vermochte ein einziger Satz in der langen Rede die Kirchenleute aus der Lethargie zu reißen. Gehüstelt wurde wieder, genäselt und geräuspert, als wäre ein besonders giftiger Virus in Umlauf geraten, den man abwehren müsste. Wie sehr fieberte man jetzt dem Zeitpunkt entgegen, wenn Pfarrer Reinmund endlich den Segen zum Abschied sprach. Noch aber galt es, den Mund zu halten, die Kommunion mitzumachen und das Schlusslied zu überstehen.

Zum Empfang der heiligen Hostie stellten sich alle an, nur die Kleinsten nicht. In sich versunken kauten sie an der trockenen Oblate, in der der Heiland jetzt drinnen wohnte und dessen Geist man in sich aufnahm, sobald das Stoffliche zerkaut und zu Speichel zersetzt im Magen verschwunden war. Jetzt war man erfüllt von schwindelnder Hoffnung im Kopf und einem fahlen Beigeschmack im Mund.

Endlich ertönte die Orgel zum Schlussakkord und frohe, von jedem Missklang befreite Klänge entfalteten sich unter dem Gewölbe des Kirchenhauses. In harmlos dahinschwebenden Tonfolgen ließ der alte Jakob aus den silbernen Röhren seines Instrumentes ein Leben erstehen, das bereits erlöst war. Dies in einem Stück und einer Interpretation, die mit abgewogen einander folgenden Harmonien es tunlichst vermieden, Disharmonien aufkommen zu lassen, als fürchtete er, er könnte so Wunden aufreißen, die durch Jesus doch längst verwunden waren, und hütete sich duldsam davor, Bewährtes niederzustoßen und in virtuosem Spiel neue, überraschende, unerhörte Klangmuster zu erschaffen. Töne folgten da einander, die alle Eitelkeiten verdrängten, Spielereien mieden und darauf verzichteten, das Höchste aus sich herauszukitzeln. Denn das Höchste in diesem Stück ist der Herr, er hat diesen Platz eingenommen, wer sich ihm unterwirft, der erfährt Gnade, wer an sein Programm glaubt, wird erlöst, erlöst von den Plagen des irdischen Daseins, den Qualen des Individuums. Wird erhöht, weil er sich erniedrigt. Wird sich selbst in Gott finden, weil er aufhört, nach dem Himmlischen zu streben. Unermüdlich, wie die Bienen summend um die Königin, kreiste das Tastenspiel um eine Mitte, die nicht erreicht werden konnte, die nicht erreicht werden musste, unerschöpflich kletterte es mit aufsteigenden Tönen dem Höchsten entgegen, ohne es je erreichen zu können, ohne es je erreichen zu müssen, strebte eine Reinheit an, die bereit war im Unvollkommenen angekommen zu sein, angekommen sein darf, denn die Ränder der Existenz sind bereits eingenommen, die höchsten Gipfel erstürmt, die Sünden alle abgewaschen, weil er für alle am Kreuz gestorben ist. Weil er es ist, der erlöst. In dieser Gewissheit, mit diesem beruhigenden Gefühl, weniger bewusst als unbewusst wahrgenommen, wurden die Kirchgänger endlich vom Gottesdienst und aus dem Kirchenhaus nach draußen entlassen, wo das alltägliche Gfrett endlich wieder weitergehen konnte. Reinmunds Predigt schwirrte immer noch ungeklärt in den Köpfen umher.

Erst noch aber ging es auf den Friedhof. Ein eisiger Wind fegte über den verschneiten Gottesacker hinweg. Gleichgültig zog man zwischen den weiß behaubten Steinen hindurch zu den Gräbern der Familienangehörigen, wo man betend stillhielt. Unter ihnen in der Erde lagerten die sich zersetzenden oder bereits vollständig zersetzten Gebeine vergangener Generationen, die eisige Knospe eines Schicksals, das allen blüht. Man ratterte im Stillen sein Vaterunser hinunter, schaute sich um, wer da sonst noch schaute, schwätzte schon, lachte schon, aber noch leise und verhalten, die Hände im warmen Hosensack. Und jetzt erst ging es hinaus auf den Dorfplatz, wo man beisammenstand und als Erstes diesen einen Satz aus Reinmunds Predigt wiederholen und zerpflücken musste. Denn in Anlehnung an den Fall Krämer meinte der Pfarrer in seiner bekannt gewundenen Art und im Ton keine Spur aufgeregter als in den Minuten zuvor, dass Gott vor allem auch in Leid und eben auch in Krankheit zu uns spreche und dass es für seine Herrlichkeit nicht abwegig sei, sein Anliegen, uns zu ihm zurückzuführen, selbst aus einem Verrückten zu verkündigen, vor allem wenn sonst keiner vor lauter Geschäftigkeit mehr zuhören wolle. Das war ein aufregender Satz, den konnte man so nicht stehen lassen.

Der gute Reinmund, er solle so gescheit sein, schloss man, und langsam, aber sicher in den Ruhestand gehen. Wozu sich also lange verkopfen? Das Leben ging ohnehin weiter, klammernd hielt man sich an diesen Gedanken. Und es endete für manchen, zumindest fürs Erste, beim Frühschoppen an einem der schweren Tische im Hirschen.

Obwohl das Glockengeläut aus dem nahen Zwiebelturm mit gnadenlosen Schlägen in seinen Schlaf und in seine Träume geschellt war, dass er sich von einer Seite auf die andere hatte werfen müssen, fand Quantenspringer erst Stunden später aus dem Bett. Aus der Hirschenstube unten drang das Geschwätz über Reinmunds Predigt auch an seine Ohren heran. Darum aufmerksam geworden und weil er doch auch mal etwas recherchieren könnte, ging er ins Gotteshaus.

Quantenspringers Blick verharrte unweigerlich immer wieder auf dem Kruzifix des Hochaltars. Dieses Zusammenspiel von Erhebungen und Tälern, von Linien und Flächen, von Stehengelassenem und von Weggehauenem, das in diesem Falle so aufeinander wirkte, dass aus dem anfangs konturlosen Stück Holz ein toter Mann am Kreuz übrig blieb. Er konnte die pedantisch geführten Gravuren und Schnitte erkennen, dass es eine Arbeit war von äußerster Präzision, die danach trachtete, die Wirklichkeit so getreu als möglich abzubilden, ja die im Leben aufeinander wirkenden Kräfte, die ein Gefühl von Harmonie und Ordnung erstehen lassen, sogar zu überbieten. Wie viele Stunden in so einer Arbeit steckten, wie viele Tage, Wochen, die dieser Künstler in seiner Werkstatt verbrachte. Er kannte das von seinem Vater.

Er sah auf den lebensgroß dargestellten Jesus mit männlich muskulösen Proportionen, dessen Nacktheit nur von einem die Scham bedeckenden Fetzen gebrochen wurde, sah die deutlich hervorgehobenen, weit aufgerissenen Wunden an Händen und Füßen, dort, wo die Nägel sich ins Fleisch des Heilands bohrten und ein Loch von einem ins Herz gestoßenen Schwert klaffte, sah in den langen Haaren auf einem herabhängenden Kopf die geflochtene Krone, die sich mit spitzen Dornen in eine zerschundene Stirn riss, sah die Striemen und Beulen am ganzen Körper, die blutenden Zeugnisse einer erlittenen, auf sich genommenen und überwundenen Folter und ein geplagtes Gesicht mit schmerzverzerrtem, halb geöffnetem Mund, aus dem mit letzten Atemzügen eine malträtierte Seele hinfortzuschweben schien, die geschlossenen Augen darin, die nichts mehr sehen wollten, die nichts mehr zu sehen brauchten. Das war mit das Schlimmste, Unvorstellbarste, was einem Menschen geschehen konnte und von jedem vermieden werden wollte, von diesem Mann aber, so sagt es die Geschichte, bewusst und gewollt auf sich genommen und erlitten wurde, hier dargestellt und konzentriert auf zwei übereinandergeschlagene Balken, festgenagelt als ein millionenfach angehimmeltes Sinnbild.

Wie viele solcher Kruzifixe sein Vater je geschnitzt haben mochte? Große und kleine, manche furchteinflößender als andere. Tage und Wochen brachte er damit zu, er hatte eine Familie zu ernähren. Immer wieder derselbe Auftrag: den schrecklichen Tod des Gottessohnes darstellen. Er war ein arbeitsamer Mann, erfüllte die Aufträge, die man ihm auftrug, fragte nicht wozu, hinterfragte nicht, schon gar nicht sich selbst und die religiösen Motive, die er da fertigte. Einen Heiland nach dem anderen schuf er so. Beim Schnitzen konnte er sich vergessen, konnte hinter der verschlossenen Tür seiner Werkstatt abschalten vom Geplärre der Welt und von jenem, das Kind und Frau verursachten. Hier fand er sich, jeden Tag aufs Neue, indem er sich im Gefühl für Messer und Material verlieren durfte, bis es Abend wurde und er, noch immer versunken in das Stück Holz, das er gehauen und geschnitten hatte, kaum anzusprechen war.

Sein Vater war ein liebenswerter Mann, der ihm immer verschlossen blieb. Als Quantenspringer in die Pubertät kam und zu einem Mann reifte, wurden sie sich einander gänzlich fremd. Mittlerweile gab es kaum mehr Kontakt zwischen ihnen. Höchstens einmal im Jahr an Weihnachten, aber auch das ging vorbei, ohne einen Berührungspunkt zu schaffen, und es blieb beim üblichen Austausch von Grüßen, Floskeln und den routinemäßigen festlichen Glückwünschen mit Handschlag. Quantenspringer ging hinaus auf die Straße.

Obwohl es Sonntag hieß und der Mensch da ruhen sollte, brannte in der Werkstatt des Benjamin Liebknecht Licht, Maschinen heulten auf. Quantenspringer sah durch die verglaste Vorderseite den Zimmermann mit einer höllisch lauten Flex an sechs wuchtigen Balken schleifen. Das mit dem Schauraum hatte ihm der Schamberger bei der Kreditvergabe aufgeschwatzt. Denn wenn die Russen einmal kommen, so argumentierte er, dann wollten die was sehen, echtes Handwerk und den Handwerker wollten die haben und das Bodenständige noch dazu. Da Liebknecht einen Ohrenschutz trug, nahm er den Schriftsteller auch nicht wahr, als der schon lange in seiner Werkstatt stand. Gleichzeitig zur Arbeit ließ er im Schutz des Lärmes ununterbrochen einen wütenden Text aus sich heraus. Die Bergpredigt kam ihm noch einmal, überschrien von der Maschine in seiner Hand. Diesmal aber mit einer Vehemenz, die man bei ihm auf der Bühne und vor all den anderen noch nicht sehen durfte. Er übte für die nächste Probe, aber jetzt, wo ihn scheinbar keiner hören konnte, haute er es aus sich heraus. Denn bislang, wenn er hinaustreten musste ins Scheinwerferlicht und vor die anderen, dann zog es ihm innerlich immer alles zusammen und die Stimme wurde fahl und brüchig. Und je mehr der Hannes dann auf ihn einredete, desto mehr erlangte auch er die Gewissheit, für den Heiland eine Fehlbesetzung zu sein. Und je mehr sie über ihn lachten, desto mehr verlor er auch noch das letzte bisschen Glaube an sich selbst sowie die Hoffnung, dass es mit ein bisschen

Übung schon noch werden würde. Jetzt schien er gegen all die Zweifel anzuspielen, gegen den Krampf in ihm und sein eigenes Zittern.

Die Tür zur Werkstatt ging auf und herein sprang ein kleiner Junge, rannte auf die Balken zu und auf die Maschine, dass es den Liebknecht zwang aufzublicken und schnell abzuschalten. Jetzt sah er, dass auch Quantenspringer neben ihm stand, und ein Anflug von Scham zog über seine Wangen. Aber kaum hatte er den Kleinen wieder im Auge, da erhellte sich alles in ihm und leuchtete heraus. Voller Stolz hob er ihn auf seinen Arm, redete ihm süßlich ins feine Gesicht. Da war der Benjamin Liebknecht mit den Molekülen wieder im Reinen.

»Wir sollten alle wie Kinder sein«, sagte Quantenspringer.

»Wie Kinder, richtig«, sagte Liebknecht und wurde plötzlich traurig. »Wir sind wie Kinder, aber in irgendwelchen frühkindlichen Phasen stecken gebliebene kleine Kinder, kindisch ehrgeizig darin, Erwachsene zu sein, Große zu sein. Weil wir Großen spüren, dass wir kindisch sind, klein sind, werden wir unruhig und misstrauen jedem, der in uns hineinblicken könnte, um genau das zu sehen.«

Quantenspringer nickte, auweh, selbst diese Dorfbewohner wussten ihre Klugheit zum Ausdruck zu bringen.

Es treffe sich im Übrigen bestens, dass er hier sei, meinte Liebknecht und ließ seinen Sohn wieder laufen, denn er könne gleich Hilfe gebrauchen. Diese Balken müssten rüber auf den Kirchenbuckel geführt werden, wo sie zu drei Kreuzen zusammengeschraubt und schließlich aufgerichtet werden würden. Da er gerade hier sei, könne er ihm doch dabei helfen.

Ob er denn mit Schleifen schon fertig sei, wandte Quantenspringer ein. Nein, erwiderte der andere, das sei ohnehin nur dem geschuldet gewesen, dass er beim Schleifen nicht mehr aufhören könne damit und dann immer weiterschleife bis zur Perfektion, das könne bis in alle Ewigkeit so weitergehen.

Die Balken wurden auf einen Anhänger geladen, unterhalb des Kirchenbuckels wieder abgeladen und auf diesen durch den Schnee hinaufgetragen. Der Zimmermann redete wenn mit Bedacht, was Quantenspringer sympathisch war. So erfuhr er, dass Liebknecht mit seinem Betrieb noch nicht lange selbstständig war und daher ordentlich verschuldet. Zurzeit müsse er jeden Auftrag annehmen, auch wenn die Familie so wie heute auch an einem Sonntag zu kurz komme. Das Hotel aber, so sehr er es vom Prinzip her verachte, sei darum auch für ihn eine Chance. Denn so ein russischer Oligarch der habe Geld, und dass der sich nicht lumpen lasse, habe er beim Kauf der Grundstücke bereits bewiesen, da seien Millionenangaben aufgetaucht, von denen keiner wusste, wozu und für wen. Dem Russen aber sei das gerade recht gewesen. Denn Geld, gerade wenn es eigentlich gar nicht da sein dürfe, müsse eben schleunigst irgendwo eingesetzt werden.

Liebknecht befestigte mit Schrauben und Muttern die Balken aneinander, da stießen noch ein paar Männer aus dem Dorf zu ihnen. Der Norbert, der Balthasar und zwei andere Kerle mit ordentlichen Schultern. Sie machten mit bei dieser freiwilligen Tätigkeit, vor allem um zu reden und dabei Bier zu trinken. Wie es unter Männern üblich ist, war da jetzt einer klüger als der andere, wollte einer dem anderen erklären, wo es langging. Schließlich aber zogen alle vereint an den Stricken, mit denen man die schweren Kreuze vom Boden in die Höhe hievte. »Hauruck«, rief der Balthasar und die anderen mit ihm, Liebknecht verband das Holz an einer

Vorrichtung mit dem Kirchenbuckel, und es durfte gejohlt werden. Doch für einen Moment hielten alle still. Denn der Anblick der drei mächtigen Kreuze auf dem Buckel und über allen Dächern erinnerte sie alle nicht nur daran, bald vor Publikum spielen zu müssen und sich zu bewähren, sondern auch an die Tatsache, dass es Zeiten gegeben hatte, in denen Menschen daran tatsächlich elendig zu Tode gerichtet worden waren und es noch immer werden. Ja für den Schnipsel eines Moments stand plötzlich Golgatha vor ihnen und wie grausam das Leben und der Mensch sein konnte.

Balthasar aber lachte: »Wenn tatsächlich Jesus hier in unser Dorf käme und auch noch frech die Gosche aufreißen würde, mit Sicherheit würden sie ihn sofort wieder ans Kreuz schlagen.«

Der Sonntag verging, ihm fiel nicht mehr dazu ein. Der Montag kam, und damit eine neue Hoffnung, der Schnapsladen vom Heiner Baldauf hatte wieder geöffnet. Noch im Halbschlaf war ihm eine Idee gekommen, die jetzt, wie er auf seinen Beinen stand, ihre Bedeutung verlor, ja sie entzog sich sogar völlig seinem Gedächtnis. Es war ihm egal. Es reichte ihm die Gewissheit, dass etwas in ihm arbeitete, dass da noch Einfälle an ihn heranzureichen vermochten. So ging er nach unten.

Die Wirtin war nicht da. Und der Wirt wollte ihm keinen Kaffee servieren. Misstrauisch geworden über das Leistungsvermögen dieses Mannes verlangte er heute die Zwischenrechnung bezahlt zu bekommen. Quantenspringer fand in den Hosentaschen zwei, drei kleine Scheine, dazu ein paar Münzen, zog noch einen Zehner aus der Jacke und legte alles dem Moritz auf den Tresen. Doch der wollte dieses Klumpert nicht annehmen. Nein, den vollen bisher angefallenen

Betrag wolle er sehen, und zwar jetzt. Quantenspringer blieb nichts anderes übrig, als den Wirt damit zu vertrösten, dass er gleich auf die Bank gehen werde. Da hatte doch einmal der Erfolg ein Konto geschwängert. Der Moritz verzog nicht eine Miene, ahnte es bereits.

Auch Quantenspringer ahnte es bereits, als wäre er der Leser eines schlechten Buches. Der Bankomat gab kein Geld. Ein zweiter, ein dritter Versuch änderte nichts an dieser Tatsache. Er wollte das nicht glauben.

Überzogen sei sein Konto, da sei leider nichts mehr möglich, erläuterte ihm die bemühte Schalterangestellte mit Bedauern. Ob er denn nicht ein zweites Konto besäße?

Natürlich … aber auch das … die … verunglückte dem Schriftsteller der Satz. Auch in dem waren die Zahlen rot angelaufen vor Beschämung.

Da könne sie dann zu ihrem Bedauern auch nichts machen.

Quantenspringer wusste nicht, was tun. Zu seinem Unglück kam jetzt ausgerechnet der Öhlerdichl in die Bank. Wenn er auch nicht viel am Hut haben wollte mit diesem Schweinesystem, ein Bankkonto hatte er dennoch. Das war eine Dummheit vom Öhlerdichl, zumindest aber eine ordentliche. Geflissentlich zahlte er darauf nämlich seine üppigen Erlöse seines kleinen im Zwielicht operierenden Handels ein, den er abseits der Gesetze dieses Landes auch darum erfolgreich führen konnte, weil man im Dorf lieber Ruhe haben wollte als einen Skandal. Drogen in der heilen Bergwelt, das durfte es nicht geben. Doch es gab sie. Nicht nur die, die der Öhlerdichl in den Wäldern in Form von giftigen Beeren sammelte, wenn er auf den Wiesen halluzinogene Schwammerl pflückte oder in einem Verschlag im Giebel seiner Hütte unter solarbetriebenen Lampen verbotenes Rauchwerk züchtete, nein, er verschacherte auch solche Substanzen, die Gott hier nicht wachsen ließ. Die gierigen Arme der Globalisierung reichten selbst bis in die abgelegene Hütte des Öhlerdichl. Über ein weltweit operierendes Netzwerk wanderten die Drogen von einer Hand zur nächsten in die seiner Kontaktpersonen in der Landeshauptstadt und fanden dort im hintersten Zipfel ihre Endverbraucher. Seine Klienten wollten gut drauf sein, mit dem Zeitgeist per Du und nicht per Sie. Schnee musste es heutzutage sein, und er sollte leise rieseln. Seine Kundschaft pflegte bar zu zahlen, bloß keine SEPA-Überweisungen. Jetzt hatte er ein ordentliches Sümmchen in den Händen, denn die Geschäfte liefen prima, seine Artikel warfen hohe Renditen ab.

Ungefragt nahm sich der Öhlerdichl gleich seiner an, berauscht vom Lauf der Dinge, die ihn mit dem Schriftsteller hier an diesem Ort und in dieser Lage haben zusammentreffen lassen. Gleich machte er einen Rabatz, was diese verkommenen Bankhäuser sich denn erlaubten, einem Literaten von Rang und Namen kein Geld auszuzahlen.

Das Konto sei nicht gedeckt.

Das könne nicht sein! Das könne nur sein, wenn man nicht wisse, mit wem man es hier zu tun habe. Josef Quantenspringer stehe hier vor ihr, ein Mann, angesehen im ganzen Land und weit darüber hinaus, ein Mann, der Bücher schreibe, die auf den Bestsellerlisten zu finden seien. Wisse sie überhaupt, wovon er hier spreche, habe sie *Mein Krampf* denn überhaupt gelesen, ja habe sie denn mehr davon erfahren als den ignoranten Seich, der darüber im Dorf kursiere? O diese Banausen! *Mein Krampf*, zog er es in die Länge, 300 000 verkaufte Exemplare! Sie Geldhamster könne sich wohl ausrechnen, was da für diesen Herrn übrig geblieben sei.

Der Herr Quantenspringer habe trotzdem kein Geld auf seinem Konto, ganz im Gegenteil, er befinde sich im Minus.

Jetzt überschlug sich die Stimme des Öhlerdichl schier und verlangte einen Vorgesetzten.

Der Herr Schamberger sei gerade in einer Besprechung.

Dann solle sie Verantwortung übernehmen und dem Herrn Quantenspringer einen Kredit geben, einen Sofortkredit! Ein paar Tausender wenigstens, damit er hier noch ein Weilchen bleiben und schreiben könne, was er schreiben müsse. Der Mann arbeite gerade an etwas Großem, die paar Tausender seien doch gleich eingespielt.

Dafür sei sie nicht zuständig, und der Herr Schamberger stehe, wie sie bereits gesagt habe, gerade nicht zur Verfügung. Der Herr Quantenspringer könne es später gerne versuchen, sie könnten gleich jetzt einen Termin vereinbaren.

»O diese Halsabschneider, diese gemeinen! Was sie sich denn bloß erlauben! Sie wollen doch Geld verdienen, sie suchen doch einen willigen Sklaven! Sie vermehren doch ihr Geld mit Zinseszinsen, sie sind es doch, die ihre Leute brauchen und nicht umgekehrt, sie sind doch abhängig von einem wie dem Herrn Quantenspringer und der Masse Mensch, um aus lapidaren Zahlen tatsächlichen Wert zu schaffen!« Also solle sie ihm jetzt einen Kredit gewähren! Sie müsse doch nur ein paar Zahlen auf ein Stück Papier schreiben.

»Herr Böhler«, sagte sie jetzt todernst, »ich bitte Sie, das Haus zu verlassen.« Das sei ein ungeheuerlicher Ton, den er hier an den Tag lege.

»Das Haus verlassen? Einen Teufel werden wir tun!« Das Haus stürmen würden sie, sich nehmen, was ihnen zustehe, auf den Herrn Schamberger würden sie sich stürzen. Menschen dermaßen an die Kandare zu nehmen, wo kämen sie da hin! »Den einen schiebt man es in alle Löcher, den anderen hält man es vor! Selektierer seid ihr, böse Sektierer obendrein!«

Und ehe Quantenspringer sich's versah, zerrte ihn die Hand des fuchsteufelswild gewordenen Wilden am Schalter der Unglücklichen, die nun hilflos zur Seite wich, vorbei und kurzerhand der Tür des Filialleiters zu. Ein Ruck und sie war offen, Josef Quantenspringer stand mit dem Öhlerdichl in dem kleinen, total überheizten Raum. Ihre vier Augen sahen wohl nicht recht. Denn ihnen gegenüber fanden sie Maximilian Schamberger, wie er vor seinem Schreibtisch auf dem Boden kniete, gerade dabei, dem mit langem Bein lässig im Ledersessel hängenden Klaus-Peter Heller die nackten Füße zu massieren. Ein Glas hielt er dabei in der Hand, das gefüllt war mit teurem Champagner aus einer auf dem Schreibtisch stehenden fast geleerten Flasche. Bestürzt schauten auch die beiden, Heller riss seine Füße an sich, während Schamberger sich die ins Gesicht gefallenen Haare korrigierte. Es war kaum zu leugnen, man hatte wohl auf etwas angestoßen und war dazu übergegangen, dem Rausch der Gefühle freien Lauf zu lassen, um sich hier jenen Reizen hinzugeben, die entstehen können, wenn zwei lebendige Körper, noch dazu zwei sonst bevorzugt sich bekämpfende männliche, in wechselseitigen Geschäften einander wohlgemut sind.

Wie sich plötzlich alles fügen wollte: Heller und Schamberger, Freunde schon seit Kindertagen, Parteikollegen und dem Führer ihrer Partei in derselben Weise zugetan, jagten schon immer gemeinsam, und das in Sauseschritten in eine rauschende Zukunft, nur um jetzt ganz plötzlich im Zwielicht ihrer Machenschaften überrascht zu werden. Die Mäuler weit aufgerissen konnten sie doch nichts sagen. Dafür sprudelte es bereits aus dem Öhlerdichl.

»Ja da schauen sie wie die Ölgötzen, hahaha! Man sollte dieses Bild festhalten und in einen Rahmen geben, Titel: Heimatland in warmer Hand, hahaha! Schluss damit. Unser

Herr Schriftsteller ist in die Welt gezogen und schließlich an ihren Arsch gelangt, um eine Geschichte zu schreiben, die Geschichte schreiben soll. Denn er selbst ist Teil der Geschichte und wird Geschichte, indem er seine Geschichte auf Papier festhalten wird. Aber was erzähl ich euch Kulturverächtern, euch Feinden des Geistes! Ihr versteht diese Sprache doch nicht. Der Mann braucht Geld, und zwar jetzt, denn auf seinem steinigen Weg lässt er sich nicht aufhalten weiterzugehen, nur weil der Schotter unter seinen Füßen fehlt!«

»Soll das etwa ein Überfall sein?« Schamberger hatte sich mittlerweile erhoben und grinste wegen seiner Aussage. Im Hintergrund entschuldigte das verzweifelte Schaltermädchen diesen Aufruhr, den sie partout nicht hatte verhindern können. Heller klemmte kreidebleich geworden im Ledersessel und faltete bereits die Wortschiffe zurecht, die ihn irgendwie wieder aus diesen heiklen Gewässern manövrieren sollten.

»Raus aus diesen Räumen, ehe ich mich vergesse!«, schrie jetzt plötzlich Schamberger, mitgerissen von dem Strom plötzlich hereingebrochener Absurditäten und irgendwie beschämt ob der dem Kreischen nahe geratenen eigenen Stimme. So kannte er sich selbst nicht. Aufregung, ja Schwäche zeigte er sonst nie, wenn er gut frisiert und grinsend durch die Lande zog, um neue Geschäftsfelder zu entdecken, wenn er gut frisiert und grinsend diese dann erschloss und sich auch nicht davon abhalten ließ, wenn ihm, dem Mann der Freiheit, der in einem konservativen Land lebte, eisige Winde entgegenschlugen, und auch nicht, wenn er gut frisiert und grinsend sich seinen Profit in die Taschen seiner feinen Anzüge steckte, und schon gar nicht, wenn er gut frisiert und grinsend sich nicht genierte, abschließend die Sau aus sich heraus- und die Hosen herunterzulassen.

»Meine Herren«, fand Quantenspringer endlich ins Wort, »ich befinde mich in einer prekären Lage …«

Da ging ihm auch schon Heller in den Text: »Sie werden hier von diesem Narren doch nur zum Narren gehalten! Wer Geschichte schreiben will, sollte sich nicht auf solche Personen einlassen. Das Narrenschiff, auf dem Sie gelandet sind, führte Sie in heikle Gewässer. Sehen Sie, ich will ehrlich zu Ihnen sein. Ich habe nicht das geringste Interesse daran, diese Szene von gerade eben, die ja an und für sich harmlos ist, aber Sie wissen ja, wie die Schreiberlinge erpicht darauf sind, etwas daraus zu machen … Also gerade heraus gesagt, ich bitte Sie, diese Szene hier gut sein zu lassen, ich bitte Sie, Ihren Anstand zu wahren und das hier nicht als Quelle etwaiger geschmackloser Ergüsse zu missbrauchen, was natürlich hauptsächlich Interpretationssache ist. Sehen Sie, ich möchte Ihnen weiterhelfen. Finanziell zum einen, aber wichtiger noch, ich möchte Ihnen einen Grund geben hierhergekommen zu sein, ich möchte Ihnen einen Anstoß geben, einen kreativen Impuls, der Sie vielleicht in eine ganz andere künstlerische Richtung katapultieren wird können. Und wer weiß, wo Sie dann landen werden? Vielleicht sogar in den Gefilden ernst zu nehmender Literatur, also jenseits der, und ich denke, ich rede da in Ihrem Sinn, jenseits der perfiden Popliteratur.«

»Hohoho, wie er sich ins Zeug legt, der gute Klaus-Peter. Wie er die Worte an sich reißt, dreht und wendet und wieder wendet und dreht, bis er zur Unkenntlichkeit verdreht hat, was er in Wahrheit sagen will, bis er es so oft gewendet hat, dass nichts mehr da ist außer dem Zweck seiner Verwendung: Nimm ihn nie beim Wort!« Der Öhlerdichl versuchte Quantenspringer aus der Umgarnung Hellers wieder an sich zu reißen, die sich bereits in einer auf dessen Schulter gelegten Hand manifestierte.

»Wie viel können Sie mir geben?«

»Was Sie fürs Erste brauchen.«

»Quantenspringer, verkauf jetzt nicht deine Seele. Du musst schreiben, was zu schreiben ist, und nicht, was du schreiben sollst. Das ist eine Falle! Nein, das ist ein Überfall! Hände hoch!«

Aber keiner hörte mehr auf den Guten, obwohl man sich bei ihm nicht sicher sein konnte, ob er es nicht plötzlich ernst meinte und am Ende noch sein Messer zückte.

»Was erwarten Sie von mir zu schreiben?« Quantenspringer wurde immer leiser.

»Nein!«

»Ich glaube nicht, dass dies jetzt und hier der geeignete Rahmen ist, dies zu besprechen. Ich mache Ihnen einen Vorschlag, genauer gesagt eine Einladung. Kommen Sie doch morgen Abend zu uns zum Essen. Ich bin sicher, meine Frau wird sich über Ihre Anwesenheit freuen.«

»Ihre Frau?«

»Ja, sie interessiert sich sehr für die Literatur«, Heller klopfte ihm beipflichtend auf den Rücken und lächelte, »und sie kann vorzüglich kochen. Sie werden begeistert sein.«

Quantenspringer sagte zu, aber der Öhlerdichl packte ihn an den Schultern, schüttelte ihn kräftig durch, als könnte da etwas anderes aus ihm herauskullern als die eben gehörte Zusage. »Wo steuerst du lang?«, fragte er.

»Ich muss aufpassen«, sagte Quantenspringer jetzt geschlagen, »dass mir nicht alles völlig aus dem Ruder läuft.«

Der Abend kam schneller als erwünscht. Quantenspringer wollte nicht zu diesem Heller, aber was hatte das schon zu bedeuten. Einer kleinen Straße folgend lief er den Berg hinauf, wo die Hellers im vorigen Jahr ihr Haus gebaut hatten. Ein moderner Neubau aus zwei länglichen, etwas versetzt übereinandergestapelten Blöcken, das Untergeschoss gemauert und schwarz gestrichen, das Obergeschoss mit Lärchenholz getäfelt. Die Glasflächen der Südseite schauten auf die Silhouette der Berge und zeigten auch, was sich im Dorf unten regte. Es war unschwer zu erkennen, dem KP war der Mammon wohlgesonnen. Quantenspringer zündete sich eine Zigarette an, blickte ins Dorf hinab. Die unter der Schneelast sich bückenden Häuser harrten der Nacht. In den Straßen konnte er nur mehr schemenhaft ein paar kleine Punkte wahrnehmen, die sich im Dunkeln bewegten. Von dort oben betrachtet verschwammen die Umrisse der Menschen zu flimmernden Knäueln, wer Einheimischer oder Gast, wer Frau oder Mann, wer groß und wer klein, wer wie angezogen war, war nicht mehr zu erkennen, nicht mehr festzumachen schimmerten die Körper durch die Straßen wie der Auflösung nahe Auren.

Die letzten Schritte, der glühende Stummel zischte im Schnee. Vor dem Eingang parkten ein neuer BMW, daneben ein kleiner Traktor aus Plastik und ein vereister Schlitten. Quantenspringer zögerte nicht und klingelte einmal und gleich noch einmal. Hellers Frau machte auf. Groß, blond, sauber, sehr deutsch, sie hatte ihre Reize. Fiona, stellte sie sich vor, sie grüßte etwas zu freundlich. Schon spitzten ihre Töchter hervor, erst schlüpfte die eine, dann die andere zwischen den Beinen hindurch. Julie war fünf und Lisa sieben Jahre alt. Beide hatten sie schönes zu Zöpfen geflochtenes blondes Haar, sie grinsten wie Sonnenschein. Drinnen im Flur empfing ihn der Klaus-Peter mit offener Hand und drückte fest zu, dass Quantenspringer seine Knochen spürte.

Wie er sich freue, den Schriftsteller wieder in besserer Verfassung als gestern Nachmittag zu sehen! Quantenspringer zog seine zerlöcherten und patschnassen Schuhe ab. Ob er einen schaffensfreudigen Tag gehabt habe, wollte Fiona wissen und bestand darauf, seine feuchten Füße, die auch noch rochen, in blaue Filzpantoffeln zu stecken. Die ersten Missklänge stimmten sich an.

Im Wohnzimmer knisterte ein Feuer in einem offenen Kamin. Man setzte sich in eine davor angebrachte dunkelbraune Ledergarnitur. Dort sollte sich die Anspannung in Lockerheit verwandeln, Fiona reichte einen Chardonnay zur Unterstützung. Quantenspringer sah sich vorsichtig um. Kirschbaumparkett unter seinen Pantoffeln, ein abstraktes, großformatiges Gemälde in erdigen Tönen zu seiner Rechten. Die Wände dezent cremefarben, ein Großbildfernseher auf einer weißen Kommode links von ihm, hinter ihm führte eine Wendeltreppe ins obere Stockwerk. Der Esstisch vor der Glasseite umringt von glänzend weißen Designersesseln, die mit ihren fließenden Formen an Kloschüsseln erinnerten. Quantenspringer schaute in den Boden, denn dem Luxus ausgesetzt entstand in ihm immer der Druck, dessen Glanz gerecht werden zu müssen. Heller hatte seine Körperteile lässig aufs Sofa geworfen, die nun in ihrer Lässigkeit erstarrend sich in die weiche Materie unter ihnen krampften. Er schwang das Wort eloquent und schaffte doch nur Anspannung. Er riss einen Witz, den keiner lustig fand. Fiona dagegen gab nur bescheidene Kommentare ab, war mehr damit beschäftigt, mit musternden Blicken die rätselhaften Regungen des Schriftstellers zu verfolgen. Sie hatte sein Buch noch nicht gelesen, trotzdem fand sie es spannend, einen erfolgreichen Kulturmenschen bei Tisch zu haben. Es erinnerte sie an zuhause, an ihre Kindheit und Jugend im Preußischen. Ihr Vater führte einen Konzern, mit dem ihr Großvater im Krieg reich geworden war und der danach auf die Herstellung von Kleiderbügeln spezialisiert war, die er weltweit vertrieb. Ihm war es wichtig, den Kindern eine gute Bildung mit auf den Weg zu geben, dazu mussten auch Kunst und Literatur gehören, mit dem Arischen nahm er es nicht mehr so genau wie sein Vater. Als Kunstsammler lud er Maler zu sich nachhause ein. In einen hoffnungsvollen Fantasten aus Wien, der den Durchbruch aber nie geschafft hatte, verliebte sich die junge Fiona inbrünstig. Der nahm ihr in den paar Wochen seiner unkreativen Anwesenheit ihre Unschuld und fügte ihr die erste schmerzhafte Lektion eines gebrochenen Herzens zu. Vielleicht studierte sie auch deswegen Betriebswirtschaftslehre. In einem Hotel in einem Nobelskiort lernte sie den damaligen Hotelmanager Klaus-Peter kennen. In Liebesdingen auch diesmal leicht zu beduseln verliebte sie sich in den charismatischen, ehrgeizigen Mann aus den Bergen und in seine stahlblauen Augen, die davon erzählten, dass mit Konsequenz und der nötigen Härte alles zu erreichen war.

Jetzt saß sie mit seitlich auf die Garnitur gezogenen Beinen da und rieb sich die Füße aneinander vor Verlegenheit. Sprach sie doch einmal mehr als das Beschränkte sonst, wandelte sich die Unsicherheit plötzlich in eine Abgeklärtheit, die kühl auf den Tisch brachte, was ihr im Kopf vorschwebte. Aber auch sie dachte nicht daran, die schleppend in die Gänge kommende Unterhaltung auf jenen Punkt zu bringen, den Josef Quantenspringer von Anfang an im Visier gehabt hatte und wegen dem er mit spitzen Bissen sich schon den ganzen Tag selbst zerfleischte. Auch Heller ließ sich alle Zeit der Welt, die Katze endlich aus dem Sack zu lassen, genoss es, die Trümpfe in seiner Hand zu haben, um sie, minutiös geplant, mit fester Entschlossenheit der Reihe nach auszuspielen. Ja bald alberte er wieder mit seinen

Töchtern herum, zog jämmerliche Grimassen dabei, machte die Stimme schmerzlich süß, zelebrierte den glücklichen Vater, den im Stolz geradezu badenden.

Ob er selbst Kinder habe?

Natürlich nicht. Und auch in Zukunft sei Derartiges nicht geplant.

Endlich wurden die Mädchen ins Bett gebracht. Der Schriftsteller aber fand keine netten Worte, schnitt keine Grimassen, nein, Sonnenschein eins und Sonnenschein zwei verdüsterten sein Gemüt. Heller riss das Wort nun wieder an sich und baute eine Unterhaltung auf, die bloß zu vermeiden half auszusprechen, was ausgesprochen werden sollte. Fiona jedoch nivellierte zum wachsenden Missfallen die Aussagen Klaus-Peters, fiel ihrem Mann dabei sogar ins Wort, als wollte sie das eben Gesagte ihres Besten gleich wieder auslöschen, als befürchtete sie ständig, das eben Gesagte könnte durch den Schriftsteller schwarz auf weiß festgehalten und so eher zur Entlarvung geführt werden. Quantenspringer bereute es bereits zutiefst, der Einladung gefolgt zu sein, dabei stand noch nicht einmal das Essen auf dem Tisch. Gequält stellte er fest, dass er Schwere in die hübsch ins Leben gestülpte Leichtigkeit der Hellers brachte.

Endlich erbarmte sich Fiona und brachte Erlösung in Form dreier dampfender Suppenteller. Die Blumenkohlcremesuppe war fad gewürzt und die Hoffnung Quantenspringers richtete sich auf die Filets vom Kalb in Melissensenfsauce. Aber das Fleisch war nicht durch und knatschte zwischen den Zähnen. Während Fiona ihr Besteck gefühlvoll in die Speisen schnitt, stach oder grub, kaute und wieder kaute, bis sie endlich hinunterschluckte, schlang ihr Mann vornübergebeugt alles in sich hinein. Mit vollem Mund aber, ein Schluck dazu vom feinen Rotspon, den er mit großer

Geste dem Chardonnay folgen ließ, und immer besser kam bei ihm in Fahrt, was er bereits angestoßen hatte. Die in seinem Haus, seinem Auto, seiner Frau und seinen Kindern manifestierte Erfolgsgeschichte bestätigt ging er am Ende des Mahles, sich die Fleischfasern aus den Zähnen kratzend, dazu über zu demonstrieren, was ihn eigentlich zum Erfolg gebracht hatte, schmückte seine Vision nun aus, bis sie im Sättigungsgefühl der eingenommenen Speisen zu leuchten begann wie ein glitzernder Weihnachtsbaum. Er sprach von Wettbewerbsfähigkeit, von einem wertschöpfungsintensiven Ganzjahrestourismus, von Entschleunigung und Activity, Sinninszenierung und Selbstfindung, der Begriff Postmaterialismus fiel, all das im Zusammenhang mit dem neuen Hotel. Vom Tisch aus deutete er mit ausladenden Handbewegungen aus dem Fenster in die leider nur zu erahnende, von Nacht und Wolken verschleierte Landschaft, dort, wo in baldiger Zukunft Mountain-View-Aussichtsplattformen, ein Summit Adventure Trail, eine Panoramabahn und neue Skipisten verwirklicht werden sollten, um aus dem verschlafenen Dorf eine internationale Gesundheitsmarke, einen Jungbrunnen, eine Energie-Tankstelle, ja ein metaphysisches Psychotop zu machen.

Quantenspringer rang um Worte, wusste nichts, was er diesem Mann sagen sollte, außer dass er ihn für einen Schurken hielt. Fiona kam dem Gast zu Hilfe und schalt ihren Gatten, dass er zu viel rede. Aber Heller wusste, warum er so sprach, warum er sich nur allzu gerne in ausladenden Worten verlor. Erst fesselte er seinen Zuhörer und entführte ihn dann, um ihn schließlich im Dickicht seiner Worte zu vergewaltigen. Höflich aber wechselte nun Fiona, zum Missfallen ihres Gatten, das Thema und redete über Literatur, schließlich war sie unter dem Bücherregal des Vaters groß geworden. Dostojewski sei ihr Lieblingsschriftsteller in der Jugend gewesen, gab sie gerne zu und wollte wissen, über was Quantenspringer denn schreibe. Heller warf ihr einen strengen Blick zu, so weit war er doch noch gar nicht.

Über Gott und die Welt? Das sei ein interessantes, wenn auch weit hergeholtes Thema, meinte Fiona.

Große Ambitionen, die er da habe, witzelte ihr Mann über die Antwort des Autors.

»Hinter großen Werken stecken hohe Ziele«, berichtigte ihn Fiona.

»Ziele werden gemacht, um sie zu erreichen«, korrigierte sie Klaus-Peter. Aber darum habe er den Mann ja auch eingeladen.

Heller holte jetzt also noch einmal aus, um mit geflügelten Worten zurück in die Geschichte der Väter zu gleiten, ja sogar bis in die der Väter der Väter und noch weiter. Vor rund achthundert Jahren mussten ihre Vorfahren nämlich vor der Härte ihrer Landesherren fliehen, gaben die fruchtbaren Böden in den Ebenen auf, um mit dem bisschen, was ihnen geblieben war, in dieses abgelegene Tal zu ziehen, in dem bis dahin Bären und Wölfe die Krone der Schöpfung darstellten. Hier im Schutz der aufragenden Berge, geborgen von der Einsamkeit der Wälder, die bislang nur vereinzelt Menschen zur Jagd durchkreuzt hatten, fingen sie in ihrer Not, aber auch mit einer zu bewundernden Hartnäckigkeit an, dieses Fleckchen Erde zu besiedeln. Rodeten Bäume und bauten sich erste einfache Hütten, schafften sich selbst und dem Boden Licht und machten den steinigen Talgrund so weit urbar, dass auf den freigelegten Flächen zumindest das Tier etwas zum Fressen fand. Das waren harte, entbehrungsreiche Zeiten, der Himmel hielt diesem Land einiges vor. Die Sommer waren schon immer kurz hier oben und ständig von plötzlich hereinbrechenden Gewittern gepeinigt, die Winter dagegen waren lang, kalt und bedrohlich. Gerade in dieser Zeit, wurde Heller nun wieder süßlich, als läse er seinen Mädchen etwas aus einem Kinderbuch vor, sei der Zusammenhalt wichtig, sei wie ein wärmendes Feuer gewesen, das entfacht wurde, wenn man eng am Kamin beieinander saß und die Zeit damit ausfüllte, einander Geschichten zu erzählen. Genau jene Geschichten waren es, welche die Menschen am Leben hielten und durch das trostlose Leben brachten. Wer Geschichten besaß, der war willkommen im Haus, wer Geschichten besaß, der besaß Leben. Geschichten wurden aufgenommen, um sie weiterzugeben, von Mund zu Mund. Das war köstlicher als ranzig gewordener Käse, von Maden heimgesuchtes Dörrfleisch, war aufbauender, als trockene oder schimmelnde Bissen vom Brot zu kauen. Erfahrungen im Berg, Ereignisse in den Wäldern, unglückliche und selige, die Pein der eigenen Geschichte von Not und Vertreibung, die sich regelmäßig wiederholte, wenn man auf den Märkten in Lumpen über einen gerechten Preis für das magere Tier und die spärlichen Erträge wie Fleisch und Käse feilschen musste, dabei von den wohlhabenderen Landbewohnern verlacht wurde und beschimpft, die Erniedrigungen, wenn hin und wieder der Fürst mit seiner Gefolgschaft ins Tal schaute, um die Pacht für sein Gebirgstal zu verlangen, all das hatte sich in mündlichen Überlieferungen verwoben und blieb über die Generationen in Sagen und Mythen bestehen. Die Tradition, diese Geschichten einander weiterzuerzählen, werde heute aber nicht mehr gepflegt, erzählte Heller in einem fort, denn die Zeiten hätten sich geändert. Heute sei es der Fernseher, der mit grellen Bildern die Menschen mit Geschichten banne, oder der Computer, das Handy, alles starre nur mehr auf irgendwelche Bildschirme. Die alten Geschichten aber, die Mythen und Sagen, der Schatz eines Volkes, eines Dorfes, einer Sippe stürben damit aus. Die Älteren der jetzt hier lebenden Menschen hätten die ein oder andere Sage zwar noch mitbekommen, hätten sie aber ebenso wie ihre Kinder schon lange gegen die aufregenderen, bunteren Geschichten aus Hollywood eingetauscht. Diese Entwicklung sei sehr bedauerlich, und das müsse man aufhalten. Und damit kam Heller, Fiona tippelte schon ungeduldig mit den Füßen, der Schriftsteller schien bereits vollständig abgeschweift zu sein, endlich auf den heiß ersehnten Punkt. Er, Josef Quantenspringer, solle, so sei es ihm neulich eingeschossen, zum Mythenschreiber des Dorfes werden. Also hergehen und hernehmen, was sich unter einer dicken Schicht Staub verstecke, und in einen neuen, zeitgemäßen Einband bringen. In Zukunft könne zum Beispiel auch das Hotel zu einem Ort werden, wo Lesungen stattfänden, ein jährliches Treffen von Autoren initiiert, ein über das Hotel laufendes Stipendium vergeben würden. Er habe die Chance, den Anfang zu machen, mit seinem Namen dafür zu werben. Im Voraus würde ihn Heller dafür entlohnen.

Quantenspringer schüttelte den Kopf, das hatte er sich doch anders vorgestellt.

Heller aber verstand nicht recht. Als Politiker, noch dazu von seiner Partei, war er Gegenwind gewohnt, er wusste, wie man auch die abstrusesten Inhalte so an den Mann brachte, damit der andere zumindest seine Zeit damit verschwenden musste, diese zu widerlegen, um am Ende nicht selbst als abstrus dazustehen. Ein harmloses Kopfschütteln brachte einen Heller sicher nicht aus dem Tritt.

Wieder führte er das Wort. Mit allen rhetorischen Kniffen versuchte er, Quantenspringer von seiner Idee zu überzeugen, ihn gefügig zu machen, ihn unter die Fuchtel seiner Vision zu zwängen. Quantenspringer konnte nun das Schauspiel eines Machers beobachten, der sich in seiner Macht bedroht fühlte, dessen ins Leben gesponnene Geschichte von der Geschichte eines anderen Menschen Widerspruch erfuhr, der darum bangte, die simplen Worte aus einer fremden Feder könnten den Komplex seiner Anschauungen und Rechtfertigungen seiner Handlungen in Frage stellen. Quantenspringer sah in dem Bemühen Hellers nur ein Spiel, in dem er unter dem Deckmantel des vermeintlichen Mäzens darum kämpfte, denjenigen, der ihn in eine unvorteilhafte Geschichte bringen könnte, in die eigene für ihn vorteilhafte Lügengeschichte zu zerren. Den Schriftsteller also mit einer anderen Geschichte abzulenken, um ihn zu einem Teil seines Konstruktes, seiner Erfolgsgeschichte zu machen und ihn damit zu vergelten.

Quantenspringer schüttelte vehementer den Kopf. Heller war beleidigt. Prophezeite ihm zu scheitern, belächelte seinen Sturgrind. Verstand es nicht, wie man sich derart das Leben schwer machen könne, das sei doch schon lange aus der Mode. Der moderne Mensch, wusste er, der neue Mensch mache es sich einfach.

Aber Quantenspringer fühlte sich der Wahrheit verpflichtet und sagte das auch.

Was er denn mit seiner Wahrheit wolle? Wahrheit sei, wenn der Mensch glücklich sein könne, wenn Menschen ihr Leben zu verwirklichen schafften. Wenn der Mensch hier auf Erden dem Himmel nahe komme. Gebe es denn überhaupt eine Wahrheit oder sei die Wahrheit nicht vielmehr das, was wir zur Wahrheit erklärten? Er wolle ihm helfen, biete ihm doch nur die Möglichkeit, aus seinem selbst geschaffenen Jammertal zu steigen und Teil eines Projektes und einer Welt zu sein, die tatsächlich existiere. Wahrheit? Komme nicht der Lügner der Wahrheit näher als derjenige, der vergeblich versuche ihr gerecht zu werden?

Aber Quantenspringer schüttelte wieder nur den Kopf, hin und her, als könnte er so ausradieren, was da eben an ihn herangestürzt war.

Heller gab es auf, nicht ohne verächtlich dreinzublicken. Schweigen schob sich in den Vordergrund der Unterhaltung, Fiona schob die Erdbeerschnitten dazwischen. Nach einem Digestif lockerte sich die Stimmung wieder etwas auf, und man ging stilvoll zur Verabschiedung über. Fiona warf Quantenspringer einen mitleidigen Blick zu, aber als sich ihre Augen trafen, wich sie aus. Obwohl die beiden Männer sich verabscheuten, gaben sie sich höflich die Hand. Die Gastgeber bedankten sich für den Besuch. Er könne es sich ja noch einmal überlegen, musste Heller sagen. Quantenspringer bedankte sich seinerseits, er wollte nur mehr weg von hier. Fiona wünschte ihm mit warmer Hand eine gute Nacht und entließ ihn gequält lächelnd dieser. Dicke Flocken warfen sich ihm entgegen, warfen sich so sehr in die Klamm, dass die Straße gesperrt werden musste, und dies bis zum nächsten Mittag blieb. Keiner kam jetzt herein, keiner konnte gleich weg.

Warum, wusste Quantenspringer nicht, doch anstatt auf sein Zimmer und ins Bett zu gehen, schaute er doch noch in die Hirschenstube. Hunger hatte er diesmal keinen. Sogleich fand er die in Schwere gemeißelte Gestalt Marias mit einer Flasche Baldauf'schen Marillenbrand am Stammtisch hocken, und das alleine, dichter Rauch umgab ihren Lockenkopf wie Nebel ein fernes Gebirge. Unrhythmisch dabei atmend, ihr gekrümmter Rücken ging mal flach und dann wieder ruckartig auf und ab, und ihren Blick von der Welt abgewandt und in eine Scharte ihrer Seele geworfen, wo erstarrt war, was einmal glühend floss.

»Setz dich«, deutete die Wirtin, ohne ihren Blick aus den Schleiern zu nehmen, »setz dich.« Schob ihm ein Stamperl hin.

Gerötete, triefende Augen schauten aus einem zerflossenen Gesicht, ungeahnte Furchen schnitten sich in die lahme Haut, sie sah gerade furchtbar alt aus. Sie zog das Stamperl an sich und Unverständliches murmelnd jagte sie seinen feurigen Inhalt den Rachen hinunter.

»Was ist aus mir geworden?«, klagte sie und gab sich selbst die Antwort: »Eine vom Leben gezeichnete, schnitzelservierende, dicke, alte Kuh!«

In Quantenspringer wollten sich Worte bilden, ungebildet aber verpufften sie in einem Gefühl, das taub und stumm in ihm drinnen blieb und sich wehrte ausgedrückt zu werden. Mit lallender Zunge redete Maria weiter, sich an der Marillenbrandflasche stützend, während ihr bleischwerer Kopf am vollgefressenen Hals zu baumeln begann. Sie sprach von Träumen, die sich bei ihr nie erfüllen wollten. Jung sei sie einmal gewesen und schön. Mit einer Handbewegung stieß sie verfluchend das eben Gesagte ab, als wäre es kein Teil mehr von ihr, sondern Scheißdreck, der sich aber einfach nicht hinfortspülen ließ.

Den Moritz hätte sie doch nie geheiratet, murrte sie, wäre nicht der Ralf schon in ihr drinnen gewesen. Dabei sei sie doch schon in der Landeshauptstadt draußen gewesen, habe dort nach der Schule eine Ausbildung in einem Modegeschäft gemacht. »Und dann zog ich von der Stadt wieder weg und zurück in diese alten Kamellen«, stieß sie aus sich heraus, reckte den Hals und ihre Augen blitzten verächtlich auf.

Blumen hatte sie in den Haaren getragen! Alle Männer schauten ihr hinterher! Mit Musikern war sie zusammen. Wilde Feste hatten sie gefeiert. Sie hatte sich nie mehr in ihrem Leben so frei gefühlt wie zu jener Zeit. Hin und wieder aber besuchte sie die Eltern. Einmal gab es gerade ein Waldfest im Dorf, da ging sie hin, um die alten Freunde wiederzutreffen, aber auch, um ihre Freiheit zu zeigen und wie schön sie geworden war. Und da traf sie auf den Moritz, den sie früher schon bewundert, er sie aber nicht wahrgenommen hatte, war er doch ein paar Jahre älter als sie. Er sah mit seinen dunklen Haaren, die er lang trug, wie ein Südländer aus, so wie es in Mode damals war, und bewies damit Mut, sich deswegen den Anfeindungen im Dorf auszusetzen. Erst trank man etwas zusammen und als *Satisfaction* gespielt wurde, wagte man sich auf die Tanzfläche. Er legte seinen Arm um sie und nahm ihn dort auch nicht mehr weg, als sie schon gar nicht mehr tanzten. Er war sehr spendabel, aber mit dem Reden hatte er es nicht so. Sie legten sich auf eine Wiese ein Stück weg vom Zelt. Als sie wieder draußen in der Stadt war, schrieb er ihr einen Liebesbrief und kam sie besuchen. Er sei ja so verliebt in sie und ihre Schönheit gewesen, was wiederum sie verliebt in ihn gemacht habe. Und auch wenn man es heute kaum mehr glauben könne, er habe gut ausgesehen damals. Und dann sei es bald schon passiert gewesen. Der Ralf sei ihr passiert, und damit als Wirtshausschwiegertochter der Hirschen. Die Jahre vergingen, man arbeitete und arbeitete, und als man schon gar nichts mehr miteinander konnte, außer gemeinsam zu arbeiten, kam irgendwie die Leonie zum Ralf dazu. Ein Nachzüglerkind, noch dazu ein Mädchen mit blonden Haaren und einem Mix an Schönem von ihnen beiden. Vom Moritz wurde sie nach Strich und Faden verwöhnt, sie war immer sein Wonneproppen, den immer noch kein anderer anlangen durfte als er selbst. Mittlerweile sei der Ralf schon lange weggezogen, er arbeite in einer Fabrik im Land und komme nur selten zu Besuch. Der Moritz und er verstünden sich nicht, lebten in verschiedenen Welten. Und sie, die Mutter, brauche der Ralf jetzt nicht mehr: »Denn als er mich gebraucht hätte, da war der Hirschen wichtiger.« Auch die Leonie werde bald aus dem Haus sein. Die träume davon, Sängerin oder Model zu werden, das ewige Prinzesschen eben. Und was bleibe ihr, Maria, dann noch? »Mein Leben ist gelaufen, ausgelutscht, ist nur mehr eine langwierige Vorbereitung auf das Alter und dann den Tod!« Alt geworden und dick müsse sie ertragen, dass der Moritz sich an alle Frauen im Haus ranmache, nur nicht mehr an sie. An die Angelika und auch an die Elena. »Aber was will ich denn noch vom Moritz? Alt und hässlich ist auch er geworden. Dazu verfinstert sich sein Gemüt mit jedem weiteren Jahr.« Marillenbrand fauchte in ihre Eingeweide.

Quantenspringer war beschäftigt, eine adäquate Antwort auf dieses Leid zu finden, aber Maria schnitt ihm schon ins Wort: »Eine Königin hätte ich werden können, so schön war ich!«

Quantenspringer nickte, sein Blick stolperte über die Furchen und Gräben ihres Gesichtes, fiel mit dem schlaff gewordenen Fleisch ihrer Wangen von seinen Knochen und zog schnell zurück. Maria aber nahm seine Hand und schloss ihre Augen. »Sag mir, dass du siehst, dass ich einmal eine schöne Frau gewesen bin, sag es mir!«

Aber Quantenspringer sagte nichts. Atmete unruhig, sah nicht mehr hin. Da krallte sie sich ins Fleisch seiner Hand und stieß sie ihm ins Gesicht, beschimpfte den Schriftsteller, er sei doch auch nur ein Gast wie alle anderen Gäste.

»Mit eurem verdammten Geld kommt ihr Aasgeier zu mir und lasst euch bedienen, fordert immer nur das Beste und seid nie zufrieden! Wollt aber freundlich behandelt werden. Ein Lächeln wollt ihr sehen, ein echtes, frisches Berglächeln. Gut drauf muss ich sein, immer schlagfertig und trinkfest sowieso. So verlangt ihr es von mir, ihr heruntergekommenen Mannsbilder. Ausnehmen tut ihr mich, und das jeden Tag aufs Neue! Und mit jedem neuen Tag werde ich älter und runzliger und grantiger. Eine Zenzi wollt ihr haben, eine immer fröhliche Zenzi im Dirndl und mit vollem Busen. Aber ich sage euch, ich bin keine Zenzi! Schmiert euch in Zukunft euren Hausmannsfraß an den Hut und euer ekelhaftes Bier holt euch selbst! An den Arsch lasse ich mir auch von keinem mehr fassen! Soll der Laden doch den Bach runtergehen, jawohl, immer noch weiter den Bach runter! Ich scheiß auf die Wettbewerbsfähigkeit und auf den Kredit, den ihr Herren uns da geben wollt! Eure gottverdammten Nullen brauche ich nicht auf meinem Konto! Ich brauche auch keine Modernisierung und Gentrifizierung und wie zum Teufel das alles heißt, ich brauche kein Luxushotel für mein Glück, keine neureichen Russen und keine stinkenden Araber, denn ich habe kein Glück, sondern nur Unglück. Ich will nur raus hier, versteht ihr mich! Raus!«

Dann riss sie Quantenspringer das Gläschen aus der Hand, kippte sich den Marillenbrand hinunter und ließ sich zurück in den Stuhl fallen. Die Zukunft, gegen die sie sich gerade mit aller Verachtung geworfen hatte, Bilder, die bereits gefasst, und Aussichten, die bereits gemacht worden waren, fraßen sich jetzt in aller Unerbittlichkeit an sie heran.

»Das Hotel wird kommen und dann werden eine Bergbahn gebaut, neue Skipisten und Wanderwege in die Berge geschnitten, ein Juwelier am Dorfplatz eröffnet und in die Klamm kommt endlich eine ordentliche Straße. Da muss dann natürlich auch unsere Wirtsstube saniert, die Zimmer renoviert und die Küche modernisiert werden. Bald werden aufgedonnerte Russinnen in High Heels neben ihren neureichen, schlecht gekleideten hässlichen Männern über den Dorfplatz schreiten und bei uns im Hirschen nach Urtümlichem suchen, ausgerechnet in unserer Stube nach der heilen Welt. Der kleine Banker, dieser Schamberger, stand schon an mit seinen Plänen und Finanzierungsmöglichkeiten und hervorragenden Zukunftsaussichten. Wir mussten nur Ja und Amen sagen und nach vorne schauen, wo ja Schulden regelmäßig abbezahlt werden können. Nun wird der Hirschen also noch zum Haubenlokal und der Moritz, der noch von seinem Vater gelernt hat, wie man Rind- und Schweinefleisch verkocht, zum Haubenkoch.«

Maria sah entsetzt auf Quantenspringer, der Marillenbrand gluckste aus ihrem Magen herauf. Da griff sie wieder nach seiner Hand. Streichelte sanft über seine Haut, sah in den Tisch dabei. Ihre Lippen krümmten sich zu einem Lächeln. Plötzlich zog sie ihn mit einem Ruck an sich heran und knetete seine Finger in ihre Brüste. Ein letzter, entsetzlich verzerrter und verzweifelte Hoffnung funkender Blick traf ihn, dann warf sie seine lahme Hand von sich und gegen die Flasche, die klimpernd von der Tischkante rollte und schließlich klirrend mit dem letzten Schluck auf dem Boden zerschellte.

»Scherben bringen Glück«, lachte sie erbärmlich.

Angelika werde das morgen aufräumen, Angelika solle den Schaden haben. Überhaupt, Angelika werde sich jetzt halt beweisen müssen, sie wolle es ja nicht anders. Maria pfiff, begleitet vom fruchtigen Aroma beschwipster Marillen, die sie vergeistigt in ihr drinnen hatte, ihre ganze Verachtung aus sich heraus. Dann werde man ja sehen, schloss sie mit brüchiger Stimme, ob der Hirschenwirt unter der Fuchtel dieses Trampels sich als Haubenkoch beweise oder doch zu einem Imbissbudenbetreiber verkomme, der nichts anderes könne und wolle, als einer dalkerten Semmel sein heißes Würstel hineinzuschieben.

Nasse Kälte. Hatte sie sich in den letzten Tagen in Form von schweren, trägen Wolken tief ins Tal bis zwischen die Häuser gedrückt, zog sie bald und immer dringlicher in die Gemüter der Einheimischen, um von den armen Seelen Besitz zu ergreifen, als wäre die Grenze zwischen äußerer und innerer Welt ein bloßes Gerücht. Mit verzagten Mienen und lustlos und schwerfällig werdenden Bewegungen, in denen Wut schwang, versuchte man den Schneemassen Herr zu werden, und doch legte sich über das eben frei Gemachte rasch eine neue Schicht. Der anfänglich während des Räumens gepflegte Tratsch untereinander verstummte, man hörte bald kein Lachen, keine Durchhalteparolen und keine Beschwichtigungen mehr, kein »Passt schon«, kein »So Gott will«. Mit jedem Tag, der wieder nichts brachte als neuen Schnee, schwanden die Gepflogenheiten zum Erhalt und zur Pflege des sozialen Gefüges. Nur die Kinder schafften es, sich noch den Geschenken des Himmels zu öffnen. Die Frauen verzogen sich in ihre Häuser und die Arbeiten darin. Die Männer suchten Halt im Alkohol. So schlug man im Hirschen die überflüssige Zeit am Stammtisch tot und in Heiner Baldaufs Laden ging man aus und ein. Jener Nebel war immerhin erträglich und bisweilen amüsant.

Schon gab es Streit. Keiner wusste mehr wohin mit den Schneemassen, gab es zwischen den eng stehenden Häusern des Dorfes für solche Mengen bald keinen Platz mehr. In böser werdenden Scharmützeln balgte man sich darum, den Dreck bloß nicht auf dem eigenen Grundstück aufgetürmt zu sehen. Der Räumdienst kam der Arbeit nicht mehr hinterher, die Haufen wuchsen und keiner schob sie fort, oder eben an den falschen Ort. Auf Kritik reagierte vor allem der Sunagler gereizt, dreinreden ließ er sich nämlich von niemand, und Kollege Norbert hatte ihm zu viel von einem modernen Kopf. Immer wollte dieser alles anders machen, ständig meinte er zu wissen, wie es rationeller, ökonomischer, besser ging. Der Sunagler schob den Schnee bevorzugt in die Gärten von Leuten, die ihm in dieser Balgerei oder irgendwann in der Vergangenheit einmal quergekommen waren. Die Betroffenen baten dann wiederum den Norbert, den Schnee von dort wieder wegzuschieben und ihn in den Tobel zu kippen, in den man den Schnee immer kippte. Dieses Loch und der schmale Streifen bis zum Bett des Baches aber gehörten dem Sunagler, und der wollte das plötzlich nicht mehr dulden. Im Frühjahr, schimpfte er, habe er dann bis Mai den Schnee auf dem Feld, wo er sein Jungvieh weiden lassen wolle. So wurde aus nasser Kälte viel Dampf gemacht, allzu oft überhitzt reagiert, etwas brodelte immer stärker in den Einheimischen. Und warf man seinen Blick auf die Hänge, die tief verschneit von allen Seiten herabfielen, erkannte man gleich, dass diese friedlich und rein aufgeschichtete weiße Pracht bald brechen und dann als tödliche Lawine ins Tal hinabstürzen könnte. Eine Wetterbesserung war für die kommenden Tage keine in Sicht.

Quantenspringer schlief noch, da pochte es ungeduldig an seiner Tür. Die Stimme des Wirten ertönte gedämpft durchs Holz, noch bevor er öffnen konnte. Nach unten möge er kommen, aber in Bälde. Dort bekam er aber keinen Kaffee, vielmehr riss der Wirt der Wirtin das Frühstückstablett aus den Händen. Erstens werde um diese Uhrzeit nicht mehr gefrühstückt, zweitens habe er noch immer nicht bezahlt. Quantenspringer beruhigte den Hausherrn. »Ruhig, Mann«, sagte er, er sei da an was Großem dran. Die Beteuerungen, mit einem erfolgreichen Roman die Schuld zehnfach zurückzahlen zu können, wollte der Wirt aber nicht mehr glauben. Wenn es darum ging, die Zeche zu prellen, hatte er schon zu vieles an Tricksereien erlebt. Nein, von solchen Leuten ließ er sich sicherlich nicht mehr verscheißern, da konnte seine Frau dazwischenreden, so viel sie wollte. Der Wirt trieb Quantenspringer aus der Stube und durch die Küche, am Hinterausgang stand eine Schneeschaufel parat.

»Wer nicht zahlt, muss arbeiten«, sagte er.

Ali räumte mit einer Schneefräse den Hof, während Quantenspringer die Stufen vor dem Eingang und zur Terrasse frei machte. Der Hausmeister erfüllte mit stoischer Hingabe, was der Wirt ihm aufgetragen hatte. Seit fast dreißig Jahren im Land war er gut integriert. Er ging einer Arbeit nach, zahlte Steuern, hatte eine Familie, ein Zuhause in einem alten Bauernhaus und beherrschte die deutsche Sprache so weit, dass er sich ausreichend verständigen und trotzdem auf dem erreichten Niveau stehen bleiben konnte. Der Hannes hatte für den praktizierenden Muslim sogar eine Rolle in der Passion vorgesehen, ausgerechnet den Simon von Cyrene sollte er spielen, also jenen Bauern, der dem erschöpften Heiland dabei helfen musste, das todbringende Kreuz nach Golgatha zu schleppen. Froh war auch der Ali, dass sich gegen diese Idee im Dorf eine starke Fraktion gebildet hatte, die auf der Tradition beharrte, dass nur getaufte Katholiken an dem Spiel teilnehmen durften. Denn in den letzten Jahren hatte der Türke, der sich dem neuen Land anfangs aufgeschlossen gezeigt hatte, sich den Bart wachsen lassen und wieder damit begonnen, sich fünfmal täglich Richtung Mekka auf den Boden zu werfen. Und von seiner Frau sah man nur mehr, wenn sie denn einmal das Haus verließ, das Gesicht und ihre Hände, der Rest blieb versteckt unter Kopftuch und einem dicken Mantel, den sie auch im Sommer nicht abnahm. Das Jüngste seiner vier Kinder, die einzige Tochter, ging mit Kopftuch in die Schule, während die älteren Söhne im Land draußen arbeiteten und westliche Kleidung in Überbetonung trugen.

Es ging gemeinsam in den Hinterhof, wo neben dem Fuhrpark der Wirtsleute und der Gäste sich die Mülltonnen befanden. Auch jetzt hob Ali kaum seinen Kopf, konzentriert wie ein Sufi blieb er vertieft in diesen sinnlosen Auftrag. Die wollene Mütze über seinem grauen Haar verwandelte sich in einen schneeweißen Turban. Er hatte vom Westen bereits gelernt, dass die Arbeit sein Lebensinhalt war und nicht er selbst der Inhalt des Lebens. Quantenspringers Anwesenheit hatte ihm bislang keine Geste der Zuwendung entlockt, offenbar fürchtete der Gastarbeiter in ihm eine Konkurrenz. Also kramte der Schriftsteller nach seinen Zigaretten und bot seinem Kollegen eine an. Ali stellte die knatternde Maschine ab. Bald stieg Rauch aus ihren Körpern auf und es eröffnete sich ein Wortwechsel.

»Viel Arbeit, viel Arbeit, immer viel Arbeit! Straße muss frei sein, Treppe muss frei sein, Parkplatz muss frei sein. Alles muss machen keine Schwierigkeiten, alles muss können laufen. Stillstand ist schlecht, nix gut, wenn alles stillstehen muss. Aber Arbeit, alles machen immer viel Arbeit. Mensch aber muss arbeiten, sonst ist kein Mensch. Mensch muss arbeiten mit Hände, sonst arbeiten zu viel mit Kopf, zu viel arbeiten in Kopf nix gut.«

Jetzt kramte Ali in seiner Tasche und holte ein Päckchen gefüllt mit getrockneten Aprikosen hervor, die er nun

Quantenspringer anbot. Ein zuckrig-fruchtiges Aroma breitete sich klebrig in seinem Mund aus.

Ob er Frau und Kinder habe, Quantenspringer verneinte. Ali fasste ihn tröstend an der Schulter.

»Mann muss finden eine Frau, dann muss heiraten, dann muss machen Kinder. Kinder machen machen Spaß«, lachte er. »Kinder machen wichtig. Vermehrung wichtig. Türke vermehren sich gut, Türke machen Kinder.« Wieder lachte er. »Leute von hier keine Kinder haben wollen, wollen nur haben sich selbst. Vermehren sich nix.« Noch ein Lachen.

Ob er an Gott glaube, Quantenspringer zuckte die Schultern, obwohl er nicht an ihn glaubte.

»Ali glauben an Allah, Türke glauben an Allah. Allah ist groß, ohne Allah kein Mensch. Ohne Allah Gesellschaft kaputt. Ohne Allah Kultur kaputt. Muselmann aber gehen mit Allah. Wenn alles gehen kaputt, Muselmann wird leben.«

Wundervoll schmeckten die Aprikosen, Ali schenkte Quantenspringer die Packung. Er habe mehr als genug, in seinem Garten zuhause in der Türkei gebe es jedes Jahr im Überfluss davon. In ein paar Wochen, in der Zwischensaison, werde er wieder hinunterfahren. Bei Malatya habe er ein großes Haus, das er ständig modernisiere, seine Mutter wohne darin und eine Schwester mit Familie. Obstbäume, Gärten, viel Platz und gutes Wetter.

»Zuhause ich bin König! Ein, zwei Jahre vielleicht noch arbeiten hier, dann ich gehe zurück.« Sein Gesicht betrübte sich jetzt, denn das hatte Ali auch schon vor zehn Jahren gesagt, vor zwanzig. Plötzlich schalt ein Pfiff an sie heran, es war der Wirt. Vor dem Eingang lag bereits eine frische Schicht Schnee.

Am Abend spürte Quantenspringer dann die getane Arbeit an seinem Körper, alles tat weh, alles war schwer, in seinem Kopf ein diffuser Schleier Müdigkeit, der angenehm sein könnte, benötigte man nicht wie er seinen Kopf, um zu überleben. Früh nickte er ein, um ein paar Stunden später in einer wummernden Masse Fleisch wieder aufzuwachen, in der wummernde Gedanken walteten. Er war pleite. Jetzt musste er auch noch arbeiten. Irgendetwas musste geschehen. Er musste jetzt verdammt noch mal endlich etwas hinbekommen. Also setzte er sich an sein Tischchen, wo sein Roman über Jesu Wiederkehr um Fortsetzung bat, schrieb und landete doch nur bei seinen eigenen Qualen vom Schneeschaufeln. Nein, das konnte es nicht sein. Eine ordentliche Geschichte musste her. Der Krämer, seine irre Prophezeiung, seine Bibel fielen ihm ein, wie der Alte ihre Geschichte umfunktioniert hatte.

Er lief hinaus, schnurstracks die Straße hinunter, bis er vor Krämers Bruchbude ankam. Drang in sie ein wie beim letzten Mal. Aber die Tür vom Schuppen in die Küche war nicht mehr verriegelt, und er hätte schwören können, dies getan zu haben, als er mit Uschi das Haus verließ. Wieder stolperte er durch all den Unrat ins und durchs Wohnzimmer bis ans Regal über dem Kanapee. Aber dort, wo beim letzten Mal die Bibel stand, war jetzt ein Loch. Jemand musste da gewesen sein und sie mitgenommen haben. Hatte da noch jemand Interesse an der Geschichte gefunden? Da hörte er wieder Geräusche, lauter aber als damals und von der Küche her, das war keine Katze mehr. Er floh hinaus, war froh, wieder auf der Straße zu sein. Und sah, wie zwei-, dreihundert Meter vor ihm ein groß gewachsener Mann zügigen Schrittes ins Dorf eilte, ohne sich umzudrehen oder aufzuschauen. Am Glatzkopf erkannte er den Hannes Bundschuh.

Quantenspringer überschlief seinen Gedanken eine Nacht und rief dann seinen Verleger an, fühlte sich wie ein Bittsteller, der er ja auch war und weswegen er sich genierte und nervös wurde. Vor nichts und niemand werfe er sich auf die Knie, sagte er sich einmal. Ewig ließ der Herr ihn dann auch noch in der Leitung zappeln.

Einen weiteren Vorschuss wolle er? Das habe er befürchtet.

Quantenspringer mühte sich. Ja, es laufe, tatsächlich, er sei da an etwas dran, an etwas Großem.

Der Schweinehund verlangte zwanzig Seiten.

Er brauche das Geld gleich, sonst sei alles umsonst gewesen.

Zwanzig Seiten.

Zwanzig Seiten …

»Das wirst du doch noch hinbekommen.«

Aber ihm stehe hier das Wasser bis zum Hals, und das auch noch gefroren.

So könne er, der Verleger, das in der nächsten Sitzung keinem erklären. Viele im Verlag glaubten ohnehin nicht mehr, dass da noch etwas Brauchbares von ihm komme. Bei manchen sei er komplett abgeschrieben.

Abgeschrieben?

Er habe immer alles für ihn getan, das wisse er, und werde es weiterhin tun, das dürfe er glauben. Aber noch einen Vorschuss, ohne endlich etwas abzuliefern, das ginge einfach nicht. Der Quantenspringer, so würden sie hier über ihn reden, der mache sich nur einen Lenz in den Bergen.

Glaube er denn wenigstens noch an ihn?

»Ich glaube an jedes meiner Kinder, also auch an dich.«
Ob er denn noch an sich glaube?

Es wurde kompliziert.

»Du musst an dich glauben!«

Das sei viel zu einfach. Dann habe er doch keinen Grund mehr zu schreiben.

»Du hältst deine Schreiberei für eine Art Zweifelsbekenntnis?«

»Solange ich daran glaube …«

»Junge, Junge, aber genau darum leben wir doch, darum schreiben wir. Um unseren Zweifeln ein Gesicht und ihm dann den Schrecken daraus zu nehmen.«

»Ja … ja.«

Zwanzig Seiten, nur zwanzig Seiten.

Quantenspringer legte auf.

Zwanzig Seiten, er könnte sie in einer Nacht hinfetzen. Doch bei ihm fiel jeder Satz sofort in das Loch, das seine Worte selbst gegraben hatten. Bislang schrieb er nur über sich selbst. Schrieb die Geschichte von einer Geschichte, die nicht geschrieben wurde. Fand nur Worte, über das Nichtfinden von Worten. Die sich offensichtlich erst finden ließen, wenn er endlich akzeptierte, sie nicht finden zu können.

Gescheitert zurückzukehren, das wäre eine Idee. Aber im Zurück gab es keinen Platz für ihn, keine Bleibe. Nie hatte er seinen Erfolg in Besitztümer umgemünzt. Nie verwendete er die schwarzen Zahlen auf seinem Konto, um sich eine Wohnung, ein Haus zu kaufen, irgendetwas Festes und Fixes, Dinge also, die den Nomaden endlich sesshaft gemacht hätten. Er lebte in Hotels und manchmal auch bei Bekannten, aber nur solange man sich gegenseitig aushielt. Zwischenzeitlich durfte er eine leer stehende Villa bewohnen. Dann fand er hin und wieder bei diversen Frauen ein Bett, bis er ihnen zu unverschämt wurde und sie ihn rauswarfen.

Wer also ließ sich anpumpen? Freunde hielt er sich schon lange keine mehr. Und die Speichellecker waren längst verschwunden, leckten nun anderen den Speichel. Vielleicht aber trauten sie sich mittlerweile selbst, und jetzt leckte wer ihnen den Speichel. Eben noch war er jung, träumte von Schlössern, die er erobern, von goldenen Bechern, aus denen er trinken, vom goldenen Vlies, aus den teuren Fäden seiner Hoffnungen gesponnen, das ihn betten und tragen würde. Er stand auf irgendwelchen Partys herum, wo lauthals über Projekte geschwatzt, die Privilegien verglichen und sich gegenseitig auf die Schulter geklopft wurde. Er stand daneben mit dem Gefühl, etwas geleistet zu haben. Und er durfte danebenstehen, weil er etwas geleistet hatte. Frauen hingen sich an seine Seite. Er gab ihnen den erfolgreichen Künstler, den sie haben wollten, den sie in ihm sehen wollten, warfen sich vor ihm hin und ließen sich von ihm nehmen, weil sie ihm seine Rolle abnahmen. Blutjung, himmelhochjauchzend waren auch sie in die Stadt gekommen, auch sie mit dieser Hoffnung, ihre Träume bald verwirklicht zu sehen. Verzweifelt, weil die Träume abgehauen und nicht mehr einzuholen waren, ließen sie sich jetzt eben von führenden Mitgliedern aus dem Kulturbetrieb in die Betten zerren. Sie wollten doch nur teilhaben an dieser begehrenswerten Welt, und sei es als glitzernde Teilchen zum Aufputz eines höheren Programms. Ließen sich von dem Kreativen so lange in wilde Orgasmen stoßen, bis seine kreative Potenz erloschen war. Er gab alles, um das verlogene Bild des gemachten Mannes aufrechtzuerhalten, log nur, um zu erhalten, nur um nicht zu verlieren, was er einmal eingenommen hatte. Langsam, aber sicher fiel er aus den Kreisen, die er sich durch seinen Erfolg erst erschlossen hatte, und hielt sich an diesen nun fest wie an Rettungsringen, die sich im Wasser wie Zuckerkringel auflösten, wenn der Leistungsnachweis nicht kommen wollte. Alkohol oder das eine oder andere Näschen trieben erst einmal die Kobolde zurück in die dunkel gehaltenen

Gründe unter der schillernden Oberfläche, um spätestens am nächsten Tag tausendfach höhnisch über ihn herzufallen. Bis es nicht mehr zu leugnen war: Mit seinem Erstlingswerk hatte er bloß einen Zufallstreffer gelandet. Die Verhältnisse verkehrten sich: War er erst derjenige, der die Frauen zu seinem Vergnügen gebraucht und das auch gedurft hatte, so stand er nun da als derjenige, der ihnen bloß eine Zeit lang ein Vergnügen bereitet hatte. Unter allen möglichen Vorwänden servierten sie ihn ab und suchten sich den nächsten Gernegroß. Einen von denen, die auf diversen Partys herumstanden und lauthals über ihre Projekte schwatzten, dabei ihre Privilegien verglichen und sich gegenseitig auf die Schulter klopften.

Auch seinen Vater konnte er nicht um Geld bitten, so pleite und kaputt wie er gerade dastand, nicht als die Bestätigung, dass sein Sohn doch nichts war außer ein Versager, der einmal in seinem Leben seine Versagerseele auf Papier gebracht hatte und dafür sogar belohnt wurde. Nicht seit *Mein Krampf.* Und seine Mutter? Wer war denn seine Mutter? An der Nervenheilanstalt gerade noch vorbeigeschrammt, machte sie auf Lebensberaterin. Natürlich hatte sie nie Geld. Er wollte die arme Frau, die ihn immerhin zur Welt gebracht hatte, doch nicht mit seinen Problemen zusätzlich hysterisch machen.

Das Telefon klingelte. Sein Verleger. Aller guten Dinge sind drei. Dreimal war ihm aber genug. Quantenspringer war in beschissener Verfassung, sein Zynismus kotzte ihn an. Also packte er das piepsende und vibrierende Ding und warf es kurzerhand ins Klo, drückte die Spülung und jagte es mitsamt seiner ganzen ekelhaften Stimmung einfach davon.

Er blieb heute in seinem Zimmer und hockte an seinem Tischchen vor doch weiß bleibenden Blättern, einem fruchtlosen Garten, der vollends zugeschneit war. Bis es an der Tür klopfte. Das war nicht der Wirt, auch nicht die Wirtin, es war die Tochter des Hauses, die Leonie, sein Engelchen. Flüsternd bat sie um Einlass, der Vater dürfe das ja nicht mitbekommen. Quantenspringer wich zur Seite und schon saß sie auf der Kante seines zerwühlten Bettes, die Schenkel eng aneinandergepresst. Er setzte sich ihr gegenüber auf den Stuhl, es knarrte, als er mit Schwere auf das Holz sackte. Sie trug einen grauen Rollkragenpullover, der silbern glitzerte, in die Schule ging sie immer sexbetonter. Ihre blonden Haare hingen wellig über ihre geschmeidigen Schultern. Unter der frisch aufgetragenen Schminke bibberte in kaum merklichen Stößen ihre Haut. Ohne die üblichen Umschweife, die nur Erwachsenen gelingt, die es geschafft haben, dass man ihnen ihre Täuschungsmanöver abnimmt, kramte sie aus einer kleinen Schatulle ein paar Zettel hervor.

Gedichte schreibe sie. Ob sie sie vorlesen dürfe.

Mit durchgedrückter Wirbelsäule saß sie aufrecht da, sie gab ganz das zukünftige Model, das sie gerne werden wollte, die Spitzen ihrer jungen Brüste drückten sich von innen gegen die Wolle. Die Anspannung ließ sie älter ausschauen und weniger zierlich als sonst. Mit leichtem Zittern in der Stimme trug sie zögerlich vor, was in einsamen Momenten aus ihr herausgekommen war auf zerrissene Blätter, zerknüllte Fetzen, gebrauchte Kuverts, die Rückseiten irgendwelcher Schriebe, in den weichen Stoff von Taschentüchern oder auf Klopapier. Hass, Liebe, Verliebtsein, Weltverdruss, große Hoffnungen, Verzweiflung, die große Auskenne. Quantenspringer fühlte seine eigenen Jugendgefühle in sich aufsteigen. Bilder dazu fuhren in seinen Kopf, Erinnerungen, von Wehmut getränkt. Mein Gott, das war lange her und doch irgendwie erst gestern! Wort für Wort rollte aus dem Schmollmund Leonies, den sie aus dem Gesicht presste wie eine rote Kirsche. Unter ihren Kleidern bebte ihr junges Fleisch, öffneten sich die Pforten in die Seele einer zur Frau werdenden jungen Frau, die noch unsicher ihrer Unsicherheit gegenüberstand und darum darüber nicht schweigen konnte, mit dieser nicht vertraut werden konnte, die aussprach und rang und hoffte und in ihrer Not um ein Gehör warb, das durch Anteilnahme und Verständnis diese mildern sollte. In ihre Texte fielen keine Gedanken ein, ob sie das so oder so schreiben sollte, wer das lesen, ob es gedruckt werden, was die Kritik dazu sagen würde, wie viele Bücher sich davon verkaufen ließen. Aus ihr kam heraus, weil es herauswollte. Weil es gesagt werden musste, nicht gehört werden wollte. Aufrichtig Hingerotztes, keine angestrengte Literatur.

Quantenspringer kratzte sich am Bart, ja was sollte er dazu sagen? Weiter so? Du hast Talent? Ich kann dir eventuell weiterhelfen? Oder etwa Kluges wie wer Gedichte schreibt, schafft sich ein Zuhause, eines, das er immer bei sich hat. Schafft sich einen Raum nur für sich, in dem er sich einschließen kann und sicher ist wie die Schnecke in ihrem Gehäuse.

»Gut«, sagte er.

Leonie strahlte. Sie hatte etwas gewagt und es war dabei, aufzugehen. Quantenspringer aber geriet in ernste Sorge. Da saß ein höchst reizendes Geschöpf auf seinem Bett, deren zur Frau reifender Körper in einem vom Gesetz geschützten Alter war. Aber als ein Produkt der zeitbedingten Gepflogenheiten hatte er die Gebote dieser seiner Dekade doch verinnerlicht. Eines davon hieß, du sollst sündigen, wann immer sich Gelegenheit dazu bietet.

Er zog sich eine Zigarette aus der Schachtel, bot auch Leonie eine an. Ein Gespräch wurde angefangen, das tückisch war. Sie behandelte ihn wie einen Helden, er wusste aber, dass er keiner war. Eine weitere Zigarette rauchend verpafften sie die Zeit, die wie der träge im Zimmer schwebende Qualm in unvorhersehbaren Windungen und Verästelungen den miteinander geteilten Raum ausfüllte. Als sie sich dann nach hinten in die Laken fallen ließ, da wäre er am liebsten mitgefallen. Doch er blieb sitzen auf dem knarrenden Stuhl, gefangen hinter der marode gewordenen Festung seiner achtunddreißig Jahre.

Leonie richtete sich auf, sah ihn lächelnd an.

Quantenspringer wurde verlegen, stammelte wie ein Jugendlicher, dessen Sehnsüchte allzu plötzlich in der Wirklichkeit angekommen zu sein schienen und nun sprudelnd überkochten.

»Leonie«, kam es aus ihm, »du hast schöne Gedichte geschrieben, mach weiter so. Du hast auf jeden Fall Talent. Wenn ich dir helfen kann, dann sag es mir. Aber der Tag schreitet voran, und das wie immer ungeduldig. Ich fürchte, ich muss jetzt arbeiten.«

Nein, die Jugend war vorbei und mit ihr die Leichtigkeit, die Bereitschaft, auf die Schnauze zu fallen. Alles musste mittlerweile abgesichert sein und überprüft, jede Handlung gleich wie jedes Wort. Auf großem Fuß wurde das Feld zum vermeintlichen Erfolg durchmessen und vor jedem Eck angehalten, könnte dahinter doch eine Peinlichkeit lauern. Könnte eine weitere schmerzhafte Kerbe ins Holz gehauen werden. Würde es doch bloß eine weitere Niederlage setzen. Was sollte schon laufen, wenn bei jedem Schritt der Weg zerrissen wurde in tausend gefahrvolle Möglichkeiten, die alle genauestens abgewogen sein wollten? Wer sollte so vorankommen? Das Ziel erreichen? Auf eine Handlung musste die nächste Handlung folgen, wie auf einen geschriebenen

Satz der nächste Satz. Nur welche, nur welcher sollte das sein, wenn im ausufernden Raum der unzähligen Abwägungen plötzlich alles beliebig wurde, wenn zur einzigen Logik wurde, dass alles logisch sein musste und es doch nicht war.

Leonie griff nach ihrer Schatulle, schwang ihre Beine von der Bettkante und die Füße auf den Boden. Einen schmachtenden, dankbaren Blick voller Hoffnung und Leidenschaft warf sie ihm zum Abschied entgegen. Quantenspringer sah weg. Sie kicherte vergnügt, weil sie ihn so verlegen fand. Die Tür fiel zu. Er griff sich ans Hirn.

Hinunter dann an den Tresen des Hirschen geflohen lernte dort Quantenspringer den Gottlieb kennen. Der Mann, der etwas älter sein mochte als er, stand da schon öfters und immer alleine, auch er war zu den Singles zu zählen. Aber erst an diesem Abend wagten es beide, sich auf eine gemeinsame Basis hinabzulassen und sich auf dieser zu treffen. Aus weich gespülten Gesichtszügen warf Gottlieb ihm erst ein geheimnisvolles Lächeln entgegen, zeigte mit seinen strahlend weißen Zähnen, dass er noch auf sich zu achten schien. Wie sonst auch klemmte der Gottlieb Bier trinkend kerzengerade auf dem Hocker, auch nach Stunden wollte die Spannung in seinem Rücken nicht nachlassen. Man kam ins Gespräch und tatsächlich bemängelte er an Quantenspringer gleich die an den Tag gelegte schiefe Körperhaltung. So kam man zu den Problemen. Der Gottlieb spendierte Bier und bald auch einen Schnaps dazu. Quantenspringer sei viel zu sehr Mann, stellte er schnell fest. Er verhärte sich allzu sehr dem Leben gegenüber und versteife sich darauf, um dann nicht mehr nachgeben zu können. Er müsse, wie alle Männer, seine weibliche Seite anzunehmen lernen und diese auch ausleben. Weich und geschmeidig werden wie eine Frau und die Facetten des Lebens in sich aufnehmen. Ob es ihm gut gehe, wollte er wissen und reichte ihm ein Kärtchen mit seinem freundlichen Konterfei darauf, darunter stand ein weiser Spruch aus Fernost und was er im Angebot hatte: Massagen, Sinnes- und Kräuterwanderungen und ganz neu: Barfußwandern im Schnee. Alles zum Superpreis. Hier, in dieser wunderbaren Natur und in ihrer Ruhe, da könne man wieder zu sich finden, schwärmte er und hatte sogleich eine seiner Heilmethoden parat, um die strauchelnde Seele des Schriftstellers wieder auf Vordermann zu bringen. Also ließ Quantenspringer sich überreden, gleich morgen seinen Geist zu reinigen und dafür in den Schnee zu gehen, und das barfuß. Gottlieb wollte vom Bestsellerautor kein Geld dafür, wollte nur eine Spende.

Am nächsten Nachmittag ging es einen Weg aus dem Dorf hinaus und durch den Wald auf eine schöne Lichtung. Die Tannen und Fichten hätten hier ganz von selbst Raum für diese freie, helle Fläche gelassen, keiner wisse, warum sich hier noch nie ein Baum getraut habe Wurzeln zu schlagen, ein Kraftplatz sei das, ein Ort des Lichtes, erklärte Gottlieb. Auch Detlef Knorr war mitgekommen, er wollte es sich nicht nehmen lassen, hier im Urlaub den guten alten Methoden des schwäbischen Pfarrers Kneipp nachzueifern. Eine besserwisserische Bemerkung nach der anderen stellte er an und erwirkte so, dass sich das ganze einleitende Prozedere unnötig in die Länge zog, denn Gottlieb musste jetzt darum ringen, sich von ihm nicht den Rang ablaufen zu lassen. Er hieß sie also beide, ihre Schuhe und auch die Socken auszuziehen, prustend steckte einer nach dem anderen die blanken Füße in den eiskalten Schnee. Liefen umher und sollten weiterlaufen, als es schon höllisch zu schmerzen begann. Diesen Vorgang wiederholte man ein paar Mal, während Gottlieb seine Weisheiten zum Besten gab und Knorr endlich verstummt war. Wichtig, so sagte ihr Anführer, sei es, Bodenhaftung zu bewahren und mit beiden Beinen fest im Leben zu stehen, und wie könnten einem da die Füße besser ins Bewusstsein rücken als über diesen bestialischen Schmerz? Der feuerrote Kopf Knorrs verriet den heroischen Kampf, der unter seiner Haut vor sich gehen musste. Gottlieb schaffte es, eine ganze Runde innerhalb der Lichtung zu drehen. Knorr versuchte, es ihm nachzutun, brach aber bei der Hälfte wimmernd ab. Quantenspringer verabschiedete sich. Sein Geist war schlussendlich bloß umso mehr ins Rotieren geraten, erklärte wieder einmal alles als Schwachsinn. Gottlieb aber und mit ihm Knorr, ihre Füße waren längst schon blau angelaufen, wollten noch nicht ablassen von der Tortur und versuchten sich an einer neuen Runde.

Eine Zigarette zwischen den Lippen zog Quantenspringer auf dem verschneiten Seelenbaumelpfad zurück durch den Wald. Wandernd durchlief er Gedanken, denkend durchlief er ein Land, das vor seinen Augen verschwand und dort in neuen Hüllen wieder auftauchte. In endlosen Schleifen drehten sich die Gedanken in seinem Kopf, stachen in sein Bewusstsein, um sich dort eine Weile aufzuhalten und gleich wieder, von dem nächsten Schub an Wörtern angestoßen, in den dunklen Zonen des Unbewussten zu verschwinden, wo sie so lange weiterkurbelten, bis sie nach einer unbestimmten und unregelmäßigen Zeit auf eine drangsalierende Art und Weise und völlig unerwünscht wieder auftauchten. Geschichten stiegen auf, überlagerten die vorherigen und solche, die unter dieser unendlichen Schicht aus Geschichten noch gar nicht in ihm erschienen waren. Was hatte er da nur angefangen und wann würde er es wieder beenden?

Die Füße schmerzten vor Kälte. Über die Beine durchdrangen eisige Schauer den ganzen Körper. Aber plötzlich stieg ein heißer Strahl in ihm auf. Eine Frau erschien vor seinen Augen im Wald. Mit Schneeschuhen stakste sie zwischen den Bäumen umher, blondes, langes, glattes Haar quoll offen unter einer Mütze hervor bis hinunter auf die Schultern, ein weißer Winteranorak lag eng an schmalen Hüften, gab einen Blick auf die aus einer schwarzen Skihose kurvenden Pobacken. Es war Fiona Heller, sie hatte ihn nicht bemerkt. Quantenspringer bog ab in den Tiefschnee und ihr hinterher ins Dickicht des Waldes. Mit etwas ungelenken Bewegungen lief sie weiter hinein, behutsam, um kein Geräusch von sich zu geben. Ein dürrer, unter dem Weiß verborgener Ast knackte unter dem Gewicht seines auftretenden Körpers, er versteckte sich geschwind hinter dem breiten Stamm einer Fichte. Tief drang sein Atem. Sie sah sich kurz um, lief dann aber unbehelligt weiter. Vom Weg war man schon ein gutes Stück weit abgekommen. Als es durch einen Jungwald ging, bückte sie sich und strich sich dann den Schnee, der von den Ästen auf sie gefallen war, von den Schultern und dem darauf liegenden Haar. Quantenspringer zwischen den jungen Bäumen mit sich überschlagendem Atem hinterher, Blut fauchte in seinen Adern. Wieder blieb die Blonde stehen, als hätte sie etwas gewittert, blickte sie aus den Augenwinkeln heraus nach hinten. Quantenspringer hüpfte hinter einen Stein, machte sich so schmal es ging und hielt den nun tobenden Atem in seinen Lungen, bis es diese schier zu zerreißen drohte. Doch sie lief weiter, hinein ins Gehölz, bis der bislang leicht ansteigende Waldboden vor ihr zu einem steilen Abhang abfiel. Ohne Regung blickte sie in das unter ihren am Abgrund kratzenden Stiefeln sich ausbreitende von Wolken verhangene Hintere Wildbachtal. Quantenspringer fand eine Eiche, die ihn diesmal sich verstecken ließ. Das Herz raste, sein Schweiß kühlte in seinen Nackenhaaren, die Füße schmerzten gar nicht mehr. Plötzlich drehte sie sich um, kam auf seine Eiche zu. Quantenspringer drückte sich gegen den Baum, als könnte er in dem Stamm verschwinden. Aber nein, was für ein Glück, sie hielt sich etwas links davon und ging vorbei, um auf etwas Dunkles im Hintergrund zuzusteuern. Das Liebesnest. So nannte man die Hütte im Dorf, weil sie immer wieder von Pärchen aufgesucht wurde, um sich dort zu lieben. Vor dem Eingang blieb sie stehen, reckte ihren weißen, geschmeidigen Hals nochmals, drehte sich aber nicht um, sondern öffnete die knarrende Tür und verschwand in dieser. Ein paar Mal kräftig prustend verließ Quantenspringer sein Versteck. Mit einem Herz jetzt, das ihm bald aus den Ohren hämmerte, und schwindlig im Kopf kam er an der Tür an, öffnete sie und trat ein. Keine Frage, sie hatte ihn längst bemerkt.

Fiona schlüpfte prompt in die gefasste Haltung, die sich für eine wohlerzogene Frau aus wohlhabendem preußischem Hause gebührte: gerader Blick, die Nase leicht nach oben, den Rücken durchgedrückt, die Stimme hell, und wischte sich kaum merkbar eine Träne aus dem Gesicht und damit auch die Gedanken an einen Streit mit ihrem Mann. Denn wieder einmal war er spät nachhause gekommen letzte Nacht, weil er noch zu arbeiten gehabt hatte. In letzter Zeit verbrachte er mehr Zeit mit dem Schamberger als mit ihr, traf sich ständig mit all diesen solariumgebräunten jungen Kerlen, die in gut sitzenden Anzügen steckten und mit ihren perlweißen Zähnen listig aus ihren Grinsemäulern bleckten, um Geschäfte voranzutreiben, von denen sie nichts verstehen durfte. Aber aus dem Mund roch er vom Champagner und morgens hatte sein Kopfkissen manchmal rote Flecken, weil ihm Blut aus der Nase getropft war. Wieder und wieder vertröstete der Klaus-Peter sie auf das Wochenende, diesmal aber wollte sie ihn nicht so einfach damit durchkommen lassen. Was das für Geschäfte seien und was die mit der Unmündigkeit des armen alten Krämer zu tun hätten, fragte sie also und ihr Klaus-Peter wurde ungehalten. Geschäfte eben, sagte er, und das neue Haus habe viel Geld gekostet. Aber Fiona wollte ihren Mann nicht in Geschäfte verwickelt sehen, die als krumm galten, denn dass dort hinten in den Sumpfwiesen des hintersten Zipfels Millionen versickerten, das war auch an ihre Ohren gedrungen. Auch danach fragte sie ihn und sah ihm tief in die Augen dabei. In der Iris ihres Mannes flackerte es ein wenig, aber gleich wurde der Blick starr und fest und aus seinem Mund drang es giftig entschlossen: »Schatz, ich liebe dich. Für dich und die Kinder würde ich alles tun.«

»Was rennen Sie mir hinterher?«, fragte sie jetzt forsch Quantenspringer.

Quantenspringer stutzte, das hatte er sich anders erhofft.

Sie ging ihn an: »Sie haben sich wohl verrannt. Wenn Sie nach Abenteuergeschichten suchen, setzen Sie sich lieber an den Schreibtisch und schreiben eine. Das hier ist das echte Leben. So funktioniert das nicht.«

Quantenspringer kramte nach den Zigaretten, rang um Worte. »Im echten Leben gibt es keine Abenteuer?«, fragte er.

Fiona erschienen ihre beiden Mädchen vor ihrem inneren Auge, die beiden Sonnen in ihrem Leben, wie sehr sie dem Klaus-Peter aus dem Gesicht geschnitten waren, vom Charakter her aber zum Glück nicht so leicht reizbar waren. Sie dachte an seine Worte: »Für dich und die Kinder würde ich alles tun«, und dass das Schlimme daran war, dass dies auch stimmte. Rotzig lachte sie, obwohl es ihr nicht recht stehen wollte. »Abenteuer verlieren an Bedeutung, wenn man sich für ein gutes Leben entschieden hat. Mit Ehe, Kindern, einem funktionierenden Haushalt, einem bereinigten Leben.«

Mit langen Fingern, die muttergerecht gekürzten Nägel rund zurechtgefeilt, zog auch sie sich eine Zigarette aus der Schachtel, steckte sie sich zwischen ihre perfekt geformten Lippen und ließ sie sich von ihm anzünden. Während sie sich an die Tischkante lehnte, dabei ihre Beine übereinanderschlug, zog sie ihre Mütze vom Kopf und strich sich mit der anderen Hand ihr Haar zurecht. Trotzig sagte sie: »Sie werden lachen, aber ich glaube an die Ehe.«

Aber Quantenspringer lachte nicht. »Ist die Ehe nicht auch bloß eine Erfindung? Ähnlich wie eine Abenteuergeschichte, nur ohne Abenteuer?«

Fiona lachte. Die Zeit, die sie für einen Zug an der Zigarette benötigte, nutzte sie, um sich eine treffende Antwort zu basteln. Dann kam es ohne Zweifel: »In der Literatur oder in jeder Art von Abenteuergeschichte ist vor allem Leidenschaft gefragt, in der Ehe Vernunft. Sucht der Literat oder jeder andere Abenteurer Spannung, verlangt die Ehe, diese zu vermeiden. Ich bevorzuge das eine, Sie ganz offensichtlich das andere.«

Quantenspringer blies den Rauch aus seinen Nasenflügeln. »Spannungen werden aufgebaut, um sie letztendlich wieder abzubauen. Das ist das Ziel. Auch des Literaten. Auf jeden Fall ist es die Natur eines Mannes.« Er fand in ihren Augen Flammen, die kurz auflodern durften. Bevor sie aber antworten konnte, fügte er an: »Es gibt auch langweilige Literatur, ohne jede Spannung, genauso, wie es langweilige Leben gibt.«

Fiona schlug das untere Bein jetzt über das obere, ihre Gesichtszüge verfinsterten sich wieder. »Ich stehe in einer gut funktionierenden Ehe und gleichzeitig in einem gut funktionierenden Leben. Das ist literarisch uninteressant … außer meine Ehe und mein Leben würden geradezu sensationell verlaufen.« Sie dachte an das Haus, das Leben darin und wie sie sich dafür, dass sie die Kinder, ihren Mann und sich selbst versorgte, letztens Reizwäsche gekauft hatte.

»Sie verlangen nicht nach Sensationen?«, fragte Quantenspringer.

Fiona rückte ihr Gesäß von der Tischkante, wandte sich von ihm ab und drückte die Zigarette aus.

»Glauben Sie immer noch, dass hier mit uns noch etwas passieren wird?«

Jetzt lachte Quantenspringer. Vor allem über diese Dummheit, in die er sich befördert hatte, und dass er dabei war, jetzt mit vorgestreckter Stirn immer weiter nach vorne und damit weiter hinein ins Verderben zu rennen. Die Füße in seinen dünnen Schuhen schmerzten jetzt wieder vor Kälte. Von seinem Stummel stiegen die letzten dünnen Rauchfäden gegen die Decke. Sie sahen sich an und gleich wieder voneinander weg. Fiona zog sich ihre Mütze über den Kopf und als sie an ihm vorbei zur Tür ging, sagte sie: »Ein Mann redet nicht lange. Nur ein Literat wird über Worte zum Mann.«

Ging, und Quantenspringer stand alleine. Eine Minute, zwei, eine Unendlichkeit.

Zurück im Dorf verschwand er gleich auf seinem Zimmer. Stapfte in tiefer sich grabenden Gedankengräben umher, watete in den fauligen Wassern seiner Scham. Kräfte hatten ihn da eben geritten, die stärker waren als er. Stunden vergingen, der Hunger packte ihn. Unter ihm schien es bereits still zu sein, kein Licht mehr, das sich in den Fenstern der Küche zeigte. Also schlich er hinunter, und weil er keinen mehr sah durch die Stube hindurch und in die Küche und ran an die Töpfe. Er fasste ein Stück vom Lammbraten, das in einem Topf in seiner Soße schwamm, in einer Pfanne fand er noch Rosmarinkartoffeln und steckte sie sich gleich in den Mund. Doch plötzlich riss sich vor ihm aus dem Dunkel eine Gestalt heraus und zwei Augen, die nach ihm schauten. Die Wirtin saß auf einem Hocker. Quantenspringer stellte die Pfanne wieder ab.

Mit einer Handbewegung aber gab sie ihm die Erlaubnis, ruhig weiterzuessen. »Bitte sehr«, kratzte sie hervor.

Quantenspringer schluckte hinunter. Da saß sie mit ihren auseinandergegangenen, abgelaufenen Proportionen. Mit provozierendem Blick aber schaute sie ihn jetzt an und riss für einen Moment ihre Beine auseinander, warf nun alles in die Waagschale. Die Dunkelheit bot Raum für schmutzige Fantasien und Schutz für eine mögliche Schweinerei, verschleierte den Zerfall an ihrem Körper. Maria hatte nichts zu verlieren. Aber es erregte sie, dass es noch andere Gründe geben könnte, warum er als Mann nach ihr greifen könnte.

Er langte zuerst nach ihren üppigen, schweren Brüsten, zog den Stoff des Dirndls ab und den BH beiseite. Gleich drückte sie seinen Kopf tief in den Graben zwischen ihren beiden Polstern. Es roch nach Wirtshaus darin, nach Zigarettendunst und Frittierfett, aber auch dezent nach einer Blume, die sich nach einem letzten Regenguss sehnte, um noch einmal blühen zu dürfen. Seufzend warf sie ihren Kopf nach hinten, drückte ihre Wirbelsäule durch und alles, was daran war, dem Mann entgegen, der jetzt bereit war, sie zu nehmen, und sie wieder spüren ließ, aus welchen Gründen auch immer, begehrt zu sein, den sie noch zu erregen vermochte. Sie öffnete ihren Mund, aus dem eine Alkoholfahne stach, und ließ diesen von seiner Zunge bestürmen, saugte sie an sich, wand sie ein und gab sie nicht mehr her. Gierig griffen seine beiden Hände unter ihren Rock und krallten sich in ihre Pobacken, hob sie so auf die Küchenablage. Dabei fiel ein Topfdeckel scheppernd auf den Boden. Beide erschraken und sahen bereits den Wirt im Raum. Der Schrecken war verflogen und Quantenspringer glitt mit seinen Fingern schnell in ihre Pofalte hinein und ohne große Umschweife weiter in den nassen, weit aufgesprungenen Spalt der Wirtin. Ihr Saft zwischen den Fingern ließ ihn wilder werden, ein betörender Käsegeruch stieg nach oben und schwer atmend grub er sich ganz weit in sie hinein, glitt wieder hinaus, massierte kreisend ihren Kitzler und stöhnte auf, weil sie immer lauter stöhnte und sich mit ihren Händen an seinen Hosenstall machte, um seinen prall gewordenen Schwanz daraus zu befreien. Endlich stieß er seinen Körper zwischen ihre gespreizten Schenkel, in ihr heiß gelaufenes Fleisch und wütete darin wie ein Berserker unter ihren kaum zurückzuhaltenden Schreien, egal ob der Wirt sie jetzt hören mochte! Ja sollte er sie doch hören! Sollte er hören, dass sie noch immer eine Frau war, die von einem Mann gefickt werden wollte aus Lust und Wut und einem Programm, das dem Dreck des Menschseins entsprang, und nicht wie bei ihm, weil es von ihm verlangt wurde, weil er damit ein Programm bediente, das Heiraten, Familie gründen, die Sakramente erfüllen hieß, und der, wenn er in sie drang, gleich das ganze Dorf, die Kirche, den Staat und den lieben Gott mitbrachte, aber nicht einmal das kam ja zwischen ihnen mehr vor. Klammernd, krallend, kratzend ließ sie ihn toben, wühlen, hämmern, ließ ihn nach allen ihren Körperstellen packen und mit seinen Fingern in alle ihre Öffnungen kriechen, schnappte mit den nun berstenden Wänden ihrer Vagina nach seinem Penis, als wollte sie ihn verschlingen, den ganzen schwitzenden Körper verschlingen, riss ihre Hände in seinen Po und stieß und stieß und stieß dagegen, bis Quantenspringer sich endlich heulend in ihr ergoss, um unter letzten Zuckungen müde zu werden und zu erschlaffen. Er erhob sich, packte schnell ein, wagte es nicht, sie anzusehen. Nicht ihr Fett, nicht ihre Falten. Ohne ein Wort ließ sie ihn auf sein Zimmer gehen. Friedlich schlief er ein. Auf ihren Namen lief dieses Haus.

IV

Die Spreu vom Weizen trennen

Der Tag ging in den Abend, ohne dass er das Haus, ja sein Zimmer verlassen hätte. Ohne dass etwas geschah, was es wert gewesen wäre, mit Worten zu schmücken. So verstrich die Zeit, nichts ließ sich festhalten. Bis es wieder hektisch an seiner Zimmertür klopfte. Fragend rief er nach einem Gesicht, zurück kam nur gedämpftes Pochen. Das reizende Wesen Leonies erschien vor seinem inneren Auge. Gleich der Wirt mit der Schneeschaufel. Als er aber die Tür öffnete, hatte er zu seiner Überraschung den kahlen Schädel des Hannes Bundschuh vor sich. Gleich drängte der große Mann in den Raum und Quantenspringer beiseite, die linke Hand fasste das Bündel Blätter seines Skriptes. Mit hin- und herschießenden Augäpfeln klopfte er ab, was er vor sich liegen fand: das bescheidene Mobiliar, die Lederjacke, die vom Stuhl hinab mit einem Ärmel auf den Boden hing, die zerwühlten Laken, das Gewirr an Blättern und Zetteln auf dem Tischchen, die langhalsigen, geleerten Flaschen aus der Brennerei des Heiner Baldauf, einen randvollen Aschenbecher. Eine aus Stein gemauerte, mit Blümchentapete verzierte Depression, immerhin ein Fenster hatte dieses Loch. Der Hannes riss es auf. Frische Luft blies hinein. »Luft!«, rief er hinaus.

Stöhnend setzte er sich aufs Bett, sein Bündel Blätter legte er neben sich ab. Quantenspringer lehnte sich schweigend in den Stuhl. Der Hannes hörte den Atem des Josef, der Josef hörte den Atem des Hannes. Obwohl der Spielleiter schon lange Nichtraucher war, rauchte er eine Zigarette mit.

»Es hat einen Grund, weswegen ich gekommen bin«, fing er vorsichtig an und legte das Bündel Blätter auf seine Knie. Zerknittertes, vergriffenes, eingerissenes Papier, dessen Weiß beinah restlos ausgefüllt war mit schwarzer Tinte.

»Der Grund ist, ich habe den Grund unter den Füßen verloren und mich verrannt dabei, Quantenspringer, ich weiß nicht mehr, wie weiter!«

Quantenspringer blickte auf. Aufstöhnend zog der Hannes gequält an der Zigarette und blies den Rauch langsam durch das geöffnete Fenster dem hereinstoßenden Wind entgegen. Diese filigranen graublauen Fäden, grazil wie eine Künstlerseele und bös zerrissen von dieser Naturgewalt.

»Ach Quantenspringer, wie oft feilte ich in den letzten Tagen an dem guten Stück! Mache besser, was ich eben noch gut fand, und verbessere dann, was eben doch schon besser war. Versuche unaufhörlich ein Stück näher dem Ausdruck zu kommen, den ich eigentlich ausdrücken will. Aber das Einzige, das ich in dem Wirrwarr dann ausdrücke, ist, dass ich in dem Wirrwarr den Ausdruck nicht finden kann. Immer neue Ansichten schaue ich, kreiere neue Interpretationen, immer neue Ideen fallen mir ein. Das Neue versuche ich einzubauen, muss das Alte dabei umbauen oder alles gleich komplett neu bauen. Das hört niemals auf, Quantenspringer. Das ist ein komplexer, lebendiger Organismus, wie eine Pflanze in einem Topf, die von mir unaufhörlich gewässert und auch gedüngt wird, aber wächst und wächst und nicht mehr aufhört zu wachsen. Erst gedieh der Text, dann wucherte er und jetzt wächst er mir über den Kopf zu einem Wald, in den ich mich verrannt habe und in dem gefährliche Schurken hausen. Einen Satz schreibe ich und schon ist der umstellt von einer räuberischen Horde an Gegenargumenten und Gegenperspektiven, die aus den

Schatten des Ungesagten ihre nervigen Krallen herausrecken, nur um sich den zitternden Satz zu packen, den sie dann zerlegen und herum- und wieder zurückdrehen und dann vollkommen auf den Kopf stellen, um alles, was er vorgibt zu sein, von ihm abzuschütteln. Dann stellen die einzelnen Bauteile in x-beliebiger Reihenfolge und mit ganz anderem Sinn und anderer Wirkung, als die ursprüngliche Aussage es gemacht hat den Wahrheitsanspruch. Gewonnen haben diese Schurken, wenn ihre Untat schwarz auf weiß erscheint und also selbst zum Ausgesprochenen wird. Da kann man ihr höhnisches Lachen förmlich hören! Aber sie lachen nur kurz. Denn einmal im Licht des Gesagten erschienen, geht das Spiel von vorne los.«

Der Hannes hielt das Bündel Blätter in die Höhe und ließ es dann direkt vor Quantenspringer auf das Tischchen fallen.

»Dieses verdammte Evangelium, Quantenspringer, ich bin gefangen darin. Eingesperrt tappe ich darin herum und suche nach Umgehungen, Schleichwegen, Schlupflöchern, nach neuen, noch nicht betretenen Pfaden, die mir eine freie, eine eigene, eine auf meine Laien, auf das Dorf und diese Zeit passende Interpretation des Textes ermöglichen. Aber sofort werde ich zurückgehalten, zurückgestoßen, nie kann ich sagen lassen, was ich sagen will, nie darf ich spielen lassen, wie ich spielen lassen will. Ich habe mich an die Vorgabe aus den Evangelien zu halten. Ich habe mich nach der Tradition und vor allem nach den Traditionalisten zu richten. Dabei würde ich gerne alles sagen, alles! Die Wahrheit will ich sagen und sollte es das Dorf in seinen Grundfesten erschüttern! Doch ich finde die Worte dafür nicht. Diese Evangelien, Quantenspringer, arbeiten schon längst gegen mich, haben sich vor mir aufgestellt mit ihren einzementierten Worten und einer Handlung, die immer uneinnehmbarer für mich wird.«

Quantenspringer nickte schwermütig. Was hatte das alles mit ihm zu tun?

Der Körper des Grundschullehrers kauerte jetzt wie ein Sack auf dem Bett, mit spitzen Lippen zog er an der Zigarette, die bereits bis zum Filter abgebrannt war, an dem nur mehr eine lange Glut nervig baumelte.

»Ich will jetzt nicht scheitern!«, sagte er vorwurfsvoll zum Fenster hinausblickend und schmiss den Stummel hinterher. Schloss das Fenster, es war frisch geworden im Zimmer.

»Was kann ich dabei tun?«, Quantenspringer zog es Falten auf die Stirn.

Hannes tippelte aufgeregt mit dem Zeigefinger auf dem Skript herum. »Quantenspringer, ließe sich nicht, ich meine von einem echten Autor, also einem, der es zu was gebracht hat in der Welt der Literatur, ließe sich da nicht mit ein paar Worten, ein paar treffenden Worten, ein paar stimmigen Sätzen in meinem Skript wieder zurechtrücken, was ich verrückt habe in den letzten Tagen und Wochen? Vielleicht«, fügte er schelmisch an, »genügt auch ein einziges Wort.«

Quantenspringer wunderte sich.

»Du sollst«, meldete sich der Hannes und ruckelte wieder auf der Matratze hin und her, »du sollst nicht unbelohnt bleiben, Josef Quantenspringer. Wenn wir das hinbekommen, dann wird im Dorf kein Stein mehr auf dem anderen bleiben. Eine Geschichte wird sich entfalten, du musst sie nur noch vom reifen Baum pflücken. Förmlich in den Mund legen wird sie sich dir! Du gibst mir Worte, ich gebe dir eine Geschichte.«

Quantenspringer kramte in seinen Taschen, fand aber nicht die Schachtel mit den Zigaretten. Der nächste Irre in diesem Irrenkaff. Und doch griff er nach dem Skript, nach all den dunkel gezeichneten Irrwegen darauf. »Ich werde es mir ansehen.«

Jetzt strahlte der Hannes wie eines seiner Schulmädchen nach einer Eins in Mitarbeit.

Dankend und wieder dankend machte er sich davon, neue Hoffnung kehrte in seinen von Selbstzweifeln zerfressenen Körper ein. Stieg sachte die Treppe hinunter und nahm den Seiteneingang hinaus und hinein ins Miesewetter.

Der Wirt hatte seinen Besuch trotzdem mitbekommen. Gleich griff er zum Hörer und formulierte es dem Eberle so: »Der Schriftsteller steckt mit dem Hannes unter einer Decke.«

Als Quantenspringer in die Stube kam, hielt der Wirt aber still. Maria servierte ihm ohne ein Wort einen Kaffee, steckte ihm dann eine Schnitzelsemmel zu. »Sie arbeiten hier nicht«, befahl sie ihm.

Die Nacht verbrachte Quantenspringer mit Hannes' Skript. Dieses auf Blätter gesudelte links und rechts, oben und unten und zwischen den Zeilen gänzlich um- und überschriebene, durch- und unterstrichene, mit runden und eckigen Klammern versehene und mit Pfeilen und Sternen hin und her verweisende schwarze Chaos. Wie ein schwarzes Loch zog es ihn in sich hinein. Variante um Variante fand er vor, die wieder nur neue Varianten aufwarfen. Ein wildes Kunterbunt von einem Text, der keinen Anfang besaß, sondern immer neue Anfänge, die in immer neue Anfänge mündeten. In unzähligen kleinen und kleinsten Nuancen immer wieder abgeändert, in Inhalt und Aussage in immer anderem Licht erscheinend. Möglichkeit um Möglichkeit des immer selben. Erweiternd oder verändernd, oft aber einander widersprechend und negierend. Widersprüche, die nicht gelöst, auch nicht verschwiegen wurden, sondern nebeneinander auf demselben Skript ihren Platz fanden. Figuren in Figuren zeigten sich, Haltungen, die andere Haltungen überlagerten, Worte, die andere Worte aufwarfen, die sich umkreisten und einander in Frage stellten. Fragen, die neue Fragen stellten, Antworten, die bloß neue Antworten ergaben. Egal wie Quantenspringer dieses undurchdringbare Sammelsurium las, es gelang ihm nicht, die unzähligen Möglichkeiten darin zu einem sinnvollen Ganzen zu verweben. Er hatte es mit einem Manuskript in einem Manuskript in einem Manuskript zu tun, das sich beliebig hätte fortsetzen lassen können. Denn genauso wenig, wie diese Schrift einen Anfang besaß, sondern Anfänge in Anfängen, so führte das Ganze auch zu keinem Ende, fand nie den letzten Punkt, sondern endete in einem Ende, das endlos war an Enden, die den Leser unweigerlich wieder zurück an den einen Anfang von vielen Anfängen katapultierten, wo sie von Neuem in Form schwarzer Zeichenmasse in alle Richtungen sprenkelte.

Als Quantenspringer das Skript durchhatte, musste er laut lachen. Denn von Variante zu Variante waren dem Hannes die Evangelien zu einer Bauernklamotte verkommen. Und im Prinzip, bemerkte er, erzeugten diese beinah bis auf das letzte Fleckchen Weiß vollgeschriebenen Papiere denselben Effekt, als wenn seine eigenen Blätter weiß blieben: Sprachlos stand man vor dem ungelösten Problem des Widerspruchs.

Quantenspringer war dabei einzuschlafen, als seine Hand auf Hannes' Skript fiel, das sich im Gewühl der Laken verborgen hatte. Er schlug das Bündel wahllos auf, ein Satz sprang ihm prompt ins Auge: *Er aber redete vom Tempel seines Leibes.* Ein Satz aus der Geschichte von Jesu Tempelreinigung. Wieder war es schwer, in Hannes' Wirrwarr einen Strang zu finden, an dem man sich sicher durch die Episode und an ihr Ende hangeln konnte. Aber manche Worte und Sätze wurden von ihm durch dicke Striche oder Großbuchstaben auffallend hervorgehoben und bildeten, egal wohin sein Text auch steuern wollte, einen Wegweiser oder auch einen Anker.

Hinterer Zipfel fand Quantenspringer dazwischen und darüber gekritzelt, *Kristallpalast, Geldsäcke.* Ihm bekannte Namen: *Liebknecht, Lukas, Öhlerdichl* oder auch *Hump, Sunagler, Schnabel, Eberle.* Begriffe und Namen, die auf das Dorf verwiesen und die ihn an Krämers Bibel und an jene Geschichte erinnerten, die in dieser schon zu finden gewesen war und bereits den Alten in den Wahn getrieben hatte. Und dass er das Buch nicht mehr in dessen Regal hatte finden können und dass er, als er wieder auf der Straße gewesen war, die Rückseite von Hannes' kahlem Schädel erkannt hatte. Glotzte ihm aus diesem Skript nun auch unvermeidlich der Irrsinn des Alten entgegen? Ging er jetzt von Hannes' eingefügten Begriffen aus und zog zwischen diesen Verbindungen, blickte hinter sie und fand, kaum leserlich noch, aber doch, die ursprünglichen Begriffe, reihte diese und dann Satz für Satz aneinander, dann hatte er nach etlichen Stunden die ursprüngliche Geschichte aus den Evangelien vor sich: Jesus zog während des Passahfestes hinauf nach Jerusalem in den Tempel und trieb mit einer Geißel die Händler samt ihren Rindern, Schafen und Tauben hinaus, schüttete den Wechslern das Geld aus und stieß ihnen die Tische um und sprach zu ihnen: »Macht nicht meines Vaters Haus zum Kaufhaus. Heißt es nicht in der Schrift: Mein Haus soll ein Haus des Gebetes für alle Völker sein? Ihr aber habt daraus eine Räuberhöhle gemacht!«

Aber die aufgebrachten jüdischen Priester verlangten ein Zeichen von ihm zum Beweis Gottes Sohn zu sein und er antwortete ihnen: »Reißt diesen Tempel nieder und in drei Tagen will ich ihn aufrichten.«

Da sprachen die Priester: »Dieser Tempel ist in sechsundvierzig Jahren erbaut worden, und du willst ihn in drei Tagen aufrichten?«

Er aber redete vom Tempel seines Leibes.

Quantenspringer warf das Skript beiseite, schloss die Augen. Müde hatte ihn diese Lektüre gemacht, in der er wie ein Detektiv gewisse Spuren verfolgte.

Er aber redete vom Tempel seines Leibes ging es ihm wieder und wieder durch den Kopf, der Satz begann dort im Halbschlaf zu leben, sich auf und davon zu machen.

Was ist das für ein Tempel, fragte er sich, den er, Josef Quantenspringer, da mit sich herumträgt und in dem er es sich so ungemütlich gemacht hat? Nein, sein Körper ist die Bezeichnung Tempel nicht wert, eher die der Räuberhöhle. Mit Bänken und Tischen hat auch er alles zugestellt, was da wäre an freiem Raum in ihm. Kurzweilige Geschäfte bestimmen nun das Geschehen, das Hickhack um den besten Preis. Stimmen über Stimmen ertönen, die lauthals schreiend und kreischend, brüllend und bettelnd übereinander herfallen und sich mit immer neuen Angeboten überbieten. Schau mich! Nimm mich! Kauf mich! Denn auf den Bänken und Tischen präsentiert er sich selbst, sich selbst zur Ware macht er und bietet sich nun um Kundschaft buhlend zum Kauf an. Glänzen muss auch er, denn er muss es wert sein, was für ihn unter lautem Gefeilsche und Gebrülle geboten wird. Er muss dem Preis gerecht werden, den er sich selbst gegeben, den er selbst ausgerufen hat, den er meint nach oben treiben zu können. Denn er macht teuer, was eigentlich umsonst ist, macht wertvoll, was gewöhnlich ist, macht zum Muss, was verzichtbar ist.

Ein Kaufhaus ist aus seinem Tempel geworden. Um den besten Preis feilschend wird darin alles verhökert, was zwischen den Fasern seines Leibes, in einem Geflecht aus aggressivem Geschrei und dem Geifer von Viehhändlern und Geldwechslern, seine Bahnen zieht. Dort, wo Stille herrschen soll, wird nun um den größtmöglichen Profit gekämpft, wo Liebe gelebt werden soll, herrscht nun Kampf, wo alles gut sein soll, muss es immer besser werden, wo ein Miteinander sein soll, herrscht nun ein erbarmungsloses Gegeneinander, wo Zusammenhalt sein soll, regiert nun Ausgrenzung. Alles nur, um im Konkurrenzkampf zu bestehen.

Teuer will er sich verkaufen. Er will Teil einer Produktpalette, er will in der Auslage sein, er will gekauft werden, man soll es ihm abnehmen. Alles macht er dafür, verzerrt sich dafür, erniedrigt sich dafür, erhöht sich dafür, gibt sich auf dafür, optimiert sich dafür, nur um eine Marke zu werden in diesem Kaufhaus, in dieser Räuberhöhle, wo schmierige Geldwechsler die eine Währung in eine andere tauschen und dabei den Löwenanteil in ihre eigenen Taschen stecken. Und wie die Opferhändler den Boden des Tempels mit ihren Rindern, Schafen und Tauben dem Dreck der Verwüstung und dem Hohn preisgegeben haben, so macht auch er den Grund seines Daseins zum Boden wilder Süchte, die dem Gott des Profits geopfert werden müssen. Mit Zigarettenqualm, seinem Weihrauch, übertüncht er den Gestank zwischen seinen eigenen Mauern. Vergeblichen Hoffnungen und übersteigerten Ansprüchen hängt er an. Falschen Götzen und trügerischen Ikonen, die Opfer verlangen, für die er bezahlen muss, für die er sich in nie zu erfüllenden Sehnsüchten verzehrt. Und doch wirft er sich vor ihre vergoldeten Füße. Der Eifer verzerrt ihn. Es wird verschachert, was sein Herz in einzeln herausgerissenen nun blutenden Fetzen hergibt: seine Wut, seinen Schmerz, seinen Hass, seine Ohnmacht. Der Eifer zerreißt ihn. Er selbst ist der Schlächter. Er selbst ist der Schacherer.

Sein Tempel verkam im zwielichtigen Streben nach Glanz, nach Erfolg, nach Ruhm und der gleichzeitigen Furcht vor dem Absturz zu einer Räuberhöhle. Jetzt sind alle Fackeln ausgedrückt, die Kerzen ausgeblasen und die Fenster verhängt mit schwarzen Tüchern. In diesem dunklen Loch hält er sich versteckt und krönt sich zum Räuberoberhaupt, zittrig zählt er und berechnet nun, was festzuhalten ist an bereits Gewonnenem, an Gestohlenem, und mit schiefen, geschlitzten Augen hält er Ausschau, um nicht selbst von jemand bestohlen zu werden.

Aber man sieht ihn, er ist erkannt, er selbst hat sich erkannt. Man lacht über ihn, er selbst lacht am lautesten. Denn für diesen Witz macht er alles, um sich selbst am Lachen zu halten, auch wenn es zynisch ist und gemein. Macht alles, was in seiner Macht steht, damit er es ist, der über das Leben lacht und nicht das Leben über ihn, dass er es ist, der den Witz erzählt und ihn auf Papier drucken und binden und ihn von schreienden Händlern verkaufen lässt. Und er selbst den Preis dafür bezahlt, um dann den Lohn klingend in seinen Beutel fallen zu lassen.

Also Schluss mit lustig! Schluss damit! Der Witz ist schon lange kein Witz mehr, keinen Heller mehr wert und nicht einmal ein Lachen, kein noch so höhnisches, kein noch so böses.

Aufgerissen diese Räuberhöhle, auf, auf die Fenster und weg mit den dunklen Kutzen. Sichtbar soll wieder werden, was einst versteckt wurde, frische Luft braucht, was stickig geworden ist und faul, ausgegeben werden muss, was so lange gehortet wurde. Ein Heim soll wieder sein, was unheimlich wurde. Kein Rechnen und Berechnen mehr, kein Fürchten und kein Verstecken. Schluss mit dem Gefeilsche und dem Schacher, nieder mit den Tischen und Bänken. Weg mit den Geiferern und den Schreiern, ein Gesang soll stattdessen erklingen, der in alle Fasern dringt und diese mit neuem Blut versorgt, auf dass ein Geflecht daraus wird, in das man sich gerne wirft. Runter mit den Götzen von ihren Sockeln und mit ihnen die Irrlichter des Ehrgeizes und der Angst vor der Verschmähung. Fort mit den Opferviechern, an den Ort, wo sie hingehören, nämlich frei auf die Weiden und in die Wälder! Nein, er wird sich nicht mehr verkaufen. Wird keine Angst mehr haben, er könnte unter Wert verkauft werden. Er wird sich wegen niemand mehr erhöhen und auch nicht erniedrigen. Er wird kein Produkt mehr sein, keine austauschbare Ware, kein Artikel, um den ein Hype gemacht werden kann und der fallen gelassen wird, wenn die Gier nach frischem Fleisch weiter zieht zum nächsten. Er wird hinausschmeißen, was sich da angesammelt hat an Blockaden, wird ausräumen, wird frei machen, was er zugestellt hat, wird alle falschen Haltungen und Meinungen niederreißen, die Ängste in ihm aus ihm vertreiben. Er wird in seinen Tempel ziehen, endlich wieder in seinem Körper wohnen, ihn ausfüllen mit seinem Geist und wird Tacheles reden. Worte werden aus ihm strömen, die frei vom Krampf aus ihm strömen mögen. Das ist sein Tempel, sein Leib, den er sich in knapp vierzig Jahren aufgebaut hat und den er jetzt niederreißen wird, um ihn in drei Tagen neu zu erbauen. So schlief er ein.

Es war noch nicht einmal Mittag geworden, pochte es schon wieder an Quantenspringers Tür. Weil es nicht aufhören wollte damit, ließ er sich doch aus dem Schlaf reißen und ging hin. Der Hannes wollte es wissen: Die Probe der Tempelreinigung war für den Abend angesetzt, nervös lauerte er jetzt auf das Urteil, als ginge mit diesem die Erde unter oder auch nicht.

Der Spielleiter hatte Zigaretten mit, nahm sich eine und legte den Rest demonstrativ auf dem Tischchen ab. Durch Belohnungen machte man sich die Welt gefügig.

Quantenspringer steckte sich eine an, zog daran. »Lass es sein«, sagte er und schob das Skript zum Hannes hinüber.

Erst wollte der nicht recht hören, nickte bloß blöd und ließ dann den Kopf hängen wie ein abgeschossenes Tier.

Als er aber längst schon wieder abgezogen und auf der Straße war, vom Wirt erneut beobachtet, kam es dem Hannes: »Sein lassen … das ist es«, murmelte er frohlockend. »Quantenspringer, du bist ein Genie.«

Und es geschah, dass das Passahfest näher rückte und Jesus hinaufzog nach Jerusalem. Und er fand im Tempel die Händler, die Rinder, Schafe und Tauben verkauften, und die Wechsler, die da saßen und gegen einen Sold die eine Münze in die andere tauschten. Jesus aber fertigte eine Geißel aus Stricken. Doch die Männer fürchteten sich nicht vor diesem Langhaarigen und seiner Wut, denn bislang gab er ihnen doch brav den Frommen. Selbst wenn er wie jetzt damit anfing, mit dieser direkt vor ihren Gesichtern zu fuchteln, war das keineswegs ein Grund für Angst für sie, sondern bloß eine aufgesetzte Drohgebärde, die einen willkommenen Anlass zum Spotten bot. Diesmal aber zitterte die Geißel in Jesu Händen, noch bevor er sie gegen sie erhoben hatte, und hinter dem Bart fand man nicht das verzagte Fleisch eines jungen Mannes, der sich in der Welt der Alten erst noch finden musste, sondern wilde Entschlossenheit, die aus allen Poren fauchte. Was war das für ein Heiland, der sich da plötzlich vor den Etablierten aufgestellt hatte?

»Was guckt ihr so verstohlen aus euren grauen Bärten? Ihr meint wohl, ihr wisst, was ich euch jetzt sagen werde? Heute werde ich nicht krampfhaft versuchen nach eurer Pfeife zu tanzen! Ihr lacht über mich, ich habe es gemerkt, ihr fandet es komisch, wie ich mich mühte, euren Vorstellungen zu entsprechen. Aber da spiele ich nicht mehr mit!«

Ein Pharisäer aber gab sich unter seinen feinen Tüchern als der Bauunternehmer zu erkennen, der er war, und ging ihn an: »Jesulein, mach kein Theater, fang jetzt endlich an zu spielen.«

Doch gleich fuhr ihm die unverstellte Stimme des Liebknecht dazwischen, nein, das war nicht mehr der Jesus, wie man ihn kannte: »Was spielen wir hier für ein Spiel? Was machen wir uns vor? Merkt ihr es nicht? Die Tempelreinigung ist für euch ein verstaubtes Stück aus längst vergangenen Zeiten, eines, das ihr spielen wollt, ohne auch nur einen Fussel Staub davon zu entfernen. Das Lebendige soll verborgen bleiben unter einer Schicht Staub und euch ja nicht berühren. Im Gegenteil, der Staub dient als Aufputz eurer eigenen verstaubten Haltungen. Ihr wollt nicht merken, dass ihr selbst die betrügerischen Geldwechsler und gierigen Viehhändler seid, um die es hier geht. Das Wort muss bloß einmal lebendig werden.« Der Zimmermann zürnte und fuchtelte wieder mit der Geißel.

Die Herren wurden ernst: »Was sind denn das für Worte, die er da auf einmal spricht? Liebknecht, drehst du jetzt auch noch durch?«

Der aber redete weiter: »Ihr seid es doch, die alles, was heilig ist, gewissenlos zum Verkauf anbieten, die bescheißen und dann heuchlerisch die Frommen spielen. Wie die Opfer und Viehhändler seid ihr! Tierische Triebe regieren unter euren Hüten und Kutzen. Wie die Geldwechsler gegen Profit die eine Münze in die andere tauschen, so verwandelt ihr mit Gottes Segen die Widmungen eurer Grundstücke, macht aus einer mageren Weide einen fetten Bauplatz. Auch bei euch wird ein Tempel zu einem Kaufhaus, wenn ihr von heute auf morgen eure Heimat verschachert«, und ließ die Geißel vor ihnen auf die Bänke fetzen.

Die Männer waren sprachlos, das hatten sie nicht erwartet. Ihr Heiland gab sich heute nicht leidend, sondern leidenschaftlich. »Wie redest du mit uns? Du bist ja wahnsinnig. Wer hat dir gesagt, dass du das sagen sollst?« Und sie schauten auf den Hannes, der aber eine Geste machte, dass sie weitermachen sollten.

Aber Liebknecht rief mit fester Stimme: »Auch hier herrscht nur mehr das Geschrei um Profit, es regiert der Kampf und die Feindseligkeit untereinander. Der Beschiss ist salonfähig geworden, keiner rümpft mehr die Nase deswegen. Anstatt ein Ort der Gemeinschaft zu sein, ist das Dorf zu einem Hort der Ausgrenzung geworden. Anstatt Ruhe zu finden, treibt es hier Menschen in den Wahnsinn. Eine dunkle Höhle ist das hier, wo Gott in der Gestalt des russischen Oberräubers und seiner gestohlenen Milliarden regiert!«

Jetzt aber fanden sich die Männer endlich wieder, brüskiert als Persönlichkeiten und beleidigt in den Positionen, die sie mit Fug und Recht eingenommen hatten. Laut aber lachten sie jetzt auf: »Der nächste Irre für Maria Höh!«

Und sie packten ihn und zerrten ihn von der Bühne, aber der Mann, den sie als braven Familienvater kannten und dem sie als Zimmermann die Inneneinrichtung ihrer Wohnungen anvertrauten, ließ das nicht zu. Schnaubend stieß er jetzt die Bänke und Tische um, Krüge zersplitterten auf dem Boden, Münzen verteilten sich klirrend auf der ganzen Bühne. Wieder drohte er mit der Geißel und als sie ihn doch fassen konnten, schlug er wie irre um sich, und das immer noch, als es schon lange zu spät damit war. Denn die Männer waren in der Überzahl und hatten ihn im Schwitzkasten. Doch der Benjamin, ein Heiland außer Rand und Band, wollte dennoch nicht aufgeben, schlug und strampelte sich ein Stück weit wieder frei und rupfte den Herren an ihren grauen Bärten, die ja nicht bloß aufgeklebt waren, sondern fest im empfindlichen Fleisch verwurzelt. Eine, zwei, drei rein gaben sie ihm daraufhin und damit war Schluss.

Von nichts anderem wurde in den nächsten Tagen geredet als von der Tempelreinigung, von einem Skandal wurde gesprochen, den es bei der Passion so noch nie gegeben habe. Zu allem Überfluss machte dem armen Liebknecht jetzt auch noch die eigene Frau das Leben zur Hölle. Was ihm da bloß eingefallen sei, schimpfte sie ihn. Weil er nicht das Maul halten könne! Aber die Gosche halten, das mache man doch sonst viel zu oft, antwortete er. Wie sollen sie jetzt den Kredit abbezahlen, zischte sie zurück. Ja denke er denn nicht, und drückte dem auf dem Kanapee Wimmernden die mit Alkohol getränkten Wattebäuschchen fester ins zerhauene Gesicht.

Denn der Sunagler kündigte dem Liebknecht tatsächlich den Auftrag für eine neue Stube. Heller drohte, den Zimmermann bei der Vergabe von Aufträgen nicht mehr zu berücksichtigen, und der Russe würde gut bezahlen. Den Jesus machen, so fanden sie alle, das könne er ohnehin vergessen. Das sei sowieso nicht anzuschauen gewesen, wie er den Jesus gespielt habe, er wisse gar nicht, was er wolle. Von wo er aber nur auf einmal diese Worte hergehabt habe? Man wusste es bald: Der Hannes hatte sie ihm in den Mund gelegt. Und sie vermuteten es sehr: Der Schriftsteller hatte sie wiederum diesem gegeben.

Der Kirchenrat trat zusammen. Ostern stehe bald vor der Tür, man müsse handeln, bevor es zu spät sei. Es ging vor allem gegen den Spielleiter, dem sein Spiel komplett entglitten sei. Modernisieren, improvisieren, modifizieren, all die neumodernen Begriffe, mit denen der Hannes um sich schmeiße, das könnten sie nicht mehr hören. Genau wie diesen Schmarren nach mehr Lebendigkeit, dieses ewige »spielen sollt ihr«. Was solle das denn bringen, schimpften da die Herren, war es doch Tradition bei Älplern, Landwirten und Jägern aus Passion, alles Lebendige in Ketten zu legen oder gleich zu erschießen. Und überhaupt, dieses ganze Drama, das er daraus mache, all der unnötige Pomp, maulte man munter weiter. Diese aufwendigen Kostüme, die ganze Schminke, die kostspielige Bühne, die der neue Spielleiter gefordert habe. Wolle er etwa mit Oberammergau konkurrieren, lästerten sie und hatten ihren Lacher. Und ausgerechnet einem jungen Mann, der nur selten in der Kirche anzutreffen war, habe er die Rolle des Jesu gegeben, einem, der, wie sich herausstellte, überhaupt kein Talent besaß. Am schlimmsten aber wog, dass der Hannes ständig seine eigenen Worte hernehme, um die Evangelien zu erzählen, dass er sogar dem Jesus seine eigenen Worte in den Mund lege.

Der alte Jakob, ein netter Mann eigentlich, geißelte, dass der Jesus, den der Spielleiter da sehen wolle, einer sei, der mit Feuer die Frohbotschaft verkünde und nicht mit dem Wasser der Frömmigkeit. Einer, der die Herzen, weil es in ihnen anscheinend keine Sünden gebe, entflammen ließ, während es den Christen doch darum gehe, die quälenden Flammen der Leidenschaften zu löschen. Das Feuer der Christen sei der Heilige Geist, mit dem die Laster des Fleisches ausgebrannt würden, und seien nicht die Leidenschaften, die aus dem Fleisch kämen, um den Geist zu verbrennen. Der Hannes spiele ein gefährliches Spiel, indem er hier die Wertigkeiten verdrehe. Was er da an den Tag legen wolle, sei nichts anderes als der Antichrist.

»Der Antichrist!«, ging es raunend umher.

Und der Sunagler wurde rebellisch: »Den Sünden werden wir nicht Einlass gewähren, schon gar nicht in unsere Passion.«

Eberle musste beruhigen. Ja auch er war im Kirchenrat, denn die Trennung von Kirche und Staat gab es im Dorf praktisch nicht. Er zog eine nachdenkliche Schnute und spreizte die Finger zu mystischen Formationen aneinander. Das Dreieck der Freimaurer? Die Merkelraute? Er schien sich nicht entscheiden zu können. Natürlich verurteile er den Ausbruch Liebknechts aufs Schärfste. Natürlich sehe auch er, dass es unter der Regie des Hannes zu Streit gekommen sei, und erinnerte gleich einmal mehr daran, dass die Zeit der Passionsspiele vor allem den Gemeinschaftssinn fördern solle. Man müsse so bald als möglich dazu übergehen, appellierte er, wieder an einem Strang zu ziehen.

Klaus-Peter Heller schüttelte den Kopf. Durchgreifen müsse man und nicht schöne Reden führen. Mit einem Menschen, der die Grünen wähle, sei kein Staat, aber auch keine Passion zu machen. Was der Hannes nämlich über das Spiel versuche zu propagieren, sei die Gesinnung liberaler Kräfte. Die seien verantwortlich für den Zerfall der Ordnung in der Gesellschaft, ja für die Ausbreitung der Sünden und Laster in der Welt im Allgemeinen, wie die vielen Ehebrüche und Scheidungen und die erbärmlichen Zustände in den Familien, an denen der Volkskörper so sehr kranke. Auch dass die Jugend so orientierungslos sei und in Rauschmitteln ihr Seelenheil suche, sich unverhohlen dem Laster sexueller Ausschweifungen hingebe bis hin zu den gleichgeschlechtlichen Verirrungen. All das sei eine Folge einer liberalen bis linken bis linkslinken Gesinnung, der es gelte, Einhalt zu gebieten. Denn letztlich führe genau diese auch dazu, dass es immer mehr Ausländer im Land gebe, die den Einheimischen die Arbeit und die Frauen wegnähmen und überhaupt eine Durchmischung des heimischen Blutes vorantrieben. Habe nicht auch der Heiland selbst, setzte er listig nach, gegen eine Verwässerung der Lehre durch gewisse Kräfte gekämpft? Wollten jetzt ausgerechnet sie, die Dorfbewohner, die ja eigentlich mit ihrem Spiel Jesu Sieg verkünden sollten, diesen Sieg zweitausend Jahre später wieder in eine Niederlage verwandeln? Mit Hannes' Ambitionen, schloss er schäumend, seine Gesinnung in das Passionsspiel einsickern zu lassen, bringe er die Werte des Dorfes in Gefahr. Heller erntete Applaus, den er mürrisch genoss. Er besaß als einer der wenigen ein Mundwerk, das eloquent war, und zudem eine Grundaggressivität, die den braven Katholiken unterschwellig nicht nur Angst und Bange machte, sondern sie zugleich auch zu Respekt und Gehorsam zwang. Er sprach jetzt aus, was viele befürchteten und sich bislang bloß dachten, weil sie befürchteten, es könnten bloß Befürchtungen sein, mit denen sie alleine dastanden, und davor fürchteten sie sich am meisten. Er konnte in Worte fassen, was in den Leibern der Bauern und braven Bürger dumpf rumorte, er verfrachtete in ausufernden Sätzen, was ihnen gar nicht in den Sinn kommen würde sich lange auszudenken, und er schaffte es, mit gefinkelter Technik in Rhetorik ihnen ihre Gedanken so einzuimpfen, dass sie glaubten, es wären ihre eigenen.

Der Hannes wehrte sich vergeblich. Wollten sie nicht auch improvisieren, das Spiel modernisieren, fragte er. Wollten sie nicht auch ein richtiges Theater? Endlich komme einmal Lebendigkeit in dieses Spiel! Wie nur solle das Spiel zum Spiel erblühen, wie nur sollten sie zu sich und zueinander finden, wenn nicht geschehen dürfe, was geschehen wolle? Nur weil man ihnen einen Spiegel vor die Nase halte! Seine Suspendierung war dennoch besiegelt. Man stimmte darum ab und alle Finger zeigten gleich nach oben, alle bis auf einen. Der Norbert hielt seinen Arm unten, bis er merkte, dass er damit der Einzige in der Runde war. Hob ihn dann aber doch, als er feststellte, dass es für eine Mehrheit eh schon egal war. Die Leitung des Spieles wurde wie früher vor dem Hannes Pfarrer Reinmund übertragen, obwohl er eigentlich gar nicht mehr wollte. Aber er sagte zu, auch damit endlich wieder Ruhe einkehren möge. Der Liebknecht aber durfte den Heiland nur weitermachen, wenn er denn aufrichtig um Entschuldigung bat.

Am Stammtisch im Hirschen ging die Debatte unverhohlen weiter, dieselben Vorwürfe, dieselben Schlüsse, dieselben Bezichtigungen, alles wurde dort hinter schweren Krügen noch einmal ausgepackt, wieder und wieder durchgekaut, kam als bitterer Brei wieder und wieder nach oben, um den feisten Gemütern jetzt als süßliche Milch den Nährstoff ihrer Existenz zu bieten. Elena heizte alles noch zusätzlich an, denn sie erlaubte es sich, Widerspruch zu leisten. Ausgerechnet die Frau, die im Dorf als etwas freizügig galt, was den Umgang mit ihrem Geschlecht betraf, und die in ihrer Freizeit immer diese dunklen Fetzen trug, als ginge sie zu einer Beerdigung. Dass es so etwas wie die Sünde doch gar nicht gebe, entgegnete Elena bloß frech dem Sunagler, dass dies nur ein verschrobenes Hirngespinst machtgeiler Männer sei. Dem Moritz wäre dieser Satz aus dem Mund seiner Angestellten noch egal gewesen, entfachte er doch auch die Leidenschaft in ihm, die er für sie hegte. Doch jetzt fing auch noch die Wirtin an zu rebellieren: »Wie lange wollt ihr euch noch von eurem Gott das Leben abspenstig machen lassen?«, fragte sie und es kam schlimmer: »Reicht es nicht, dass eure Väter und Großväter sich von diesem Raffzahn alles haben nehmen lassen, was mit Freude zu tun hat, und es darum auch euch genommen haben? Und jetzt wollt ihr euren Söhnen das Gleiche antun, was sie euch in ihrer verängstigten Blindheit angetan haben? Nämlich dass ihr den Mut, unter einem gnädigen Himmel leben zu dürfen, durch eine Angst vor dem Sterben durch einen strafenden Himmel ersetzt.«

Weil sie natürlich schon ordentlich einen sitzen hatte, brachte das die Männer bloß zum Lachen und bestätigte sie in der Ansicht, die Frauen seien bloß allzu wankelmütig in ihrer Haltung und damit auch eher geneigt, dem neumodischen Kritisieren anheimzufallen. Doch noch ein drittes Frauenzimmer, ausgerechnet die Anneros, dieses ledige, alt werdende, bibelfeste Weiblein musste die Herren provozieren. Denn als sie an einem Nachmittag wie so oft im Hirschen bei Kaffee und Kuchen saß, zitierte sie dabei wie so oft die Bibel, genauer den heiligen Paulus: Den Reinen sei alles rein, sagte sie und bildete mit den beiden anderen Frauen einen Bund, den sie auch bei den Proben zur Passion als die drei Marien pflegten.

Die Spreu vom Weizen war getrennt, sowohl beim Spiel auf der Bühne als auch bei jenem, das hinterher aufgeführt wurde. Aber wer war hier Spreu und wer Weizen? Denn während die einen meinten, sie wären der Weizen und die anderen die Spreu, so glaubten die anderen, die einen wären die Spreu und sie der Weizen. Verwirrung gab es, die Verwirrung war es, die den Beschleuniger machte. Zum Dreschen brauchte es immer zwei Seiten, es brauchte ein jeweiliges Gegengewicht, um die Balgerei im Gleichgewicht und damit am Leben zu erhalten. Zwei Seiten, die gewillt waren nicht aufzugeben, bevor die gegnerische Seite als Erstes kaputt daran ging. Auffallend aber war, Hannes' Befürworter spielten in der Passion die Rollen der Guten, seine Widersacher die der Bösen. Quantenspringer erinnerte sich an Hellers Beschuldigung. Erinnerte sich an Hannes' Skript. Erinnerte sich an das Gekritzel in Krämers Bibel. Was wurde hier gespielt, fragte er sich. Und vor allem, welche Rolle nahm denn er selbst in diesem Schelmenstück ein?

Luk Kaiser wohnte in einem alten Bauernhaus, das seinem Vater gehörte. Der wurde in diesem geboren und war darin aufgewachsen, als junger Mann aber sofort aus diesen niederen Räumen, ihren kalten und teils schimmelnden Steinen ausgezogen, aus der ihnen innewohnenden Geschichte. Nachdem das Gebäude lange an Touristen ganzjährig vermietet worden war, sah der bis dahin unentschlossen durch die Welt tingelnde Lukas in dem von der Zeit mitgenommenen Hof einen Ort für sein kleines, privates Paradies, etwas Eigenes mit Garten und zudem noch günstig. Außerdem lag das Haus etwas abgelegen und war darum prädestiniert, ein Raum für all jene im Dorf Ansässigen zu sein, die das Leben vor allem als einen Grund zum Feiern ansahen. Die Dorfjugend und solche wie der Balthasar, die nicht mehr aufhören wollten damit, gingen aus und ein in diesem Haus, Auswärtige kamen und zogen wieder ab, vor allem weibliche Besucher blieben bis zum Morgen. Das Haus stand schon lange unter Beobachtung. Bei den Nachbarn, die auf das Treiben dort, das in ihnen zuletzt noch den Neid heraufbeschwor, argwöhnisch schielten, aber auch bei Lechner und Kollegen, die Fotos schossen und die Nummern der dort parkenden Autos notierten. Jetzt war das Haus mit den bunt gestrichenen Fensterläden nicht nur deshalb in den Blickpunkt gerückt, weil sich hier genau diejenigen zu treffen schienen, die nicht nur dem plötzlichen Anfall Liebknechts applaudiert und den Hannes verteidigt hatten, den Krämer verstehen wollten und rehabilitieren, sondern vor allem hinsichtlich des Hotelprojektes mit Gegenargumenten daherkamen, von denen sie so gar nicht mehr abrücken wollten.

Mit dem Hannes gab es endlich einen Spielleiter, der das Passionsspiel einer längst überfälligen Erneuerung unterzog. Der sich mit seinem Skript nicht mehr an diejenigen seiner Vorgänger halten wollte. Der darin weniger die Leidensgeschichte Jesu hervorhob, sondern die daraus hervorgegangene Frohbotschaft, der weniger das qualvolle Sterben eines frommen Mannes dramatisierte, sondern die in dieser Leidensgeschichte erfahrene Entfaltung zum Leben und den glühenden Kampf um dieses. Der sich an einige heikle Punkte wagte, wie die in den Evangelien propagierte Hauptschuld der Juden an der Tötung des Heilands, der die Bedeutung der Frauen unter den Jüngern hinterfragte und, und das war von Anfang an der umstrittenste Punkt von allen, der Jesus als einen Menschen zeigen wollte, der in der Passion erst zum Göttlichen wuchs und nicht der auserwählte Gottessohn war, der sich, um Gott gerecht zu werden, den Niederungen des Menschseins zu opfern hatte.

Im Haus vom Luk wurde jetzt viel debattiert, diskutiert, inkriminiert, Spreu zu Weizen erklärt und Weizen zu Spreu. Das alles natürlich bei Wein, Weib und Gesang. Geraucht wurde auch. Und weil es nicht nur immer ernster, sondern auch immer lustiger wurde, kam der Luk auf die Idee, doch hinaus auf die Straße zu gehen, alle zusammen, mit einem Megafon, vielleicht einem Banner, aber auf jeden Fall mit flotten Sprüchen, um dort lauthals für den Hannes zu demonstrieren. Also zog eine ganze Horde junger Leute, zu der sich aber auch Ältere wie die Wirtin, die Anneros und der

Balthasar gesellten, von Luks Haus zum Dorfplatz hinunter und vor das Rathaus.

»Hannes bleibt«, skandierten sie und: »Unter den Talaren, Muff von tausend Jahren.«

Severin Hump trat dabei mit dem Pathos eines Revoluzzers auf. Der Balthasar kam feuchtfröhlich mit einem Rucksack voll Bier daher, als ginge es zu einer Party. Der Öhlerdichl baute demonstrativ einen Joint und ließ ihn umhergehen. Der Liebknecht, dem das Megafon in die Hände gedrückt wurde, damit er noch einmal so einen Text ablassen konnte, wusste nicht recht, was sagen, und brachte nur zusammenhanglose Zusammenhänge zusammen. Und Luk Kaiser nutzte den sich in die Länge ziehenden Ernst der Lage, um ihn mit lustigen Parolen, die er durch das an sich gerissene Megafon schmetterte, ein wenig kurzweiliger zu machen: »Hannes schreibt«, rief er in Anlehnung an des Spielleiters zur Legende gewordenen Wirrwarr von einem Skript. Und: »Unter den Talaren, schlaff seit hundert Jahren.« Da hatte der Luk seine Lacher. Doch bis auf ein paar Schaulustige, darunter auch einige Touristen, wollte ihnen nur die Polizei Beachtung schenken. Bürgermeister Eberle blieb hinter dem angeschrienen Fenster des Rathauses an seinem Schreibtisch sitzen, als wäre der Tumult da draußen bloß das plötzliche Heulen eines wild gewordenen Schneesturmes, dem es galt zu lauschen, den es galt zu beobachten, aber sich keineswegs davon aus der Ruhe bringen zu lassen. Selbst als Lechner an ihn herantrat, mit Kollege und Kollegin hatte der Polizeibeamte die Szenerie vom Rand aus genau verfolgt, schnitt Gesicht für Gesicht aus und heftete es in sein Gott sei Dank vorzügliches Gedächtnis, wartend, bis der erste Stein fliegen wollte, und jetzt zu Eberle sagte: »Wenn es bei Gott sein soll, dann machen wir, dass der erste Stein fliegt«, stieß auch er nur auf einen Felsen, der aus Granit gemacht zu sein schien. Der Bürgermeister schob nur noch einmal den Vorhang ein wenig beiseite und sah zum Fenster hinaus, um ihm abwinkend zu antworten: »Lass gut sein, Gerwald. Sollen sie ruhig ein bisschen die Sau rauslassen. Solange alles im Rahmen bleibt und unter unserer Beobachtung. Schließlich haben wir die Demokratie. Der Tumult legt sich schon bald, auch wir waren einmal jung.«

Eberle sollte recht behalten, der Spuk endete von selbst. Die Zeit stand auch diesmal auf der Seite derjenigen, die ihr keine Beachtung schenkten. Es wurde Abend und das Dorf versank bald in der gewohnten Ruhe der Nacht. Einzig die Schneeflocken bewegten sich zwischen den einzementierten Häusern und Quantenspringer. Vor ihm fiel über ein weites Schneefeld das Licht der Laternen und verlor sich im angrenzenden Wald. Da sah er etwas aus den Bäumen durch den Schnee zu ihm hergewalzt kommen. Das war kein Hirsch, auch kein Bär, das war der Öhlerdichl! Weiß vor Schnee wie ein Yeti, bis zu den Hüften steckte er im darniederliegenden Flockenmeer und im langen Haar und im Bart und über dem Strickkittel hingen tausende Eisperlen. Zu allem Überfluss, den er sich lustvoll nach Luft japsend gönnte, warf er sich immer wieder mit den Händen Schnee über den Kopf. Wie eine überhitzte Dampfwalze bahnte er sich seinen Weg durchs Weiß, schob mit den Armen den Schnee beiseite wie ein Pflug, keuchend vor leidenschaftlichem Einsatz, voll im Saft und völlig aufgegangen in den Elementen, die ihm in diesem Moment alle wohlgesonnen zu sein schienen. Als er Quantenspringer sah, schmiss er sich diesem gleich mit einer Freude an den Hals, als träfe er nach langer Zeit wieder einen guten alten Freund. Tellergroße Pupillen hatte der Öhlerdichl. Spuren ziehe er in den Schnee, rief er überschwänglich aus und warf sich rücklings mit voller Länge und Breite hinein.

Quantenspringer fragte, was er hier mache.

Er mache, was er mache, ihn ziehe es, wohin es ihn ziehe, er zeichne, was zu zeichnen sei, und bezeichne die Zeichen nicht, sondern lasse sie stehen als solche, philosophierte er den Schriftsteller voll. Wie es bei ihm denn so laufe?

Nichts laufe.

Der Öhlerdichl fiel in tiefes Bedauern, das er ebenso schnell wieder abschüttelte. »Du musst nur«, sagte er mit dem Ausdruck schon lange erlangter Weisheit, »dranbleiben, weitermachen, weiterlaufen. Ganz einfach. Lass dich treiben, lass dich führen. Die Geschichte ist schon da, ist schon geschrieben, schau genau und höre zu. Folge einfach den Spuren im Weiß.« Und machte sich auch schon wieder auf, um sich selbst, diesen pulsierenden Pulk aus Atomen, hinein in den des Schneefeldes zu werfen.

Den Spuren im Weiß folgen, dachte sich Quantenspringer, ja wenn es denn so einfach wäre.

Mit Spannung wurde die Probe für das letzte Abendmahl erwartet. Wie würden sich die aufmüpfigen jungen Männer unter der Hand des Pfarrers verhalten? Würden sie doch klein beigeben, sich Liebknecht endlich entschuldigen, oder müsste Reinmund auf seine alten Tage auch gleich noch den Jesus machen? Würde es gleich den nächsten Skandal geben? Josef Quantenspringer schlich sich wieder auf einen der Plätze in den hinteren Reihen. Ja, da war etwas im Gange, was für Aufregung sorgte und im allgemeinen Flirren der Nerven auch diejenigen in den Sud hineinzog, die da bloß von außen zusehen wollten. Doch auch er täuschte sich, der von ihm erwünschte Konflikt nahm einen anderen Verlauf als angenommen.

Denn nichts geschah. Reinmund war gekommen, dazu einige Neugierige und Eberle und Heller als beobachtende Instanzen. Liebknecht kam als Letzter. Doch die gesamte Jüngerschaft blieb aus, und damit die gegnerische Seite, die der Auseinandersetzung, auf welche Weise auch immer, die Würze geben sollte. Kein Luk, kein Öhlerdichl und wie sie alle hießen. Keiner von ihnen wollte das Brot brechen und den Wein trinken. Die gesamte Schar der Apostel hatte sich zu einem Streik entschlossen. Nichts zeigte sich auf der Bühne außer die angefressenen Gesichter derjenigen, die stehen gelassen wurden. Und doch, gerade weil nichts geschah, war die Luft erfüllt von einer neuen Art der Spannung, die jedem verriet, dass in dem Zank ein neuer Höhepunkt erreicht wurde.

Quantenspringer machte sich davon, fühlte sich in seiner Neugier befriedigt. Wo mochten sie sein, die Zwölf? Das Haus des Luk Kaiser war dunkel. Er lief weiter, er ahnte es bereits. Und tatsächlich, ins hintere Tal führten frische Fußspuren von mehreren Personen. »Folge den Spuren im Weiß«, schossen ihm die Worte des Öhlerdichl durch den Kopf. Und so war es selbstverständlich, eine Fügung, der er gerne nachgab, dass auch er seine Beine nahm, um durchs Weiß in den hintersten Zipfel zu stapfen.

Schon von Weitem konnte er in der Hütte Licht erkennen. Stimmen waren zu hören. Wie er näher kam, sah er im Schnee, die Hände in den Flockenwirbel schmiegend, zwei Frauen tanzen, die, der Kälte zum Trotz, kein bisschen Stoff an ihrem Körper trugen. Nur ein wenig Pelz zierte ihre Scham. In die wogenden Wonnen hinter ihren verschlossenen Augen versunken bemerkten sie ihn erst, als ihn, er stand bereits direkt vor ihnen, sein Atem verriet. Sich erschreckend bedeckten sie sich abwechselnd die Brüste und ihre

Genitalien mit ihren Händen und huschten kichernd in die Hütte. Die Tür riss auf und heraus kam der Öhlerdichl. Mit wildem Blick schaute er in den Streifen Licht, der aus seiner Hütte schnitt, und fand darin den Schriftsteller ratlos, wie ein Fragezeichen stand er da jetzt im Weiß.

»Quantenspringer! Wir haben dich erwartet, komm rein!«

Tatsächlich, alle Apostel waren da. Zwischen ihnen die zwei Frauen, mittlerweile wieder angezogen, die eine davon war Elena, die andere eine Freundin vom Öhlerdichl, die aus dem Land draußen und regelmäßig auf Besuch kam, in den hintersten Zipfel, wo Feen und Kobolde hausten. Alles schaute jetzt auf Quantenspringer. Man rückte auf die Seite, um dem Gast Platz zu machen. Kerzen brannten, in der Luft schwebte dick der Duft von Räucherwerk.

»Führt euch auf, als wäre es euer letzter Tag«, rief der Öhlerdichl, »dieser Mann wird euch dann verewigen.« Manche lachten, andere schauten bloß groß.

Quantenspringer setzte sich an den Rand der Gruppe auf ein Kissen an der Wand. Neben ihm hockte Severin Hump, ließ es nicht zu, seinem Nachbarn auch nur ein Wort zu schenken. Auf einem flachen Tischchen vor ihnen stand neben ein paar fernöstlichen Götterfiguren, einem gusseisernen Buddha, Kerzen und einer rauchenden Schale, ein alter golden schimmernder Pokal, den der Öhlerdichl als Kind bei einem Skirennen gewonnen hatte. In der Mitte aber, präsentiert auf einem dort ausgebreiteten fransigen Tuch, fand Quantenspringer das verschrumpelte Exemplar eines getrockneten Fliegenpilzes, daneben auf einem beistehenden Tellerchen die getrocknete, in sich verdrehte Haut von mehreren Fliegenpilzen. Was sollte das hier werden? Das letzte Abendmahl?

Der Öhlerdichl verteilte verschiedene Instrumente in der Runde, Trommeln, Schellen, ein Tamburin. Quantenspringer wählte eine Rassel. Der Hausherr selbst begann auf einer großen Bongo zu hämmern. In einer Fantasiesprache hob er zu einem sphärischen Gesang an, den in der knorrigen Gestalt wohl keiner erwartet hätte zu wohnen, geschweige denn von dort herauszufinden. Alles sang und spielte mit, Quantenspringer versuchte es vergeblich. Severin, dem es gleich zu gehen schien wie ihm, nur dass bei ihm Verachtung die Ursache war und nicht Unfähigkeit, warf ihm einen Blick zu, der ihm verriet, dass es mit der Spinnerei bald ein Ende haben würde und dann der Spaß begänne. Irgendwann hörte der Öhlerdichl auf zu trommeln. Der Gesang brach ab, alles hielt still. Der Öhlerdichl nahm das Tellerchen mit der getrockneten Fliegenpilzhaut an sich, hielt es vor sein Gesicht, murmelte ein Gebet in einer Sprache, die keiner verstehen konnte, reckte es in die Höhe bis über seinen Kopf, sprach wieder ein Gebet, führte es an seinen Mund und aß seinen gesamten Inhalt auf. In Zeitlupe kauend blieb er im Raum vor allen stehen, bis er sich äußerst bedächtig setzte. Dann hämmerte er wieder auf seine Bongo ein, hob erneut an zu einem sphärischen Gesang und die anderen fielen mit ihren Instrumenten mit ein. Eine Stunde verging, manche tuschelten bereits schon wieder miteinander. Mehr und mehr verlangsamte der Öhlerdichl den Trommelschlag, um ihn schließlich ganz einzustellen. Er hob die Deckel seiner Augen und warf einen gedehnten Blick in die Runde. Zwei wilde Augen, die da flirrten und Severin zum Lachen brachten. Mit großer Ernsthaftigkeit aber tönte der Öhlerdichl laut in den Raum hinein, eine Mischung aus Gebet und Beschwörung, zusammengefasst die Bitte um den Segen im Kampf um das Heilige Land. Ja, um das Heilige Land wollten sie kämpfen, sprachen die anderen ihm nach, gegen die Besatzer ihrer Freiheit, die Unterdrücker ihrer Lebensfreude, die

Unterjocher ihres Willens. Den Kampf werde man annehmen, man werde sich nicht mehr der Tyrannei ihrer heuchlerischen Selbstgerechtigkeit beugen. Für das Leben, für die Liebe, für eine bessere Welt. Severin blickte grinsend zu Quantenspringer. Denn jetzt erhob sich der Öhlerdichl erneut, murmelte schon wieder mit geschlossenen Augen irgendetwas Unverständliches, bückte sich diesmal aber zum Tischchen hinab und griff nach dem Pokal, den er betend in die Höhe hob. Plötzlich fasste er nach seinem Hosenstall, öffnete diesen, zog seinen Schwanz hervor, führte ihn an den Kelch und pisste hinein. Alles war still. Dem Severin zuckten die Zehen.

»Dies ist der Kelch«, erhob der Öhlerdichl seine Stimme, »unseres Bundes im Kampf gegen die Finsternis. Wir sind eine Familie, Schwestern und Brüder, tut dies im Gedächtnis unserer Ahnen.« Er gab dem Ersten in der Runde den Pokal in die Hand, es war der Balthasar. Der nahm den Kelch dankend entgegen, führte ihn an seinen Mund und trank daraus. Die Lippen abwischend gab er weiter. Die Fliegenpilzpisse machte die Runde. Luk Kaiser, Elena, alle nahmen sie den Kelch und tranken daraus. Severin trank. Dann landete der Pokal in Quantenspringers Händen. Es half doch nichts, er führte seine Lippen an den Kelch. Die Pisse roch kräftig, hatte eine stechend gelbe Farbe und war noch warm. Dafür dass vor ihm die ganze Runde getrunken haben musste, war der Becher ziemlich voll. Er schloss die Augen und kippte alles darin in sich hinein. Er wollte jetzt kein Spielverderber sein, nicht schon wieder.

Wieder verging eine Zeit. Wieder wurde musiziert.

»Jetzt werden wir zu Berserkern. Dann ziehen wir durchs Dorf«, flüsterte ihm Severin zu und grinste.

Der Einzige, der bislang in fernen Sphären schwebte, war der Öhlerdichl. Hin und wieder stieg er hinunter, redete in seiner Sprache zu ihnen, die jetzt plötzlich verständlich wurde. Quantenspringer saß an seinem Platz, der Ekel in ihm wurde immer größer und nahm bald seinen ganzen Körper in Form einer widerlichen Verspannung ein. Hart wie ein Stein fühlte er sich, jede Faser seines Leibes schien zusammengepresst und unerträglich verfestigt zu sein. Sein Atem sprang, während die Hand- und Fußflächen plötzlich warm wurden bis zum Schweißausbruch. Sein Herz aber klopfte unfassbar klar in seiner Brust, hallte durch den ganzen Körper wie Trommelschläge in der Halle eines Tempels. Ihm gegenüber an die Wand gelehnt sah er Elena sitzen. Mit halb geschlossenen Augen ließ sie sich von ihrem Sitznachbarn bequatschen, der gut drauf war, heute wollte er es bei ihr versuchen. Quantenspringer sah, wie sie ihren Körper in einen Takt wiegte, den er wiedererkannte, sobald er in sich selbst hineinhorchte. Immer dann, wenn es in ihm pochte, wippte sie und wippte stärker, wenn es auch in ihm stärker pochte. Er sah, wie die Schläge seines Herzens als sanfte Vibrationen in ihren Körper und durch diesen hindurchdrangen, um im nächsten Augenblick, im selben Takt, mit demselben Klang, in ihrer Brust ihr Herz pochen zu hören. Der Öhlerdichl hatte wieder angefangen die Bongo zu spielen, Quantenspringer schloss die Augen.

Öffnete sie wieder, als er an seinen Füßen etwas spürte, etwas Angenehmes, was ihn aber doch erschrecken ließ. Elena war zu ihm gekommen und knetete an ihm herum. Lächelte ihn dabei an wie eine indische Sexgöttin, Quantenspringer wurde ernst.

»Was machst du aus mir? Was siehst du in mir? Eine Hure oder eine Heilige?«

Aber Quantenspringer brachte kein Wort hervor, die Zunge so lahm und der Kopf war wirr.

»Entspann dich«, sagte sie. »Alles ist gut.«

Sie zog ihm die Socken aus und massierte ihn mit unendlich sanften Händen an den Ballen, zwischen seinen Zehen. Aber die Verkrampfung in seinem Körper wurde bloß noch stärker, ein immenser Druck lag ihm im Magen.

»Lass es gehen, lass es fließen. Nichts ist so bedeutend, um es festzuhalten.«

Quantenspringer lächelte gequält.

»Er hat gelächelt!«, rief der Öhlerdichl und kam hinzu und spielte mit der Bongo ein Lied nur für ihn. Quantenspringer umklammerte seinen Bauch, Elena reichte ihm einen Eimer. »Lass es raus.«

Aber nichts wollte kommen.

Mit sanfter Stimme fügte der Öhlerdichl an: »Stell dir vor, du suchst nach einer Geschichte und bist in Wahrheit mitten in einer drin, du bist der Protagonist dieser irren Geschichte und merkst es gar nicht! Worte werden manchmal schneller zu Fleisch, als man es sich erhofft.«

Quantenspringer sah mit großen Augen in die geheimnisumwitterten seines Gegenübers. Am liebsten wäre er jetzt gegangen, aber eine unglaubliche Schwere hatte ihn kräftig Wurzeln in dies Geschehen schlagen lassen. Der Öhlerdichl aber sägte weiter: »Das ist dein Stoff, Quantenspringer. Du darfst jetzt nicht wegrennen. Stelle dich diesem deinem Stoff jetzt. Durchdringe diesen deinen Stoff mit jeder einzelnen Faser, auch wenn es schmerzt, auch wenn es dich graust. Kämpfen müssen wir, Quantenspringer, auch du!«

Quantenspringer wurde wieder schlecht.

Mit größter Empathie, die sich nur mehr als Bedauern darstellen ließ, fuhr der Öhlerdichl fort: »Du aber suchst Konflikte und fliehst vor ihnen. Du suchst Spannung und hältst sie nicht aus. Außerhalb stehend soll sich alles um dich drehen. Nie dich wirklich auf etwas einlassend kommst du nie aus dir heraus. Quantenspringer, o Quantenspringer, was soll nur aus dir werden? Ein blasser, sehr, sehr blasser Protagonist, schneeweiß im Gesicht. Keiner will eine Geschichte von einem Mann lesen, der am Schreibtisch sitzt und eine Geschichte von einem Mann schreibt, der am Schreibtisch sitzt und eine Geschichte von einem Mann schreibt, der …«

Quantenspringer griff nach dem Eimer. Aber das war immer noch keine Geschichte, in der einfach alles aus sich herausgekotzt werden konnte.

»Mach einen Punkt«, drückte er mit letzter Kraft heraus.

»Einen Punkt!«, der Öhlerdichl war sichtlich erfreut darüber, eine weitere Sprosse auf der Leiter gefunden zu haben, die das Gespräch in unerhörte Höhen schwurbeln ließ. »Einen Punkt machen! Genau! Darum bist du hier, Quantenspringer, das ist das Ziel! Du musst nur den Stoff erfassen, von dem du erfasst wirst, das fassen, was noch unfassbar ist, eine in unfassbaren Räumen umherschwebende Geschichte einfangen und in dich und gleichzeitig aus dir lassen, was du Schritt für Schritt zu fassen kriegst, eine Geschichte schreiben, die Wort für Wort aus dir fließen will, die sich von selbst schreibt, um Schritt für Schritt, um Wort für Wort an ein Ende, an den Punkt zu kommen, wo alles gesagt ist, wo es keine Worte mehr braucht und das Blatt wieder weiß sein darf, weiß wie vor dem ersten Wort, als das Papier in noch jungfräulicher Unschuld darum bangte, beschrieben zu werden. So schließt sich der Kreis. Das ist der Quantensprung, Quantenspringer, der Quantensprung!«

»Dicht bist du, dicht!«

»Du bist Dichter, hihihi. Und ein Dichter dichtet, er verdichtet die Welt! Spürst du nicht auch, wie sich die Welt verdichtet, Quantenspringer? Wie die Moleküle in der Atmosphäre dichter werden und schwerer? Wie sie drücken und pressen und die Luft rauben zum Atmen, wie Blei sich in den Adern sammelt? Dichter und dichter wird es noch werden, schwerer und schwerer, das ist das Wesen der Materie. Die ganze Masse, die ganze Materie, die ganze Welt werden sich in sich verdichten bis zur totalen Verdichtung, um dann in sich zu implodieren und zu ihrem Urzustand zurückzukehren. In vollkommene Leichtigkeit gewandelt, ins Ätherische verwandelt. Die Zeit ist reif.«

»Was soll das alles hier?«, fragte Quantenspringer, er wollte endlich seine Ruhe haben. »Wen bitte siehst du in mir?«

Der Öhlerdichl schaute ihn groß an. »Ich sehe Jesus in dir.«

Da konnte sich Quantenspringer nicht mehr länger halten. Er sprang auf und, vorbei an fluktuierenden Leibern mit übergroßen Augen, hinaus zur aufgestoßenen Tür. Vergaß, dass er kotzen wollte, hatte nur mehr eines im Sinn: weg!

»Quantenspringer! Quantenspringer!«, rief ihm der Öhlerdichl hinterher.

Nein, sagte er sich, nicht doch, nicht umdrehen, weiter, weg, raus aus diesem Wahnsinn hier! Kein Quantenspringer mehr, und auch kein Quantensprung! Was für eine dumme Idee das doch war. Das ganze Leben eine einzige dumme Idee, ein einziger Frevel am Leben! »Quantenspringer!«, hörte er es noch einmal und lief einfach weiter, weg, raus aus dieser Geschichte, aus diesem Wahnsinn, und den Spuren im Schnee folgend eilte er zurück ins Dorf. Taumelnd, wackelnd, schlitternd, fallend, er kam nicht weit. Denn plötzlich liefen die Spuren vor ihm davon! Tappten eine nach der anderen von ihm weg und ab durch den Wald. Mit einem gezielten Schritt warf er seinen nackten Fuß in eine hinein, aber schon ging es auch ab mit ihm. Plötzlich rannte da der Josef Quantenspringer vor ihm davon! Eilte zurück ins Dorf, den Spuren im Schnee hinterherjagend. Taumelnd, wackelnd, schlitternd, fallend, er kam nicht weit. Denn zurück im Weiß, im Trommelwirbel seines Herzens, im Wirbelwind seines Atems blieb Josef Kantinger. Ein Kantinger war er, jawohl ein Kantinger. Der kleine, nichtige Josef Kantinger, den keiner kannte, den keiner kennen durfte.

Plötzlich, dachte er, alles geschieht ganz plötzlich. Was für ein Wort: »plötzlich«. Immer wenn es »plötzlich« heißt, wird etwas Spannendes passieren. Er lachte. Gelassenheit breitete sich plötzlich in ihm aus. Jetzt schnell zurück ins Dorf. Da aber, da aber, da aber … da aber war alles weiß unter ihm und um ihn herum, alle Spuren waren weg, alle waren von ihm gegangen. Aber die nackten Füße schmerzten jetzt wie Hölle. Quantenspringer warf seinen Blick umher. Säftepulsierende Stämme von Bäumen schossen vor ihm auf und aus ihnen vibrierende Äste. Ein schweres Wolkenmeer darüber, strahlende Kristalle, die sich auf ihn schmissen. Alles wurde plötzlich weiß vor seinen Augen. Er schüttelte sich und fand sich, plötzlich, doch wieder auf dem Weg. Alles war gut, kein Grund zur Panik plötzlich, und damit ging es frohgemut zurück ins Dorf, den Lichtern entgegen, die bald vor ihm aus dem Dunkel leuchteten. Leben. Hoffnung. Endlich wieder Menschen! Ein Bier nehmen im warmen Bauch des Hirschen! Am Ofen die Füße auftauen. Gespräche führen mit ehrlichen Menschen, die noch bodenständig sind, die im Leben stehen, mit beiden Beinen, und das fest, einfache, authentische Menschen und keine Kunstmenschen. Die Kreuze Golgathas stachen ihm in den Blick. Plötzlich. Zog es ihm den Boden unter den Füßen weg, oder was er dafür hielt, und was ihn eben noch trug an Schwelgerei lag ihm nun bleiern auf den Knochen. Ihm wurde wieder schlecht, sein Magen und das Blähen fielen ihm wieder ins Bewusstsein und blieben dort hängen.

Da aber, da aber … kamen Hau, Mau und Sau um die Ecke. Arm in Arm, wankend, lachend. Ausgerechnet die. Schnell warf sich Quantenspringer wieder auf die Füße und floh in eine kleine Seitengasse. Aber zu spät, die drei hatten ihn gesehen. Hatten gesehen, dass er vor ihnen floh. Übersüß riefen sie ihm nach: »Wir suchen unser Jesulein«, und setzten lachend hinterher: »Dann können wir es über unsere Knie hauen.« Lachten, schlugen einander, lachten lauter, doch betrunken, wie sie waren, zogen sie nachhause. Quantenspringer schlich über den Dorfplatz, den Kopf im Kragen, im freien Nacken hockten Gespenster.

Schepperndes Gelächter und polternde Stimmen drangen aus dem Hirschen zu ihm heran, es klang nach Marschmusik. In den Fenstern die groben Köpfe. Nur mehr auf sein Zimmer wollte er jetzt, in sein warmes, weiches Bett, sich dort vergraben, verschwinden. Er nahm den Seiteneingang. Doch dort im Dunkel des Flures knisterte erregtes Geflüster und zwischen Gekicher schmatzte es. Der runde Leib von Angelika und der strichförmige des Sunagler rissen sich aus den Schatten, und das eng aneinandergeworfen. Der Kopf des Landwirtes war im weichen Fleisch von Angelikas Brüsten verschwunden und tauchte jetzt keuchend wieder auf, seine Hände hatte er fest in ihren kolossalen Hintern geknetet, sie griffen gierig nach ihrem hilflosen Wesen, während sie ihn an den Haaren zog und gluckste wie ein Mädchen auf dem Ponyhof. Heute durfte sich der Sunagler an ihren Rundungen erfreuen. Erschrocken warf er seine Augen auf den Eindringling.

»Schnauze!«, fauchte er ihn an, als er ihn erkannte.

Quantenspringer stolperte, sich entschuldigend, sofort wieder hinaus ins Freie, dieser Weg war also bis auf Weiteres verbaut für ihn. Aber warum, fragte er sich postwendend, war er es, der sich jetzt entschuldigte? Warum war er es, der sich abhalten ließ von seinem Vorhaben? Warum hatte er sich diesen Hasenfuß angezogen? Warum machte er sich jetzt mit diesen Fragen weiter mürbe? Warum diese Warums? Warum nicht diese Warums? In seinem Kopf schnatterten fiese Vögel. Und vom Hirschen dröhnte es, als würde man sie darin gnadenlos zerfetzen. Er schlich ums Haus. Atmete ein, atmete aus. Sein Herz ging, ein Bass hämmerte. Leonies Hip-Hop. An die Wand gelehnt befand er, dass er jetzt einfach ewig so stehen bleiben würde.

Plötzlich öffnete sich neben ihm das Fenster, die Kleine schaute heraus.

»Quantenspringer …?!«

Der wäre jetzt am liebsten im Boden verschwunden.

Auch sie wusste nicht, wie ihr geschah, ihre Stimme brach, die Lippen zitterten. »Du frierst ja«, brachte sie hervor.

Quantenspringer sah sie da im Schnee stehend an wie ein ausgesetztes Bernhardinerwelpen.

Sie sah ihn an wie eine bei Schweinereien ertappte Zahnfee.

»Leonie …«

Ein Schrecken fuhr ihr durch, einer aber, den sie bejahte und weswegen sie die Hände nach ihm streckte. Kaum zu fassen, der Schriftsteller Josef Quantenspringer kletterte gerade durch ihr Zimmerfenster!

Erst einmal blieb er im Raum stehen. Ein herumliegendes Paket mit einem unberechenbaren Inhalt darin. Sein Blick floh auf die Poster an der Wand. Irgendwelche bösgewordenen Rapper übten sich dort in protzigen Gesten. Aus einem Eck des Zimmers schaute ihn ein Monster von einem Pandabär aus Plüsch vorwurfsvoll an. Er sah auf Leonie, sah wieder weg. Seine Beine schlotterten. Er hätte jetzt keinen Satz sagen können, ohne dass er ihm nicht sofort auseinandergeklappt wäre.

»Was haben sie bloß gemacht mit dir?« Sie nahm ihn in den Arm, rieb ihn warm und seine vor Anspannung verhärteten Muskeln weich. Streichelte ihn wie ein Bernhardinerwelpen.

Quantenspringer griff mit sehnigen Händen nach ihrem Körper, grub sich mit seinen trockenen Lippen in ihren weichen Hals, der nach Bett roch und nach Frau duftete, seine Hände erstarrten über ihrem Rücken.

»Quantenspringer, Mann, Quantenspringer«, sie wusste nicht mehr, wohin mit ihm, er wurde immer schwerer. Einfach nur mehr schlafen wollte er, sich einfach wegschlafen, in ihren Armen, an diesem weißen, zarten, weiblichen Hals, am warmen Strom ihres jugendlichen Blutes, vergraben in ihrem Haar, und nie mehr die Augen aufmachen müssen, nie mehr aufwachen müssen mit seinen Schuldgefühlen und dem elenden Bedauern, diesem ewigen Kreislauf zwischen Ekel und Verlangen, einfach hierbleiben, hier an diesem Hals, an diesem warmen Körper. Er krallte sich in sie hinein wie ein Süchtiger, wie ein schreiendes Kind in seine Mutter, am liebsten wäre er in ihrem Schoß verschwunden. Schloss immer fester seine Augen, um sie morgen an einem neuen Tag wieder zu öffnen und sich von hier abgereist zu finden.

V

Wenn der Feigenbaum reif ist

Erst nachdem die letzten Betrunkenen aus dem Hirschen gewankt waren, durfte das Dorf wieder in nächtlicher Stille versinken, die diesmal aber trügerisch war. Die meisten schlummerten noch, als in der bis dato so friedlich daliegenden Schneedecke in den Steilhängen über der Klamm sich ein Riss bildete und sich trennte, was zusammengefallen und zu einer Decke komprimiert war, um als Lawine ins Tal bis in die Klamm hinunter und über die Straße hinweg zu krachen. Erst die von den Wassern des Wildbaches dort in zigtausenden Jahren Feinarbeit hineingeschnittenen Felsen brachten die tobenden Moleküle zur Ruhe und ließen sie in dem Chaos verharren, das sie angerichtet hatten. Kaum einen gab es im Dorf, der von dem Krach nicht aus dem Schlaf geschreckt wurde, und kaum einer war da, der im ersten Moment nicht befürchtete, der Schnee griffe nach dem Dorf, griffe nach ihnen, und das im Schlaf. Und wohl jeder, der sich von dieser Naturgewalt aus diesem hatte reißen lassen, war erst einmal erleichtert, weil der Schnee in den Hängen über der Klamm gebrochen war und nicht in jenen über ihren Betten. Aber Schaden gab es doch, denn die irrsinnigen Kräfte verschütteten die Bundesstraße meterhoch, hoben dabei die Brücke, die über den Tobel führte, aus den Fugen und zerschmetterten sie an den Wänden der Klamm. Ein Glück nur, dass es das Schicksal noch einmal gut meinte und der Natur in jenen frühen Morgenstunden freien Lauf gewährte, als noch kein Milchwagen, kein Pendler, kein Schulbus auf dem Weg sein wollte.

Doch die Ströme des Alltags waren jetzt abgerissen. Rein und raus, dieses ewige Spiel, lief jetzt nicht mehr wie üblich, und es wurde gefordert von einer Lebensweise, die sich doch angeschickt hatte ihre Bolzen immer schneller zu drehen und immer weiterzukurbeln, bloß um das Vergängliche noch rascher vergänglich zu machen und um, so schien es auch, der Zeit ja keine Zeit mehr zu lassen. Der Austausch von Waren war jetzt stark beeinträchtigt oder fiel zur Gänze aus. Produktionsabläufe wurden behindert, Konsumströme blockiert. Die Pendler konnten nicht mehr ins Land hinaus in die Industriezonen fahren und standen plötzlich ohne Arbeit da. Die Kinder und Jugendlichen kamen nicht mehr in die Schulen und unter ihre Fittiche. Die von den Bauern gemolkene Milch fand den Weg nicht mehr in die Molkereifabrik. Die Gäste, die im Dorf Erholung suchten, mussten am Taleingang kehrtmachen, während diejenigen, die abreisen wollten, bleiben und ihre Wiedereingliederung in den Arbeitsbetrieb verschieben mussten. An den Frühstückstischen fehlten die Semmeln und auch das frische Brot. Schnabels Skilift stand trotz der beträchtlichen Schneemengen still, denn die umliegenden Steilhänge gerieten für den Skifahrer zur Bedrohung. Da kein Auto mehr durch die Klamm fuhr, wurde es unheimlich still, das Rauschen des Baches, das Raunen des Windes, die Stimmen der Menschen, das Kläffen eines nervösen Hundes oder das launische Gebrüll einer Kuh wurden von Motorenlärm nur noch durchschnitten, wenn beizeiten die schweren Maschinen des Räumdienstes durchs Dorf fuhren, um wenigstens den Ort davor zu bewahren, im Schnee zu versinken.

Eilig wurde eine Sitzung im Gemeindehaus einberufen, alles kam, was ein Einheimischer war. Zeitig klopfte es bei Quantenspringer an der Tür. Neben der Gestalt Knorrs, der ihn überreden wollte, mit ins Gemeindehaus zu kommen, sah er zu seinem Glück vor sich am Boden seine beiden Schuhe stehen. Du lieber Himmel, waren die ihm etwa hinterhergerannt? Der Saal war rasch bis auf den letzten Platz gefüllt, sogar an den Wänden lehnte man. Ganz vorne und den anderen zugewandt saß der Gemeinderat. Bürgermeister Eberle in der Mitte, daneben unter anderem der Hump, der Sunagler und der Schnabel sowie ein paar junge Gesichter, und das mit viel Ernsthaftigkeit. Auch zwei Frauen waren dabei, die es durch Wahlen in diesen Männerbund hineingeschafft hatten. Hannes Bundschuh saß als Vertreter der Grünen auch auf den vorderen Plätzen, ihm gegenüber Heller von der Partei der Heimatschützer. Eberle musste die Begrüßung zweimal wiederholen, bis es unter den aufgebrachten Gemütern still werden wollte. Nach dem üblichen Blabla eines Politikers beschwor er mit drastischen Worten die derzeitige Lage noch einmal herauf und übergab das Wort gleich und irgendwie erleichtert einem hageren, in grellen Schneehosen steckenden Männlein mit einem langen, an den Enden zugespitzten Schnauzer, der im Dorf als Lawinenfachmann galt. In hölzernem Deutsch sprach der nun daher, spickte seine Ausführungen mit umständlichen Wortgebilden, auch sein Tonfall unterstrich die Wirkung, man wohnte gerade der Ansprache eines übermotivierten Regionalpolitikers bei. Ein sehr ausführliches, mit allerlei verbalen Verzierungen geschmücktes Bild der Schneelage gab er ab, die er als äußerst misslich darstellte. Durch den permanenten Schneefall seien in den Bergen teilweise bis zu drei Meter Neuschnee gefallen, und das auf den blanken und in den warmen Wochen davor teils schon warm gewordenen Boden. Zudem habe der Wind gefährliche Wechten angehäuft. Für das Dorf selbst aber stufte er die Gefahr durch eine Lawine als gering ein. Denn die Hänge über den besiedelten Parzellen trügen Schutzwälder, und wo keine Bäume stünden, befänden sich ausreichend Lawinenverbauungen. Und dass die nordseitigen und daher weniger bewaldeten Hänge auf der anderen Seite des Wildbachbettes, und damit der Siedlungen, zu einer Bedrohung werden könnten, hielt auch er wie Eberle für unwahrscheinlich. Bis da so viel an Masse zusammenkomme, dass die Zunge einer Lawine sogar über den Bach und ein Stück weit sogar hinauf ins Dorf greifen könne, da müsse der Himmel dann noch einiges an Schnee herunterlassen. Gefährlich, meinte er, gefährlich sei es vor allem in der Klamm. Was da durch ihre Seitenarme alles herunterkommen könne, habe man ja letzte Nacht gesehen. Mit Sprengarbeiten könne nicht begonnen werden, für Hubschrauber sei die Sicht zu schlecht, zudem mache der Sturm das Fliegen in das enge Tal zu gefährlich. Und mit Skiern wolle er da zurzeit keinen diese Hänge hinaufjagen. Mit Aufräum- und Reparaturarbeiten an der Straße könne also vorerst nicht angefangen werden. Das betreffe auch die Versorgung des Dorfes mit Nahrungsmitteln sowie den Transport der festsitzenden Gäste und kranker und alter Menschen. Denn was er versichern könne, sagte er abschließend und hob seine Stimme zu einer übertriebenen Betonung an: »Die Durchfahrt durch die Klamm bleibt bis auf Weiteres gesperrt!«

Im Saal raunte es und sofort gingen erste hitzige Debatten los, denn das bedeutete, das Dorf war auf unbestimmte Zeit von der Umwelt abgeschnitten. Bürgermeister Eberle appellierte gleich an die Einheimischen, die nächsten Tage rational zu handeln, was den Umgang mit dieser Krise und, verkniff er sich den Seitenhieb nicht, auch den mit allen anderen betreffe. Aber auch mit Lebensmitteln müsse von nun an sorgsam umgegangen werden, zur Not könne man einander auch helfen.

Knorr schien seltsam zufrieden zu sein. In zwei Tagen hätte er seinen Urlaub beenden und wieder in der Firma sein müssen. Jetzt konnte er also noch für eine Weile in seinen geliebten Bergen bleiben, und das in Abgeschiedenheit mit den Einheimischen und in derselben Notlage wie sie, was ihn noch ein wenig mehr mit ihnen zusammenschweißen würde. Für Quantenspringer aber bedeutete das, dass er in diesem Kaff festsaß. Ein Schlag ins Gesicht. Denn nach dem Absturz die Nacht zuvor hatte er sich morgens wieder etwas gefangen gehabt, die Pein und die Scham wegen dieser Geschichte bei Leonie in sein Hinterstübchen verbannt, sich am Kaffee und einer Zigarette erfreut und angefangen, die vergangenen Stunden zu belächeln und sich mit seinem Scheitern, also seiner Abreise, angefreundet.

Der Hannes stand auf. Von was sie denn hier eigentlich alle redeten, fing er an. Nur um nicht sagen zu müssen, was gesagt werden musste. Es murrte bereits im Saal. Die Natur, setzte er fort, müsse manchmal eine deutliche Sprache sprechen, um sich bei den Menschen bemerkbar zu machen. In Form großer Neuschneemengen zum Beispiel. Das wolle uns doch etwas sagen, und der Mensch tue gut daran, endlich hinzuhören.

Was er denn damit bitte sagen wolle, brachte sich Heller in Position. Wenn die Natur schon so direkt zu ihm spreche, solle er selbst doch keine solchen Umwege anstellen.

Dort ins hintere Tal, holte Hannes aus, insbesondere auf genau jenen Flecken ein Hotel zu bauen, sei Wahnsinn. Die Alten hätten schon gewusst, warum sie dieses Stück Land ihren Tieren zum Weiden überlassen und ihre Hütten an die Ränder des Bodens und unter die Wälder gebaut hätten.

Denn bei großen Neuschneemengen könnten Lawinen ohne Weiteres bis in die Ebene reichen, ein Wunder, dass bislang noch nichts heruntergekommen sei. Bei solch einer Wetterlage, wie man sie gerade habe, werde dieser Kristallpalast schnell zum gläsernen Sarg.

Kristallpalast, flüsterte man einander verächtlich zu, auch der Hannes meine wohl, er müsse diesen Begriff benützen.

Die Gefahren habe man schon lange überprüft, schoss Heller ihm entgegen, ein, zwei junge Männer seiner Partei fielen mit ein, und zwar von Experten aus dem Land. Und sie wüssten sehr wohl Bescheid, wie ein Hotel ausreichend zu schützen sei. Wolle er hier etwa seine Meinung über die der Experten stellen?

Dem Lockruf des Geldes, wollte der Hannes sich nicht abbringen lassen von seiner Meinung, folgten auch die Meinungen von Experten manchmal allzu gerne. Selbst Bestimmungen und Gesetze hätten dann plötzlich keinen Wert, und Werte würden vergessen. Jeder wisse doch, wie das im Falle des hinteren Tales mit den Umwidmungen der Grundstücke vonstattengegangen sei, wie schnell ein Naturschutzgebiet seine Bestimmung als solches verlieren könne. Lug und Betrug aber seien ein schlechtes Fundament, auch für ein Hotel.

Er sei hier der Lügner, wurde Heller jetzt wild, und komme mit erfundenen Geschichten. Diese Hetze, die er da gegen dieses Projekt und seine Macher betreibe, das grenze doch an Wahnsinn, und er wollte den nächsten gleich im Irrenhaus sehen.

Wer hier dem Wahnsinn verfallen sei, der Hannes ließ sich nicht beirren, das werde ja ein Untersuchungsausschuss zeigen, den er in die Wege leiten werde. Dann könne man ja sehen, ob die Beine des Projektmanagers für diesen Sumpf, den er da angelegt habe, lange genug seien.

Die nächste Lüge sei das, schrie Heller auf. Wie komme dieser Mann nur auf solche Behauptungen. Müsse er nun seinerseits das Gesetz gegen solche Verleumdungen zu Hilfe holen? Er aber wolle keinen Streit, dem Hannes gehe es aber genau darum. Um Zwietracht zu säen, um einen Keil in die Dorfgemeinschaft zu hauen, bloß weil er nicht einsehen wolle, dass mit Wille und Fleiß etwas zu erreichen sei im Leben. Ja aus ihm spreche bloß der Neid und die Gemeinheit des Verlierers.

Mit Wille und Fleiß habe das weniger zu tun, konterte der andere, als vielmehr mit Gier und Eigensinn. Für Geld opfere der Mensch alles, nicht nur seine Umwelt, nicht nur seine Heimat, sondern auch sich selbst, sein eigenes, reines Gewissen, die Beziehung zu sich selbst.

Jetzt werde er auch noch zum Moralapostel, wetterte Heller und mit ihm polterten auch seine Sympathisanten wieder. Ausgerechnet er, wo doch jeder wisse, dass er den Mädchen seiner Klassen so gerne nachschaue.

Die Natur, ging der Hannes auf keine Unterstellung ein, das zeige sich, räche sich am Menschen für den Raubbau, den er an ihr verübe, dafür, dass alles verschachert und zum Produkt degradiert werde, sogar der Mensch. So könne es doch nicht mehr weitergehen, das sei der falsche Weg, die falsche Richtung, aber im Sinne des Wirtschaftswachstums jage der Mensch sich weiter in sein Unglück hinein und treibe es immer weiter auf die Spitze.

Er selbst fahre doch auch einen Geländewagen, konterte man, und warum er dann nicht wieder in einer Höhle lebe und sich von Beeren und Pilzen ernähre, so wie der Öhlerdichl. Die Männer lachten.

Aber der Hannes setzte einfach fort. Der Hotelbau sei eine Falle, in die sie auf dem Weg in eine vermeintlich bessere

Zukunft getappt seien, ohne es zu merken. Mit diesem Projekt machten sie sich als Dorf schuldig, im Sinne der Wettbewerbsfähigkeit ihre Heimat, die Natur, letztlich die Sicherheit von Menschen der Gier zu opfern.

Er wolle hier nur Angst verbreiten und arglose Menschen verseuchen mit seiner negativen Lebenshaltung, in der Leistung und Fortschritt Schimpfwörter seien.

Dürren, Überschwemmungen, Wirbelstürme, Schneechaos, der Hannes brachte auch den Klimawandel.

Heller lachte, das habe es doch schon immer gegeben. Der Mensch sei nicht so bedeutend, wie er es glaube, und könne alle Geschicke auf Erden beeinflussen. Auf welch hohem Ross er denn eigentlich sitze? Er wehre sich doch nur, um nicht von diesem herunterzumüssen und auf der Erde die Ärmel hochzukrempeln und endlich einmal anzupacken. Sie dagegen schafften hier ein Klima positiver menschlicher Kräfte, mit denen er so seine Probleme habe.

Bis sie selbst eine Katastrophe holen werde, der Hannes deutete aus dem Fenster.

Da aber reichte es dem Klaus-Peter. Der Schnee, schäumte er jetzt, sei vielmehr die Rache Gottes an Leuten wie ihm und ihrer Stänkerei. Dass er und seine Brüder im Geiste Streit stiften wollten, und das auch noch mit der heiligen Passion. Sie wüssten doch alle, verlor er jetzt die Beherrschung, warum sie vor Gott dieses Gelübde geleistet hätten!

Jetzt brachen die letzten Dämme, die der Versammlung im Saal noch etwas in zivilisierter, demokratischer Hinsicht gelassen hatten. Denn der Heller hatte angesprochen, was bislang im Dorf nur in den Köpfen als Keim einer diffusen Angst rumorte, doch bislang keiner gewagt hatte auszusprechen, lebte man doch in einer aufgeklärten Welt, in der die finsteren Zeiten des Aberglaubens längst verwunden zu sein schienen und selbst unter den Gläubigen Gott nicht mehr die Macht gegeben wurde, menschliches Treiben mit seiner Rache zu bestrafen, ja nicht einmal mehr wirklich daran geglaubt wurde, ihn mit einem Spiel besänftigen zu können. Munter ging es aber jetzt hin und her, beleidigt wurde bald und auch verleumdet. Der Hump, der Schnabel und der Sunagler wurden als Pharisäer beschimpft, der Schamberger als Herodes und Heller als Pontius Pilatus. Der Teufel wurde an die Wand gemalt und hatte auf beiden Seiten einen Namen, dunkle Zeiten wurden heraufbeschworen und jede Seite hatte ihren Schuldigen. Bürgermeister Eberle baute vergeblich an den Gebilden seiner Finger, der ewige Appell, am gemeinsamen Strang zu ziehen, ging wirkungslos im Tohuwabohu unter. Bis er vom Öhlerdichl als Kaiphas bezeichnet wurde. Da reichte es auch ihm.

Hinterher saßen die üblichen Herren am Stammtisch des Hirschen und beratschlagten sich. Was war da plötzlich los? Konnte das denn sein? Hatten sie etwas falsch gemacht, dass es so weit kommen konnte? Einen Untersuchungsausschuss wollte dieser Grüne gegen sie einleiten! Beim Passionsspiel streikte bereits die Hälfte, und die Zeit bis Ostern drängte! Und dann dieser Herrgottsschnee! Hatte der Himmel sich etwa doch gegen sie verschworen? Oder stellte Gott sie gerade auf die Probe, indem er auf die Einhaltung des Gelübdes pochte? Mussten sie in Zukunft die Zügel also enger ziehen? Lief das Ganze etwa aus dem Ruder, nur weil sie es zugelassen hatten? Seit dieser Schriftsteller im Dorf sei, befanden sie, herrsche Unruhe. Seit der Mann mit Papier und Stift hier aufgetaucht sei, meinten plötzlich manche sich auftun zu müssen wie ein Lokus. Von Anfang an wussten sie doch, dass sie auf diesen Schreiberling aufpassen müssten, jetzt habe es sich bewahrheitet. Der Mann brachte das Dorf in Aufruhr. Und hielt dabei alles auf seinen Seiten fest. Aber wie nur wurde man ihn wieder los, wenn jetzt auch noch der einzige Weg hinaus verschüttet war? Der Herrgott würde es richten müssen, einigten sie sich, und sie würden es sein, die ihm dabei zu Händen gingen. Das schworen sie auf den Himmel, und dass sie diesen verteidigen würden, so wahr sie Kinder Gottes seien. Sie schworen, indem sie einfach ihre Krüge aneinanderstießen, sich dabei tief in die Augen blickten und sich einander zunickten, um den Bund schließlich mit einem kräftigen Schluck zu besiegeln. Ohne Worte, völlig unerhört, denn die eisernen Stränge ihrer Seilschaften brauchten zu ihrer Bestätigung keine Silbe mehr. Es reichte, dass man machte, was man machen musste, solange eine unsichtbare Hand an den unscheinbaren Fäden zog.

Stoff für den Schriftsteller. Den er auf Blättern, auf Zetteln von Kellnerblöcken oder in seinem Notizbüchlein festhielt und der das Tischchen in ein Chaos verwandelte, das er nicht ordnen, das er in keine Fassung bringen konnte. Der Quantenspringer bloß zu der Gewissheit führte, in einen Spiegel zu blicken. In dem er aber nichts sehen konnte außer Fragezeichen. Verwirrend all die Perspektiven, all die nervenden Ideen, all die Möglichkeiten. Das war nicht auszuhalten. Er musste hinaus.

Dort spuckten ihm die Wettergötter ihre ganze Verachtung, die sie gerade für ihn und den Menschen übrig haben mussten, ins Gesicht. Wahllos lief er umher, nicht wissend, wohin und wozu, bis ihm Elena entgegenkam. Der Kopf schlüpfte gleich aus dem Kragen und in seinem Mund sammelte er die Silben für einen Gruß. Jetzt klopfte sein Herz und versetzte ihn für einen Moment zurück in jenen Abend in Öhlerdichls Hütte, aber auch in den Krampf und die Scham deswegen. In seinem Mund stockten die Silben im zäh werdenden Speichel. Schon von Anfang an hatte er sie im Hirschen beobachtet, nahm sehr wohl war, dass das Blut in ihr zu wallen begann, wenn sie ihm an seinem Tisch servierte. Sie war nicht schön, aber auch nicht wüst. Dennoch kamen die Männer in ihrer Gegenwart nicht umhin, sie mit Blicken zu verfolgen und sie auszuziehen. Sie hatte feste, handliche Brüste und einen süßen Po. Ihr braunes, halblanges Haar trug sie immer so, als wäre sie gerade aus dem Bett gestiegen. Im Hirschen redete sie nicht gerne, schon gar nicht mit Quantenspringer. Darum glaubte er bislang vielmehr, sie verabscheute ihn aus irgendeinem Grund. Sie erfüllte bloß ihren Job, war nicht unfreundlich, aber auch nicht freundlich, vor allem nicht zu den auswärtigen Gästen. Auf einen Schnaps ließ sie sich immer gerne einladen, was Quantenspringer aber nie machte. Die Frauen des Dorfes, die Ehegattinnen und Mütter, auch die Wirtin, hassten sie naturgemäß und warteten auf den Tag, an dem sie, die als Mädchen Zugezogene, das Dorf endlich wieder verlassen haben würde.

Sie grüßte bloß stumpf zurück und ging an ihm vorbei, ohne ihn richtig anzusehen. Mit dem Kopf im Kragen ihres langen, schwarzen Mantels zog sie schnellen Schrittes über den Dorfplatz ihrer Wohnung entgegen, schwebend in Gedanken. Erst als Quantenspringer ihr folgte und sich noch einmal bemerkbar machte, blickte sie zu ihm auf, aber so, als würde er sie stören.

»Du störst«, ging sie ihn an, als er eine dumme Frage stellte. »Was willst du von mir?«

Quantenspringer war beeindruckt. Da spielte jemand kein Spiel mit ihm.

Elena ging weiter, er ihr hinterher.

»Ist dir die Wirtin nicht gut genug?«

Quantenspringer lächelte jetzt wie ein Vollidiot.

Sie gab die Antwort: »Ich bin müde. Ich bin leer. Ich will ins Bett. Alleine. Mach dir keine Hoffnungen.«

Man war nicht mehr weit von ihrer Wohnung entfernt, sie wurde ungeduldig. Quantenspringer verstand, er war ja kein Vollidiot, auch wenn es manchmal besser wäre. Er würde jetzt nämlich nicht mit entschuldigender Miene stehen bleiben und sie gehen lassen, sondern er würde diese Abweisung als Ansporn sehen und sich erst recht an ihre Hufen heften, ganz so, wie es die Tiere im Wald machen. Entweder er hatte Erfolg oder sie kratzte ihm die Augen aus.

Quantenspringer blickte in den Himmel, in seinen Durchfall, den er da auf ihn hinabfallen ließ. Nix los mit Herzklopfen, mit Abenteuer. Dumme Kuh. So ging er auf sein Zimmer.

Aber am nächsten Tag, da war er doch wieder froh und vergaß die dumme Kuh, denn beim Spazierengehen traf er wieder zufällig auf sie, hinten im hintersten Zipfel drin.

Er fand sie an einen Baum gelehnt und wollte sofort wieder umdrehen. Sie sollte nicht denken, er wäre ihr gefolgt. Nein, er war kein Tier. Aber sie hatte ihn bereits gesehen. Verzog erst einmal ihren Mund, als hätte er ihr mit seinem Erscheinen wehgetan.

»Was für ein Zufall«, sagte sie leise, mehr zu sich selbst und gleichzeitig als Gruß und nicht so, als würde sie an Zufälle glauben. Auch in dem Falle musste sich das wer ausgedacht haben. Wahrscheinlich sie selbst, ohne es zu wissen und auch ohne es zu wollen. Sie löste sich vom Stamm des Baumes und ging weiter. Er stapfte ihr nach, sie ließ es geschehen, sprach aber nicht. Kein Wort, das von Bedeutung gewesen wäre, fiel zwischen ihnen, nicht eines, das irgendeine Tür zueinander geöffnet hätte. Alles, was Quantenspringer nun an sie herantragen wollte, versank unerwidert wie ein in tiefes Gewässer geworfener Stein, dessen ausgelöste Wellen in Elenas Gesicht sichtbar wurden. Sie zog nur ihren Mund zusammen, kniff die Augen zu oder warf sie auf, zeichnete eine Falte zwischen die Brauen, aber sie dachte nicht daran, einen Stein zurückzuschmeißen. Bis sie sagte: »Warum redest du um das herum, was du eigentlich sagen willst? Das ist ansteckend. Jetzt weiß auch ich nicht mehr, ob ich sagen soll ›Geh weg‹ oder ›Komm mit‹. Aber genau darum laufen wir jetzt, das ist der Spannungsbogen, der uns zueinandertreibt.«

Quantenspringer fiel nichts ein außer: »Was sollen wir auch sonst sagen?«

Sie waren ganz hinten im Hinteren Wildbachtal angekommen, dort, wo der Weg vor den Säulen und Wänden der Dreitausender anstand und eine Wende machte, um ins Dorf zurückzuführen. Alles war dick eingehüllt in ein Weiß aus Wolken, Nebel und Schnee. Gebrochen wurde diese Leere nur von den dunklen Strichen daraus hervorragender Baumstämme, ihren darin wie schwarze Risse sich eingravierten Ästen oder dem nun vom Kontrast schwarz getünchten Grün der Nadelbäume, dem einen oder anderen aus dem Schnee sich reckenden Busch, der sich mit seinen Zweigen trotzig gegen sein Verschwinden wehrte, einem Fels, der aus dem Nebel spitzte, einem Stadl, der mit seinen grau gewordenen Balken sich geduckt gegen sein Begräbnis stemmte, und schließlich von ihren eigenen, Wind und Wetter trotzenden, in dunkle Kleider gehüllten Körpern mit dem warmen Blut in den Adern, und wenn sie dampfend atmeten, wie zwei schwarze, über ein Blatt wandernde Zeichen, die den letzten darauf geschriebenen Sätzen einen Abschluss geben sollten. Schauten sie jetzt in die verschneiten Hänge, war alles rein, war alles befriedigt.

Schnee fiel auf ihre Köpfe, in ihr Haar, legte sich auf ihre Schultern, hängte sich an ihren Kleidern fest, vergrub die Schuhe. Der Atem ging ein, ging aus, ihr Hauch vermengte sich mit dem, der von den Bergen kam. Quantenspringer schlich mit Blicken zu Elena. Umgarnte sie, verlangte nach ihr. Riss in Gedanken bald an ihren Kleidern, griff schon nach ihrem Körper. Bangte um die Erfüllung. Sie sah es jetzt gerne, dass er auf sie sah. Plötzlich aber schüttelte sie sich, als ob sie alles von sich werfen wollte, und sagte: »Wie gerne würde ich einfach in diesem Weiß verschwinden.«

Es ging wieder zurück. Häuser zeichneten sich ins Weiß, das Zwiebelturmkirchlein. In den verschneiten Gassen vereinzelt Menschen, damit beschäftigt ihre nutzlos gewordenen Zufahrten freizuräumen, die Dächer abzuschaufeln. Manche legten die Karosserien ihrer Wagen frei, als ob sie daran glaubten, gleich nachher oder zumindest irgendwann einmal davon aus diesem Schlamassel fahren zu können. Der Himmel aber zeigte sich unbarmherzig, jagte seine in Flockengewand gehüllten Krieger, ganze Legionen, übers Dorf, um es in seinem Einerlei auszulöschen. Als die verzweifelt kämpfenden Einheimischen die Elena mit dem Fremden sahen, wurden Blicke abgefeuert. Griff der Schriftsteller jetzt ausgerechnet nach der begehrtesten Perle im Dorf und entriss sie ihnen? Brach sich da etwa ein Funken Liebe in die allgemeine Finsternis, bloß um beim einen oder anderen das Gemüt noch mehr zu verfinstern? Im Schnee tollende Kinder drückten es hörbar aus: »Elena liebt Josef, Elena liebt Josef …«, riefen sie und warfen Schneebälle nach ihnen.

»Elena fickt Josef«, sie wurden frech, weil sie nicht beachtet wurden.

Abends servierte Elena Quantenspringer sein Bier in gleicher Weise, wie sie es bei jedem Bauern oder Fabrikarbeiter tat. Das aufgekommene Wallen in ihrem Blut schien sich völlig gelegt zu haben, ihre Stimme wandte sich auch an ihn mit einer Härte, die dem Mannsbild zeigte, dass jegliche Versuche vergeblich waren. Der Feierabend kam. Quantenspringer konnte bloß zusehen, wie sie hinter dem Dorfplatz verschwand, um schnurstracks auf das Haus ihrer On-off-Liebe Luk zuzusteuern.

Am nächsten Mittag stieg er mit lustgeschwängerten Bildern aus seinem Bett in einen neuen Tag, der diesmal nach Verheißung roch. Wieder lief sie nachmittags aus dem Dorf hinaus. Er ihr nach. Wieder fuhr sie ihn an: »Was rennst du mir nach? Was willst du denn? Eine Liebesgeschichte? Von dir hätte ich anderes erwartet.«

Quantenspringer ließ sich nicht abschütteln. Eine Liebesgeschichte, ja warum denn nicht. Er erinnerte sich, wie er ihr Herz hatte klopfen hören. Aber er wusste doch gar nicht, wie das geht, die Liebe. An Frauen liebte er das Vergnügen, dass sie ihm bereiten konnten, den Rausch, den sie unter seiner Haut auslösten. Wirklich lieben konnte er keine von ihnen, er hatte nur mit ihnen Liebe gemacht. Sobald das Vergnügen alltäglich, zu Belügen und Betrügen wurde, wanderte das Interesse weiter, schwand das Verlangen und entpuppte sich gleichzeitig als solches, indem es sich in Luft auflöste. »Dir gefällt es doch, dass du mir gefällst.«

Sie ließ ihn ein Stückchen mit ihr gehen. Sie spielte ein wenig, wie die Katze mit der todgeweihten Maus. Er aber schien bereit zu sein für den Tod. Er spielte mit. Seine Natur als Mensch war es doch, die Natur aufzulösen.

»Bild dir also nichts darauf ein, dass du mir deswegen sympathisch bist. Uns zieht es einander zu, weil wir uns selbst als abstoßend empfinden, weil wir uns nur annehmen können, wenn es ein anderer tut. Und wenn der andere dabei nach einer Chimäre greift.«

Auf dem schmalen in den Schnee gefrästen Pfad waren sie sich nahegekommen, so dass manchmal ihre beim Laufen wippenden Hände aneinanderschlugen. Sie setzte einen schnellen Schritt nach vorne. Brachte einen Raum zwischen sie, der neue Spannung auslöste, weil er erobert werden konnte oder auch nicht.

Quantenspringer zündete sich eine Zigarette an, sich fragend, warum ihm nichts Besseres, Klügeres einfiel, als ihr eine anzubieten. Aber Elena nahm sie glühend entgegen. Auch sie schien jetzt zu suchen, die Möglichkeiten abzuwägen und ließ sie doch verpaffen wie den aus ihr gepusteten Rauch.

»Warum küsst du mich nicht?«

»Ich küsse nicht gerne.«

Sie lächelte zufrieden. »Heute am Feierabend kommst du mich besuchen.«

Sie erwartete ihn in ihrer Wohnung. Führte ihn durch einen engen Flur, vorbei am Wohnzimmer in die Küche. Das dunkelbraune Mobiliar, die Vorhänge, es hätte die Einrichtung ihrer Eltern sein können. So lebten in den Achtzigern verheiratete Menschen, um darin aus ihrem Familienglück nie wieder herauszufinden. Elena ließ alles stehen, nicht einmal die kitschigen Blumenstillleben hängte sie von den Wänden ab. Irgendein neuer, schicker Krimskrams hätte ihr nur den Blick von Neuem verstellt.

Sie stellte Wasser auf. Ihren Körper hielt sie dabei geschmeidig in Quantenspringers Blickfeld hinein. Den Rücken ihm zugewandt wurde ihr Arsch immer draller, je intensiver sich seine Augen darauf verfingen. Sie drehte sich um, als hätte sie darauf gehofft, dass er jetzt ihre Titten inspizierte. Er inspizierte ihre Titten. Wieder fiel ihm nichts

Außergewöhnlicheres ein, nichts Bedeutenderes. Am liebsten war er doch einfach primitiv.

Der Wasserkocher sprudelte. Quantenspringer trank Tee, obwohl er Tee verabscheute. Er ließ sie reden, auch wenn es bald nur mehr um ein Thema ging: Luk Kaiser.

Nein, zusammen seien sie natürlich nicht. Sie wollten doch kein Paar sein! Sie führten eine Beziehung, die aber frei sein müsse und offen, eine Beziehung ohne Beziehung sein solle. Er bumse andere Frauen, sie treibe es mit anderen Männern. Für Luk sei das so ein cooles Ding. Wie bei ihm alles so ein cooles Ding sein müsse. Aber sie wisse, dass er sie als seine zukünftige Frau ansehe, irgendwo im Grunde seines Herzens. Da habe er sie bereits in seine Zukunftsvorstellungen eingebaut, vielleicht auch nur als Fundament eines anvisierten bürgerlichen Lebens. Erst einmal habe er jetzt die Skischule übernommen. Er würde mit den Russen Geld verdienen. Würde investieren und modernisieren. Würde sein Haus renovieren. Würde Kinder mit ihr haben. Vielleicht würde er sie sogar heiraten, vielleicht aber sei es ihm doch zu peinlich und er lasse das sein. Er würde seine Räusche mit nachhause bringen. Er würde mit aufgeplusterten Russinnen ins Bett steigen. Er würde eine Instanz sein im Dorf. Sein Leben sei vorweggelatscht. Er würde es dennoch als frei verkaufen. Der einzige Baustein, der fraglich sein würde, sei sie selbst.

Mit Inbrunst nahm sie aus ihrer Tasse einen Schluck, als rettete der warme Tee sie vor dem Erfrieren. Wie eine Gerettete lächelte sie ihn an, Quantenspringer erschrak, ein Lächeln hatte er sich von ihr gar nicht erwartet.

Aber er erschrak umsonst, keiner träumte hier doch von der großen Liebe. Keiner von ihnen glaubte an irgendeine Bestimmung, schon gar nicht im Liebesleben. Was man Liebe nennt, so sahen es beide, ist doch bloß ein Spiel aufeinandertreffender Elemente, die bei gewissen Übereinstimmungen körperliche Reaktionen auslösen, die als übereinstimmend und daher angenehm empfunden werden. Harmonieren die Elemente miteinander, bahnt sich eine Beziehung an, also eine Verschmelzung. Dabei geht es immer um den bestmöglichen Deal, also um die größtmögliche Explosion der Kräfte. Bei einer Brigitte Bardot wären die Reize, die sie in Quantenspringer auslöste, sekundär. Aber mangels besserer Alternativen erschien sie ihm jetzt als bestmöglicher und daher annehmbarer Deal. Es war spät geworden, es wäre langsam an der Zeit gewesen. Quantenspringer fragte sich insgeheim, wie er sie von dieser unbequemen Eckbank weg und ins Bett bringen könnte. Aber es ist schwierig für einen Mann, eine Frau zu erobern, wenn er nicht sprechen mag, wenn er nicht alles tut, um sie zu umgarnen, sie einzuwickeln, sie an ihn glauben zu lassen. Wenn er nichts tut, um sie zu erobern. Ihr nicht das Gefühl geben will, dass er sie einerseits haben will und es ihm andererseits doch egal ist. Wie nur also wollte er es anstellen? Er wollte ja noch nicht einmal küssen, stand nicht auf Streicheleinheiten. Er wollte kein Schlappschwanz sein, aber auch kein Arsch. Er wollte ihren Arsch, aber ohne Umschweife.

Elena schlug vor eine Zigarette zu rauchen. Dafür mussten sie auf den Balkon. Wieder redete sie, redete schon wieder von Luk. Bevor sie mit Luk vögle, rauchten sie einen Joint. Dann werde er wild wie ein getriezter Tiger und sie weich und geschmeidig wie ein Angorakätzchen.

Sie sei müde, sagte sie. Sie gingen hinein ins Schlafzimmer. Schon lagen sie auf der Matratze. Mit den Augen gegen die Decke. Sie irgendwann: »Hast du Angst, dass ich dich abweisen könnte? Oder dass du versagst? Du denkst schon wieder. Immer musst du denken. Bist du schon einmal einfach so dagewesen? Es ist ganz anders, als wir es uns vorstellen können. Es ist viel banaler, so großartig banal, es ist viel zu einfach, als dass es zu kapieren wäre.«

Sie drehte sich auf die Seite ab und ihm ihr Hinterteil zu. Wieder verging eine Zeit. Einatmen. Ausatmen.

»Es ist schön, neben dir zu liegen. Einfach nur so daliegen können, einfach nur müde sein. Für keinen mehr da sein müssen, von keinem verlangen, dass er da ist. Nicht mehr funktionieren müssen und von einem anderen verlangen, dass er funktioniert. Keine Lügen mehr deswegen, kein So-tun-als-ob. Kein Verspannen mehr, um zu gefallen und den Ansprüchen gerecht zu werden. Kein Ignorieren mehr und kein Korrigieren, wenn die Ansprüche sich nicht erfüllen mögen. Das wäre Liebe.«

Ruhe entfaltete sich, aber mit schmerzhaften Flügelschlägen. Quantenspringer blieb neben ihrem atmenden Körper liegen, der Wärme auf seine nah danebenliegende Hand abstrahlte. Griff nicht nach ihr, drang nicht an sie heran und auch nicht in sie ein. Ein Versuch hätte Komplikationen aufgeworfen. Berge und Täler aufgerissen. Das hier war um einiges entspannter. Das hier war schrecklich entspannt.

Da hämmerte es an Elenas Wohnungstür. Zweimal, dreimal, viermal. Als Elena sich nicht rührte, stürzten erste Tritte dagegen. Schließlich ließ ein dumpfer Schlag die Tür krachend gegen die Wand scheppern. Man hörte Schritte, die den Flur zum Schlafzimmer führten, Luk Kaiser stand im dunklen Raum, wackelnd und mit schwerem Atem. In seiner rechten Hand hielt er einen länglichen Gegenstand. Er hatte heute viel zu trinken gehabt. Denn eine im Dorf festsitzende Touristin, eine betagte Frau aus dem Rheinischen, die von ihrem Mann bei der Scheidung gut ausbezahlt worden war und in der Skischule immer einen Privatkurs buchte, vertrieb sich die Zeit des Stillstands damit, dass sie ihren jungen Lehrer zum Trinken in den Hirschen einlud und ihn nachher mit auf ihr Zimmer nahm. Elena schrak auf, starrte entsetzt in das im Finsteren schwappende Gesicht ihres Gespielen und die Waffe in seiner Hand.

»Luk, hau ab! Was willst du hier?«

Quantenspringer rührte sich nicht. Ein, aus, ein, aus.

»Elena, Liebste, ich will nur ein bisschen bei dir sein. Ich liebe dich.«

»Luk, hör auf mit dem Scheiß.«

Der aber warf sich bäuchlings ins Bett und schleuderte dabei den Gegenstand von sich, den er in seiner Hand gehalten hatte. Es war bloß ein Knirps, den ihm die Dame bei diesem Sauwetter mit auf den Weg gegeben hatte. Elena knipste endlich das Licht an, erst jetzt bemerkte Luk, dass da Josef Quantenspringer neben ihm lag. Fies lachte er auf, sogar die Socken hatte der andere noch an.

»Lass es uns treiben, Liebste, hemmungslos«, flüsterte er jetzt ihm ins Ohr.

»Verschwinde von hier«, schrie Elena, aber sie brachte Luk damit nur zum Lachen, dass er sich gar nicht mehr einkriegen wollte. Sie zerrte ihn aus dem Bett, riss an seinen Armen und auch an seinem Rumpf, der Luk aber lag tonnenschwer.

»Elena, lass uns Liebe machen. Wie im Porno.«

»Du stinkst!«

»Ich will dich packen, ich will dich spüren.«

»Musstest du der Alten die Fotze lecken?«

Luk stöhnte und drehte sich auf den Rücken, einer sich wie eine Ziehharmonika auf ihn zu- und wegschwappenden Decke entgegen. »Sie war spendabel ... spendierte einen Cocktail nach dem anderen ... lud mich auf ihr Zimmer ein. Da nahm sie meinen Kopf in ihre Hände und drückte ihn zwischen ihre Schenkel. Dir wäre es natürlich lieber, dass ich nach deiner Muschi rieche.«

Luk packte wieder nach Elena, riss sie zu sich hinunter und überschüttete sie gleich mit ekelhaften Küssen, die nach Alkohol rochen und dem stechenden Geruch der bereits in den Prozess der Fäulnis übergegangenen Geschlechtssekrete, spitzte ihr seine Zunge in den Mund, die sie gleich wieder aus ihr spuckte, biss sich an ihrem Ohrläppchen fest, bis sie aufschrie, griff mit seinen Pranken nach ihrem zappelnden Körper, der sich nicht fügen wollte, und glitt mit gierigen Fingern hin an die Öffnungen unter ihrem Höschen, das er ihr nun von den Lenden ziehen wollte. Da rührte sich Quantenspringer, warf sich auf den Besoffenen und drückte ihn in die Matratze, dass der zu röcheln begann.

»Küss du mich«, hauchte ihm Luk mit letztem Spott entgegen und saugte sich mit lüsterner Fratze an seinem Brustnippel fest, bis ihn Quantenspringer quiekend wieder losließ. Jetzt aber, bewaffnet mit dem aufgelesenen Knirps, schrie Elena beide an: »Haut ab! Beide! Es reicht mir für heute!«

Da aber, das letzte Wort war kaum ausgesprochen, öffnete sich mit einem Schnell der Schirm des Knirpses und entfaltete im Raum seine Regenbogenfarben.

Der nächste Tag kam, die Wirtin war nicht da. Wollte nicht aufstehen an diesem Morgen. Der Wecker klingelte wie immer, Maria aber schlief weiter. Sie hatte den Schnaps gewechselt, hatte sich gestern ordentlich mit Baldaufs Vogelbeerschnaps volllaufen lassen, und der hämmerte jetzt in ihrem Schädel wie ein arbeitswütiger Specht an ein unnachgiebiges Holz. Der Wirt hieß sie aufstehen, aber die Wirtin reagierte einfach nicht. Der Wirt ermahnte sie, die ersten

Gäste seien schon an den Frühstückstischen, aber die Wirtin verfluchte den Wirt nur. Der Wirt herrschte sie an, jetzt endlich aus ihrem Seich zu kommen, bevor es mit seiner Geduld ganz ein Ende habe, aber die Wirtin zischte, er solle sich schleichen. Also servierte die Angelika heute das Frühstück und waltete gleich mit aller Härte: Für Quantenspringer gab es keinen Kaffee. Das Frühstück fiel der allgemeinen Bedingungen wegen ohnehin kläglich aus, anstatt Brot ließ der Wirt trockenen Zwieback und Knäckebrot servieren. Knorr reklamierte und packte seine mitgebrachte Notration Pumpernickel aus, nicht aber ohne einen Rabatt in der Endabrechnung deswegen zu verlangen. Der Wirt zuckte nur mit den Schultern. Der Knorr war sowieso ein Auslaufmodell, denn bald kämen die Russen, und das wären andere Gäste mit anderen Lastern, die sie auf ihm abladen würden. Aber dem Deutschen fielen die Radiatoren ein. Auch am Öl für die Heizung sparte der Wirt bereits.

Obwohl Angelika als Wirtin überfordert war, bekam Leonie vom Papa auch jetzt keine Anweisungen. Sie hing in der Wirtsstube auf einer Fensterbank und starrte unaufhörlich auf ihr Smartphone, chattend mit ihren Klassenkameraden, die in der Schule sitzen mussten. Aufgepeppt dabei wie ein Dressurpferd. Jetzt kam sie aus dem Tal gar nicht mehr heraus, was auch wieder scheiße war. Neben ihr saß ein Junge aus dem Dorf, ungefähr in ihrem Alter. Eine schöne Frisur hatte er auf dem Kopf und gekleidet war er wie ein Internatsschüler. Quantenspringer sah, wie sie ihm einen Kuss gab. Meine Güte, die Kleine hatte ja einen Freund, ausgerechnet so eine Schmalzlocke. Sie warf ihm immer wieder laszive Blicke zu.

Für die Zimmerstunde war Quantenspringer mit Elena verabredet. Weil aber die Wirtin auch nachmittags nicht aus ihrem Zimmer gekommen war und trotz oder wegen Angelika alles an Arbeit an ihr hängen blieb, war sie jetzt müde. Sie wollte nicht spazieren gehen und nachhause wollte sie auch nicht. Gereizt wie sie noch war, hatte sie die Idee, die noch sehr frische Dreiecksbeziehung zwischen ihr, Luk und dem irgendwie in sie verliebten Quantenspringer zu pflegen. Der Mensch sucht doch immer die Drei. Aller guten Dinge sind drei. Die Dreifaltigkeit, die drei Musketiere, Dreiecksgedanken, ewig und drei Tage, nicht bis drei zählen können.

Sie nahm ihn mit zu Luk. Sie liebte es, wenn er eifersüchtig wurde. Er sollte ruhig wissen, dass sie nichts von ihm wollte, außer das Vergnügen, das er ihr bereitete.

So gelangte Quantenspringer direkt an den Herd aller Konflikte, wo sich jene Kräfte bündelten, die der Angelegenheit ihre Würze gaben, wo es brutzelte und brodelte, wo die Gerüchteküche zu dampfen begann, wo es nach etwas Besonderem roch, nach Werden und gleichzeitig nach Verderben. Durch sie gelangte er endlich in Luks Haus.

In der nur mäßig geräumten Auffahrt parkte eine Rostlaube von einem Pkw, die der Luk mit Hilfe eines Freundes immer wieder fahrtauglich machte, obwohl der Autofriedhof doch viel rentabler wäre. Etwas abseits davon versank ein alter VW-Bus im tiefen Schnee. Mit Schneeräumen hatte es der Lukas nicht so. Die Unordnung auf dem Anwesen hatte etwas Freundliches, gab dem Lauf der Dinge Raum, sich zu entfalten, und die Freiheit, dort zu verrecken. An der Klingel prangte ein Aufkleber mit einem Totenkopf darauf. Neben dem Eingang griff mit unzähligen knorrigen Armen eine nach oben gekehrte Wurzel nach ihnen. Im Vorraum lächelte dem Besucher eine fast nackte Surferin entgegen, die auf einem großen Poster an der Tür posierte, bloß um Werbung für eine modische Sonnenbrillenmarke zu machen.

Aus einem Eck im Flur stank es grässlich aus Tüten hervor, weil der darin gelagerte Biomüll sich bereits angeschickt hatte sich zu zersetzen. Um einen verstaubten leeren Kasten Bier sammelten sich unzählige zum Teil böse ausrangierte Schuhe. Auch beim Luk musste man sich mittlerweile die Schuhe ausziehen. In der Küche war auf den ersten Blick nichts wahrzunehmen außer halb oder ganz ausgetrunkenen Bier- und Weinflaschen, schmutzigen Gläsern, verkrusteten Tellern überall. Jacken lagen kreuz und quer, eine Skibrille, Winterhandschuhe und eine wollene Mütze neben leeren Schachteln auf dem Herd, gekocht wurde hier selten. Zum Essen ging der Lukas immer an den Tisch der Mama. Seit er sich aber mehr und mehr an die Elena band, aß er auch bei ihr mit. An eine Wand war ein schrilles, aus den Anfangszeiten dieser Sportart stammendes Snowboard gehauen, als diese noch die Aussicht auf eine peppige Zukunft versprühte. Nun, in einer schnelllebigen Zeit unter schnelllebigen Leuten war es zur Zierde verkommen und hing wie ein religiöses Symbol über dem Chaos anheimgefallenem Vergänglichem unter ihm. Plötzlich tauchte der Severin auf, wie ein Gespenst zwischen all dem Krempel in einer Eckbank hockend sah er in ein Loch, das sich hinter seinen Augen aufgerissen hatte, und wollte keinen grüßen. Elena ging mit Quantenspringer weiter ins Wohnzimmer, immer den Rauchschwaden nach. An der Schwelle aber nahm sie seine Hand in die ihre.

Ein ganzes Bataillon hatte es sich in dem Raum gemütlich gemacht. Um ein bis auf den letzten Zentimeter zugestelltes Tischchen hingen ein paar junge Männer und Frauen in den Sofas und Sesseln, die Augen gerötet und die Wangen blass, auch der Hausherr selbst war darunter. Einer saß an einer Datenmaschine und suchte unaufhörlich im Netz nach Rhythmen und Bässen, mit denen er den Raum und die Gäste fütterte. Auch die Leonie hatte sich in die Runde gemischt. Völlig aufgekratzt stürzte sie sich in einen Flirt mit dem um einiges älteren, neben ihr sitzenden Thomas, den Quantenspringer von der Bühne als Apostel mit demselben Namen kannte. Sie hatte gleich bemerkt, dass Elenas Hand noch immer in der seinen lag. Nur Balthasar war auf den Beinen und in bester Laune, denn er hatte wieder einmal ordentlich einen sitzen.

Es war helllichter Nachmittag, aber alles war schon lange breit. Denn die Tage in dem zum Nichtstun verdammenden weißen Einerlei wurden immer länger. Im Rausch war wenigstens etwas los. Unscheinbares wuchs plötzlich grell und strahlend, weil ach so Wichtiges in den Hintergrund rutschte und Platz für Dinge machte, die dort im Dunkel der Nichtbeachtung sonst vergeblich mit grotesken Farben um Beachtung warben. Nicht nur die Substanzen, die man konsumierte, variierten, auch die Themen, an denen man lutschte wie an einem Stieleis. So konnten die Stunden ruhig vergehen. In einem Tag lag das Quantum eines Moments und in einer Minute die Dimension eines ganzen Lebens. Themen bauten sich auf, die an lichten Höhen kratzten oder in abgründige Tiefen bohrten. Man flog mit glühenden Worten zu Gott hinauf oder man ritt auf ihnen in die finstersten Triebe, die im Menschen wohnten. Natürlich wurde viel geschwatzt. Natürlich wurde viel gelacht. Natürlich wurde auf die Gesellschaft geschimpft, das System zerlegt und auf den Misthaufen geworfen. Natürlich kannte man sich aus. Natürlich wusste man es besser. Der Kapitalismus und seine Ungerechtigkeit, die Globalisierung und seine absurden Auswüchse, die Manipulation, die Unterdrückung, das Schweinesystem, die fiesen Amerikaner, und jetzt kommt schon wieder der Russe, alles wurde drangenommen. Natürlich verhöhnte man die Alten, verfluchte die Väter und verschonte eher die Mütter, weil auf die Mutter zu maulen schmerzhaft ist. Natürlich gab es die Schwätzer, die darin aufgingen, so wie es die Stillen gab, die in der Flut an Worten, Themen und ihrer mannigfaltigen Haltlosigkeiten baden gingen. Natürlich plusterte man sich auf mit kernigen Aussagen, natürlich profilierte man sich mit seinem Wissen. Natürlich wurde gestritten. Denn auch hier in dieser Menschenansammlung ging es zuerst darum, die eine Frage zu beantworten: Wer der Größte von ihnen ist.

Alles war verstummt, als Elena mit Quantenspringer im Raum erschienen war. Auch Luk bekam Augen. Ungewollt bohrte er sie in die miteinander verbundenen Hände der beiden, wandte sie von dort aber blitzartig wieder ab, um sie verstohlen auf den Boden zu werfen, wo er jedoch, die Augen jetzt hin- und herreißend, mit ansehen musste, wie der Schnee von ihren Schuhen schmolz und auf seine Dielen tropfte! »Schau an, schau an, der Herr Schriftsteller in meinem Haus! Er spreche nur ein Wort, und meine Seele wird gesund!«, lachte er jetzt.

Doch keiner lachte, keiner sagte etwas. Nur das Knabbern in Jojos Mund war zu hören, weil er gerade eine Handvoll Chips zerkaute. Die Reste von Luks Frühstück, die gleichzeitig auch sein Mittagessen waren.

Plötzlich aber hörte man es draußen jodeln und die Atmosphäre erheiterte sich zusehends, denn der Öhlerdichl kam, und mit ihm kam frisches Gras. Jetzt wurde es lebendig, jetzt juckte es unter den Ärschen auf dem Sofa. Der Öhlerdichl schüttete einen Haufen harziger Blüten auf dem Tischchen aus. Gleich wurden sie untereinander aufgeteilt, gefeilscht dabei und gestritten. Erst danach wandte der Öhlerdichl sich an Quantenspringer, fiel ihm um den Hals wie einem alten Verbündeten im Heiligen Krieg um eine bessere Welt. »Quantenspringer, Josef Quantenspringer, gut, dass du da bist. Das ist sehr, sehr gut. Bitte bleib, wir haben einiges zu besprechen. Na, wie es weitergehen soll. Aber erst einmal machen wir uns Raum.« Er zog sein Pfeifchen aus der Tasche und stopfte es, zog daran und gab es weiter.

»Wie soll es denn weitergehen?«, fragte Quantenspringer.

»Eines ist klar: So kann es nicht mehr weitergehen«, sagte Thomas und gefiel damit der Leonie. Und alle anderen meinten auch, dass es so nicht mehr weitergehen könne, und ein lebhaftes Gespräch entstand, wie es nicht mehr weitergehen könne, denn langsam, aber sicher reiche es mit der ganzen Scheiße.

Severin war aus der Küche gekommen und mischte sich jetzt ein. »Was reden wir uns hier die Zungen heiß? Handeln müssen wir, endlich handeln«, warf er lässig in die Runde, ja sie wüssten schon, was er meine.

Aber Gewalt als Lösung wollten die anderen nicht akzeptieren. So lösten Konflikte doch nur diejenigen, die nicht über die notwendigen Argumente verfügten. Gewalt sei doch das Werkzeug derer, die sie als Deppen bezeichneten oder gleich als Schweine. Sie aber sahen sich doch als die Guten.

Luk hob in der allgemeinen Not an zu einem Scherz: »Wir blähen uns einfach auf mit unserer ganzen Wut, bis wir schier zerplatzen. Dann mischen wir uns unters Hirschenvolk, warten, bis einer hineinstichelt, und gehen dann als Bomben hoch.«

Severin aber wurde wütend: »Was sind das für Anspielungen, mit denen du dir einen Spaß machst? In welche Ecke willst du mich stellen? Wenn wir handeln, dann für unsere Freiheit.«

Luk: »Du bist viel zu ernst, das macht keinen Spaß.«

Und Severin wieder: »Nein, du musst dir aus allem einen Spaß machen! Abhängig und besitzergreifend bist du darin wie ein kleines Kind mit seinen Spielsachen und dermaßen erfinderisch, dass es sogar Spaß machen soll, sich vor deinem Haus die Schuhe auszuziehen.«

Luks Konter: »Du forderst hier groß auf zu handeln, nachher aber sitzt du beim Herrn Papa beim Abendbrot und hörst dir seine Baustellenabenteuer an.«

Severins Konterkonter: »Ich bin es sicher nicht, der in die Fußstapfen seines Alten treten wird!«

Jetzt mischten sich die anderen in den Streit. Schuhe ausziehen, das sei ein Beleg einer langsam, aber stetig sich einschleichenden Spießigkeit, meinten die einen. Andere fanden, sich die Schuhe auszuziehen sei der Beleg einer gewachsenen Reife an sozialem Verhalten. Munter entfaltete sich so eine Debatte, die umso mehr Vorwürfe aufschlug und alte Wunden aufriss, je mehr man daran faltete. Hatte nicht der sich mittlerweile die Haare schön gemacht? Der sich einen großen Wagen gekauft? Ein Haus gebaut? Sich die Wohnung spießig eingerichtet? Kinder in die Welt gesetzt? Mit dem Rauchen aufgehört? Heuchler hieß man sich bald und Opportunist, schon war man beim Arschloch. Gezankt wurde, welche Schimpfwörter korrekter waren als andere. Gestritten wurde, warum überhaupt gestritten wurde. Wer was wie und wann gesagt haben soll. Wer die Schuld hatte. Indem man den anderen kleinredete, erhöhte man sich selbst. Bei dem ganzen Hin- und Herfalten wollte bloß ein hässliches Gebilde entstehen, die monströs lächerliche Fratze einer sich zerlegenden Gesellschaft. Denn die Frage, die es mittlerweile zu klären galt, war die: Wer der Nichtigste von ihnen ist.

Luk schien zu bemerken, in welch peinliche Lage sie da geraten waren, und das auch noch unter der Beobachtung des Schriftstellers, in dessen Hand immer noch die der Elena lag. Also ging er ihn an: »Du bist hier doch das Sprachrohr, Mann! Sag du doch etwas!«

Aber der schüttelte erst einmal den Kopf, das kannte man bereits. »Was verlangst du von mir?«, fand er seine Worte und alles hörte gespannt zu in der Hoffnung, ein Satz mochte aus ihm kommen, der länger war als ein Wort. Aber erst einmal kam nichts, er dachte schon wieder. Fragte sich, was er diesem leidigen Theater, das sich da vor seinen Augen abspielte, denn noch hinzufügen sollte? Er knüpfte doch nur Wort für Wort an ein Wörtergebilde, das sich doch bloß wieder in seinen Widersprüchen verrennen wird, in abertausend Fragen von abertausend Antworten, in gereimten Ungereimtheiten und sich widersprechenden Paradoxien, die alle bloß immer weiter den Kopf verdrehen. Wozu sollte er sich mühen die Welt zu zerlegen, wenn diese Mühsal nur ins eigene Fleisch schneidet? Warum soll er zum Schlächter seiner eigens kreierten Kreatur werden?

Er sagte: »Sage ich, dass ich nichts sage, sage ich schon zu viel.«

Schweigen. Man wagte sich kaum anzusehen. Nur der Öhlerdichl lachte auf.

»So geht das nicht«, sagte dann der Luk. »So kommen wir nicht weiter. So kommen wir nirgendwohin. Das ist Kacke, Quantenspringer, das ist Kacke!«

Aber Quantenspringer blieb stumm, ausgesprochen stumm. Dann, man kannte es bereits, kramte er in seinen Taschen nach den Zigaretten, steckte sich eine in den Mund und zündete sie sich mit großer Flamme an. Da packte ihn die Elena wieder an der Hand und riss ihn mit und hinaus aus diesem Haus.

Im Hirschen tauschte sie ihren schwarzen Mantel, Bluse und Hose gegen ihr weiß-rosa Dirndl. Sie hatte bereits Verspätung. »Sie verstehen dich nicht, Quantenspringer. Sie können es nicht fassen, das nicht fassen. Ihre Kritik an den Zuständen, ihre hehren Meinungen, dass sie glauben, alles durchschaut zu haben, die revolutionäre Haltung, die ganze Rechthaberei, letzten Endes kreist das alles nur ums eigene Ego. Fass du das, Quantenspringer.«

Er sah auf ihre nackten Schenkel, auf ihre Pobacken im knappen Höschen, ihre Brüste in den Haltern, sah, dass dies keine Modelmaße waren. Er erkannte eine beginnende Cellulite. Das war eine durchschnittliche Frau, aber gut. Sie war keine dieser Superfrauen, die er in seinem Leben schon noch zu ergattern hoffte. Der Zug dafür war doch noch nicht abgefahren? Denn bei entsprechendem Erfolg mit seinem neuen Roman sollte das mit den Superfrauen auch im Alter kein Problem darstellen, beruhigte er sich.

»Meine Brüste sind zu klein, der Po etwas zu breit, mein Gesicht nicht zart genug, und Cellulite habe ich auch«, fing Elena an zu jammern.

»Ja«, antwortete Quantenspringer.

Es wurde Abend und die Stube füllte sich. Lebhaft debattiert wurde. Die Probleme waren die gleichen, hier aber waren die anderen die Verursacher. Diejenigen, die sich im Haus vom jungen Kaiser in weißer Weste präsentiert hatten, standen hier plötzlich völlig dreckig und abgerissen da. Diejenigen, die sich eben noch als Lösung sahen, stellten hier das Problem dar. Was dort Rettung bedeutete, war nun der Untergang. Was dort gefördert wurde, wollte man hier zerschlagen. Auch hier gab es Wortführer, wie drüben auch hier solche, die nicht unbedingt überzeugt von dem waren, was sie da von sich gaben, aber getrieben davon, sich ihre Überzeugungen von den Stillen bezeugen zu lassen.

Quantenspringer blieb auf seinem Zimmer. Die Wirtin war immer noch nicht wieder aufgetaucht, keiner würde ihm jetzt etwas geben. Dem Wirt ging er jetzt besser aus dem Weg. So saß er wieder an seinem Tischchen. Die Blätter, die Zettel, das Notizbuch vor ihm. Das Grün der Tannen vor seinem Fenster wurde dunkler, eine neue Nacht wuchs heran. Unten lärmte es immer lauter. Hellers Stimme drang am lautesten durch die Etage in Quantenspringers Zimmer hinauf, abgelöst in immer kürzeren Intervallen vom peitschenden Geklatsche johlender Zuhörer. Die Aufmerksamkeit des Schriftstellers schwappte hin und her wie ein Schiff ohne Besatzung, so ließ es sich nicht schreiben.

Er legte sich ins Bett, rauchte, starrte Löcher in die Luft. Da fuhr ein Schrei zu ihm herauf und hinein in sein Fleisch bis hinunter ins Mark, hörte sich an wie von einem wild gewordenen Vieh und kam doch unverkennbar von einer Frau. Das war Elena! Gleich sprang er auf und hinunter, gut, dass er seine Schuhe nie abzog. Noch ein Schrei gellte auf, diesmal aber der eines Mannes, der quiekte wie ein Eunuch. Von Alkohol geschwängerte stickige Luft drückte sich ihm entgegen, als er in die Stube drang, ein vom Alkohol getränktes Gedöns, das anders, aggressiver war als sonst. Jetzt angestachelt gerade davon warf Quantenspringer seinen Körper in die grässliche Menage aus Besoffenen und Vollgefressenen, stolperte durch das heillose Durcheinander an Stühlen und Beinen, hielt sich an irgendwelchen Ärmeln fest und stemmte sich gegen ihm unbekannte Rücken, bis er sich doch an irgendeinem Fuß verfing und zu Boden ging. Das Gelächter überschlug sich nun schier, Spott und Hohn und die Spucke grenzenloser Verachtung, die sich aus den Mäulern entluden.

Ein Bauer beugte sich zu ihm hinab, packte ihn mit seinen Schwielenhänden am Genick und rotzte ihm, nach aller Rohheit des Lebens stinkend, ins Gesicht: »Willst du dich jetzt mir auf den Schoß setzen?«

Da schnappte sich Quantenspringer ein Glas Bier vom Tisch und schüttete es dem Bauern in die Visage, dass er sich die Finger in die Augen reiben musste und nicht mehr konnte, außer bestialisch zu fluchen. Der Schriftsteller riss sich los und stürzte zur offenen Tür hinaus, Elena hinterher. Vor ihrer Wohnung holte er sie ein. Erst erschrak sie, sie glaubte, einer aus dem Hirschen griffe nach ihr. Doch als sie ihn erkannte, warf sie sich schluchzend an seinen Hals und drückte ihre von Tränen zerflossenen Augen in sein Hemd. Quantenspringer zog ihn zu sich heran, diesen fragilen, federartigen Körper, sein Bizeps schwoll an dabei, nicht um zu kämpfen oder zu zerstören, sondern um zu beschützen und zu erhalten. Elena ließ sich in seine Arme fallen, fand Ruhe an seiner festen Brust. »Du musst alles niederschreiben, Quantenspringer, hörst du, alles, was du hier gefunden hast. Kein Wort darfst du verlieren«, schluchzte sie mit letztem Trotz aus sich heraus.

Und mit plötzlich wild gewordener Stimme berichtete sie ihm, was eben geschehen war, wie die Bauern und Fabrikarbeiter im Hirschen erst immer ungehaltener nach ihr riefen, nach ihr pfiffen und zischten, sie solle sich endlich auf ihre Schöße hocken, um bald nach ihr zu greifen und die erste Hand auf ihren Hintern zu klatschen, und es nicht mehr lange dauerte, bis einer sie mit seinen Griffeln zu sich hinunter auf die Eckbank zog, wo sogleich unzählige Hände über sie herfielen. Erst half sie sich mit einem Schrei, gleich aber mit dem Griff nach den Hoden von einem ihrer Peiniger. So kam sie noch einmal davon, bevor diese schlimmen Finger sich in sie bohren konnten.

Sie gingen in die Wohnung. Dort breitete sie nun in allen Details vor ihm aus, was sie eigentlich für immer für sich behalten wollte. All die Geschichten, die sich hier entwickelten, wenn die Lichter in den Häusern ausgingen, Fuchs und Hase sich gute Nacht sagten und es plötzlich klopfte an ihrem Fenster. Nicht die Alleinstehenden kamen, nicht die einsamen Bauern und ledigen Fabrikarbeiter, die es am nötigsten gehabt hätten, die trauten sich nicht an ihre freie Art heran. Nein, die feinen Herren kamen, die Banker, Politiker und Vereinsvorsteher, die Instanzen des Dorfes. Schließlich der Skilehrer. Jetzt, in ihren mit zittriger Stimme dargebrachten Ausschweifungen, taten sich vor Quantenspringer all die klammheimlichen Affären noch einmal auf, welche die braven Ehemänner im Schutz der Nacht eingingen, um sich für eine kleine Zeit aus dem Korsett ihrer ehelichen Verpflichtungen zu befreien, um sich zumindest für einen Moment in jenen Zustand an Gefühlen zurückzuversetzen, als sie noch jung waren und ungebunden und es darum ging, Abenteuer zu bestehen. Erneut klopften sie an ihr Fenster, hießen sie aufmachen und drangen in sie ein, noch einmal blühten die Männer dort auf und ihre Obsessionen, die ihre gesellschaftlichen Bande gefährdeten und auch ihren guten Ruf im Dorf, jetzt stellten sie alles, was sie sich aufgebaut hatten, auf die Kippe und genossen das Prickeln. Seitensprünge eben, wo sie auf der Geraden, auf der sie rannten, im Schweigen der Nacht einen Seitenweg einschlugen. Leidenschaften, die ihre schlaff gewordenen Eheleben gerade durch ein fremdes Element von außen beflügelten. All die Schweinereien, die sich zuhause im eigenen Bett nicht ausleben ließen. Dumm nur, wenn auf der Leiter bereits der Nachbar war.

Jeder im Dorf wusste Bescheid. Elena ließ sich nehmen, Elena ließ sich gebrauchen, Elena ließ sich wieder verwerfen.

Sie forderte nichts und nur selten geschah es, dass sie jemand das Fenster nicht öffnen mochte. Elena ritt sie alle.

Sie nahmen sie schnell, denn die Aufregung war groß und die Zeit drängte meist. Der Banker nahm sie, als ginge es um ein schnelles, lukratives Geschäft. Der Bauunternehmer, als würde einer seiner Bagger seine Schaufel in einen vermaledeiten Boden rammen. Der Politiker stürzte sich wie ein Tyrann über sie und riss an sich, was er in die Finger bekam. Der Skilehrer, als reite er so schnell wie möglich über eine Buckelpiste. Alle zogen sie ihr Ding durch und erschlafften dann. Die einen packten schnell die Kleider zusammen und eilten davon, die anderen fielen sabbernd an ihrem Busen in einen kurzen Schlummer, bevor auch sie sich, sich bedankend und entschuldigend zugleich, davonmachten. Keiner wollte sie nehmen, sie wurde bloß gebraucht. Sie tobten sich auf und in ihrem Körper ein wenig aus, um für eine kleine Zeit wenigstens den eigenen Körper zu spüren. Sie blieb zurück in ihrem Begehren und anstatt ihre Sucht zu befriedigen, wurde sie immer süchtiger. Sie suchte bislang vergeblich. Männer wurden zur Droge: Das Versprechen nach Erfüllung verwandelte sich in ein Loch, und sie fiel hinein.

Quantenspringer hörte ihr gut zu, aber seine Leidenschaft galt anderem als den nächtlichen Abenteuern geiler Dorfbewohner. Das war Material mit Potenzial, aber unappetitlich. Er nahm viel mehr den Zorn in ihrer Stimme wahr, der sich aufbäumte und dann doch brach, wie das weiche Fleisch ihrer Lippen sich bei jedem Laut verformte, sah ihre schimmernden Augen, wenn sie zu ihm hinaufblickte, das Vertrauen darin, nahm wahr, dass sie sich ihm dermaßen öffnete, er roch an ihrem warmen Atem, spürte das Pulsieren unter ihrer weichen Haut und wie sein eigener Körper entflammte, als sie sich noch ein wenig enger an ihn drücken ließ, um sich an seine Manneskraft zu schmiegen, sich weiter öffnete und diesen Schwall an Empörung und Ekel einfach aus ihr herausließ, bis sein Glied steif war und er schwindelig vor Erregung. Da hielt sie ein mit reden. Ein paar Mal schluchzen noch, ihr Körper zitterte, aber in der Wärme seiner Berührungen wurde sie ruhig.

Erst schlüpfte er mit der Linken unter ihren Pullover, umfasste behutsam ihre kleine, aber fleischige Brust und knetete sie in seinen Fingern. Sie seufzte auf, hob den Blick mit großen Augen. Seine Lippen strichen über die ihren, tastend, abwartend und schnappend, als sie angenommen wurden. Schnell waren ihr die Kleider vom Leib gestreift, gleich nahm er ihr das Höschen. Dann glitt er mit seinen Fingern um ihre Scham und immer weiter vor, bis er heiß an seinen Fingern spüren konnte, was da warm und weich ihm offen stand und in ihr Inneres führte, dort, wo sie anzutreffen war, wo sie verborgen sein musste, wo er sie holen konnte. Er rieb an ihr und brachte sie zum Stöhnen und torpedierte damit seine Erregung. Keuchend legte er sich auf die leichte Beute, die Jagd war entschieden, grub sich mit dem Gesicht in ihre Brüste, saugte an den Nippeln, ohne weitere Umschweife stieß er mit seinem Glied in ihre nasse Spalte. Ging ein, ging aus und kam sofort mit tieferen Stößen wieder, von seinem Schwanz aus breiteten sich kitzelnde Flammen über den ganzen Körper aus. Er hörte eine Sirene, blaues Licht flackerte im Raum. Sie warf ihm ihren Unterleib entgegen, fasste gierig mit all ihren Gliedmaßen nach den seinen, riss ihn an sich und stieß ihn doch wieder ab, schlug um sich und ergab sich, als wäre er ein Räuber und dann doch wieder ein Schatz. Die Lippen ihres Mundes aber froren ein, und ihr Blick haftete eisern auf einem Grimassen schneidenden, über einer Stuhllehne hängenden Pullover.

Entrückt ließ sie es geschehen, nahm die durch sie treibenden Wonnen mit schmerzverzerrtem Gesicht entgegen. Stöhnte. Schrie. Wie sonst war es auch diesmal bald vorüber.

Mit dem seligen Gefühl einer erbrachten Heldentat knipste Quantenspringer dann die Lichter seines Bewusstseins aus, um in besänftigten Träumen an seinen Großtaten weiterzufalten. Denn dass Elena, als er in ihr drinnen war, vor Glück beinahe geplatzt wäre, das konnte er spüren. Ihr Stöhnen konnte er hören. Und wie das Fleisch an ihrem Körper aufquoll und die Rundungen immer praller wurden und sie aus allen Poren dampfte wie ein aufgehender Hefelaib, das war so. Trotzdem wachte er mit Panik im Bauch wieder auf, die immer dann über ihn kam, wenn er es einmal gewagt hatte zu leben. Quälende Fragen. Schmerzende Zweifel. Hatte er sich dieses Glück bloß zurechtgesehen in seinem wilden Verlangen, endlich den Gipfel zu erstürmen? War das, was ihm da als Erinnerung vorschwebte, tatsächlich und wirklich so oder war es am Ende alles bloß gespielt? Er hätte ein wenig länger durchhalten sollen, sich ein wenig zügeln, kritisierte er an sich. Dann wäre auch sie vielleicht gekommen. Die Belohnung, die eigene Explosion wären dann doch umso größer gewesen.

Zögerlich öffnete er die Augenlider, griff mit der einen Hand vorsichtig hinüber, dort, wo Elena neben ihm ihren Schlaf genommen hatte. Doch die Hand grapschte ins Leere. Die Kälte des Raumes hatte sich über das Leinen geworfen und die aufgesprungenen Augen sahen nichts neben sich außer die zu einem Faltengebirge aufgeworfenen Laken. Da lag niemand, kein warmer, nackter Frauenkörper, Elena war abgehauen. Einfach so.

Sie wollte nicht wiederkommen. In ihrer eigenen Wohnung ließ sie ihn sitzen. Er wartete eine Stunde lang, zwei, nein sie holte nicht bloß Semmeln. Dann ging er. Im Neuschnee irgendwo die vom Haus sich entfernenden und im Gewusel der Gassen sich verlierenden Tritte Elenas. Mit eingezogenem Kopf, in den er hin und wieder eine Zigarette führte, zog er durchs Dorf in den Hirschen. Zwischen den Häusern hing der stechende Rauch eines bereits erkalteten Brandes. Das Sirenengeheul, erinnerte er sich, das Blaulicht, nein das war nicht der Urknall gewesen.

Beim Vorübergehen grüßte er im Affekt, den er kaum bemerkte, eine Frau, die vor ihrem Haus mit einer Hexe den Zugang freischob. Sie aber wandte sich von ihm ab, ohne zurückzugrüßen. Ein Schnee schaufelnder Mann, er hörte hinter seinem Rücken die Stimme, so als hätten die Worte nicht ihm gegolten, sondern einer Person, die statt seiner gerade durch das Dorf gelaufen kam, bezeichnete ihn als Hund. Er hatte anderes im Sinn. Stieg schon wieder hinab in die Tragödie der vergangenen Nacht und kreiste dabei um eine dumme Frage, vor der gerade er als Intellektueller nicht gefeit war, vor allem dann, wenn alles, wie in diesem Fall, völlig unvorhergesehen verlief. Denn es fiel ihm nichts Besseres ein, als sich zu fragen, ob er nicht gut genug gewesen war. Ja er musste sich eingestehen, dass ihm diese Geschichte etwas bedeutete. Er war mit ihr ins Bett gegangen, da war ja nichts dabei, konnte aber auch ein Nährboden für zukunftsträchtige Angelegenheiten sein. Diesmal aber war sie es, die das dafür bereits aufgeschlagene Basislager gleich verlassen hatte, und das, ohne ein Wort zu sagen, ohne eine Nachricht zu hinterlassen. Sie war es, die ihn hier jetzt als beleidigte Leberwurst zurückließ.

Er kam an Heiner Baldaufs Laden vorbei. Ein besoffener Bauer stürzte hinaus und rempelte ihn fast um dabei, schimpfend über das Hindernis, mehr noch aber über den

Ladenbesitzer. Quantenspringer ging hinein, der Heiner grüßte mit roter Nase. Tue ihm leid, der Wacholderschnaps sei ausgegangen. Aber vom Vogelbeerschnaps gebe es noch. Denn die Ernte war im letzten Herbst phänomenal, die reich und mit fetten Beeren bestückten Ebereschen hatten, wie es eine Bauernregel besagt, einen langen Winter eigentlich in aller Deutlichkeit angekündigt. Quantenspringer fischte seinen wirklich letzten Schein aus seiner Hosentasche, kramte noch ein paar Münzen hervor, bis der Heiner zufrieden war und er selbst restlos blank. Auf seinem Zimmer besoff er sich und erwachte irgendwann nachmittags mit einem bestialischen Kater. Das Zeug war sofort in den Kopf gestiegen und jetzt brummte es dort und es schlugen darin Blitze des Schmerzes ein. Es heißt, die Eberesche schützt vor Gewittern, von wegen! Von wegen Lebensbaum! Was war das für ein Fusel, den der Heiner ihm da für gutes Geld verkauft hatte? Es sollte sich noch bestätigen, mit diesem Schnaps machte der das halbe Dorf völlig kirre im Kopf. Kollektives Schädelweh breitete sich aus und der Hang zur Zerstörung. Ausgerechnet mit der heiligen Vogelbeere, dem Schmaus der Götter, betrieb der Heiner ein Schindluder, panschte den kostbaren Brand mit billigem Spiritus und verkaufte ihn zum Wucher, weil er wusste, dass jetzt gesoffen wurde, was es gab.

Dann hämmerte es nicht nur im Schädel, sondern auch noch an seiner Tür. Quantenspringer öffnete, das Schlimmste in Gestalt des Wirten befürchtend. Aber es kam schrecklicher. Lechner und sein Kollege standen vor ihm, uniformiert und mit kritischem Blick. »Herr Kantinger, wir hätten da auch an Sie ein paar routinemäßige Fragen. Es geht um den Vorfall, der sich letzte Nacht ereignet hat, Sie haben sicher davon gehört. Wie, noch nicht? Dann seien'S so gut und kommen'S mit uns aufs Revier, da können wir einiges an Fragen klären.«

Quantenspringer wusste es tatsächlich noch nicht. Ein Bagger vom Hump hatte gebrannt, und das lichterloh. Wurde mit Benzin übergossen und dann angezündet. Von wem, wusste man noch nicht, aber es gab Verdächtige, es gab Spuren. Ein Vandalenakt auf jeden Fall, ein Unfall war so gut wie ausgeschlossen. Hump sprach sogar von einem Akt des Terrors. Seinen besten Bagger einfach zerstören, wer konnte so etwas tun? Mit diesem Monstrum von einem Gerät konnte man so ziemlich alles Erdenschwere, was sich einem in den Weg stellte, umgraben, aufreißen, plattmachen. So einen Hass gegen ihn habe er in all den Jahren noch nicht erlebt! Wenn er den Schuft erwische, dann könne er was erleben! Den haue er eigenhändig grün und blau. Denn wie jedem anderen war auch ihm klar, der Täter musste zwangsläufig mitten unter ihnen sein.

Es ging in einen Raum mit einem grauen Licht, die ganze Einrichtung total dem Zweck dienend und jede künstlerische Ästhetik vermeidend. Lechner bot Quantenspringer Kaffee an, den er nicht ablehnte. Sein Kollege tippte an einem Nebentisch auf der Schreibmaschine, die Kollegin telefonierte. Lechner steckte sich eine Zigarette an und hielt Quantenspringer die Schachtel entgegen. Er zog eine heraus und steckte sich zwei weitere in die Jackentasche.

Lechner kam zur Sache: »Letzte Nacht, zur Tatzeit, was haben Sie da gemacht?«

Quantenspringer: »Geschlafen.«

Lechner: »Aber doch nicht in Ihrem Bett im Hirschen?«

Quantenspringer: »Sie sagen es.«

Lechner: »Ich möchte es gerne auch aus Ihrem Mund hören. Das Geschwätz geht hier schneller um, als dass ein Schriftsteller es niederschreiben könnte. Also, wo waren Sie besagte Nacht?«

Quantenspringer: »Im siebenten Himmel war ich.«

Lechner blickte streng: »Da waren Sie aber nicht der Erste.«

Quantenspringer: »Ich weiß.«

Lechner: »Das Fräulein Elena kann Ihren Aufenthalt bei ihr bezeugen?«

Quantenspringer: »Das weiß ich nicht. Das müssen Sie sie bezeugen lassen.«

Lechner: »Sie ist nicht zuhause und auch sonst nirgends anzufinden. Wissen Sie denn, wo sie steckt?«

Quantenspringer: »Ich weiß es nicht.«

Lechner: »Aber Sie waren doch bei ihr?«

Quantenspringer: »Die ganze Nacht.«

Lechner: »Und Sie wissen nicht, wo sie morgens hingegangen ist?«

Quantenspringer: »Sie ist einfach gegangen.«

Lechner: »Sie ging einfach fort? Aus ihrem eigenen Bett?«

Quantenspringer: »Ich habe lang geschlafen.«

Lechner: »Es tut mir leid, aber ich muss Sie das fragen: Sie waren doch intim mit ihr?«

Quantenspringer: »Ja, intim. Äußerst intim.«

Lechner: »Und irgendwann sind Sie eingeschlafen.«

Quantenspringer: »Sie kennen das?«

Lechner: »Um wie viel Uhr war das denn?«

Quantenspringer: »Ich besitze keine Uhr.«

Lechner: »War das Fräulein denn nicht zufrieden mit Ihnen?«

Quantenspringer: »Auf was wollen Sie hinaus?«

Lechner: »Warum verließ sie ihr eigenes Bett, ohne ein Wort zu sagen, geschweige denn zu verraten, wohin? Hatte sie etwas auf dem Herzen? Haben Sie etwas bemerkt an ihr?«

Quantenspringer: »Ich habe geschlafen.«

Lechner: »*Wer liebt, der schläft nicht.*«

Quantenspringer: »Wie wahr.«

Lechner: »Hat das Fräulein denn nicht geschlafen? Der Sunagler hat sie in den frühen Morgenstunden durchs Dorf laufen sehen.«

Quantenspringer: »Dann wissen Sie mehr als ich.«

Lechner: »Wo wird sie hin sein? Zum Kaiser Lukas? Zu einem beliebigen Touristen? Zum nächsten, den es gerade in der Hose juckt?«

Quantenspringer: »Warum nicht beim Lechner?«

Lechner lachend: »Ich bin verheiratet.«

Quantenspringer: »Das macht die Sache umso spannender, ist es nicht so?«

Lechner: »Ich lasse mich von Ihnen ganz sicher nicht auf diese Fährte führen ...«

Quantenspringer: »Ich weiß.«

Lechner: »Wollen Sie mich nun verhören? Da schau einer an ... Passen Sie mal auf, Sie wissen, dass Sie derzeit kein Alibi haben! Ich kann Ihnen, wenn ich will, viel Ärger machen! Wir beide können uns aber auch viel Ärger ersparen, wenn wir zusammenarbeiten. Also hören'S auf mit diesen Spielchen. Wann ist das Fräulein Elena gegangen und wo ist sie hin?«

Quantenspringer: »Wir drehen uns im Kreis. Wollen wir wieder von vorne beginnen?«

Lechner: »Ich sage Ihnen etwas. Viele im Dorf halten Sie für den Tatverdächtigen, gerade auch der Hump. Sie sollten mit mir lieber kooperieren, Sie stehen quasi unter meinem Schutz.«

Quantenspringer: »Was soll ich denn sagen?«

Lechner: »Das Beste für alle wird sein, Sie hauen hier sobald als möglich ab. Sie haben uns schon genug Ärger gemacht mit Ihrer Anschwärzerei. Das ganze Dorf haben

Sie aufgebracht! Weil Ihnen sonst nichts Besseres einfällt! Ich möchte nicht, dass es hier noch mehr Ärger gibt. Das Wetter wird sich wieder bessern. Dann können wieder die Hubschrauber fliegen. Ich kann dafür sorgen, dass für Sie ein Platz reserviert wird.«

Quantenspringer: »Sie wollen mich loshaben?«

Lechner: »Sie wollen doch nicht länger hierbleiben?«

Quantenspringer: »Ich will hier meine Arbeit zu Ende bringen.«

Lechner: »Sie meinen, da kommt noch was?«

Quantenspringer: »Das kann es doch nicht gewesen sein.«

Lechner: »Ich kann Sie zu Ihrem Glück nicht zwingen. Genauso wenig kann ich Sie von Ihrem Unglück abhalten. Sollte sich der Verdacht gegen Sie im Falle des Anschlags erhärten, dann werden Sie, das können Sie mir glauben, den Schutz der Polizei noch gerne in Anspruch nehmen.«

VI

Schalen des Zorns

Und mit dem nächsten Morgen zeigte sich der Himmel tatsächlich gnädig. Denn diese schier undurchdringliche graue Masse an Wolken hatte sich auseinandergeschoben und es kamen nur mehr vereinzelt Flocken daraus gefallen. Zum ersten Mal seit einer gefühlten Ewigkeit zeigte sich das Blau am Firmament und dass es so etwas wie die Sonne doch noch gab. Auch Wind blies keiner mehr.

Da überschlug sich schon der Himmel über den Bergen und ein Krawall fiel wütend trommelnd über das eingeschneite Dorf und seine Stille her, um diese sogleich in tausend Scherben zu zerbrechen, die auf die Erde fielen und den Schnee in einem von einer Heerschar an Dämonen angetriebenen Flockenwirbel ungeheuerlich zum Toben brachten. Pechschwarz war das ohrenbetäubend lärmende Ungetüm, das da aus den Lüften ins Tal hinuntersank und sich einmal um die eigene Achse drehte, als wollte es mit seinen spiegelnden Augen auch ja erfassen, wer da alles herbeieilte in Erwartung der in seinem Bauch gelagerten Gaben. Die Freude war groß, dass endlich der Helikopter kam, es sollte endlich wieder frisches Brot, Obst, Gemüse und Rauschmittel geben sowie all das sehr Begehrte, das in den Fabriken gefertigt wurde und klingende Namen und schöne Verpackungen hatte. Erwachsene freuten sich da wie die Kinder, die »Schokolade, Schokolade« riefen, und beinah fahrlässig stürmten alle an das Schneeflocken peitschende Ungeheuer heran, das jetzt endlich landete.

Als hätte jemals Not geherrscht. Denn Fleisch gab es ja genug, auch Milch rann aus den Eutern, und das sogar im Überfluss, da kein Milchwagen sie mehr abholen kam. Manche fingen wieder an zu käsen, stellten Joghurt mit eigenen Kulturen selbst her und schlugen die Butter eigenhändig. In den Öfen wurde wieder Brot gebacken. Es gab Hühner, die Eier legten, und die ein oder andere Bäuerin hatte noch ein paar Rüben oder Kartoffeln im Keller eingelagert, auch Äpfel und Quitten. König war jetzt, wer in den Sommermonaten fleißig eingekocht oder fermentiert und seine Vorratskammer und Tiefkühltruhe vorsorglich immer nachgefüllt hatte. Der hatte jetzt etwas in Händen, wenn es darum ging, im Tauschhandel zu bestehen. Besonders begehrt waren Süßigkeiten und berauschende Mittel wie Alkohol, Kaffee und Zigaretten. Da kletterten die Forderungen gleich nach oben. Benachteiligt war nun, wer im Dorf so seine Händel hatte. Denn eine widerfahrene Beleidigung wurde unter den Einheimischen so schnell nicht wieder vergessen, und es bestätigte sich, was man sich im erlittenen Schmerz immer wieder gesagt hatte: dass der Tag kommen würde, wo man es dem anderen würde heimzahlen können.

Doch kaum hielt der Helikopter still, heulte es von anderer Seite schon wieder auf. Heller kam auf seinem Schneeschlitten durch den Schnee gebraust, dahinter Hau, Mau und Sau. »Die Römer in ihren Streitwägen«, lästerte man, aber lachte noch.

Heller sprang gleich ab und ein besonders gieriges Bürschchen beiseiteschiebend drängte er an den Helikopter und erklärte alles darin fürs Erste konfisziert. Die Menge raunte. Alles werde ins Gemeindehaus gebracht, beruhigte er, dort könne man gegen Bargeld Marken erwerben und diese gegen Lebensmittel tauschen. Es hagelte Flüche, Beleidigungen. Aber was sollten die Leute auch machen, außer sich dem erteilten Schlag zu fügen. Zogen hinüber ins Gemeindehaus, standen lange an, um bei Eberles Kollegen die ersehnten Marken zu ergattern. Standen dann wieder lange an, um enttäuscht zu werden. Denn auf den Tischen und Bänken fanden sich zwar Mehl, Salz, Gemüse und auch Brot, aber Schokolade war keine dabei und auch der Tabak nicht und kein Alkohol. Das gehe hier ja schon zu wie in *Farm der Tiere*, schimpfte der lesefreudige Pensionist, und viele stimmten mit ein, weil sie den Zeichentrickfilm davon noch von der Schule her kannten.

Aber auch ein fremder Mann ging von Bord des Helikopters. Etwas ungelenk schlüpfte der in die Länge gezogene Kerl aus dem Bauch hervor und strich sich seine halblangen dunklen Haare aus dem Gesicht. Anstatt Bananen und Brot entlud er eine Kamera. Auch ihn schmückte ein Bart im Gesicht, er aber hatte ihn sich wachsen lassen, weil er mit der Zeit ging und nicht, wie die meisten Einheimischen, um eine längst vergangene Zeit zu neuem Leben zu erwecken. Drossel hieß der Mann und war vom Fernsehen. Eine kurze Reportage für die abendlichen Nachrichten wollte er hier drehen. Für einen kleinen Lokalsender kam er und wollte es lieber verschweigen. Wichtig aber war ihm zu betonen, dass er dort als freier Mitarbeiter diene. Lässig tat er vor den Einheimischen und verriet damit, dass er solch unspektakuläre Aufträge an solch unbedeutenden Orten nur annahm, um das nötige Geld zu verdienen. Denn in Zukunft werde er an den Brennpunkten der Welt filmen, dort, wo es richtige Abenteuer und echte Gefahren gebe. Er sprach von seinem Fünfjahresplan und dass er heute schon wisse, wo er dann stehen werde. Und versprach den Dorfbewohnern, dass die Bilder, die er hier fassen werde, auch die großen Sender haben wollten. Die glaubten ihm das alles gerne.

Als er hörte, der Schriftsteller Josef Quantenspringer, der Autor von *Mein Krampf*, das er damals regelrecht verschlungen hatte, hielt sich im Dorf auf, schoss ihm sofort eine gute

Idee ein. Er wollte den berühmten Mann in die Mitte seiner Reportage rücken. Noch wollte er nicht sagen, wie das dann ausschauen solle, aber bei ihm entstehe sowieso immer alles aus dem Lauf der Dinge heraus. Doch mit seiner Idee kam er nicht weit. Denn kaum hatte man erfahren, was er hier vorhatte, nahm sich Heller seiner an und schlug ihm das Geschichtchen – das mit dem für sein Werk im Schnee sich aufopfernden Schriftsteller – auch gleich wieder aus. Auch der Tourismusmanager lebte ja von Effekten, die er verkaufen wollte, und er hatte eine bessere Idee, wie man die Lage im Dorf am besten in Szene setzen konnte. Und in Drossel fand er nun einen Mann vom Fernsehen, der mittels Technik Effekte erzeugen konnte, die so raffiniert sind, dass sie sogar ohne Substanz auskommen.

Dem jungen Mann bot er im Hirschen gleich eine herzhafte Brotzeit an, ließ dazu Bier servieren und stieß mit ihm auf einen Schnaps an. Er nahm ihn mit in sein Büro, zeigte ihm seine Fiona, ging mit ihm zum Bürgermeister, verschaffte ihm authentische Bilder direkt vom Stammtisch und seinen Gesprächen. Drossel folgte ihm mit der Kamera wie ein übertölpelter Zauberlehrling, aber er folgte.

Am Abend hingen alle im Dorf an den Fernsehgeräten. Weil es wieder so heftig zu schneien begonnen hatte und der böige Nordwind derart böse blies, dass der Hubschrauber nicht zurückfliegen konnte, saß jetzt auch Drossel fest und durfte miterleben, wie die Zuseher auf seine per Netzwerk verschickte Reportage live reagierten. Im Hirschen bildeten sie mit Stühlen einen Halbkreis um die geliebte Bildermaschine. Diesmal aber sollten sie selbst es sein, die abgebildet wurden, und keine Helden oder Schurken.

Den steinernen Zeigefinger, der hinter ihren Häusern in den Himmel schoss, erkannten sie als Erstes. Manch einer sein Haus, sein Auto, den Schneehaufen ausgerechnet vor seiner Tür. Sie lachten herzig, wie die alte Vreni in sich versunken auf ihren zittrigen Beinchen den Schnee aus ihrem Eingang fegte. Schon kündigte sich mit Brummen ein neues Bild an. Der Sunagler stieg selbstbewusst aus seinem Traktor aus, stellte sich vor den orangenen Pflug, erläuterte in tiefem Dialekt die Schwierigkeiten seines Unterfangens, den Schnee von den Häusern wegzubringen und ihn irgendwohin abzuladen, und wurde schon barsch, als die Kamera plötzlich ab- und am Schreibtisch von Bürgermeister Eberle in Nahaufnahme wieder auftauchte. Der hatte offensichtlich schlecht geschlafen in letzter Zeit. Wie ein echter Politiker wies er in genageltem Deutsch auf die derzeitige Problematik hin, auf ihre Gefahren, die Mühen der Menschen, auf all die Beeinträchtigungen im Dorfalltag. Stimmte dann aber ein Loblied auf die Dorfgemeinschaft und den Zusammenhalt an, die höchsten Töne, die er dabei anschlug, traf er meisterlich. Bloß ein Zucken in den Augen verriet, dass er um Glauben an seine Worte flehte. Aus seinem Büro schwenkte die Kamera hinaus auf den Dorfplatz, auf ein Haus zu, das ein Hirschgeweih in seinem Giebelspitz trug. »Jetzt aber, der Hirschen!«, quiekte die Runde freudig, die Hände wurden schwitzig und die Backen rot. Der Stammtisch wurde nun in Szene gesetzt, wie eine Runde beleibter Herren mit großem Ernst die Lawinenlage erörterte. Mit geschwollenen Begriffen wurde gefachsimpelt, man stimmte einander zu. Auf den Deutschen, der bei ihnen sitzen durfte, wurde beruhigend eingewirkt: »Ja der Winter erwischt uns auch diesmal nicht! Denn wir Einheimischen wussten schon immer, wo wir unsere Häuser hinbauen und wo nicht!«

Dann durfte Knorr den erregten Gast geben. Schon seit Tagen sitze er hier im Dorf fest und warte auf Ausreise, denn schließlich warte zuhause sein Arbeitgeber auf ihn, berichtete er mit hochrotem Kopf und wirkte in seinem Ernst noch deutscher als sonst. Dann stießen endlich die Krüge aneinander, die Männer besiegelten ihren Bund und gaben der Welt das Zeichen: Wir schaffen das! Der Moritz klopfte in der Küche wie immer seine Schnitzel und servierte sie freundlich den festsitzenden Gästen, die sich die Mäuler schlecken mussten. Die Angelika erklärte, wie schwer das Leben sei, wenn es langsam, aber sicher an den Zwieback gehe.

Die Kamera schwenkte aus dem Hirschen hinaus ins kalte Weiß und der Kreis wollte sich schließen, doch Heller musste noch ins Bild. Sofort ging er auf in einem Schwall von Worten, sprach aus sich, als spräche ein anderer aus ihm. Es gehe um Kräfte, die gebündelt werden müssten, und solche, die gebündelt werden würden. In solch einer Situation zeige es sich, wer für seine Heimat und wer gegen sie sei. Bekam Schnappatmung, die Zähne traten aus den stramm gespannten Lippen hervor und faselte in einem weiter, ohne je Konkretes zu sagen; da aber riss das Bild. Nach ein paar letzten bunten Flimmersternchen, die rasch verglühten, herrschte Dunkelheit auf dem Schirm sowie in der ganzen Hirschenstube. Fluchend fuhr der Moritz auf, drückte erst wild auf der Fernbedienung herum, haute dann vergeblich auf den Lichtschalter ein und beleidigte letztlich doch den Himmel, warum es gerade jetzt die Sicherungen putzen müsse. Dann aber sah auch er es. Nicht nur sein verfluchtes Haus, nein das ganze verfluchte Dorf war in Dunkelheit gehüllt. Himmelherrgottsakrament! Ein Baum, so stellte es sich bald heraus, konnte die Schneemassen, die sich in seine Äste geworfen hatten, nicht länger tragen und war mit seiner ganzen Wucht in die Stromleitung gestürzt.

Mit Drossels Reportage war man aber hochzufrieden im Dorf, er wurde zum Helden. Bei einem Bauern räumte man für ihn ein großzügiges Zimmer, auch dort bekam er reichlich Speck, Würste und Käse zu essen, man nahm ihn mit an den Stammtisch und jeder wollte ihm einen spendieren. Der Mann von dem Lokalsender wurde im Dorf behandelt wie ein nachhause zurückgekehrter Kriegsheld. Schließlich schlüpfte die Bauerstochter zu ihm unter die Decke und er ließ sie da, auch wenn sie ihm eigentlich zu rundlich war.

Dichter Schneefall setzte wieder ein wie zum Spott. Wer die Ohren spitzte, konnte hören, wie die umliegenden Hänge ächzten. Über dem Dorf trugen sie noch ihre Last, noch schwiegen sie, dass man ihnen diesen Mantel ungefragt umgelegt hatte. Aber unter den Einheimischen sprach man von nichts anderem mehr als von der Lawinengefahr. Evakuierung, das Wort wollte keiner hören. Denn es hätte bedeutet, dem Schnee das Schicksal über sein Hab und Gut zu überlassen. Das Dorf, hieß es gebetsmühlenartig, sei ausreichend vor Lawinen geschützt, nicht nur durch Verbauungen, Wälder und die Lage, sondern, und daran klammerte man sich immer stärker, gerade durch das Gelübde, das erfüllt werden würde. Und doch fielen wieder diese Flocken vom Himmel, tanzend wie kleine Wesen in feinen, weißen Kleidern, zu einer unerhörten Musik, die einer hinter den Wolken auf einer fernen Orgel für sie spielte.

Eine Nacht kam, die finsterer war als andere. Eine Stille herrschte, die schreien wollte. Bis, man traute seinen Ohren kaum, darin tatsächlich eine Orgel ertönte. Man hörte genauer hin, nein die Ohren täuschten nicht, noch war es nicht so weit, das Spiel kam aus der Kirche. Der alte Jakob war zu später Stunde die Empore nach oben gestiegen, um an seinem geliebten Instrument sich eine Stunde oder mehr zu nehmen. Nach und nach öffnete sich das Tor des Kirchenhauses und hereinströmten all jene, die heute offensichtlich den Schlaf nicht finden konnten. So auch Quantenspringer. Bis mit ihm ein, zwei Dutzend Männer und Frauen verstreut in den Bänken saßen, um dem zu lauschen, was der Jakob auf den Tasten Wunderliches zum Klingen brachte. Das jetzt aber klang anders als das, was man an Sonntagen in der Messe von ihm hören konnte. Jetzt brachte er die Pfeifen seines Instrumentes in einer Weise zum Schwingen, die neu war, völlig unvorhergesehen und die immer schauerlicher wurde. Gleich nach den ersten Takten lief er gewollt und immer bestimmter einem Wirrwarr an Klangkombinationen zu, einem ständigen Suchen und beinah gleichzeitigem Verlieren von Themen und seiner Ordnungen, bis darin bald, sich immer entschlossener formierend, wütende Klangmuster voller Schmerz und Resignation aufstiegen, die einander überlappend und chaotisch ineinanderfahrend und wieder auseinanderreißend einen höllischen Kampf um Sieg und Niederlage austrugen. So war es losgegangen und wollte nicht mehr enden, er schien sich immer besser in seinem Spiel zu finden und wurde mutiger, sich ganz darin zu verlieren. Kaskaden unendlicher Verzweiflung wurden jetzt von aufheulenden, sich überschlagenden Tönen des Aufbegehrens übergangslos abgelöst, ein Fest der Dissonanzen und ein Verrat jeglicher Harmonie, die sich nur mehr im Hintergrund in immer leiser werdenden hineingewobenen lichten Tönen dem Gehör anboten wie ein nervös flackerndes Licht, das sich gegen sein Erlöschen wehrte. Unaufhörlich, zu atmen vergessend, jagte der alte Jakob seine krumm gewordenen Finger über die Klaviatur und misshandelte in dem Feuer alles, was er in all den Jahren an die Ohren der

Kirchenbesucher getragen hatte. Die einmal zu Flammen gereizte Glut seines Stückes griff nun nach allen bekannten Motiven des Kirchenspieles, zerbarst diese und gab sie dem Chaos anheim, bis nichts mehr übrig war von ihnen außer Tonfolgen, die lodernd sich wieder in neuen lodernden Flammen verzerrten. Da spielte jetzt nicht mehr der alte Jakob, wie man ihn seine fast achtzig Jahre lang kannte, sondern ein Mann, der plötzlich seine Wut, seine Trauer, die man in ihm nicht erwartet hätte, und seinen vom Leben verratenen Glauben an eine Ordnung und an einen Gott in einem absurden Spiel dem Leben zum Fraß vorwarf, als hätte er in seiner Hilflosigkeit dies als letzte Rettung verstanden und als wüsste er bereits, dass es nicht die Rettung war, sondern die letzte Möglichkeit für ihn, einmal alles aus sich herauszulassen. Denn am Höhepunkt des von ihm aufgeworfenen Klanggebirges erstarrte dieses plötzlich, verebbten die zwischen den Gipfeln zu tiefen Schluchten aufgerissenen Tonkombinationen, verhallten die Schreie der Dämonen darin, gaben sich auch die letzten wie Irrlichter darin aufflackernden Harmonien auf und zerfielen abrupt und zitternd erwartet zugleich im letzten Nachhallen verstummender Orgelpfeifen, bis es still wurde im Gotteshaus.

Als das eben noch begeistert und erschrocken lauschende Publikum die Empore nach oben gestiegen war, fand es den Organisten mit dem Oberkörper auf sein geliebtes Instrument gesackt, so als wollte er es für immer umarmen und es in jene Gefilde mitnehmen, in die seine Seele hinfortgeglitten war, um nur mehr Musik zu sein.

Der Leichnam des Jakob wurde geborgen, unter Tränen der Angehörigen und großem Bedauern der Dorfgemeinschaft. Gleich wurden Lobreden auf ihn angestimmt. Ein fleißiger Bauer sei auch er gewesen, aber ohne Missgunst und Neid auf die anderen, einer, der auf die üblichen Händel untereinander zeitlebens verzichtet habe, aber ehrlich gewesen sei und immer hilfsbereit und als Dank nur erwartet habe, dass Gott es ihm vergelten möge. Der Organist hatte es zu einem angesehenen Mann gebracht, er galt als moralische Instanz, auf seine Meinung wurde gehört, nach seinem Rat gefragt. Was das Hotelprojekt betraf, ließ man ihn warnen, auch verurteilen, aber gehört hatte man nicht mehr auf den greisen Mann, den die Zukunft nicht mehr in ihre Arme nehmen wollte.

Das Kirchenhaus hatte sich geleert, nur aus einer Bank leuchtete noch immer der blonde Schopf von Fiona Heller hervor. Quantenspringer hatte sie von Anfang an wahrgenommen, wie sie mit ihren beiden Mädchen kam, eine Kerze anzündete und dann mit Fassung und einem traurigen Lächeln das wilde Flügelschlagen des alten Jakob und seinen endgültigen Abflug annahm. Erst jetzt ging er zu ihr und ihren in ihrem Schoß schlafenden Töchtern. Offenbar wollte sie noch nicht nachhause gehen, wollte nicht feststellen, dass ihr Mann dort wieder nicht anzutreffen war. Dass er wieder beim Schamberger war. Die Spatzen pfiffen es bereits von den Dächern: Es kriselte gewaltig im schönen Haus der Hellers.

Fiona nahm Quantenspringers Anwesenheit hin, als hätte sie ihn bereits erwartet. Er musste keine Anstalten machen, ohne Umschweife legte sie gleich los: »Sie wollen meinen Kummer, meinen Schmerz? Sie wollen hören, dass ich unglücklich bin? Dass ich an meiner Ehe leide, an einem Ja zu einem Mann, der mir in den letzten Wochen fremd geworden ist?«

Sie blickte ihn an, nicht vorwurfsvoll, aber auch nicht so, als würde sie eine Antwort erwarten.

»Ein Ja kann sehr viel Kraft geben. Wenn dieses Wort, dieser Entschluss ein Stamm ist, an dem man sich halten kann und mit dem man wächst. Aber es kann auch schwächen, wenn etwas an dem Stamm sägt und man sich an diesem noch immer hält, obwohl er schon lange am Fallen ist.«

»Ja.«

Fiona weiter: »Sie können über alles schreiben, über meine Probleme mit Klaus-Peter, dass ich so oft alleine zuhause sitze mit den Kindern und vergeblich auf ihn warte. Dass er nicht mit sich reden lässt, keinen Widerspruch duldet, bei Konflikten schwierig wird. Aber schreiben Sie auch, dass ich für dieses Ja kämpfen werde. Dass ich daran glaube. Dass ich an Heilung glaube, ans Heil. Ich habe so viel aufgegeben dafür. Meine Familie, Freunde, meine Heimat und meine Herkunft, unser liberales Haus. Ich bin zur Ehe- und Hausfrau geworden. In einem kleinen Dorf am Arsch der Welt. Bin Mutter zweier Töchter. Das ist jetzt mein Leben, mein Auftrag, ich habe einen Preis gezahlt und eben das bekommen. Ich mag mich selbst dafür geopfert, meine Abstammung und mein Studium wertlos gemacht haben, aber in genau diesem Opfer habe ich das Wertvollste überhaupt erhalten und werde alles dafür geben, dass es mir nicht mehr genommen wird: Ich habe eine Identität.«

Quantenspringer verzog den Mund zu einem spöttischen Lächeln: »Ist eine Identität unter Konformität auch eine Identität?«

»Machen Sie sich nicht lustig über mich. Spotten Sie nicht über all die einfachen Menschen. Nicht Sie mit Ihrer Individualität. Ihrem zwanghaften frei sein wollen. Ihrem Streben nach oben. Sie Übermensch, Sie. Schauen Sie sich an, gerade Sie haben doch am meisten verloren.«

Verloren, dachte sich Quantenspringer. Dem war wirklich nichts mehr hinzuzufügen.

Und doch wurde es wieder hell, und doch heulten wieder die Schneeschlitten auf. Wieder war es Heller mit seinen drei Buben Hau, Mau und Sau, an jenem Morgen zogen sie von Haus zu Haus. Mit abgestreiften Stiefeln und abgezogenen Mützen kamen sie in die Stuben. Als Erstes waren die kirchentreuen Landwirte dran. Der Klaus-Peter hatte sich etwas vorgenommen und was er sich einmal fest vorgenommen hatte, das hatte er im Grunde schon und gab es nicht mehr her. Wehe dem, der ihm da dazwischenkam und ihm streitig machen wollte, was ihm gehörte und hörig sein sollte.

Die Geschichte schien sich zu wiederholen. Denn vor nicht allzu langer Zeit war Heller mit dem Schamberger von der Bank schon einmal zu den Einheimischen in die Stuben gekommen. Damals stellten der Banker und der Tourismusmanager ihr Projekt im Hinteren Wildbachtal vor, kamen mit der Zukunft, warfen mit ein paar wohlklingenden Begriffen aus der Wirtschaft um sich, versprachen Arbeit und Wohlstand und köderten mit den Millionen des Oligarchen. Waren gerade die Bauern, bei denen es um Grund und Boden und ihre heiligen katholischen Werte ging, anfänglich etwas verstockt, wussten nicht so recht, ob Ja oder Nein sagen, so standen sie früher oder später doch alle dem Vorhaben der beiden wohlgesonnen gegenüber. Die Aussichten schienen zu verlockend zu sein und auch die Preise, die da plötzlich für ihre steinigen oder sumpfigen Böden im hinteren Zipfel drin abfallen sollten. Bloß beim Krämer hatte Heller bis zum Ende einen schweren Stand. In seinen Saustall wollte der Alte ja schon lange keinen mehr hineinlassen, diese beiden Hundesöhne aber empfing er bald nicht einmal mehr vor seiner Tür, sondern ließ sie nach ihm klopfen bis in alle Ewigkeit.

Diesmal kam Heller mit besonders sorgenvoller Miene, während Hau, Mau und Sau sich mit grimmigem Blick zurückhielten, die Hände lässig im Hosensack. Die fleißigen Bäuerinnen servierten ihnen wieder Kaffee und Kuchen, mit den Mannsbildern, den anständigen unter ihnen, stieß man auf einen oder zwei Schnäpse an. Heller begann jedes Mal mit derselben Leier. Kaum schlafen könne er mehr, so beunruhigt sei er in letzter Zeit, grau sei er geworden durch all den Stress und hielt sein Haupt extra ins Licht, damit man sah, der Klaus-Peter war tatsächlich sehr gealtert. Immer habe er alles getan für die Dorfgemeinschaft, setzte er dann fort, alles für seine geliebte Heimat und den Erhalt ihrer Werte, fußend in den Traditionen arbeite er unter Opfern stets an der Zukunft aller. Und jetzt dieser Zank. Dieser Missmut gegen ihn und sein Projekt, ja diese Hetze. Mit geschmeidiger Stimme trug er seinen Text vor, zum Frühstück hatte er Kreide gefressen.

Keiner widersprach ihm.

Er setzte nach. Die Tragödie um den Krämer Elias. Dass sich da jetzt das ganze Dorf habe verrückt machen lassen! Die Meinungsverschiedenheiten bei den Proben. Dann der viele Schnee, eine Katastrophe, sicherlich, aber vor allem eine von Gott auferlegte Prüfung. Er sprach das Gelübde an. Gefährlich sei es, so sehe man es ja, Gott durch menschliche Eitelkeiten zu reizen. In dieser Tonart ging es munter weiter. Alle Ängste und Sorgen unter den Einheimischen griff er auf, Heller übertrieb es fürchterlich damit. Den Untergang malte er an die Wand.

Keiner wollte ihm widersprechen.

Heller sprach und sprach sie alle an. Geschickt hob er bei den einen dieses hervor, bei den anderen jenes, oft nur durch die Änderung einer kleinen Phrase, durch das Heben oder Senken der Stimme. Den einen machte er Angst, den anderen nahm er sie. Die einen hetzte er auf, gegen die anderen hetzte er. Den einen gab er die Schuld, den anderen die Schuldigen. Jetzt hatte er sie an der Angel. Hinter seiner Stirn bezog der KP Stellung und haute damit in die Welt wie ein geschärftes Beil in ein morsches Holz. Sein ganzer Körper wurde zu einem Bündel Aggression, jede Faser seines Fleisches dabei verhärtet und die Augen kalt vor Angriffslust, aus der samtenen Stimme wurde eine aufbrausende. Raunte, dass er nicht mit ansehen werde, wie man ihnen allen die Zukunft verpfusche. Von Schädlingen schimpfte er und bekam jetzt einen roten Kopf, Feinde und Verräter am Dorf und ihrer Heimat hieß er alle, die nicht auf seiner Seite standen. Versprach, dass solche Zellen sich in Zukunft im Abseits wiederfinden würden.

Bei der Frau vom Liebknecht drohte er wieder damit, Aufträge an andere zu vergeben. Beim Kaiser Lukas, dass das Hotel einfach eine hauseigene Skischule gründen werde. Dem Norbert machte er klar, zum Biobauern könne man auch einen anderen machen. Dem Balthasar erklärte er es so: Am Stammtisch rede man gerne von politischen Dingen, da erwarte man von ihm endlich Stellung zu beziehen. Es könne doch nicht sein, dass er nur seine eigene Meinung habe, wenn es um sein Lieblingsbier gehe. Der Anneros machte er mit Versen aus der Bibel Angst. Maria schüchterte er damit ein, ihr den Hirschen und die Schulden, die sie ja bereits auf ihren Namen aufgenommen hätten, schon wieder schmackhaft zu machen. Keiner war da mehr, der ihm widersprechen wollte. Die Widersacher fügten sich. Nur zum Öhlerdichl traute er sich nicht, denn der wusste seine Hütte noch immer zu verteidigen.

Als Heller aus allen Häusern abgezogen war, Hau, Mau und Sau ihren dargebrachten Ernst aufgegeben hatten und begannen, manch eingeschüchterten Bauern oder Fabrikarbeiter nachzuäffen, war klar, dass im Frühjahr, sobald der Schnee abgeschmolzen war, der Hump im hinteren Zipfel mit dem Aushub der Baugrube beginnen würde. Keiner wollte mehr dagegen sein. Und noch am selben Abend, auch das war ein Verdienst von Hellers Wutrede, gingen sie wieder vereint über die Wiese zur Bühne, um sich endlich wieder ans Proben und die Erfüllung des Gelübdes zu machen.

Lukas Kaiser kam, der den Petrus spielte. Jojo, er mimte den Lieblingsjünger Johannes. Auch Balthasar als dessen Bruder Jakobus. Alle Zwölfe waren da, als Letzter kam der Liebknecht Benjamin, die unglückliche Dreizehn im Bunde. Nur der Öhlerdichl war nicht gekommen, für ihn wurde der Gratzner Edwin reaktiviert, ein arbeitsloser Maschinenbauer auf Notstandshilfe, der den Verräter einmal in jungen Jahren, so erinnerte man sich wieder, mit Inbrunst gespielt hatte und jetzt viel Zeit haben musste, weil er mittlerweile depressiv geworden war. Pfarrer Reinmund wies ohne viel Leidenschaft Jesus und die Apostel an, zusammen auf den Ölberg zu gehen, um dort die Gefangennahme Jesu zu erwarten. Geduckt, beschämt, lustlos folgten sie ihm wie Schlachtschafe. Dort auf dem Berg und im Schutz des Spieles durften sie endlich Ängste zeigen.

Am meisten Angst aber hatte der Heiland, die Stimme war wieder leise und beschlagen und über seine Augen huschten dunkle Schatten, als wäre jedes Licht darin erloschen und es regierte nur mehr dunkler Widerwille. Ahnte er bereits, dass es bald sehr finster werden würde? Fürchtete er nun gerade jene Stunde, die er doch schon lange erwartete? Doch er gehorchte der Schrift, wie sie ihm vermittelt wurde.

Und er sprach zu Petrus und den Brüdern Johannes und Jakobus, dass sie mit ihm kommen sollten. Sie folgten, auch wenn sie sich innerlich dagegen sträubten. Sie verzagten und erfüllten gerade darum ihre Rollen.

Jesus fiel jetzt auf die Knie, ins Gesicht geschrieben die Frage: Warum nur mache ich das? Und mit deutlichem Zorn rief er jetzt: »Abba, Vater«, und stockte selbst bei diesem kurzen Satz.

Doch gallig setzte er fort, die Stimme wechselte, brach und wurde gleich wieder fest: »Alles ist dir möglich, nimm diesen Kelch von mir!« Und wieder allzu leise: »Doch tu nicht, was ich will, sondern was du willst!«

Er hatte jetzt das Vaterunser zu beten mit gefalteten Händen und viel Wehmut im Gesicht. Er leierte es herunter, Verzweiflung klang daraus. Als er seine Hände wieder aufmachen durfte, fand er hinter ihm seine Jünger schlafend. Auf dem nackten Boden lagen sie, die Leiber gekrümmt wie gerade abgestochene Tiere. Mit geschlossenen Augen und flachem Atem geborgen von den Schleiern ihrer Müdigkeit. Betäubt von ihren Träumen waren nur mehr ihre Körper anwesend. Erschlagen von den Hieben einer prekären Zeit der Bedrohung und Bedrängnis. Flüchtlinge, die zuhause waren in der Flucht, in der Flucht vor ihnen selbst. Die sich lieber von den Gipfeln ihrer Träume hauten, als dass sie durch die Enge ihrer durch Ängste selbstgeschaffenen Täler gingen.

»Simon!«, rief Jesus, als schämte er sich nun wegen der Zweifel, die daraus klangen. »Schläfst du? Nicht einmal eine Stunde kannst du wachen! Wach sein müsst ihr und beten, damit ihr nicht in Anfechtung geratet. Der Geist ist willig, aber das Fleisch ist schwach.«

Petrus aber blieb liegen und mit ihm auch die anderen Jünger.

Aber wie Jesus sie ermahnte, hörte es sich an, als ermahnte er sich selbst, als traute er seinen eigenen Worten nicht. Er musste noch einmal das Vaterunser beten, diesmal vergaß er an einer Stelle den Text. Seine Jünger schliefen noch immer. Also ging er wieder und betete noch einmal. Als er aber zum dritten Mal sie immer noch schlafend fand, da weckte er sie auf. »Die Stunde ist gekommen«, sprach er jetzt mit echter Traurigkeit. »Steht auf und lasst uns gehen. Siehe, der mich verrät ist nahe.«

Da standen sie auf, und das sehr erleichtert, denn die Stunde war tatsächlich gekommen. Sie durften wieder aus diesen Kitteln und nachhause. Ohne groß miteinander zu reden, traten sie den Heimweg an. Beendet damit die Peinigung, angsterfüllt ein Spiel von der Angst zu spielen. Nur Heller schien zufrieden zu sein. Aber auch das nicht lange. Denn Reinmund erklärte seinen Rücktritt als Spielleiter. Mittlerweile sei er zu alt dafür, rechtfertigte er sich, unter seiner Regie gebe es bloß ein denkbar schlechtes Passionsspiel. Doch das war nicht alles, was er dazu zu sagen hatte. Denn plötzlich kam Leben in die Stimme, als er meinte, man solle das Spiel für dieses Jahr absagen, das habe doch alles keinen Sinn mehr, und sie sollten doch endlich mit diesem fanatischen Glauben an das Gelübde aufhören, schließlich habe man den rachsüchtigen Gott mit Jesu Christi Lehre im Neuen Testament schon lange hinter sich gelassen. Eine Hiobsbotschaft für alle, die an die Wirksamkeit des Gelübdes glauben mochten. Klaus-Peter Heller übernahm nun die Verantwortung und damit die Leitung des Spieles, und gleich beim nächsten Erwachen schienen die Einheimischen dafür von oben bestätigt worden zu sein.

Denn mit dem neuen Tag sah auch der Liebknecht, dass die Wolken sich verzogen hatten, und auch er, der Ungläubige, zog denselben Schluss daraus wie so viele im Dorf. Auch er setzte die Aufhellung über den Bergen mit einer Aufhellung bei den Mächten des Himmels in Verbindung, die von der Erfüllung des Gelübdes und den wiederaufgenommenen Proben für das Passionsspiel herrühren musste. Wie alle anderen wollte auch er sich diesen Hoffnungsschimmer nicht vom Wetterbericht nehmen lassen, der nur von einer kurzen Beruhigung der Wetterlage sprach. Nein, auch er klopfte sich erleichtert auf die Schulter, doch nachgegeben und sich bei den Herren für seine Entgleisung entschuldigt zu haben, um das Spiel auch damit zu retten, dass er seinen Part als Jesus Christus nun erfüllte, wie man es von ihm verlangte. Dann ging er in seine Werkstatt.

Er arbeitete gerade an einer rustikalen Wandverkleidung, die ein Mittelklassebürger aus dem Land bei ihm für sein neues Wohnzimmer anfertigen ließ und die er, obwohl ein Export zur Zeit gar nicht möglich war, trotzdem oder, so verrückt machte das alles auch ihn, gerade deswegen sobald als möglich fertigstellen wollte. Seit seinem Ausraster und den damit einhergegangenen stärker gewordenen Schneefällen war der Benjamin nur noch am Sägen, Fräsen, Schleifen und Polieren, das Licht in der Werkstatt brannte jedes Mal bis weit in die Nacht hinein. Als wollte er sich damit vor einem nach Unheil riechenden Schicksal verkriechen, hinein in die Fugen, Kerben und gefrästen Löcher seiner Bretter, Platten und Leisten, ganz nah an ihre geschliffenen und exakt vermessenen Kanten, um damit Räume herzustellen, die dem

Leben Ordnung gaben und Form und im Kontrast standen zu dem Chaos da draußen. Kaum mehr gesehen hatte man ihn im Dorf seit jenem Vorfall und den Reaktionen, die ihn sehr belasteten. Außerdem schimpfte seine Frau noch immer. Und all das mochte zu seiner Unkonzentriertheit geführt haben und damit zu seinem und des Dorfes Unglück.

Denn heute machte der Benjamin, im Kopf noch immer die Gedanken an die gestrige missratene Probe, gleich am frühen Morgen die Kreissäge an. Die Nachbarn hörten sie aufheulen wie immer, hörten sie unaufhörlich wettern wie sonst auch, diesmal aber wurde der hässliche Gesang von einem noch hässlicheren und ins Mark treffenden Schrei durchschnitten. Die Maschine heulte weiter, konnte aber weitere Schreie, Gefluche dazwischen, nicht verbergen, auch nicht das einsetzende Geflenne und hysterische Gezeter der Frau Liebknecht. Denn ihr Mann rannte wie wild im Hof zwischen Werkraum und Haus herum, sich panisch den Stumpen haltend, der von einem Moment zum anderen aus seiner Hand geworden war, als könnte er so den daraus hervorquellenden und das Weiß des Schnees unter seinen zappelnden Füßen rot verfärbenden Schwall Blut stoppen und ungeschehen machen, dass ihm eben von den scharfen Zähnen seiner immer noch kreisenden Säge drei Finger abgetrennt worden waren. Alles, was zugegen war, strömte herbei. Aber wer wollte jetzt den Arzt machen, wenn es keinen mehr gab in dem Kaff? Man packte den verzweifelt Schreienden und band ihm erst mit einem Kälberstrick, dann doch mit einer Binde aus einem herbeigebrachten Verbandskasten den Arm ab, um wenigstens die Blutung zu stoppen. Während man ihn zum Liegen brachte, musste seine Frau festgehalten werden. Endlich kam der Heiner aus seinem Laden mit einer Flasche Selbstgebranntem. Noch einmal schrie der

Liebknecht auf, als sich Baldaufs Höllenwasser, das einfach alles vernichtete, was sich ausgemalt hatte zu leben, über das offene Fleisch ergoss. Dann steckte man ihm die Flasche in den Hals und nahm sie ihm erst wieder heraus, als der Zimmermann keinen Mucks mehr von sich geben wollte. So wartete man auf den Rettungshubschrauber.

Man bedauerte sehr, was dem Guten da passiert war, keiner war da, der ihm das in jenen Tagen vielleicht sogar gegönnt hätte. Das mit dem Jesus sei es jetzt gewesen, sagte man. Das gehe doch nicht, ein Jesus ohne Zeigefinger. Es dauerte nicht lange, da begann man doch zu reden, dass so ein Unglück halt nicht von ungefähr komme. Wer sich so in Bedrängnis und Anfechtung bringe, fordere seine Schutzengel bloß unnötig heraus, und dann passierten im fahlen Licht des Missmuts eben am ehesten solche Fehler. In dem Falle habe es ihm doch genau auch jenen Finger genommen, mit dem er zuvor allzu sehr auf andere gezeigt habe. Typisches Schreinerschicksal aber, hieß es auch, weil der Liebknecht als Zimmermann ja auch schreinerte, und das erinnerte Quantenspringer an diesen Witz, wie ein Schreiner im Gasthaus sitzt und seine Hand mit zwei verbliebenen Fingern in die Höhe streckt, um fünf Bier zu bestellen. Und dass er den Witz in dem Moment scheußlich fand und es noch viel scheußlicher fand, dass ihm gerade dann dieser Witz eingefallen war. Dass er sich dann intellektuell herauswand mit dem Gedanken, dass gerade Witze sich eben doch immer wieder bewahrheiteten und man wahrscheinlich gerade darum aus solchen immer wiederkehrenden Scheußlichkeiten auch einen Witz gemacht und darum überhaupt der Mensch den Humor erfunden hatte: weil das Scheußliche in seiner Hartnäckigkeit für einen Menschen mit mehr oder weniger funktionstüchtigem Bewusstsein sonst nicht auszuhalten wäre.

Der angebrochene Tag aber wollte jetzt nicht mehr aufhören damit, neue, schreckliche Stunden zu gebären, lustvoll wie ein unbekümmerter, weil unbekannter Schreiberling schwang er seine Feder weiter in seine Kapitel des Unterganges. Es geschah um die Mittagszeit. Die Wirtin kam aus ihrer Kammer, in Badelatschen und Frotteemantel, für nichts anderes ein Auge als für eine Tasse Kaffee. Jeder im Hirschen konnte schon von Weitem sehen, dass auch in der Maria der Kater von Baldaufs Vogelbeerschnaps wütete, hatte ihr erst aufgelauert im Kopf, um ihr spätestens jetzt jede Feder einzeln ausreißend die Flügel zu stutzen. Furchtbar sah sie aus, rot geschwollene Augen schwammen im milchigen Teint eines vom Alkohol aufgeschwemmten Gesichtes. Gleichgültig schritt sie in die Küche, aufgelöst in einer Blase absoluter Verachtung für alle, die da jetzt an sie heranschielten. Der Wirt aber ließ sie diesmal nicht so einfach davonkommen. Nicht vor all den Leuten. Packte sie gleich fest am Arm und schleuderte ihr das Dirndl vor die Brust. »Erfülle deine ehelichen Pflichten, Herrgott nochmal!«

Alles, was im Hirschen war, drehte sich nach dem wild gewordenen Ehepaar. Maria lachte bloß über das, was sie da eben gehört hatte: »Nach all den Jahren weißt du nicht mehr, was die ehelichen Pflichten sind!«

Aber dem Moritz war jetzt alles scheißegal. Dass er, wenn ihn der Hafer gestochen hatte, schimpfen konnte wie eine Bestie und alles und jeden verfluchen, das wusste man. Aber seine Frau hatte er bislang noch immer mit seinem Zorn verschont. Eigentlich hatte er sie für die lautstarken Eskapaden, die sie ihm regelmäßig lieferte, viel zu sehr mit Samthandschuhen angefasst, da hatten ihm die Kollegen vom Stammtisch schon oft den Vogel gezeigt deswegen. Was sei er bloß für ein Depp, sagten sie ihm immer, sich von seiner Gattin derart auf der Nase herumtanzen zu lassen, vor allem jetzt, wo sie nicht einmal mehr schön genug sei. Dieses Weibsbild sei ihm ordentlich entglitten, versuchten sie ihm klarzumachen, und er müsse zusehen, dass er es wieder in die Spur bringe, sonst mache es mit ihm nur, was es wolle. Aber der Moritz winkte immer nur ab, als ginge ihn das nichts an. Verzog sich in sein Grummeln und zuckte bloß mit dem kleinen Finger, als fürchtete er sich davor, das Pulverfass Maria könnte ihm sonst um die Ohren fliegen. Und dann wäre es das gewesen mit der Wirtin und demzufolge auch mit seinem Wirtdasein. Ihm war sehr wohl bewusst, wem hier mittlerweile von Rechts wegen alles gehörte, wer ihm damals aus der Patsche geholfen hatte, als er insolvent ging. Er wusste auch, seine Frau, das war ein launisches Wesen, auch wenn es diesmal ziemlich schlimme Züge annahm mit ihren Eskapaden. In der Regel aber legte sich das wieder. Und nach so einem Zank ging sie im Hirschen dann immer ab wie eine auffrisierte Vespa, dass es also wieder umso besser war.

Außerdem, und das schien sein größtes Problem zu sein, das er mit seiner Frau hatte, immer wenn es hart auf hart kam, entdeckte er in sich für diese Frau Gefühle. Ja man konnte durchaus sagen, dass er sie irgendwie liebte. Alles in allem also wollte er es sich mit ihr nicht ganz verscherzen und ließ es gut sein, und was in seinem Kopf vor sich ging, das wusste ja keiner. Diesmal aber nicht. Diesmal zog er sein Weib hinter die Schank und brüllte sie an: »Hier ist dein Platz!«

Maria aber brüllte zurück: »Fass mich nicht an! Das hast du wohl auch vergessen in all den Jahren, wie du eine Frau anzufassen hast. Ach, genau genommen hast du es noch nie gewusst!«

Da brach es mit aller Vehemenz aus dem Wirt heraus: »Scher dich zum Teufel!«, und schrie es gleich noch einmal, als müsste er sich selbst bestätigen, was er da eben sich hatte brüllen hören.

Maria sah ihn an. Es wurde schmerzlich still im Hirschen drinnen. Schnaubend standen sie sich gegenüber.

»Gut«, antwortete Maria mit plötzlicher Ruhe, »genau das werde ich auch tun, Moritz. Genau das werde ich tun.«

Der Moritz schluckte vergeblich, das ließ sich diesmal nicht hinunterdrücken. Maria aber drehte sich ab, streckte ihr Haupt empor, machte die Nase lang und die gaffenden Blicke ignorierend ging sie. Der Wirt verschwand in der Küche. Grummelnd, die Augenbrauen fest zusammengezogen, als wären sie miteinander verwachsen. Klopfte seine Schnitzel, verdrosch sie regelrecht.

Noch einmal kam Maria in die Hirschenstube. Im Pelz, grell geschminkt und die lockigen Haare aufgesteckt, auf Absatzstiefeln schritt sie hin zur Kasse und nahm sich ein Paar Scheine mit. Ali ihr hinterher, nicht mit dem Kreuz auf dem Buckel, dafür mit ihrem Koffer. Da drängte es den Moritz doch an die Schwenktür seiner Küche, um nach ihr zu blicken: Diese Gefühle gerade schon wieder in ihm drinnen, sie wollten einfach nicht verschwinden.

»Du gehst?«, stammelte er. Er rang um Fassung, und das war eigentlich rührend. Maria aber hatte sich entschieden, ließ sich nicht rühren, blieb gefasst wie trockener Beton. Riss ihr Gesicht wieder von ihm ab und wollte noch das eine sagen: »Was für dich der Teufel ist, ist für mich das Leben.«

Moritz jedoch ganz lieb: »Maria, wir sind keine zwanzig mehr.«

Doch sie schritt für immer aus der Hirschenstube. Für den Wirt war es das also gewesen, auch was die Gefühle anbelangte. Denn er dachte bereits nach, und zwar wie das Finanzielle und die Besitzverhältnisse zu regeln wären, und dass es für ihn gerade nicht besonders gut ausschaute. Außerdem alleine wollte er im Alter auch nicht enden. Immerhin hatte er ja noch die Leonie. Dass die ihm nur nicht zu schnell flügge werden wollte. Jetzt musste halt die Angelika für die Arbeit da sein und für seinen Haushalt und auch für das Geschlechtliche sorgen. Was ihn also bald am meisten kümmerte, war, dass es kein Fleisch mehr für die Schnitzel gab. Eine neue Kuh musste her, und darum rief er gleich beim Sunagler an.

Detlef Knorr lief den ganzen Mittag vor seinem Zimmer im Grau des unbeleuchteten Flures auf und ab, die Arme auf dem Rücken verschränkt und den roten Bimbus in Sorgenfalten. In den letzten Tagen wurde er allgemein missmutiger, meckerte über dies und das, suchte am Stammtisch ständig irgendwelche Debatten und ging den Einheimischen mit seinen Ratschlägen auf den Wecker, sah er sich doch als derjenige, der von außen kommend die Einheimischen zu ermahnen hatte, sich zu zügeln und Vernunft walten zu lassen, und dass sie ihm jetzt bloß nicht fatalistisch wurden. Als Deutscher kannte er sich da aus. Er wollte den Einheimischen helfen, wusste darum alles besser. Er hatte die Sorge, das schöne Tal mit den ehrlichen Bewohnern würde sich, wollte es so weitergehen, in ein Affengehege zurückentwickeln, und ließ die Einheimischen das spüren. Während er sich immer mehr als ein Teil von ihnen sah und danach handelte, wurde er ihnen aber immer fremder. Er, der auf Zivilisiertheit pochte, fand den Zugang nicht in ihren Männerbund, aus dem verstärkt das Archaische äugelte. Öfters wurde er jetzt angefeindet, weil er doch aus dem Deutschen kam und aus der Stadt und von allem daher keine Ahnung hatte. Er wurde ausgelacht, wenn er es besonders gut meinte mit seiner Klugscheißerei. Bis sie ihn dann auch noch als

Piefke beschimpften, und zwar dermaßen offensichtlich, dass er es hören konnte.

Quantenspringer gegenüber wurde er regelrecht abweisend, wich ihm aus, und wenn das nicht möglich war, grüßte er ihn kaum. Behandelte ihn mit einer Skepsis, die das Geschwätz, das über den Schriftsteller im Gange war, zum Ausdruck brachte. Jetzt aber, sichtlich durcheinander, ja beinah aufgelöst durch den Abgang seiner Wirtin, aufgebracht von all den Streitereien im Dorf, die sein Bild von der heilen Welt hier oben zerfetzten, wandte er sich ihm, einem anderen mit ihm im Dorf verbliebenen und damit bedrohten Gast, doch zu: »Was ist hier los?«, fragte er besorgt. »Die drehen hier alle durch! Dann dieser Schnee die ganze Zeit! Jetzt rumort es auch noch im Hirschen. Das ist doch ein bisschen viel. Die packen das nicht mehr! Quantenspringer, wohin steuert das Ganze?«

»Ich weiß es nicht.«

»Wenn wir hier nicht bald rauskommen, dann frisst es auch uns. Aber solange es schneit und dazu auch noch windet, fliegt kein Helikopter. Wir sitzen hier in einer Falle. Quantenspringer, ich habe zum ersten Mal in meinem Leben richtig Angst. Nicht vor einer Lawine, nicht vor dem Tod, sondern vor dem, was bis dahin geschieht.«

»Sie sagen, das Dorf sei sicher.«

»Das sagen sie, das sagen sie … gerade zu uns sagen die das immer wieder. Gott hat sich gegen dieses Dorf verschworen, weil sie dieses Hotel mit diesem russischen Mafiosi bauen. Der Krämer hat sie verflucht! Es ist alles angerichtet, Quantenspringer. Das alles wegen dieses Russen. Wegen dem und seinen Millionen haben sie sich verrückt machen lassen.«

»Sie hauen ab?«

»Sie bleiben?«

»Wohin auch soll ich denn gehen?«

Knorr streckte ihm den Zeigefinger vors Gesicht, als wollte er ihm, jetzt zum Ende der Konversation, doch noch drohen: »Passen Sie mal auf, Quantenspringer, dass Sie hier mit Ihrer Geschichte nicht unter die Räder kommen, die Sie selbst angetrieben haben.«

Quantenspringer verschwand schnell hinter seiner Tür, musste sich doch fragen, warum hier jetzt alles dermaßen außer Rand und Band geriet und ob das wirklich auch mit ihm etwas zu tun haben könnte. Wunderte sich, denn erst gestern noch hörte er Knorr am Stammtisch sprechen, dass er, wenn es sein müsse, für immer bleiben werde. Noch nie, so meinte er da, als er das Bier anhob und es den Einheimischen gegen ihre Krüge stieß, habe er ihnen gegenüber so eine Verbundenheit gespürt wie in dieser prekären Situation, die sie ja alle miteinander teilen würden. Noch nie habe er sich als Mann so herausgefordert und sich anderen Männern gegenüber so verpflichtet gefühlt wie in letzter Zeit. Da sei Angst, gewiss, gab er zu, aber genau das würde es ja ausmachen! Genau da ließe es sich ja jetzt seinen Mann stehen!

Als Knorr später noch einmal zu Quantenspringer kam und aufgeregt berichtete, dass die Wetterlage sowie die Lage durch das Unglück Liebknechts günstig sei, um endlich mit dem Helikopter abzuhauen, schüttelte der aber bloß den Kopf. Woher sollte er plötzlich das Geld für einen teuren Flug mit dem Helikopter nehmen? Und Knorr fand die Not des Mannes zu sehr hausgemacht, als dass er ihm jetzt finanziell geholfen hätte. Quantenspringer dagegen fing jetzt sicher nicht an zu betteln und hatte einen triftigen Grund dafür: Das war noch nicht zu Ende hier.

Mit Sack und Pack standen die Gäste im Schnee, darauf wartend endlich wieder aus dem Tal herauszukommen. Erst wurde der wimmernde Liebknecht auf einer Bahre an ihnen vorbei und in den Bauch des Flugkörpers gehievt. Es musste schnell gehen, bevor der einmal gnädige Himmel es sich wieder anders überlegte. Auch Drossel befand sich unter den Abreisenden, sichtlich erleichtert, den Fängen, von denen er sich hatte einnehmen lassen, wieder zu entkommen. Die beglückte Bauerstochter, mit einundzwanzig alt genug, um sich entjungfern zu lassen, weinte bittere Tränen. Drossel, die Kamera geschultert, filmte alles. Was er daraus wohl Zauberhaftes machen würde? Vielleicht einen Essay, da brauchte es nicht unbedingt einen Spannungsbogen.

Da aber, die Rotoren wüteten schon, kam Detlef Knorr aus dem Hirschen gerannt. Jetzt hatte er also doch genug von hier, vor allem von den Leuten. Tief hatte er nun sein Kinn in den hohen Kragen seines Trenchcoats gegraben, ein Hut stand weit ins Gesicht. So stieg er in die stählerne Libelle, ohne sich nur einmal umzusehen. Als befürchtete er durch einen einzigen Blick auf dieses Sodom und Gomorrha für immer zu einer Salzsäule zu erstarren. Die Rotoren schwangen und Knorr hob mit den anderen schließlich ab und verschwand in den Wolken, die schon wieder aufgezogen waren. Keiner im Dorf weinte ihm eine Träne nach, am wenigsten der Wirt. Die letzten im Dorf verbliebenen Gäste waren damit alle ausgeflogen worden, alle bis auf Josef Quantenspringer. Der Schriftsteller blieb. Ausgerechnet der. Das war für alle unbehaglich, selbst für diejenigen, die eigentlich auf seiner Seite standen. Manche witzelten aber, dass im Falle einer Katastrophe wenigstens auch seine depperte Geschichte mit unterging.

Im Hirschen ging es nun drunter und drüber. Angelika war heillos überfordert mit ihrer neuen Rolle und ergab sich dämlich lachend ihrem Versagen. Der Wirt rief nach Elena, noch immer wusste keiner, wo sie steckte, doch sie hätte freiwillig sowieso keinen Fuß mehr in dieses Gasthaus gesetzt. Leonie machte wie immer keinen Finger krumm und von der fetten Gans Angelika ließ sie sich nichts sagen. So griff der Wirt immer öfter und so lange nach den Flaschen seiner Bar, bis er nicht mehr kochen konnte. Bis zum Feierabend war sein Schädel derart dicht, dass er auch das Putzen einfach sein ließ. Dafür verputzte er gleich seine Angelika. So sehr, dass sie zu heulen begann wie ein Hund, und das laut, denn jetzt, wo die Wirtin nicht mehr im Hause war, gab es kein Zurückhalten mehr. Am nächsten Tag wurde es mit dem Zustand des Wirten und seinem Hirschen nur noch schlimmer. Schon vor Mittag war der Moritz sternhagelvoll. Man konnte kaum mehr mit ihm reden, geschweige denn etwas bei ihm bestellen. Befragte man ihn nach seinem Befinden, stammelte er bloß: »Diese Kuh, diese dumme Kuh.« Die Gäste warteten vergeblich auf ihr Essen und wenn sie es bekamen, war es ungenießbar. Mit dem Ausschank hatte es Angelika noch nie so recht gehabt, jetzt hätte sie zudem auch noch Bestellungen aufnehmen, bedienen, kassieren sollen, sie, die kaum zwei und zwei zusammenzählen konnte. Hilflos, wie sie war, fand sie Hilfe nur in ihrer Hilflosigkeit, mit der sie um Vergebung bat. So bedienten sich die Gäste bald selbst. Der Wirt blieb reglos auf einem Hocker sitzen, ja er lachte nur böse, als die Leute sich an seine Töpfe und Pfannen machten und daraus die Reste holten. Doch sie fanden bald kein Fleisch mehr. Und Fleisch war in jenen Tagen besonders wichtig. Es tat gut, eine Kreatur zu verspeisen, die intellektuell minderwertiger war als sie selbst, und im Fett gebrutzelt in ihrer Kruste Opiate bildete. Frisches Fleisch, sagten sie sich, musste unten im Kühlraum sein. Dem Wirten war jetzt eh alles scheißegal. Also stiegen sie lärmend die schmalen Stufen des alten Kellergebäudes ins Kühlhaus hinab, satt gefressen, aber noch immer hungrig, wie sie waren. Jauchzend erblickten sie das rote Fleisch des zerlegten Kuhkadavers.

Das Tier hatte der Sunagler dem Moritz zu einem günstigen Kilopreis gegeben, schließlich hatte der Wirt gerade sein Weib verloren. Außerdem hatte er ein schlechtes Gewissen bezüglich seiner eigenen Affäre mit der Angelika, die ja eigentlich dem Wirten gehörte. Mit einem Kleinkaliber, das er illegal bei sich im Schrank lagern hatte, schoss der Albert seiner Kuh eigenhändig in den Schädel. Einen Metzger gab es ja keinen mehr im Dorf und die Jäger im Tal waren fast alles Pächter vom Land draußen, Reiche, die sich an den Wochenenden einen Spaß machten. Und dem Moritz, der die Rehe und Hirsche immer selbst aus dem Wald holte, um sie dann in seiner Küche zu zerkochen, wollte er derzeit keinen Schuss aus einem Gewehr anvertrauen.

Er ließ das erlegte Tier, ein besonders zutrauliches Rind, das ihm immer schöne Augen gemacht hatte und als Milchkuh einmal Lotte hätte heißen sollen, aber von eher minderer Abstammung und krummem Hornansatz war, erst einmal ausbluten, brachte die Sauerei in Eimer und kippte sie literweise ins Loch seiner Senkgrube. Er fand eine Eisensäge und trennte damit sogleich den Kopf vom Hals, um dem Leib gekonnt, oft genug hatte er dabei zugeschaut, mit einem Messer das Fell abzuziehen. Dann trennte er mit der Säge die Beine vom Rumpf und entfernte das noch warme Euter und den Schwanz. Mit der scharfen Schneide fuhr er in den Bauch und trieb sie durchs wunderbar nachgiebige Fleisch. Etwas unverhofft, weil er es nicht besser konnte, kamen ihm sogleich die glitschig-matschigen Innereien vor die Füße gefallen. Die bleiern stinkende, schwabbelnde Masse füllte er wieder in die Eimer und stellte sie für seine Frau parat, die daraus köstliches Beuschel zuzubereiten wusste. Schließlich packte er den ausgenommenen Leib des Rindes und transportierte ihn auf der Heckladefläche seines Traktors zum Hirschenwirt hinüber, der ihm bar bezahlte. Der Moritz schaffte das schwere Teil hinunter in seinen Kühlraum und nun hing das Opfer dort an einem Haken, wo das Rot des Fleisches bei seinen Betrachtern jetzt ein wildes Flackern unter der Schädeldecke auslöste und die pure Gier in die Augen trieb. Ein metallischer Geruch vom Blut stieg allen in die Nase. Schneeweiß die Sehnen, die sich dazwischen zogen, und wo einmal ein Kopf hängen durfte, schauten nun die abgesägten Wirbelknochen aus einem Loch, das an den Tod und den Abgrund erinnerte und sie daran, dass sie die Herren darüber waren. Lüstern griffen die ersten Hände nach der kalt gewordenen Masse, rasch bohrten sich abwechselnd lange Finger zwischen die fasernden Gewebestränge. Blut quoll etwas nach und beschmierte die Hände bis bald zu den Oberarmen hoch, die Männer aber bohrten weiter und rissen und bissen, dass die ersten Stücke sich lösten. Hastig steckten sie sich die Beute in die Taschen, füllten Säcke und Kübel, die sie leer im Raum stehen fanden, sich dabei schier überschlagend in ihrer Hetz, tanzend in roten Lachen um den gerissenen Kadaver. Blutverschmiert an Gesicht, Armen und an Kleidern kamen sie wieder nach oben in die Hirschenstube, im Rausch einer erfolgreichen Beutetour gingen sie nachhause, wo sie von ihren Frauen freudig begrüßt wurden.

Der Einzige von den Einheimischen, der im Hirschen gewesen und der mit den Männern nicht mit nach unten gestiegen war, war der Gottlieb. An seinem Bier war er am Tresen lehnend stehen geblieben, ein übervoller Aschenbecher vor seinem aufgestützten Ellenbogen. Als die Männer nach unten stiegen, hatte er sein ernstes Gesicht zu einem spöttelnden Grinsen verzogen. Wie immer, wenn er betrunken an der Bar stand, hatte er auch jetzt, aber kaum hörbar mit sich selbst geredet. Auf dieselbe Weise wie vorhin grinste er auch wieder, als sie verschmiert vom Blut und verzerrt von ihrer Gier wieder nach oben kamen, in ihren Taschen aber das feine Fleisch.

»Dunkle Energie«, sagte er zu Quantenspringer, »damit muss man lernen zu leben.« Denn sie sei ein Teil des Lebens, der vom Licht geworfene Schatten, wenn es auf etwas leuchtet. Man müsse sich entscheiden, wo man stehen wolle. Aber wer im Licht stehe, müsse wissen, dass er Schatten werfe. Das müsse man zulassen können. Man dürfe keine Angst davor haben, denn die Angst lähme den Geist, drücke ihn nieder und mache ihn eng, sodass nur neue Angst daraus entspringe und damit neue Schatten. Man müsse nur in sich selbst gehen, nur ein bisschen hin an seine Mitte, und alles sei gut, dort an diesem Punkt, wo Ruhe herrsche und die Welt verkomme zum unbedeutenden Schmierentheater.

Da kam, mit blutigen Beuteln in den Taschen und Händen, jener Bauer an ihnen vorbeigelaufen, bei dem der Gottlieb immer seine Eier holte. Beschämt schaute der Mann die beiden an. Dann, mehr aus Verlegenheit, drückte er seinem Nachbarn einen Klumpen Fleisch in die Hand und eilte wie die anderen schnell nachhause. Der Gottlieb schaute doof auf das, was ihm da gegeben wurde und sich nun weich zwischen seine Finger schmiegte. Bedankte sich. Und steckte das schöne, saftige Stück vom Rücken in seinen Jutebeutel.

Alle Gäste waren gegangen, es war ruhig geworden in der Stube. Gläser, Flaschen, Aschenbecher überall, Scherben am Boden. Quantenspringer trat in eine Pfütze Kotze. Es stank noch nach Rauch und Alkohol. Dem Auerhahn steckte eine Zigarette im Anus. Quantenspringer steckte sie sich ein.

Auch die Angelika war abgehauen, niemand hatte ihr gesagt, dass sie noch aufzuräumen hatte. Der Wirt flackte auf dem Tresen, sein dunkel behaarter Arm hing über die Kante hinunter. Seinen Bier und Schnaps ausdünstenden Körper wogte er zu dem eigens von ihm aus aufgedunsenen Backen geprusteten Schnarchkonzert auf und nieder, und sein Wanst schaute dabei aus dem verrutschten Hemd hervor. Er war einmal ein attraktiver Mann gewesen. Dort, wo jetzt die Stirn immer länger wurde, war einmal ein stolzer, schwarzer Schopf gewachsen, und sein Gesicht, das jetzt dominiert war von zwei Backen, aus denen eine knollige Nase schaute, war einmal ein von zarten Zügen geschnittenes gewesen. Auch bei ihm hatten sich schreckliche Furchen und Gräben in seine Stirn, um seine Augen und um den Mund geschnitten und zeigten, er und seine Frau waren doch von denselben Sorgen malträtiert worden. All die Jahre, wenn es nie schnell genug gehen konnte, er spät ins Bett kam, und das angetrunken, weil man als Hirschenwirt ja den Gästen gefallen musste, und dann die Launen Marias, gerade wenn es Feierabend wurde, über ihn hereinbrachen wie schwere Unwetter, hatten sich nun unabänderlich in ihn eingekerbt, während das Doppelkinn und der Wanst ihm ausgerechnet von jenem Glück beschert worden waren, das ihm blieb im Leben: fette Speisen zu sich zu nehmen und sie mit Bier und Schnaps zu verdauen. Der Moritz hatte noch nie viel geredet, mit den Jahren aber immer weniger. Schon früher war er ein schwerfälliger Mann gewesen, der nichts zu lachen fand im Leben, außer wenn er alles und jeden verlachen konnte. Aber Schnitzel backen, das konnte er, wenn er wollte, und wurde in der Region geschätzt darum. Jetzt also in diesem erbärmlichen Anblick quer über dem Tresen. Ein fettes, völlig weich geklopftes und paniertes Stück Fleisch.

Quantenspringer ging in die Küche, steckte sich in den Mund, was er noch an essbaren Resten finden konnte, und ging nach oben.

Als er die Tür zu seinem Zimmer öffnete, drang ihm warme Luft entgegen, in die sich aber ein fremder Duft gemischt hatte. Hatte jemand den Radiator gelüftet, dass es plötzlich so warm war? Er machte Licht und traute seinen Augen nicht. Die Leonie lag im Federbett, erst sah er ihren Kopf und ihre Arme, dann auch ein nacktes Bein.

»Leonie!«

Sie atmete auf, weil so lange musste sie auf ihn warten. So viele Männer waren heute Abend bei ihr unten im Keller gewesen, da war sie lieber geflohen. Keck lächelte sie ihm jetzt entgegen. Nein, das hatte er nicht erwartet.

»Traust du dich nicht mehr in dein Bett?«, fragte sie süß.

»Leonie …«

Quantenspringer setzte sich seitlich zu ihr an die Matratze, so wie man sich zu einer Kranken setzt. Doch ihre Hand fuhr gleich hervor und griff nach seiner. Mit der anderen Hand ergriff sie seinen Kopf und führte ihn an ihre geöffneten Lippen, warmer Hauch drang heraus und eine nasse Zunge, mit der sie in seinen verhärteten, aber sich ergebenden Mund spitzelte. Jetzt umfasste sie ihn ganz und zog ihn heran, bis seine harte Brust auf ihren weichen Hügeln lag. Sein Glied versteifte immens. Leonie fummelte schon an seinem Hosenstall, ihren splitternackten Unterleib gegen seinen pressend. Ihre kahl rasierte, aufgerissene Scham bleckte ihm frivol entgegen.

»Leonie!«

Stöhnend fasste sie mit ihren Lippen wieder nach seinem Mund und mit den Fingern nach seinem nun entblößten Schwanz.

»Das geht nicht, nein«, Quantenspringer riss sich los. Schwer atmend hing er an der letzten Kante der Matratze, der flirrende Körper Leonies vor seinen Augen, der erbarmungslos nach ihm glühte.

»Was denn, Quantenspringer?«

Er stand auf, ihm wurde schwindlig und die Knie wurden weich.

»Du musst keine Sorge haben, keiner wird davon erfahren. Ich schwör's.«

»Leonie«, fauchte er sie an, »geh jetzt, bitte, geh!«, und reichte ihr die Kleider, die über dem Tischchen lagen. Da begriff die Kleine endlich, und die Frau, die sie gerade in die Waagschale geworfen hatte, fiel in sich zusammen und zurück in die Laken, mit denen sie sich nun beschämt bedeckte, um darin schluchzend wieder zu einem Mädchen zu werden. Schnell zog sie sich ihr Hemd über und noch halbnackt stürzte sie aus dem Zimmer in das der Nachtruhe geweihte Stiegenhaus. Da fuhr ein Schrei aus ihr, ein viel zu lauter, und nicht enden wollte er. Quantenspringer sackte in den Stuhl, er ahnte, was jetzt kommen sollte.

»Himmelherrgottsakrament, Leonie!«, schallte es durchs Haus, spätestens jetzt war wirklich alles wach. Und schon stürzte die Tür auf und der Wirt auf Quantenspringer. Der erste Faustschlag schmerzte am meisten. Der Schriftsteller ging gleich zu Boden. Aber der Moritz riss ihn wieder nach oben, für die zweite Faust musste er die andere Backe gewiss nicht extra hinhalten.

»Hurensohn, elender, du!«, schrie der Wirt, als wollte er damit alles zerbersten, packte ihn am Kragen und stieß ihn hinaus aus dem Zimmer, wo Fußtritte in den Leib des am Boden sich krümmenden Autors folgten. Zog ihn wieder hoch und stieß ihn weiter zur Treppe und diese hinunter, bis er gegen die Tür des Seiteneinganges prallte, um ihn alles heißend aus dieser hinaus und in den Schnee zu schmeißen. Noch ein paar Fußtritte hinterher.

»Dass du mir nie wieder unter die Augen kommst, elendes Schwein, du!«, jetzt schrie er auch noch das ganze Dorf wach. Mit einem letzten, gezielten Tritt in den Rücken schloss er ab. Blutend lag Quantenspringer im Schnee, wand sich, krümmte sich, spuckte, verlor für einen Moment das Bewusstsein und fand es wie seinen Körper völlig zerhauen wieder. Mit Schnee von der Straße versuchte er die Blutung seiner Nase zu stoppen, die Wunden zu beruhigen. Da sah er, dass Leonie vor ihm stand. Schluchzend, die Augen feucht, aber ohne Seele reichte sie ihm die Tasche mit seinen sieben Sachen und den Unterlagen.

Wohin nun gehen? Wo nun Unterschlupf finden und Schutz vor dieser Nacht, dem Schnee und dem Feuer seiner Wunden? Quantenspringer wischte sich mit einem Ärmel das frisch aus ihm gequollene Blut aus dem Gesicht. Da stand der Hannes hinter ihm, guckte bloß mit Silberblick durch ihn hindurch. Seit der Sitzung im Gemeindehaus hatte den Lehrer kaum mehr wer zu Gesicht bekommen. Anfangs sah man ihn noch vor seinem Haus, wo er den Schnee aber derart dringend und entschlossen schaufelte, dass da kaum Raum war für ein Gespräch. In der Schule gab er zwar Unterricht, band sich nun selbst aber am allermeisten an den Stoff, bis dass der Gongschlag ihn erlöste. Meist blieb er in seinem Haus, vergrub sich unter dem Dachgeschoss und in den Klängen seiner Platten. Dann war er für ein paar Tage vollständig von der Bildfläche verschwunden und es gab schon Gerüchte: Abgehauen sei er, hieß es, irgendwie mit seinen Tourenski auf unbekannten Pfaden hinaus ins Land, wo er mit seinen politischen Mitstreitern, Grünen und Kommunisten, das Verfahren gegen das Hotelprojekt in die Wege leite. Andere wiederum sagten, er sei von seinen Gegnern festgenommen worden, um ihm unter Folter das Versprechen abzuringen, von seinen Absichten abzusehen. Schließlich kam auch das Gerücht auf, der Hannes sei mit seinem Liebkind der Passion, mit seiner Maria Magdalena, die ja ebenfalls verschwunden war, im Liebesnest im Wald untergetaucht. Manche wussten es aber auch ganz genau: Der Hannes sei schlichtweg krank im Kopf geworden und nun komme auch er nicht mehr aus seinem Haus wie damals der Krämer. Jedes Gerücht hatte seine eigene Küche mit einem eigenen Geruch. Jetzt stand der Hannes aber da, und das leibhaftig, und was seinen Zustand betraf, durfte der sich jetzt beweisen.

»Hannes, Freund!«

Aber der Hannes grinste bloß wie ein bei einem Streich ertappter Schuljunge. »Wer bist du …?«

»Hannes!«

»Ich kann mich an nichts erinnern.«

»Hannes, das ist deine Saat, und sie wächst uns über den Kopf.«

Aber der Hannes blickte nur fragend umher: »Es schneit ja …«

Quantenspringer fasste sein Gegenüber, denn erst jetzt bemerkte es der von seinen eigenen Turbulenzen geschüttelte Schriftsteller: Der andere stand im T-Shirt in diesem dichten Schneegestöber.

»Hannes, bist auch du betrunken?«

Der schaute jetzt mit dem Ernst eines Kindes, schwebte im Diffusen, war irgendwo und zugleich nirgendwo.

»Hannes, wach auf!«, brüllte ihn Quantenspringer an und schüttelte an ihm wie an einem reifen Feigenbaum, haute mit einer Wucht an Fragen auf ihn ein und bekam doch keine Antworten, bekam nichts aufzulesen.

»Ich will zu Elena.«

»Du willst zu Elena?«

Aber der Hannes blieb unfassbar, sagte bloß: »Ich kann mich an nichts erinnern.«

»Komm, wir gehen zu dir nachhause.«

Jetzt konnte der Hannes seine Schlüssel im Hosensack nicht mehr finden, runzelte die Stirn und verdrehte seine Augen nur, stammelte wieder: »Ich kann mich an nichts erinnern.«

Quantenspringer spuckte Blut in den Schnee. Der Hannes hatte den Verstand verloren. Die Frage war nur, wer dieses wie, wo und wann und wie bewerkstelligt hatte. Und ob dieser Verstand wiederzufinden oder auf diesen grundlosen Gründen hier völlig verlustig gegangen war. Er zog den Hannes über den Dorfplatz hinüber und durch die Straßen bis zur Wohnung von Elena. Der Hannes konnte sich nicht mehr erinnern, dass er gerade eben noch zu ihr wollte. Aber wie es Quantenspringer erwartet hatte, alles war dunkel bei ihr und auf sein Ringen öffnete niemand. Hinter der Tür blieb es stumm, aber ein Bass drang von fern an seine Ohren; ein dumpfer Herzschlag, von wo kam der her? Aus dem Haus vom jungen Kaiser pochte es.

»Menschen«, sagte Quantenspringer, »da sind Menschen«, und zog den Hannes einfach mit, dem lauter werdenden Takt entgegen.

Alle Lichter im Haus brannten. Aus der offen stehenden Tür heulten brachiale Gitarren, eine wilde Bestie, die sich wütend über die eigens übereinandergeworfenen Riffs hermachte. Im Flur vor der Toilette knutschte mit glitschigen Zungen ein Pärchen, bot seine Proportionen einander an als wäre Winterschlussverkauf. Der Saustall im Haus hatte sich kontinuierlich weiterentwickelt. Der gammelige Geruch vom Biomüll schleppte nun schwer den vom Rauch und vom Suff mit sich. Auf den Bodendielen breitete sich ein mannigfaltiges Gemälde aus, gezeichnet von den vielen Besuchern, wenn sie den Schneematsch aus den Profilen ihrer Sohlen in den Boden traten und sich das verschüttete Bier, der Wein, der Schnaps dazu mengten, um aus den dunkelbraunen Abdrücken ein Kunstwerk zu schaffen. Im fahlen Licht des lang gezogenen Ganges huschten schemenhaft Gestalten von einem Raum zum anderen. Gleich den ersten packte sich Quantenspringer und schrie ihm ins Gehör, fragend den Namen Elena. Zwang den nächsten stehen zu bleiben, eine andere ihren Blick zu heben, riss wie von Sinnen das Pärchen auseinander. Doch alles sah ihn bloß entsetzt an, sah seine Wunden und wandte sich schnell ab. Man hatte bereits am süßen Blut der Ekstase geleckt und wollte sich nicht stören lassen. Seine Stimme, dünn geworden und brüchig, ging unter im Krawall, sein Schmerz und seine Sorge fanden keinen Anklang in diesem Klangbeben. Die Ereignisse der letzten Stunde, seine peinliche Geschichte, die er dazu zu erzählen hätte, wurden gnadenlos von diesem tosenden Wirbel hinweggerissen.

In der Küche brannte Licht, Quantenspringer trat sogleich in ein Meer aus farbigen Bohnen, die da zerstreut den Boden bedeckten. Überall auch hier die aufgerissenen und dann liegen gelassenen Zeugnisse eines sinnlosen Verbrauchs. Umgeworfene Stühle, die zwei Kerle solange weiterumwarfen, bis sie wieder auf den Beinen standen, nur um sie dann von Neuem umzuwerfen, eine Lehne brach ab dabei, dann ein Bein. Jemand öffnete den Kühlschrank, fand aber nichts darin außer Flaschen mit Resten von Ketchup und Barbecue-Soßen und ein offenes Glas Essiggurken.

Im Dunkel eines angrenzenden Schlupfs tanzte Severin. Quantenspringer riss ihn heraus. Im Gesicht des Jungen erblühte schrecklich ein ordentliches Veilchen, das er gleich trotzig herzeigte, so als würde er sich mit ihm messen wollen.

Wo Elena sei, wollte Quantenspringer wissen.

»Vergiss sie, Quantenspringer. Vergiss den Liebesreigen, vergiss es!«, und Severin wandte sich ab und dem Rhythmus der Musik zu, machte deutlich, nicht mehr länger bei diesen seine Autonomie schaffenden Maßnahmen gestört zu werden.

Quantenspringer ging hinüber ins Wohnzimmer, an die Quelle aller Bässe. Hannes im Schlepptau ihm nach, ein Sieb war er, durch das alles einfach hindurchrauschte. Hier befanden sich die Leiber in ungezügelter Wallung, begeistert davon, ganz als Leiber aufgehen zu dürfen. Alkohol und Joints, die von einem Mund zum anderen wanderten, unterstützten die Entfaltung, man suchte ein Leben ohne ein Morgen und vor allem ohne ein Gestern. Dazwischen tanzte auch Maria. Sie hing an ihrer neuen Busenfreundin Barbara, einer Malerin abstrakter Akte und Geisterbeschwörerin, die sich vom Passionsspiel und vom Hirschen natürlich immer ferngehalten hatte. Die Ex-Wirtin sah ihn und fiel ihm überschwänglich um den Hals. Erst dann bemerkte sie das im Bart klebende, trockene Blut. Mit sanften Fingern strich sie um seine Wunden, die Quantenspringer von ihrem Mann zugefügt worden waren.

»Was machst du nur für Sachen?«, fragte sie, ohne zu wissen, was tatsächlich geschehen war, und es doch ahnend. »Junge, Junge«, lächelte sie ihn an. Sie war ausgelassen, endlich wieder einmal ausgelassen und zu sehr für diese Version der Realität. Barbara sah ihn an wie eine in Eifersucht geratene Ehefrau.

Zu Elena wolle er.

»Du Schlingel«, zwickte sie ihm in die Backe und schmunzelte verschmitzt. »Ich wusste es gleich.«

Und wollte mit ihm tanzen, doch er riss sich los, was sie nur kurz bedauerte.

In einem Sofa sah Quantenspringer Jojo sitzen, mit sehnigen Händen klammerte er sich an seinen Knien fest, seine Pupillen spickten durch den Raum wie Kugeln in einem Flipperautomat.

Elena? Keine Ahnung, die habe er schon lange nicht mehr gesehen.

Erschrocken stand Jojo Rede und Antwort und brachte nicht viel mehr heraus aus sich als Ja und Nein und kann schon sein. Quantenspringer ließ es. Dem Armen war in diesem Zustand menschliche Konfrontation nicht zuzumuten, hätte ihn am Ende noch vollends aus seinen fernen Bahnen geworfen. Jojo blieb alleine sitzen, im Hagel gnadenlos auf ihn einstürzender Eindrücke, die sich nun in Form von durch den Raum fliegenden bauschigen Fetzen Toastbrot manifestierten, das jemand grün schimmelnd in einem Kasten gefunden hatte und es nun in die kreischende Menge warf. Auch das Gefühl des Ekels kann Spaß machen.

Aber jetzt hatte Quantenspringer den Hannes im Getümmel verloren. Er sah auf dem Flur nach ihm, ging zurück in die Küche, wo ihm aber der Severin entgegenflog. Ein Bier in der Hand hämmerte der jetzt mit Worten auf ihn ein: Scheiß Gesellschaft! Scheiß Kaff! Scheiß Familie! Scheiße alles! Aber das Leben sei geil. Wie ein Schriftsteller mit seiner ratternden Maschine auf ein armes Blatt Papier. Er haue ab, sobald es möglich sei, schwor er. Spätestens wenn der Schnee geschmolzen sei, packe er seine sieben Sachen. In die große Stadt. Sein Ding machen. Nur mehr machen, wozu er Lust habe. Keine Alten mehr. Keinen Stress mehr. Die Revolution.

Quantenspringer blickte ihm ins Gesicht, in die grünblaue Schwulst um sein Auge, aus der ein Funken Stolz hervorblitzte.

Auch er würde älter werden, dachte sich Quantenspringer, sein Vater würde durch ihn zu einem neuen Bagger kommen, denn er hatte seinen Liebling sicher gut versichert.

Severin hüpfte davon und tauchte ab im Sud des Wohnzimmers. Da sah Quantenspringer den Hannes in der Küche stehen, von schallendem Gelächter umgeben. In seinem Zustand war er zur Attraktion geworden. Umringt von einer amüsierten Gruppe fand er auf alle ihre blöden Fragen immer nur dieselbe Antwort: »Ich kann mich an nichts erinnern.« Quantenspringer wollte den Hannes aus dem Spaß reißen, der voll auf seine Kosten ging. Aber keiner verstand seinen Ernst dabei, am wenigsten der Hannes selbst. Für die breiten Gäste war er bloß der Breiteste von allen, war der Held. Denn er lebte gerade in seiner eigenen Welt und in genau jenem spaßigen Zustand völlig benebelter Gegenwärtigkeit ohne Erinnerungen und befreit von allen nervigen Gedanken, den sie selbst anvisierten, aber noch nicht erreicht hatten. Jetzt wurden sie aggressiv und drängten Quantenspringer beiseite und hinaus auf den Flur. Dort stieß er auf den Gottlieb, der vor den Toiletten mit geschlossenen Augen und einem entrückten Lächeln auf den Lippen an genau demselben Platz auf Einlass wartete, wo vorhin das Pärchen sich beflügelte, bis es hinter der Tür verschwand, die sich nun nicht mehr öffnen wollte. Er meditierte derweil. In seine Haut geschlüpft ging er dort auf Exkursion, vom Scheitel bis zur Sohle schwappte er zufrieden nach unten und dann wieder hinauf. Bemerkte aber doch, dass da von außen her etwas an ihn gedrängt war, und öffnete darum die Augen, die jetzt einen eigentümlichen Glanz versprühten. Als er Quantenspringer sah mit den Blutspuren überall, glaubte er, im Hirschen hätte man die nächste Kuh gerissen.

Ob er Elena gesehen habe?

Doch der Gottlieb grinste nur spitzbübisch und warf einen vielsagenden Blick die Treppe nach oben, wo das Schlafzimmer vom Luk sich befand. »Das ist die Himmelsleiter.«

Zwei Männer, die Quantenspringer nur von der Bühne als eher unbedeutende Apostel kannte, kamen gerade nach unten. Mit heiß gelaufenen Wangen lächelten sie einander an, als teilten sie miteinander ein Geheimnis. Quantenspringer wollte gerade hinauf, doch eine Hand packte ihn von hinten an der Schulter und riss ihn über den Flur mit und wieder ins Wohnzimmer hinein in den bebenden Pulk zusammenklebender Menschenleiber. Der Öhlerdichl, o Gott, o Gott. Wie ein berstendes Feuer fegte er durch die Masse an Gliedmaßen, schlug dabei die Arme durch die Luft, als wären sie lodernde Flammen, die nach allem rissen, was noch nicht versengt worden war, in seinen weit aufgerissenen Augen brannte die Leidenschaft eines zornig gewordenen Gottes. Entweder man wich vor ihm auf die Seite oder man ließ sich von ihm packen und stürzte mit ihm ins Verderben. So musste er aussehen, Lord Shivas Tanz der Zerstörung am Ende und am Anfang der Zeiten. Quantenspringer war nicht zum Tanzen zumute. Aber der Öhlerdichl schnappte ihn sich wieder und drückte ihm seinen krausen Bart ins Gesicht, darin, vermengt zu einer strengen Note, die Gerüche all dessen, was er daran in den letzten zwanzig Jahren an Speis und Trank und sonstigen Substanzen vorbeigeschleust hatte. Mit größter Vehemenz, die bei dem Krawall auch nötig war, schrie der Öhlerdichl Quantenspringer ins Ohr: »Wir werden zu Helden, Quantenspringer, wir sind es bereits! Das ist erst der Anfang vom Ende, halte aus! Wer muss da noch ein Spiel spielen, wenn es auch todernst geht? Das hier ist unser Kampf ums gelobte Land! Unser Inneres manifestiert sich gerade im Außen. Alles kommt dabei auf den Tisch, alles, dann braucht es keine weiteren Worte mehr. In goldenen Triremen werden wir den Jordan hinübergleiten und dabei lachen, über das, was war, was sein wird, und folglich auch über das, was ist. In goldenen Triremen in himmlische Gewässer gleiten, hinauf zu den Äonen des Barbelo! Das gelobte Land, Quantenspringer, es ist unser! Freiheit, Bruder!« Dann ließ er ihn los, sah ihm tief ins Gesicht, als könnte er darin alles lesen, und fügte gelassen an: »Geh doch. Geh nach oben und finde, was dich enttäuschen wird.«

Quantenspringer stieß sich die knarrenden Stufen nach oben. Die Tür ins Gemach war angelehnt, schmatzen hörte er es drinnen. Langsam schob er die Tür auf, bis die Sicht in den Raum so weit gewachsen war, dass er zurückschrecken musste. Vor sich auf dem Bett hatte er, aufgestellt wie ein Springbock, Elenas Pobacken, ihre beiden reizenden Löcher standen sperrangelweit offen. Ihr Gesicht in die Matratze gedrückt, drang aus einem verbogenen Mund dünner Speichel hervor. Neben ihr eine geleerte und verschmierte Wodkaflasche. Über den aufgeworfenen Laken überall Sperma und braune Spuren, derbe roch es auch danach. Seitlich auf der Kante hockte ein beim Schnabel arbeitender Stallbursche aus dem Sächsischen, versenkte seine verschrobenen Finger gerade tief in ihrem Spalt und leckte ihr mit seiner Zunge spitz den Anus. Mit seiner anderen Hand hielt er sich reibend sein schlapp machen wollendes Schwänzchen steif. Jetzt erst sah Quantenspringer auch Luk. Am Boden, neben dem Bett und ein paar benutzten Kondomen, lag er auf dem Bauch in wimmerndem Schlaf, die Boxershorts halb die Arschbacken unten und eine Hand in einer Lache Kotze, in der ein kleines geleertes Plastikpäckchen schwamm. Quantenspringers Blick fiel unweigerlich wieder zurück in das Geschehen, aus dem die zwei Löcher Elenas zurückschauten. In eines davon stieß der Sachse jetzt hinein. Sie blubberte dabei auf wie eine träge vor sich hin köchelnde Brennsuppe. Der Stallbursche stieß gleich wie verrückt, röchelte dabei wie ein Stier, Elena rührte sich trotzdem nicht. Plötzlich ging die Musik unten aus. Eine feindselige Stille drängte sofort über die Stufen nach oben und brachte Polizist Lechner mit, der dann hinter Quantenspringer im Raum stand.

»Hat unser Popliterat seine vollgeschissenen Betten gefunden?«, fragte er und erklärte mit einer abrupten Handbewegung auch hier das Treiben für beendet. Der Sachse schämte sich und verkroch sich unter einem Laken, aber es nutzte nichts, er war ertappt, jeder im Dorf wusste jetzt, was für ein Saubär er war.

»Raus mit euch, raus aus meinem Haus!«, hörte man unten den alten Kaiser durchs ganze Haus schreien, packte die Freunde seines Sohnes und schmiss sie alle eigenhändig hinaus. Nur den Öhlerdichl nicht, der packte sich nämlich selbst am Schopf und türmte aus dem aufgerissenen Klofenster hinaus in den Schnee. Auch sie hätten es früher ordentlich getrieben, klagte der pensionierte Skilehrer lauthals, aber nicht so, nicht um alles bloß kaputtzumachen. So rabiat kannte man ihn im Dorf gar nicht. Eine gutmütige Frohnatur war er doch sein Leben lang gewesen, einer, der die Polizei lieber mied, kam er nicht nur einmal betrunken die Klamm hinunter- oder hinaufgefahren. Jetzt ließ er sein Haus nicht nur von dieser räumen, sondern sah auch noch zu, wie sie seinen Sohn noch in jenem erbärmlichen Zustand mit aufs

Revier nahmen, wo der sonst so Lässige mit tausend Fragen so lange gelöchert wurde, bis er durchlässig wurde. Auch der alte Kaiser spürte den Druck einer Zukunft, und vor allem den ihrer Gestalter. Denn mehr noch als um sein Haus fürchtete er sich um sein Lebenswerk, um die Zukunft dessen, was er sich aufgebaut hatte, und dass es unter so einem Sohn den Bach hinunterging, weil man heutzutage mit einer lapidaren Lebenshaltung wie der von seinem Lukas sicher nicht mehr weiterkam. Er drohte ihm gar mit Enterbung, wenn er sich in Zukunft nicht recht aufführen wollte. Und konnte sich auch kaum mehr beruhigen, als der Lukas den Schaden im Haus behoben und ihm hoch und heilig versprochen hatte, endlich in die Spur zu finden und in der auch zu bleiben.

VII

Das Neue Jerusalem

Wieder stand Quantenspringer mit dem Hannes auf der Straße. In einen bereits dämmernden Himmel läutete es vom Kirchturm irgendeine halbe Stunde. Ein neuer Tag brach an, führte wieder nichts Besseres im Schilde, als neue Schneeflocken auf alles zu werfen, was kein Dach über dem Kopf hatte. Mit dem Hannes war noch immer partout nichts anzufangen. Also suchte Quantenspringer Schutz hinter den Mauern der Kirche. Wie ein Embryo lag er dort bald in einer Bank, die Beine angezogen und die Arme schützend um die Brust gewunden, mit ein paar Sitzkissen bedeckte er notdürftig seinen Körper. Fror, bis er aus zittrigem Schlaf morgens von Pfarrer Reinmund geweckt wurde. Hannes saß direkt mit seinem großen, dampfenden Körper an ihm dran und schlief noch, der Kopf war auf den Brustkorb gefallen wie bei einem Erhängten. Reinmund reichte Quantenspringer seine warme, weiche Hand. Seufzend inspizierte er das verhauene Gesicht und das eingetrocknete Blut darin.

Nach der Morgenandacht servierte im Pfarrhaus Helga duftenden Kaffee, Tee, frisch gebackenes Brot, dazu Wurst, Käse, Marmelade und Honig, in einer silbernen Schale ein schönes Stück goldgelbe Butter. Reinmund stellte bald die im Raum schwebenden Fragen, während Helga herumlief und so tat, als hätte sie etwas zu tun. Quantenspringer gab auf alles eine Antwort, versuchte es so genau wie möglich zu erzählen, verschonte seinen Zuhörer auch nicht mit nackten Tatsachen. Reinmund seufzte. Das Blut war längst schon aus dem Gesicht gewaschen, jetzt floss es in Quantenspringers Bilderreigen noch einmal.

Der Hannes neben ihm schlang, als hätte er tagelang gefangen in einem Verlies ohne Nahrung zugebracht. Helga gackerte zufrieden, weil es dem Junggesellen so sehr schmeckte. Aber je länger das ging, desto mehr zeigte sich, dass der Lehrer seinen Verstand auch mit dem neuen Tag nicht wiederfinden würde. Reinmund bestätigte den Verdacht: Auch wenn man nichts auf dem Glatzkopf sehen konnte, so schien es doch, dass der Hannes etwas auf den Kopf bekommen haben musste. Alle Fragen dazu erwiesen sich als sinnlos, ob er vielleicht gefallen sei oder ob ihm da doch wer etwas angetan habe, und wenn wieder was und wie und wer. Der Hannes gab auf alles die immer gleiche Antwort.

Zum Glück wusste die Nachbarschaft, wo der Lehrer immer seine Schlüssel versteckte, nämlich unter der Einlegesohle eines stinkenden Skischuhs vor seiner Tür. Helga brachte ihn ins Bett, wo sie ihn zur Ruhe zwang, und setzte gleich darauf im Dorf einen Tratsch in Gang. Und weil die einen mit Wasser spuckten und die anderen mit Feuer, dampften schon wieder wilde Gerüchte. Der Hannes sei wieder aufgetaucht, hieß es, aber nicht sein Verstand. Manche wussten ja schon lange von seiner geistigen Umnachtung und fühlten sich jetzt bestätigt, andere aber sprachen von einem Unglück, das dem Hannes widerfahren sein musste. Die einen meinten, irgendetwas müsse ihm auf den Kopf gefallen sein, die anderen meinten, irgendetwas sei ihm von irgendjemand über den Kopf gezogen worden. Die einen sprachen von einer Beule, welche die Glatze als Beweis ganz deutlich zeige, die anderen, dass der Hannes doch schon immer einen Eierschädel gehabt habe. Die einen sprachen von Drogen, die er genommen haben müsse, die anderen wussten, dass man ihn mit irgendetwas absichtlich verblödet habe. Die einen sprachen, der schlechte Einfluss der Grünen und Kommunisten sei schuld an seinem Zustand, die anderen redeten von Gehirnwäsche, die ihm seine Gegner verpasst haben müssten. Die einen wiegelten ab, dem Hannes fehle lediglich eine Frau, die anderen wussten vermeintlich, ein weiteres Unglück mit den Frauen habe ihn derart aus der Bahn geworfen. Alles in allem hatten selbst die grundlosesten Behauptungen einen Grund: Man fand wieder etwas, über das man streiten konnte.

Jetzt musste der Patient auf den Rettungshubschrauber warten, als er endlich wieder fliegen konnte, brachte man mit dem Hannes den nächsten sofort ins Krankenhaus der Landeshauptstadt. Dort diagnostizierte man eine schwere Gehirnerschütterung und einen darum erlittenen Ausfall des Gedächtnisses, ob durch einen Schlag, einen Sturz oder durch einen herabfallenden Gegenstand herbeigeführt konnte keiner sicher sagen.

Da Gewalteinwirkung von außen nicht ausgeschlossen werden konnte, musste Lechner dem Fall nachgehen, was er auch tat. Seine Fragen gingen um im Dorf und dass seine Fragen im Dorf umgingen. Die Antworten aber, die er bekam, und er bekam die, die er hören wollte, und vor allem sein Riecher, der ihn, wie er immer sagte, in seiner langen Dienstzeit noch nie verlassen habe, verdichteten sich für ihn dann zu folgendem Urteil und führten damit zum Abschluss der Akte: Ein Eiszapfen war dem Pechvogel auf den Kopf gekracht.

Der Hannes konnte zur Aufklärung nichts beitragen, die Erinnerungslücke, die einen Zeitraum von mehreren Wochen umschloss, wollte sich nicht wieder schließen, ja es wurde sogar noch schlimmer. Der Hirndruck stieg im Krankenhaus noch einmal an, was darauf zurückzuführen war, dass er erst Tage nach dem Unglück zur Behandlung kam. Die Ärzte sahen sich zu einem operativen Eingriff gezwungen, öffneten ihm, um den Druck darunter zu mindern, die Schädeldecke und entfernten Teile davon. Diese konnten ihm nach ein paar Wochen wieder eingesetzt werden, nicht aber seine Geschichte, die für ihn verloren blieb. Zeitlebens litt der Hannes nun an Gedächtnisschwund und anderen Beeinträchtigungen seines Gehirns. Kopflos irrte er von nun an durch sein Leben, verlotterte und vereinsamte und starb, aber immerhin erst nach einigen Jahren, in einer kleinen Wohnung im Land draußen.

Im Pfarrhaus saßen sie noch beim Frühstück, als an jenem Vormittag eine ganze Kolonne an Schneeschlitten aus dem Dorf in den hinteren Zipfel brauste. Ihr Ziel war die Hütte des Öhlerdichl. KP Heller ritt vorneweg, Hau, Mau und Sau hinter ihm, gefolgt vom Sunagler, dem Schnabel und zwei anderen Bauern, denen es langsam reichte. Der Luk, munkelte man gleich, musste beim Lechner gesungen haben, bezüglich der Substanzen, die konsumiert wurden, und die Herren hatten nun endlich einen Grund, ihm den Garaus zu machen.

So hatten sie festzustellen, was sie gar nicht feststellen wollten. Eine Lawine musste erst in den Morgenstunden von den Steilhängen des hinteren Zipfels gekracht sein, hatte ein paar Bäume und einen Hochsitz mitgerissen und hatte mit seinen Massen erst dort in der Ebene zum Stillstand kommen wollen, wo das Hotel gebaut werden sollte. Der Russe, war sogleich die Reaktion, dürfe das auf keinen Fall erfahren. Im Frühjahr werde man diesen Hang eben mit Verbauungen regelrecht unkenntlich machen. Dass da eine Lawine bis auf den Talboden hinuntergelange, das dürfe und werde auf keinen Fall mehr passieren. Schade nur, dass es nicht die Hütte des Öhlerdichl erwischt hatte. Denn die stand sicher auf der anderen Seite der Ebene, etwas erhöht und im Schutz der Bäume, und zu der wollten sie nun hin.

Die Tür stand offen, aber vom Gesuchten gab es keine Spur. Aber man fand Tritte im Neuschnee, die noch nicht älter sein konnten als ein paar Stunden. Die einen führten zur Hütte hin und die anderen wieder weg. Derjenige, der diese Spuren gesetzt hatte, musste es besonders eilig gehabt haben, und man konnte erahnen, dass es der Hausherr selbst gewesen sein musste, und auch warum. Denn sie fanden nichts mehr in seiner Behausung an Drogen außer Wermut und andere Teekräuter, auch eingelegte Pfifferlinge, zu Marmelade und Kompott verkochte harmlose Beeren und dergleichen. Da blieb den Männern nichts weiter, als blöd dreinzuschauen. Der Öhlerdichl, so wussten sie es jetzt, musste gleich nach der Party durch den tiefen Schnee zu seiner Hütte gerannt sein, und das so schnell ihn seine Beine trugen, dort gleich alles ausgeräumt haben, was es gab an berauschenden und verbotenen Substanzen, um diese dann sofort, darauf ließen weitere Fußtritte im Schnee schließen, die zum Bach hinunter- und wieder zurückführten, den rauschenden Wassern des Wildbaches zu geben. Und er selbst, wenn es denn so war, musste sich jetzt irgendwo im Dorf versteckt halten.

Wohin jetzt also mit der Wut, die so sehr zum Handeln in den Männern drängte? Wie jetzt Recht und Ordnung wieder herstellen?

Als die Kolonne wieder im Dorf ankam, stiegen im hinteren Zipfel bereits baumhoch die Flammen hinauf, und es dauerte nicht lange, bis die von Würmern zerfressenen, staubdürren Balken der alten Hütte und alles, was darin war, restlos abgebrannt war.

Weil sich keiner im Dorf finden ließ, der für den obdachlosen und bankrotten Quantenspringer Raum hatte, gewährte ihm Pfarrer Reinmund in seiner Kirche Asyl. Es dauerte nicht lange und Hau, Mau und Sau kamen. Setzten sich in eine Bank, beteten aber nicht. Reinmund kam zu ihnen und machte klar: »Ich weiß, warum ihr hier seid, ich weiß, wer euch geschickt hat. Quantenspringer steht unter dem Schutz der Kirche. Ich bitte, das zu respektieren, auch in diesen Tagen.«

Hau, Mau und Sau fanden das jetzt gar nicht zum Lachen. »Diesen Gammler?«, wetterten sie. »Diesen Hetzer und Aufrührer! Diesen Weiberheld! Fragen Sie mal beim Wirten nach!«

Aber Reinmund blieb hart: »So sehr kann keiner ein Sünder sein, als dass der Herr Jesus Christus ihm nicht verzeihen würde. Solange nicht bewiesen ist, dass er irgendetwas Gesetzeswidriges begangen haben soll, soll er unter dem Gesetz Gottes stehen, und das heißt Barmherzigkeit.«

Die drei wussten nicht mehr, was sagen, der Schneid ging ihnen. Sollten sie jetzt weiter gegen den Herrn Pfarrer reden? Der war doch mit Gott im Bunde. Und Gott wird sie alle einmal richten. Wem sollten sie jetzt also eher gehörig sein? Dem Pfarrer, und damit Gott, oder ihrem Führer hier auf Erden, dem Heller? Bedröppelt zogen sie ab, der eine rannte dabei in den zweiten und der zweite daraufhin in den dritten.

Quantenspringer blieb an seinem Platz im Gotteshaus am Rand in einer der vielen Reihen, neben sich die Tasche mit seinen sieben Sachen und den Unterlagen. Hoch über seinem Kopf schloss sich ein mit himmlischen Szenen bemaltes Gewölbe; Engel mit strahlend reinen Gesichtern, vollkommene grazile Frauenkörper in erhabenen Kleidern, Priester ernsthaft in die Heiligen Schriften ihrer vergoldeten Bücher versunken und erlöste Propheten mit leidgeprüftem Blick auf schwebenden Wolken. Von Podesten an den Wänden schauten die Heiligen hinab auf die Bänke unter ihnen, hoch aufragende Fenster warfen mit dem eindringenden Licht Bibelszenen in den Raum. Darunter, entlang des Ganges, ging auf geschnitzten Tafeln Jesus seinen Leidensweg zum Kreuz. Flankiert war das Kirchenhaus von zwei Seitenaltären, die in kräftig aufgetragenen Farben biblische Szenen darstellten, opulent verziert und golden eingerahmt. Stufen führten hinauf zum Altar, auf dem das Licht einer Kerze flackerte, am Bug des Kirchenschiffes, unter der Kuppel, zeigte der Hochaltar in beinah vollendet barocker Übertreibung Christi Himmelfahrt. Davor schwebte mächtig ein Kruzifix mit einem tödlich zerhauenen Heiland, dem der Kopf schon sehr nach unten hing.

Ein Frösteln zog durch Quantenspringer hindurch und wurde von plötzlich auftretender Hitze abgelöst. Alles an seinem Leib schmerzte. Sein Körper wirkte auf ihn ein, mit heftigem Stechen der geschwollenen Lippen und einem tauben Druck auf der Nase, die linke Schulter tat höllisch weh und der untere Rücken so, als penetrierten ihn noch immer Moritz' Fußtritte. Unaufhörlich dröhnte es ihm hinter den Augen, im ganzen Schädel. Sein Bewusstsein kreiste um die Herde seiner Wunden wie ein wirrer Falter um eine glühend heiße Lampe, die ihm die Flügel versengen wird. In seinem weich geklopften Gehirn spielten sich in einer schier endlosen Schleife wieder und wieder die vergangenen Stunden ab. Düstere, von Rache gepeitschte Fantasien eines besiegten Mannes. Da erwachte er plötzlich als einer, der sich dem in sein Zimmer preschenden Wirt mit fliegenden Fäusten entgegenwirft und auf ihn eindrischt, bis der Fettsack auf den Boden geknüppelt ist. Da ertappte er sich selbst, wie er mit Leonie im Bett liegt und sich zügellos an ihren Körper schmeißt. Wie ein kühlendes Tuch legten sich solche Fantasien über seine brennenden Wunden und befeuerten sie doch bloß von Neuem.

Sein Blick wanderte zum Kreuz über ihm. Dem Symbol für ertragenes und darum überwundenes Leid. So wird die Geschichte erzählt. Fest nageln lassen hatte sich dieser Jesus ans Kreuz der Materie, um ihre Macht über seinen Geist zu brechen. Bewusst und freiwillig, weil nur dieser Schritt für ihn der Ausweg war aus der Spirale des Leides. Er blieb stehen, von wo andere flohen, gab sich der Gegenwart, und das bedingungslos, anstatt sich in die Vergangenheit zu ducken oder in eine Zukunft zu strecken. Das Heil, so erzählt es das Symbol und seine Geschichte, steckt im Leid, das man durchschreiten muss. Das Glück steckt im Unglück, dem man sich zu stellen hat. Gott steckt im Tier des Menschen, das gebändigt werden muss. Erstreckt sich das Leben bis in den Tod, löst es diesen auf. Der Tote am Kreuz kann also nicht das ultimative Symbol sein. Nicht der Tod ist die Befreiung, sondern das Leben, die Befreiung vom Tod. Wer das Kreuz und diesen gemarterten Leib anbetet, betet den Tod an.

Pfarrer Reinmund kam aus der Sakristei. Vor dem Hochaltar blieb er diesem zugewandt stehen, senkte den Kopf und strich sich das Kreuzzeichen dreimal von der Stirn hinunter bis zur Brust. Er ging in einen Raum, der gegenüber der Sakristei lag, holte daraus Decken und brachte sie zu Quantenspringer. Ohne mehr zu sagen, als dass er ihm diese Decken bringe. Ein Mief der alten Kirchenmauern entfaltete sich daraus streng, mein Gott war der Schriftsteller dankbar für etwas Wärme. Reinmund sah ihn mitleidig an, bis Quantenspringer sich genierte.

»Danke, Herr Pfarrer, danke«, fand er nur zu sagen.

Reinmund lächelte milde zurück, nein, vor dem Herrn müsse sich doch niemand genieren. Weil sein Jesus vergebe jedem Sünder, auch ihm, wenn er denn bereit dazu sei. Quantenspringer blickte aber finster. Der Priester ging zurück in die Sakristei, wieder sich bekreuzigend. Bald kam er wieder hervor, diesmal ging es zum Tabernakel. Wieder sah Quantenspringer bei ihm die bekannte Geste an seinen Herrn, von dem der Priester annahm, dass er vor zweitausend Jahren einmal gelebt haben soll. Reinmund blickte ihn jetzt an, nur um verlegen wieder wegzublicken. Quantenspringer fühlte sich bestätigt, weil auch der Pfarrer sich offensichtlich genierte, und dann gekränkt. Denn genau genommen blickte der Mann schon öfter auf diese verstohlene Weise auf ihn. Auf seine zerschlissenen Kleider, die nicht frisierten Haare und das unrasierte Gesicht, auf die vom Alkohol und Schlafentzug dunkel gezeichneten Augenränder, auf die blasse Haut, auf die Wunden und Beulen darin, in welchem heruntergekommenen Zustand er da vor ihm sitzt. Sieht auf ihn wie auf ein hoffnungslos verirrtes Schäfchen, das sturheil seinen eigenen Weg gehen will, einen bemitleidenswerten Sünder eben, der nicht an die Sünde glauben will, der das Leid meidet, den Leidenschaften aber hinterherjagt, an nichts glauben will, außer an seine Skepsis, an der aber verzweifelt, in seinem eigenen Namen leben will, aus einem Kantinger einen Quantenspringer macht und trotzdem nicht weiß, wer er ist, und auch noch stolz durch seine eigenen Erfahrungen wachsen will, auch wenn er sich damit eine blutige Nase einhandelt. Ja, Trotz sieht er bloß in ihm und die daraus geborenen Haltungen, aber keine Einsicht. Freundlich ist dieser Pfaff zu ihm, sicher, trotz allem behandelt er ihn mit Respekt, ist höflich. Er meint es ernst mit den Sprüchen aus der Bibel, spielt den barmherzigen Samariter, zeigt Nächstenliebe. Aber im Grunde misstraut er ihm doch. Ihm, einem Menschen aus Fleisch und Blut mit allen damit verbundenen Querelen. Dagegen an Jesus, ritt Quantenspringer auf seinen Gedanken weiter, diesen erfundenen Heiland, an den glaubt er. Was für ein Glaube, pah!

Da kam Reinmund an ihn heran und fragte, ob alles in Ordnung mit ihm sei. Quantenspringer, seinen Argwohn für einen Moment beiseiteschiebend, bekräftigte, dass schon alles in Ordnung sei. Der Priester ging zurück in die Sakristei, diesmal aber vergaß er sich zu bekreuzigen.

Quantenspringer lachte leise in sich hinein: Das wird ihm sein Herrgott aber übel nehmen! Aber Reinmund steckte gleich darauf seinen Kopf wieder hervor und blickte verstohlen auf ihn, den einzigen Menschen in den Bänken. Bedächtigen Schrittes ging er wie ein Ertappter zum Hochaltar, um das vergessene Kreuzzeichen nachzuholen. Jetzt drängten die Gedanken in Quantenspringer wie ein Schwarm aufgeschreckter Hornissen: Was sollte diese Frage eben? Was wollte der Pfaff von ihm? Pah, der und sein Gottessohn! Diesem über allem stehenden Hero, diesem Auserwählten! Diese fremde Macht, die er sich hoch über das eigene bescheidene Haupt gestülpt hat, nur um nicht zu merken, wie bescheiden er selbst doch ist, und die er nun, damit etwas von ihrer himmlischen Höhe abfällt für ihn Wicht da unten, nonstop anzubeten hat. Darum wirft er sich in den Staub und blickt schmutzig und erniedrigt zu ihm hoch. Vergisst sich selbst, um sich in ihm wiederzufinden, verdrängt sich selbst, um ganz in ihm aufzugehen. Ja er verwirft seinen eigenen minderwertigen, von Schuld und Scham gepiesackten Körper, damit an dessen Stelle nun der gekreuzigte Leib Christi rückt. Macht sich fremd sich selbst gegenüber, macht sich selbst zum Feind. Wie denn sollen die ganzen Qualen, der Eigensinn, all die Nöte und Süchte in einem selbst heilen, wenn man sie einem anderen aufbürdet? Es kann doch keine Erlösung mehr geben für den Einzelnen, wenn er schon von einem anderen Menschen erlöst wurde, nur weil der für ihn am Kreuz gestorben ist und er daran glaubt. Wenn alles, was für die Erlösung zu tun ist, sein soll, diesem Erlöser ein Leben lang zu huldigen und ihn anzubeten und den Vermittlern dieser Lehre, diesen Priestern, Dank und Ehre zu erweisen und ein privilegiertes Leben durch Opfergaben. Runter vom Sockel mit diesem Erlöser, er wollte nie da oben sein! Runter mit allen anderen fremden Mächten! Kein Gott mehr, keine Götzen! Zum Teufel damit! Am Ende ist jeder sein eigener Erlöser. Muss jeder selbst ans Kreuz. Ist jeder selbst ein Jesus!

Plötzlich stand Reinmund direkt vor Quantenspringer, er hatte ihn gar nicht kommen sehen. Einen dampfenden Teller in den Händen, Helgas feine Linsensuppe. Dazu Brot und etwas Wein. Gutmütig von oben auf ihn hinabblickend wie die Heiligen auf den Podesten. Quantenspringer nahm die Speise entgegen, gierig sog er die Mahlzeit in sich hinein, die erste warme seit Tagen. Die Nase fast in der Suppe wagte er kaum aufzublicken. Die Gedanken von eben glühten noch. Jetzt bloß nicht mit irgendwelchen Aussagen diese rührselige Fürsorge verletzen, ging es ihm durch den Kopf. Denn allzu angenehm breiteten sich die Wärme und Kraft dieser Suppe in ihm aus. Es ist doch so einfach, dachte er sich, hier in diesem Haus in den Himmel zu kommen. Das ist so viel einfacher, so viel gnädiger, so viel barmherziger, als sich selbst ans Kreuz schlagen zu lassen, als sich selbst zu quälen mit dieser Erlösung.

»Mein Lieber«, sagte Reinmund mit weicher Stimme, »Sie sind in Ihren Gedanken ja völlig aufgelöst. Sie brauchen doch nicht solche Sorgen zu haben, Sie stehen unter dem Schutz der Kirche«, und sah auf ihn wie auf einen ertappten Dieb, nur um gleich in seiner fürsorglichen Weise anzufügen: »Hüten Sie sich vor allzu kühnen Gedanken.«

Quantenspringer riss die Augen auf.

Bald saß er alleine und in Decken gehüllt in der Kirche, zerrieben, aber nicht müde. Abendliche Kerzen flackerten dann gegen den Stein, die Stunden zwischen den zeitlosen Mauern zerrannen zäh. Die Ruhe darin offenbarte schonungslos die eigene Unruhe. Er wurde müde. Auf dem Weg in den Schlaf blieb er in einem seltsamen Dämmerzustand und seinen bizarren Gedankenkreationen stecken. Sinnlos wurden sie erst, wenn die Frage nach dem Sinn dazwischenfunkte. Als es nicht nur in seinem Gehirn, sondern auch am Haupttor knarrte, hob er seinen Kopf. Eine Gestalt betrat das Gotteshaus. Im fahlen Licht und durch den Mittelgang schritt Elena auf ihn zu, ihre Haare, das Gewebe ihres schwarzen Mantels, die Hose und die Schuhe waren bedeckt mit weißen Flocken, als wäre sie in ein Brautkleid gehüllt.

Man sah deutlich, wie jene Nacht mit ihren Raubtierzähnen noch immer an ihr nagte. Sie war noch blasser, als sie es ohnehin immer war, ihre Wangen eingefallen und ihre Augen in die tiefen Gründe zweier Löcher gesunken, aus denen sie traurig hervorblickte.

»Schau mich nicht an«, begrüßte sie ihn. Prompt aber wandelte sich etwas in ihrem Gesicht und bekam Kraft, niemand sollte glauben, dass sie sich für irgendetwas schämte.

Quantenspringer nahm seinen Blick von ihr.

Sie sah die beschriebenen Blätter neben ihm liegen, schaute finster. Sie setzte sich zu ihm hin, rückte heran, bis sich ihre Körper berührten. Ihr Dilemma schwang mit in jedem Atemzug.

Sie schwiegen. Sie griff nach seiner Hand.

»Wir sind sprachlos, das ist nicht gut. Wir müssen reden.« Sie hielt kurz inne, sah ihn dann bekümmert an. »Wir können gemeinsam fliehen, weg von hier, sobald ein Hubschrauber fliegt«, sagte sie. »Wir können uns in uns verleben. Aber dann? Was dann? Es wird weitergehen. Dieselben Geschichten. Dieselben Lügen. Dasselbe Auseinanderwachsen. Denke nicht daran.«

»Ich denke nicht daran.«

Sie zog bestätigt und doch enttäuscht ihre Hand an sich, rückte ein wenig fort von ihm. »Wie lange willst du noch der Held sein? Willst du tatsächlich warten und zuschauen, bis ein Verbrechen geschieht? Auf die Katastrophe hoffen?«

Quantenspringer nickte stumm. »Wir wissen nicht, wie es enden wird.«

»Es ist alles bloß Stoff für dich. Stoff, den du dir nur anlegst, um dich von ihm zu entledigen. Auch ich bin nur Stoff für dich.«

Quantenspringer: »Ich will endlich frei sein, Elena. Frei von dem Kind in mir und seinem Geschrei. Endlich ein Mann sein.«

»Du willst ein Mann sein, Quantenspringer, und ich will eine Frau sein, endlich eine Frau sein und als diese genommen werden, dass ich nicht lache. Kann das je zusammengehen?«

Sie rückte wieder an ihn heran, legte sich in seinen Arm, ließ sich von ihm umfassen. Gestreichelt wurde, er roch in ihren Haaren. Sein Schwanz wurde steif.

»Machen wir uns nichts vor, unsere Liebe hat keine Zukunft. Unsere Liebe funktioniert nur in der Gegenwart.«

»Ich will das hier zu Ende bringen.«

»Und wenn das hier das Ende ist?«

Quantenspringer dachte nach, darüber, dass er zu viel nachdachte. Dass er zu viel vordachte. Dass er in Geschichten rannte und rannte, aber wohin rannte er denn? Wo war er denn jetzt? Wohin wollte er schon wieder? Er sah Elena an.

Als hätte sie es erraten, sagte sie jetzt, was er dachte: »Es gibt nichts auszudenken, Quantenspringer, es ist alles bereits gedacht. Es ist alles bereits geschehen, alles, wonach wir uns strecken, weswegen wir uns verrücken, alles bereits geschrieben, alles präsent. Wir haben nichts zu befürchten, wir dürfen uns entspannen.«

Quantenspringer sah sie verwirrt an.

»Das hier ist dein Stoff. Fasse ihn, halt ihn fest, halte aus, lass ihn los. Du weißt, was ich meine.«

Quantenspringer sah sie verwirrt an.

Elena seufzte.

»Es ist eine schreckliche Geschichte, Elena.«

»Du musst dich deinem Schrecken stellen. Du zitterst ja.«

»Es wird ein böses Ende nehmen.«

Sie fasste ihn am Kopf, nahm diesen zwischen ihre Hände und sprach ihm wie einem Kleinkind zu: »Alles ist gut, vertrau.«

Quantenspringer stand auf, die Beine schlotterten am wenigsten vor Kälte. »Noch mehr als vor der Zukunft fürchte ich mich vor der Gegenwart.«

»Dummkopf, du«, sie zog an seinen Ohren. »Denk dir, dass du in ihr wachsen wirst.«

»Und was ist mit dir, Elena?«

Ihr Gesicht wurde traurig. »Mit mir? Das ist eine andere Geschichte.«

Ihre Hand fuhr an ihren Bauch und strich über diesen. »Gehen die Geschichten auseinander, gehen auch die Menschen auseinander. Manche Menschen aber leben zusammen, obwohl sie sich nie treffen. Weil sie nur ein Spiel voreinander spielen, jeder das seine, jeder in seiner eigenen Geschichte. Im Gegensatz zu dir habe ich eine Zukunft. Keine Angst, ich werde dich damit nicht behelligen. Ich gehe jetzt und lasse dich in Ruhe. Du glaubst, du hättest zu tun, also tu.«

»Was meinst du?«

»Am wenigsten schone dabei dich selbst. Stell dich endlich deinem Stoff. Bleib stehen und lass es geschehen, halt fest, was dir einfällt. Lass raus, was aus dir raus will. Lass es sich zeigen. Zeig dich. Und bring es endlich zu Ende. Schreib dich in die Gegenwart. Dort können wir uns endlich treffen.«

»Ich nehme an, du hast deinen Platz heute Nacht?«

»Werde jetzt nicht grausam. Vor allem nicht zu dir selbst. Du könntest jetzt glücklich sein, genau in diesem Moment, denk daran. Aber du selbst stehst dir im Weg dabei. Du sinnst über das Leben nach in der verzweifelten Hoffnung, einmal zu leben. Dabei ist dieses Nachsinnen der Grund, warum du nicht leben kannst. Mach Worte zu Taten und Taten zu Worten.«

Elena brachte mit unauffälligen Schritten mehr und mehr Raum zwischen sie beide, ihre Worte dabei als Keil fungierend, der sich tiefer und tiefer zwischen sie trieb. Sich ihm noch einmal zuwendend setzte sie bloß einen weiteren Schritt dem Schlussstrich entgegen: »Mach dir keine Sorgen, Luk wird sich um mich kümmern, er wird ein guter Mann sein. Wir werden schön miteinander spielen. Du,

Quantenspringer, wirst nie ein guter Mann sein können, das weißt du. Du bist doch ein Held.«

Sie ging, jeder Schritt warf zwischen die Mauern einen kalten Hall, der die Wände ins Gewölbe hinaufkletternd immer leiser wurde. Kleine Pfützen von Wasser waren nun dort, wo sie eben noch saß. Das Brautkleid war geschmolzen.

Es brauchte nicht mehr viel, er suchte in seiner Tasche nach seinem Stift und begann zu schreiben. Und plötzlich, es lief.

Schrieb von der Ankunft seines Helden in einem kleinen Dorf, von Blicken, die ihn penetrant verfolgen, von Worten, die ihm nachgehen und ihn einhüllen wie ein schmutziges Kleid. Von schiefen Augen, falschen Zungen. Von Zugängen, die eng sind und finster, von Ausgängen, die sich schließen. Von Bergen, die Schatten in Täler werfen und dabei immer näher rücken. Von Brücken, die jederzeit einstürzen können. Von Winden, die, passt man nicht auf, sich in Stürme verwandeln. Von Häusern, die Verliese sind und deren Licht alles, was an der Oberfläche kratzt, in einen trügerischen Schein taucht. Von einer Lebensfreude, die in beengten und abgeschirmten Zirkeln kreist. Von Gebeten, die Beschwörungen sind, Drohungen von Verzweifelten. Von einem Spiel, dessen Kinderbeine in allzu großen Schuhen stecken. Von einer Freiheit, die im Rahmen ihrer Möglichkeiten ein beengtes Bild ergibt. Von Ängsten, die den Kitt menschlicher Beziehungen bilden. Von einem Protagonisten, der in diesen Schmelztiegel geworfen wird, um daraus einen Weg zu finden, einen schmalen Pfad wenigstens, an dessen ständig näher rückenden Seiten die Antagonisten sich bereits aufgestellt haben. Er mitten unter ihnen. Setzt sich an einen Tisch, trinkt, speist mit ihnen. Hört, was er zu hören bekommt. Sieht, was er zu sehen bekommt. Findet die Worte nicht. Im Dunkeln bleibt, was dunkel gemacht wurde. Macht unerhört, was keiner hören will. Denn es gibt Worte, die dürfen nicht fallen, nicht bei Tisch oder sonst wo, die müssen bleiben im Reich des Unerhörten. Es gibt keine Antworten, weil es keine Fragen geben darf. Darum lassen sie ihn außen vor. Darum bleibt er da. Darum muss er gehen. Und will er nicht gehen, dann gehen sie. Nicht weit, nicht fort. Nur den einen unmerklichen Schritt hinter den Hauch des Vergessens. Bis er schließlich an den Punkt kommt, an dem er zu schreiben beginnt.

Es musste weitergehen. Täglich gab es eine Morgenandacht und tagsüber kamen Besucher, die Kerzen für die Verstorbenen anzündeten, beteten oder um eine Beichte ersuchten. Reinmund schlich umher, Helga kam mit Essen. Was draußen jenseits dieser Mauern weiterhin geschah, es drang herein mit den Menschen und ihren Mundwerken. Der Öhlerdichl tauchte plötzlich wieder auf, und das im Kirchenhaus. Völlig abgerissen, übernächtigt und ohne seine Substanzen komplett kirre im Kopf. Er befand sich noch immer auf der Flucht. Im Dorf gab es schon die Vermutung, die bei vielen eine Hoffnung war, den Wilden hätte bei seiner Nacht-und-Nebel-Aktion vielleicht die Lawine vom hinteren Zipfel gepackt. Tatsächlich aber hatte er sich in den letzten Tagen im wärmenden Heu der umliegenden Stadeln versteckt gehalten oder sich verkrochen im Haus seines Onkels Elias. Jetzt kam er ganz plötzlich aus dem linken Flügel des Beichtstuhles hervor, gleich nachdem der Sunagler im rechten Flügel vom Pfarrer sich die Beichte hatte abnehmen lassen. Der Bauer hatte nämlich bei Reinmund um Sündenerlass gebeten, weil ihn etwas so sehr geplagt hatte, dass er die letzten Nächte kaum mehr hatte schlafen können, nicht ahnend natürlich, dass im anderen Flügel der Geächtete selbst drinnen steckte; und nutzte auch gleich die Gelegenheit, um nach Quantenspringer zu schauen. So gerieten Sunaglers Geständnisse nicht nur an das Ohr des Pfarrers und über dieses in den Himmel an das von Gott, sondern mit Spott und Hohn auch in das hellhörige derjenigen, bei denen sich der Öhlerdichl noch blicken lassen konnte; als Erstes gleich an das des Autors.

Das mit der Angelika verschwieg der Sühnende auch vor seinem Herrn. Nach den wie üblich dargebrachten Verfehlungen, wie er habe gelogen, vergessen zu beten, im Eigensinn gehandelt und so weiter, die Reinmund ihm alle vergab, wenn er denn Besserung gelobte, kam er dann doch darauf zu sprechen, was ihm wirklich auf dem Herzen lag. Die Flammen nämlich, die sie an Öhlerdichls Hütte gelegt hatten und die dann aus dieser in den Himmel gefahren waren, brannten jetzt in seinen Träumen. Reinmund blieb still, denn dieses Vergehen zu vergeben, irgendetwas wehrte sich in ihm dagegen. Aber der Sunagler bat auch gar nicht um Vergebung darum. Nein, was er tatsächlich bereute und weswegen er um Vergebung bat, war, dass sein Herz so viel Schwäche zeigte und ihn in diese Zweifel stürzte, sodass er jetzt Tag und Nacht an nichts mehr anderes denken könne, und damit auch seinem Gott gegenüber schwach sei und zweifelnd, der doch nichts anderes verlange, als gegen solche Schlupflöcher des Bösen vorzugehen, dort, wo Rauschgift konsumiert werde und sich einer mit dem anderen paare, also die Tore zu Zerfall und Niedergang derart weit aufgerissen würden, damit auch die, die an ein frommes Leben in Gottes Namen glaubten und danach handelten, mit hineingezerrt würden ins Verderben. Reinmund musste den Sunagler unterbrechen, warf ein, dass es in Gottes Namen grundsätzlich falsch sei, Gewalt anzuwenden, ganz egal, was der andere einem auch angetan habe, und dass es für einen Gläubigen immer nur den Weg der Vergebung geben könne.

»Ja genau!«, rief dann da plötzlich der Sunagler aus. »Vergebung, ich bitte um Vergebung!«

Reinmund erinnerte ihn daran, dass er selbst einmal vergeben müsse, und weil der Sunagler das gleich machte, vergab der Pfarrer ihm in Gottes Namen, und damit schien der Sunagler höchst zufrieden.

Als der Landwirt aus dem Beichtstuhl kam, blickte er mit hellem Siegesleuchten Quantenspringer an. Im Vergleich zu vorher wirkte er unendlich gelöst, bereit zu neuen Taten schritt er davon. Gleich darauf öffnete sich der linke Flügel und es zeigte sich der Öhlerdichl. Nur die mittlere Kammer des Beichtstuhles wollte sich noch nicht öffnen. Reinmund blieb, betete um Vergebung.

Der Öhlerdichl musste weiter, er wechselte in jenen Tagen seine Unterschlüpfe wie andere ihre Unterhosen. Wieder allein hielt Quantenspringer fest, was passiert war. Wie lange saß er da im Gotteshaus und schrieb an einem Stück? Es wurde Tag, es wurde Nacht, es wurde wieder Tag und es wurde wieder Nacht. Er rauschte mit seinen Wortgebilden durch die Stunden wie ein Papierschiff auf einem Gebirgsbach, immer vom Untergang bedroht und sich so lange über dem wilden Wasser haltend, bis es sich auflöste und unterging. Wort für Wort, Satz für Satz, so wie sie ihm einfielen, so wie sie sich ihm hier zugetragen haben. Ereignis um Ereignis bannte er auf seinen Papieren, fügte sie aneinander und gab ihnen Ordnung, Richtung und Sinn. Tage schrumpften zu Sekunden und Sekunden dehnten sich zu Minuten. So weit er sich auch zurückzog in seine Blätter, schonungslos tauchte mit ihm die Welt dort wieder auf. Aber das meiste verschwand doch zwischen den Zeilen. Die Ereignisse rückten unabänderlich an den Schreibenden heran, der Raum und die Zeit zwischen Geschehenem und Festzuhaltendem schrumpfte, und immer näher gelangte er an jene Schnittstelle, wo nicht mehr zu unterscheiden war, ob er nun schrieb, was geschah, oder ob geschah, was er schrieb. Alles Erlebte war jetzt abgetragen und auf seinen Blättern wieder aufgebaut. Eine Trutzburg aus Worten war das, ein nerviger Komplex. Jetzt fiel ihm nichts mehr ein. So schlief er erstmal.

Erwachte, denn es musste ja weitergehen. Er fror, hatte Hunger, etwas musste geschehen. Es wühlte in den Gedärmen. Sollte er doch in den nächsten Helikopter steigen und endlich abhauen? Was erwartete er sich hier noch? Eine überraschende Wendung? Das Ereignis, das seiner Geschichte doch noch eine poetische Note gab? Oder wenigstens die Idee, wie er das Erlebte in jene Sphären hieven konnte, um diese Geschichte doch noch zum Meisterwerk zu machen? Er wusste, in welcher Richtung er das finden konnte: nämlich auf jenen nicht ausgetretenen Pfaden, die an den Abgründen über glitschige Stufen in die Katastrophe führten. Wollte er das hier wirklich aussitzen? Warum nicht weg von hier und sich ein Ende einfach ausdenken?

Er schlüpfte in die Lederjacke und ging hinaus auf die Straße, raus aus der Kirche, raus aus der Trutzburg. Steckte sich eine tags zuvor erbettelte Zigarette an. Atmete ein, atmete aus. Da war er wieder, der Josef Quantenspringer!

Der Schnee peitschte ihm unbarmherzig gegen den Körper, ins Gesicht. Die Wolken, aus denen er gespien wurde, drangen mit ihren grauen Schlieren an ihn heran. Widrigkeiten doch bloß, um die eigene Form von der Vielzahl der Formen abzugrenzen! Keine Menschenseele war in den Gassen anzutreffen. Keiner, der Schnee schaufeln wollte. Keine Kinder, die sich vergnügten. Hatten die Dorfbewohner es aufgegeben, gegen ihr Schicksal anzukämpfen, hatten sie sich dem Himmel bereits ergeben? Ließen sie sich vom Weiß verschlucken? Von der Leere ersticken?

Ohne Ziel, ohne Plan steuerte Quantenspringer durch den Schnee. Da war er wieder, ziel- und planlos. Aber wohin gehen, welchen nächsten Schritt tun, wenn dieser nächste Schritt wieder nur ein weiteres düsteres Kapitel aufreißen würde? Er wusste, dass alles auf seinen Blättern Festgehaltene erst die Mühlen des Erlebens passiert haben musste.

Er ging weiter, in derselben Tonart. Wissend, dass alles bloß irgendwann einmal, dass bloß er sich irgendwann seinen Anfang nahm, ihn sich mit einem Wort nahm. Mit einem Schimpfwort vielleicht, einem Laut des Unverständnisses, vielleicht auch einem Laut des Begehrens, wahrscheinlich mit einem Schrei nach Liebe, der anfangs nur eine leise Frage nach Liebe war und zu einem Satz und allmählich zu einer Tirade wucherte, die sich in dieser Geschichte verästelte und ihn jetzt nicht mehr loslassen wollte. Einmal hatte er angefangen zu schreien, einmal war er nicht einverstanden gewesen, und schon ging es los, ein Widerhall folgte, ein Widerhall auf den Widerhall und so weiter. Wieder und wieder wiederholt er in sich wiederholenden Wiederholungen die immer selbe Geschichte, er wechselt höchstens die Maskerade, die Bühne, das Publikum. Aber der Schmerz deswegen, die Ohnmacht, die Tragik, die bleiben. Er rennt darum herum und bezeichnet es als Leben. Er flieht vor sich selbst und sieht das als sein Selbst. Er giert nach Ablenkung und nennt es Lust. Er greift nach Dingen und hält sie für die Welt. Er sucht Konflikte, weil sie das Schmiermittel aller Geschichten sind. Er baut Spannung auf, nur um sich hinterher zu entspannen. Er errichtet Komplexe, nur um sie dann wieder einstürzen zu lassen. Er wirft Hindernisse auf, damit er sie umgehen kann. Er geht, weil er nicht still stehen kann. Er stürzt sich in Worte, nur um nicht aus der Geschichte zu fallen. Es sind Geschichten des Schmerzes, die er da schreibt. Ein Schrei nach Liebe. Was wäre er nur ohne seine Geschichten? Das wäre nicht auszuhalten.

Da stand er jetzt im Weiß und dachte sich: was für eine schreckliche Geschichte. Wissend, dass er damit nur einen weiteren Satz des Schreckens hinzugefügt hatte. Dass er schon wieder an seiner Zerrissenheit zerrte, an seinem verfehlten Charakter schraubte, genüsslich in seinen Fehlern bohrte. Josef Quantenspringer, was für eine schreckliche Erfindung! Wieder so ein Satz, der alles mieser machte. Noch so ein Schäufelchen auf seinen Gifthaufen. Doch er griff danach, nährte sich gerade davon, denn er gefiel sich in seiner Rolle. Wie er da jetzt zwischen den Häusern wankte, fern, gerade durch seine Anwesenheit, alleine, gerade weil er unter ihnen weilte. Nichts verlangte er von seiner Umwelt, außer dass er sie provozieren und vor den Kopf stoßen durfte mit diesem Josef Quantenspringer, ermutigt dabei in der scheinheiligen Attitüde, in seinem Schmerz ein besserer, in seiner Selbstverachtung ein liebenswerterer Mensch zu sein. Wie sehr er es doch begrüßte, dass sie ihn ablehnten, dass sie verängstigt nach ihm schielten, wie er es genoss, wenn sie sich vor seiner Selbstzerstörung ekelten, wenn sie seine Vereinsamung scheuten, wie er gerade lachte, weil sie vor ihm in ihre Häuser geflohen waren. Er selbst trieb diese Geschichte voran, mit allem, was er dachte und sagte, mit jedem Wort schnitt er sich ins eigene Fleisch, zerfleischte er sich selbst, und das mit Lust. Was blieb, war die Erkenntnis von seinem Leiden. Dass gerade die Erkenntnis von seinem Leiden sein Leiden war. Und in dieser Erkenntnis Erlösung lag. Dass diese Geschichte ihn an diesen Punkt gebracht hatte.

Es hatte ihn vor das Haus von Elena gebracht, ihr Haus baute sich jetzt direkt vor seiner Nase auf. Genau dahin wollte er jetzt gehen, ja wieso nicht! Er wird sich ihr stellen, sich in ihre Arme werfen, dieses Scheitern zulassen. Was für eine Idee! Er wird nicht mehr Josef Quantenspringer sein. Kein Held mehr sein. Er wird weinen, endlich weinen über sich, über diese Welt und ihren Lauf, diese Tragödie, die er sich da ausgedacht hatte und die sich ihm als Spiegelbild ungefragt entgegenwarf. Er wird diesen Josef Quantenspringer aus sich herausweinen. Diesen Antihelden. Das wird das Ende sein. Das wäre eine Heldentat, das wäre ein Sieg.

Der Neuschnee wich knisternd bei jedem Schritt, das Herz pochte begeistert. In seinem Körper schmolzen erfrorene Zellen.

Die Klingel kinderleicht betätigt. Banges Warten, ein Blick zurück auf die Straße. Hörte drinnen Schritte auf sich zukommen, sie war da. Er war da. Ja, es konnte definitiv ein Happy End geben!

Die Tür ging auf, ein mannsgroßer Umriss erschien, eine Faust fuhr ihm mitten ins Gesicht. Quantenspringer sackte zu Boden, Blut rann wieder aus der Nase. Über ihm, im Sperrgebiet zu Elenas Haus zwischen Tür und Angel stehend, keuchte Luk Kaiser. Wich aus, als Quantenspringer nach ihm blickte. Der Lebemann setzte nach: »Die Revolution ist gescheitert! Jetzt lebt der Faschismus. Damit du es weißt.«

Und alsbald krähte der Hahn. Krähte dreimal.

Quantenspringer wankte zurück in die Kirche. Benommen vom Schlag, angetan von seinem Blut, dem Geschmack davon auf seiner Zunge. Auf dem Weg traf ihn ein Schneeball eines aufgehetzten Kindes. Er taumelte, lief aber weiter.

Der Schmerz hatte ihn wieder. Nein, er war dem Lukas nicht böse. Der Gute hatte einiges durchzumachen gerade. Stress mit dem Vater. Stress mit der Polizei. Stress mit der Frau. Stress mit der Zukunft, dem Ernst des Lebens. Stress mit dem Gerücht im Dorf, er habe da neulich beim Lechner allzu gerne gesungen. Die Faust, die er ihm da in die Fresse gegeben hatte, war getrieben von diesem Gift und musste sich entladen, bevor es ihn selbst vergiftete.

Quantenspringer vergrub sich in den Decken, fror, obwohl er darin schwitzte. Holte sein Skript hervor, konnte es kaum zwischen seinen fahrigen Händen halten und steckte es wieder zurück in die Tasche. Da knarrte wieder das Kirchentor. Es war der Öhlerdichl. Kam zu ihm und sah, wie der Schriftsteller zitterte am ganzen Leib. Dass er wieder blutete. Sich zu ihm hinunterbeugend tröstete er: »Quantenspringer, ach Quantenspringer. Du willst ins Glück, das ist dein Unglück. Du willst gewinnen, darum hast du alles verloren. Du hast Angst zu kämpfen, darum hast du mit der Angst zu kämpfen. Es gibt nur einen Weg: zu wagen.« Er nahm ihn in den Arm. »Stell dich deiner Geschichte. Du weißt, das hier ist nicht das Ende.«

Quantenspringer schloss die Augen und wurde fürchterlich müde. »Ende. Aus.«

Der Öhlerdichl: »Halte aus, Bruder, halte ein. So viel haben wir bereits investiert, so weit sind wir gekommen. Und gerade jetzt, wo sich alles so prächtig entwickelt hat und unaufhaltsam dem Höhepunkt entgegensteuert, willst du nicht mehr weitergehen, willst du dich geschlagen geben? Für was soll all die Arbeit sonst einen Nutzen gehabt haben? Für solch ein Ende, für solch eine Niederlage? Dass der Schnee im Frühjahr schmilzt und das Hotel aus dem Boden schießt? Die Feinde des Lebens ihren Sieg davontragen? Die Betonierer die heiligen Lieder der Erde abwürgen und ersticken, indem sie das feine Gewebe unseres Landes verdichten und verhärten und undurchdringlich machen, um auf diesem Fundament ihre finstere Kathedrale der Gier zu errichten? In der dann Geschichten gewoben werden, die nicht in die hinter den Worten wartende Ewigkeit, sondern in die Unendlichkeit eines nimmersatten Geplappers münden, das zum Gekeife und Gefluche wird, wenn es durch den selbst geschaffenen Tod darauf hingewiesen wird und in seine eigene Fratze blicken muss? Es ist die ewig gleiche Geschichte, der immer selbe Geist. Wir sind es, die den letzten Punkt setzen werden, Quantenspringer! Das ist unsere, das ist deine Geschichte, Bruder, Zwilling! Wir schreiben sie und wir klären sie. Die Schlacht steht unmittelbar bevor, glaube. Wir sind Sieger. Es wird zum großen Showdown kommen, was wird das für ein Ende! Halte nur noch ein bisschen durch. Atme ein, atme aus. Nicht denken, dass es nichts zu denken gibt, willst du an nichts mehr denken.«

Atem ging in Quantenspringers Körper und wieder hinaus, und er mit ihm. Hörte gar nicht mehr zu, folgte nicht dem Schwall, der aus dem anderen kam, als könnte ihm eine Pause eine Lücke in sein System fressen und es zum Einstürzen bringen.

»Kein Wort mehr jetzt, keinen Laut. Es ist genug jetzt. Tu es doch.«

Der Öhlerdichl nickte. Quantenspringer schloss die Augen und öffnete sie auch nicht, als der Öhlerdichl gegangen war. Darauf ging einer der Zwölf namens Judas Iskariot zu den Hohepriestern.

Wieder wollte es Abend werden. Er befreite sich aus den Decken und sah, dass die Tasche nun offen stand. Warf seine

Hand hinein, wusste es: Das Skript war weg! Blickte rasch um sich, durchwühlte die Decken, aber nein, die Blätter und alles, was darauf geschrieben stand: hinfort.

Ein abwechselndes Krampfen und Entladen ergriff den ganzen Leib. Das Gegenstück zu einem Orgasmus, wenn sich nicht Täler zu Bergen türmen und Berge in Täler fallen, sondern Berge in Berge fahren und Täler sich in Täler graben, und das alles gleichzeitig. Wo sich jetzt halten? Innen hämmerte penetrant der Schmerz von Luks Faustschlag gegen die knochigen Wände seines Schädels, ließ ihn keinen klaren Gedanken fassen. Die Heiligenstatuen schauten ihn jetzt an, als zögen sie ihre leidvollen Visagen nur wegen ihm. Die Engel weinten. Der Flimmer des Goldes überall bleckte verführerisch auf, nur um ihn wieder abzustoßen. Das Kreuz mit dem zerbeulten Jesus darauf prangte schrecklich genau über seinem Kopf. Ein Wirrwarr das alles, der ihn rührte bis zum Schwindel. Ein tatsächlicher aber und wirklich, solange er daran glauben mochte. Noch einmal floh er hinaus.

Zog irrlichternd durch die Gassen, um ihre paar Ecken herum, bis im Dunkeln drei Gestalten vor ihm erschienen, die auf einem ausgetretenen Pfad dem Schmalzbuckel zuliefen. Schmalzbuckel, was für ein Name, fand er jetzt. Was für eine Farce, zu der sich die Geschichte herablässt, solange sie nicht gelöst wird. Muss dabei banaler und böser werden, bis es richtig wehtut.

Quantenspringer erkannte sie sofort: den Lukas, den Balthasar und den Jojo.

»Petrus! Johannes! Jakobus!«, rief er aber nach ihnen und musste lachen. Der Witz eines Verzweifelten.

Sie sahen auf und ihn verwundert an. Luk zog sich sofort hinter seine blass gewordene Haut zurück, wollte aus dieser nicht mehr hervorkommen. Nicht mit einem Witz, nicht mit einem Spruch, nicht mit einer krassen Anekdote. Er grüßte nicht mal, so schämte er sich, und seine Faust schmerzte noch vom Schlag in Quantenspringers Gesicht. Auch Balthasar und Jojo zeigten, dass sie den Schriftsteller jetzt lieber nicht getroffen hätten.

»Und er ging hinaus nach seiner Gewohnheit dort auf den Ölberg«, sagte Quantenspringer, weil er sich gerade an die Stelle in Hannes' Skript erinnerte. Die anderen fragten sich. Sie kannten die Geschichte, aber nichts wollte ihnen einleuchten.

Und die Jünger folgten ihm.

»Gerade weil ihr nichts versteht, versteht ihr euch in euren Rollen und verhaltet euch so, wie es sich gehört. Warum heißt der Schmalzbuckel *Schmalzbuckel*? Zu welcher Laune lässt sich da die Geschichte herab, dieselbe Geschichte, die den Ölberg Ölberg heißt? Wisst ihr, wer ihr seid? Ihr nehmt an, ihr seid Luk, Balthasar und Jojo. Aber in einer anderen Version von ein und derselben Geschichte seid ihr drei Apostel, die drei erstgenannten. Habt ihr Angst?«

»Wovor sollen wir Angst haben?«, fragte Luk verärgert, sie waren auf dem Weg einen Joint zu rauchen. Quantenspringer nickte, weil diese Antwort seine Geschichte bestätigte und sagte: »Vor dem, was jetzt kommen wird.«

»Was soll kommen?«, fragte Jojo aufgeregt.

Quantenspringer aber redete noch immer in Rätseln: »Die Ebenen dieser Geschichte tun sich auf und werfen sich übereinander, sodass keiner mehr sicher weiß, auf welcher Ebene wer und was geht. Nimm das Wort Ebene und tausch es mit Grund, mach daraus Gründe und komm zum Begriff der Begründung, es läuft immer alles auf dasselbe hinaus. Es geht nur noch um die Frage: Wann und wie findet das alles sein Ende.«

Balthasar sah auf den Luk, der Luk sah auf den Jojo, der Jojo auf den Balthasar, das hätte ewig so weitergehen können. Der Mann redete ja plötzlich, wunderte sich jeder bei sich, aber was waren das für Worte, die da aus ihm kamen? Ihnen fiel bloß der Begriff Maria Höhe ein. Ist der Schriftsteller verrückt geworden? Verrannt endgültig in seinen Gehirnwindungen?

»Komm, rauch einen mit uns.«

»Betet, dass ihr nicht in Anfechtung fallt!«, antwortete er und er lachte mit ihnen komisch.

Man war oben angekommen und setzte sich auf ein Bänkchen, das sich unter dem Dach eines Stadls befand und darum vom Neuschnee verschont geblieben war.

Luk rollte einen Joint. »Geht es dir gut?«, fragte er ohne Scheiß und eine selten an ihm gesehene Befangenheit verratend. Doch bei Quantenspringer riss diese Frage sofort einen Raum weiterer Fragen auf, die einander hinterfragend bloß neue Fragen bildeten. Was meinte der andere mit dieser Frage?

Luk bekam keine Antwort, war ihm aber egal. Er zündete den Joint an, zog daran mit großem Ernst. Luk Kaiser stand da und inhalierte, aber das war ein anderer Luk Kaiser. Ein Luk Kaiser, der sich plötzlich mühen musste. Denn jeder Zug, jede Geste, jedes Wort hatte bloß der Wiederherstellung seines Images zu dienen, das er sich seit der Geburt so kinderleicht aufgebaut und so spielend in jede Schlacht geworfen hatte, jetzt aber, nach den letzten Tagen, lag es ordentlich ramponiert darnieder. Zum Trotz rauchte er jetzt. Endlich gab er weiter. Hielt das dicke Ding, das er aus seinen letzten Notreserven, die er sich nicht hatte nehmen lassen, gebaut hatte, Quantenspringer hin. Doch der ließ diesen Kelch an sich vorüberziehen. Balthasar griff zu.

Quantenspringer stand auf, schaute hinunter auf die Häuser. Das Dorf schielte mit grauen Umrissen aus der Nacht. Die Generatoren ruhten, kein Licht brannte mehr. Der Drache war ausgeflogen, jemand musste ihn geweckt haben. Während die Einheimischen schliefen. Und tatsächlich, Quantenspringer hörte hinter sich ein Schnarchen. Der Balthasar war das. Eingeschlafen aber nicht nur er, auch der Luk und der Jojo hingen mit den Körpern aneinandergelehnt in der Bank. In Luks Fingern kokelte der Joint einem unnützen Ende entgegen. Der Geist war willig, aber das Fleisch war schwach.

Quantenspringer lief hin und her. Wie gerne würde auch er sich raus aus dieser Geschichte, raus aus der Rolle schlafen, die er inne hatte in diesem Außen. Aber wozu auch in den Schlaf fliehen, wenn er doch wieder nur als Gefangener aufwachen würde?

Dicke Schneeflocken fielen, fielen in den Raum zwischen ihm und dem Dorf unter ihm. Ein Bild vor den Augen, das sich gerade auflöste. Mit diesem sich auflösende Begriffe, die es begreifbar machten: Haus. Auto. Bäume. Kirche. Friedhof. Wolken. Berge. Begriffe. Und er griff danach. Dies einmal begriffen, und alles war im Begriff unbegreiflich zu sein. Nichts hat Bestand. Nichts bleibt. Auf welchen Begriff lässt sich ein Haus bauen? Auf welchen Begriff ein Leben?

Quantenspringer stürzte auf die drei Schlafenden, rüttelte an ihnen: »Wacht auf, ihr dürft jetzt nicht schlafen!«, und begriff, dass gerade sein Versuch, den Lauf der Dinge zu ändern, den Lauf der Dinge erwirkte.

Das war seine Geschichte, jetzt steuerte sie auf ihr Ende zu, endlich musste sie ein Ende finden. Und sein Schweiß wurde wie Blutstropfen, die auf die Erde fielen.

Quantenspringer blickte wieder hinunter ins Dorf, sah, was er erwartete zu sehen. Mit Fackeln und Stöcken in den Händen und Pistolen im Gurt kamen sie auf den Schmalzbuckel. Sah zuvorderst den Öhlerdichl. Dahinter den Hau, den Mau und den Sau. Lärmend, sich gegenseitig stoßend kamen sie immer näher, an den Armen der drei sah man die Schleife ihrer Bürgerwehr. Und dem Tross hinterher japsend Polizist Lechner mit Kollege, immer wieder »Halt« rufend und »Das Gesetz sind immer noch wir«.

Noch einmal versuchte Quantenspringer die drei Jünger auf der Bank aufzuwecken, mit Schlaf in den Augen blickten sie ihn ungläubig an und wussten nicht, was antworten, benebelt lachten sie, weil sie vom Joint eingeschlafen waren. Doch als die Meute oben war, begriffen auch sie, welche Stunde es geschlagen hatte.

Der Luk sprang aber auf und packte seine Fäuste aus, die er auf Hau, Mau und Sau prasseln ließ, diesmal aber mit bestem Gewissen. Balthasar und Jojo mischten sich mit ein und schon gab es eine wüste Schlägerei. Bis Lechner schnaubend ankam und sich sofort den Luk packte und ihn in den Würgegriff nahm. Der tobte jetzt wie närrisch, haute mit den Armen wild um sich und schlug auch mit den Beinen aus, unheimliche Kräfte dabei entladend, die ihm den Raum verschafften, um sich wieder loszureißen. Er sprang dem Lechner ins Gesicht und biss sich an seinem Ohr fest, bis er einen Fetzen davon zwischen seinen Zähnen hatte und ihn doch gleich wieder ausspuckte. Blut quoll aus dem Riss im Fleisch des Beamten.

Alle dachten sich's: Nun hatte Simon Petrus ein Schwert und zog es und schlug nach dem Knecht des Hohepriesters und hieb ihm sein rechtes Ohr ab. Und der Knecht hieß Malchus.

Lechner hielt sich fluchend die Hand über die Wunde. Geschocktes Verharren bei allen Beteiligten. Das war kein Spiel mehr, das war echtes Blut, waren echte Schmerzen, war echter Hass, echte Vergeltung war da los! Bis Lechner die Gesetze in seine eigenen Hände nahm und dem Lukas zweimal gekonnt ins Gesicht schlug, sodass der zu Boden ging.

»Fertig seid ihr!«, schrie er. »Fertig!« Und Hau, Mau und Sau herrschte er an: »Für Recht und Ordnung sorgen immer noch wir!« Dann aber schnappte er sich endlich Quantenspringer, riss ihm die Arme hinter den Rücken und drückte ihn in den Schnee, denn sie waren ausgezogen wie gegen einen Räuber mit Schwertern und mit Stangen, um ihn gefangen zu nehmen.

Da sagte der Öhlerdichl zum Schriftsteller: »Du zitterst ja. Hab Vertrauen, alles wird gut. Atme ein, atme aus.«

Und als er kam, trat er alsbald zu ihm und sprach: »Bruder!«, und küsste ihn.

Und weil auch Lechner gerade bemerkte, was da mit ihnen geschehen wollte, nämlich, dass da ihre Rollen gehörig miteinander kollidierten, schrie er: »Schluss damit! Aufhören mit diesem Wahnsinn!«

Und doch nahmen sie Quantenspringer mit und stießen ihn den Schmalzbuckel hinunter und sperrten ihn erst einmal in eine Ausnüchterungszelle. Denn dies waren ihre Stunde und die Macht der Finsternis.

Und als es Tag wurde, versammelte sich der Rat der Ältesten des Dorfes, Schriftgelehrte und Hohepriester, und sie führten ihn vor ihren Hohen Rat. Eberle in der Mitte einer Gruppe Männer sitzend, zu welcher der Hump, der Schnabel und der Sunagler gehörten. Neben ihnen der

Moritz, der Kaiser und andere Männer, die in der Passion mit ihnen die Hohepriester darstellten. Sie blickten angefressen in die Kopien von Quantenspringers Skript, die sie vor sich liegen hatten.

Gleich riss es Eberle in die Luft und fuchtelte damit herum. »Sie haben offensichtlich Stoff gefunden: *Quasi Jesus* also!«, rief er aus. »Sie haben über sich selbst geschrieben.«

Quantenspringer sagte: »Du sagst es.«

Ein paar der Männer lachten giftig, aber der Sunagler sprach es aus, weil er schon wieder ordentlich geladen war: »Du sagst es! Er spricht wie der Herr bei seiner Verurteilung.«

Eberle lief im Raum auf und ab, verzog die Lippen zu einer nachdenklichen Schnute, konnte die treffenden Worte offenbar nicht finden, so irritiert war er jetzt.

Sie aber sprachen: »Was bedürfen wir noch eines Zeugnisses? Wir haben's selbst gehört aus seinem Mund.«

Also wurde der Hump jetzt laut: »Was hat er da geschrieben! Was für einen Schmarrn! Scheußlich das Ganze! Eine einzige Beleidigung! Diesen Wahnsinn dürfen wir nicht zulassen!«

Der Bürgermeister aber mahnte zur Ruhe, nicht dass der Wahnsinn sich doch bestätigen wollte. Fragte in den Raum: »Man kann hier nicht mehr von Fiktion sprechen, so viel ist klar. Auch nicht, dass es sich hier um frei erfundene Personen handelt, die Ähnlichkeiten mit real existierenden nur zufällig sind. Es besteht kein Zweifel, er hat hier nicht nur über sich, sondern vor allem auch über uns geschrieben.«

»Eine Sauerei, wie er uns da darstellt«, riss der Hump jetzt seine Kopie in die Höhe, »eine Gemeinheit, von vorne bis hinten! Verboten gehört das, auf dem Scheiterhaufen verbrannt!« Und ließ die davongeschleuderten Blätter vor sich auf den Boden schneien.

Der Sunagler giftete dazu: »Dass er sich mit dem Heiland vergleicht, und das auf diese Weise! Das ist Gotteslästerung, eine grausige!«

Und derart angestachelt stichelte der Hump wieder mit: »Der will der Heiland sein, ausgerechnet dieser Lump, dieser dreckige.«

Und alle erinnerten sich jetzt daran, wie es geschrieben stand: »Bist du der Christus, so sage es uns!« Er sprach aber zu ihnen: »Sage ich's euch, so glaubt ihr's nicht.«

»Schnitzelfleisch würde ich gerne aus ihm machen«, lachte der Hirschenwirt, ging auf Quantenspringer zu und zischte ihm ins Gesicht: »Sag uns doch, wer von uns dich als Erster schlagen wird?«

Quantenspringer aber sagte: »Das ist jetzt eure Geschichte.«

Und der Moritz handelte und gab dem Schreiberling eine gesunde Watsche für seine Frechheiten. »Weil es doch wahr ist!«

Die Männer aber verspotteten ihn und schlugen ihn, verdeckten sein Angesicht und fragten: »Weissage, wer ist's, der dich schlug?« Und viele andere Lästerungen sagten sie gegen ihn.

Der alte Kaiser aber, bislang stumm daneben sitzend, rührte sich jetzt doch: »Hört auf damit! Wollt ihr ihn hier zusammenschlagen?« Auch Eberle mahnte zur Beruhigung der Gemüter.

»Wir können dafür sorgen, dass es ein schönes Ende nimmt«, der Sunagler lachte und die anderen lachten mit. »Hauen wir ihn doch ans Kreuz!«

»Er will es doch so! Darauf läuft doch alles in dieser Geschichte hinaus, dass wir die Bösen sind«, wusste der Schnabel und deutete mit tippelnden Fingern auf das Skript.

»Es schreit doch nach einer Strafe! Da gibt es nichts zu reden. Hier steht doch alles schwarz auf weiß«, meldete sich wieder der Moritz und trat hervor mit der Litanei an Vergehen, die der Autor allein in seinem Haus begangen hatte. An seiner Ehefrau habe er sich vergriffen, seiner minderjährigen Tochter nachgestellt, tagelang an seinem Tisch gefressen und gesoffen, ohne bislang eine Rechnung bezahlt zu haben, dann in seiner Küche gestohlen. Alles schwarz auf weiß festgehalten. Und mit diesem Schund, auch er riss das Skript in die Luft, werde er nichts erreichen, außer das Dorf und am meisten sein Haus in Verruf zu bringen! »Ja, ein Ende muss das haben, eines, das er sich aber merkt!«

»Aber was sollen wir mit ihm machen?«, fragte Eberle, weil er sich als Realpolitiker sah. Aber keiner wollte es jetzt sagen. Jetzt zeigte sich plötzlich Unentschlossenheit und dass sie sich nicht wohlfühlten darin. Keiner wollte doch dem Ruf gerecht werden, der ihm nicht nur aus Quantenspringers Schrift entgegenhallte, sondern auch schon im Dorf seit Längerem folgte und der ihn nun hier in der Wirklichkeit einzuholen schien, nämlich dass sie wie die Pharisäer und die Hohepriester waren, wie die Jesusschlächter aus der Schrift.

»Heller wollte ihn doch unbedingt haben«, meinte dann der Schnabel. »Soll er das doch entscheiden!«

Eberle nickte und die anderen stimmten zu: »Jawohl, bringen wir ihn doch zum Heller.«

In Hellers Büro aber hingen Hau, Mau und Sau in den Sesseln. Der Sau hatte sein Bein lässig auf den Tisch geworfen. Wo der KP sei, das könnten sie nicht sagen, doch Sunagler und Schnabel übergaben ihnen Quantenspringer. »Sitz!«, befahlen sie ihm und drückten ihn in einen Sessel. Vor der Tür besprachen sie sich noch mit dem Sau, eifrig wiederholte der junge Bürger ein Ja. Ja, ja, ja, wie aus einem Maschinengewehr.

Ein gerahmtes Foto, das in Großformat an der Wand hinter dem Schreibtisch hing, zeigte den Politiker in einer Jubelpose. Die Stunden gerieten zur Tortur. Unaufhörlich hampelten die drei im Büro herum, spielten »Reise nach Jerusalem« um die zwei verbliebenen Sessel, vergackeierten dabei sich selbst und immer mehr ihren Gefangenen, dem sie sich quiekend auf den Schoß warfen. Sie zogen das Skript aus Hellers Schublade. *Quasi Jesus* lasen sie und daraus laut vor und verlachten ihn. Mit großem Ernst klemmte sich immer einer von ihnen hinter den Schreibtisch, schnitt eine würdevolle Miene, rieb sich die Nase, ruckelte mit dem Stuhl, räusperte sich zwei, drei Mal, bis der Rotz kam, schob die Blätter von sich weg und wieder zu sich hin, nahm einen Schluck Wasser aus einem Glas, um dann, wieder sich räuspernd, mit bedeutungsvoll getränkter Stimme derart betont zu lesen, bis es vor lauter Gelächter nicht mehr möglich war und er vom nächsten abgelöst wurde, nur um die Lächerlichkeit des anderen zu toppen. Und als sie mehr in ihr Spiel hineinfanden und immer übermütiger dabei wurden, fingen sie an, aus dem Text vor ihnen etwas ganz neues, anderes zu machen, etwas, was aber unabänderlich dem Stumpfsinn zusteuern musste. Nahmen aus dem Text einzelne Wörter heraus und formten diese zu obskuren Gebilden, bis sie sich prustend in ihren Zungenbrechern verfransten: »Spielespielspieler spielen Spielespielenspielen«, erfanden sie, weil es so oft ums Spielen ging.

»Der weise Weiße weiß zu wissen, dass der weiße Weise weiß, was weise Weiße zu wissen wissen«, weil sie so oft das Wort »weiß« im Text fanden.

»Wundengelecktewundenlecker lecken gerne Wundengelecktewundenleckerwunden«, schufen sie, weil sie immer wieder das Wort »Wunde« lasen.

»Fraßfresserfresser fressen am liebsten Fraßfresserfresserfressen«, weil sie geschrieben fanden, wie sie selbst einmal im Hirschen einen Toast Hawaii gefressen hatten. Und der Sau spuckte dem Autor ins Gesicht. Der Mau nahm einen Strauß Kornblumen aus Plastik aus einer auf dem Schreibtisch stehenden Vase, flocht einen Kranz daraus und legte diesen um Quantenspringers Schopf, trat zu ihm und sprach: »Sei gegrüßt, König der Juden!«, und schlug ihm jetzt ins Gesicht.

Es wurde dunkel. Endlich kam Heller. Dicht und aufgeladen wurde gleich der Raum durch sein Erscheinen, ein schwarzes Loch tat sich auf, das all die Zeit, alle Energie in sich sog. Hau, Mau und Sau waren jetzt völlig in Disziplin gehauen. Und doch fühlte sich für Quantenspringer Hellers Anwesenheit zum ersten Mal erleichternd an: Wenigstens hörte dieser Schwachsinn jetzt auf.

Mitgenommen sah der Klaus-Peter aus, ein Rot der einen Wange ging um den Mund und Kinnbereich in ein Weiß über und wurde an der anderen Wange wieder rot. Er streifte sich erst seine ledernen Handschuhe ab, zog den Mantel aus und nahm schließlich seinem Gefangenen gegenüber Platz, dort, wo eben noch der Sau gelümmelt hatte. Für seine Verhältnisse wirkte er geradezu lammfromm. Zwei zu einem überspannten Bogen lächelnde Lippen, die er jetzt in sein abgekämpftes Gesicht schnitt, verrieten aber, wie sehr er schon wieder unter Hochspannung stand und bereit war, alles sofort mit Haut und Haaren zu verspeisen.

»Ein Glückspilz ist er doch«, fing er an, als hätte er nur auf diesen Moment hingearbeitet, wieder das Lachkonstrukt im Gesicht. Zog neben sich die Schublade auf und warf vor Quantenspringer das Bündel Blätter, das der Sau sorgfältig dort wieder hineingesteckt hatte, auf den Tisch. »Da hat sich vor ihm ja eine wunderbare Geschichte ausgebreitet! Er musste nur noch die Feder schwingen und alles niederschreiben. Musste sich gar nichts mehr lange ausdenken dabei! Dumm nur, dass es bislang an einer Stelle aufhört, die völlig unspektakulär ist.« Heller blätterte demonstrativ im Skript und seufzte bedauernd.

»Ein echtes Ende fehlt. Oder soll es das tatsächlich gewesen sein? Das wäre schade, nicht wahr? Mit einer Niederlage endet alles. Aber er wird sich ja zu helfen wissen, vielleicht einfach etwas nach seinem Geschmack erfinden! Aber wenn ihm wieder nichts einfallen mag? Nun, ich will ihm tatsächlich helfen. Ich verspreche ihm, er wird sein Ende bekommen, ein sensationelles Finish, einen echten Showdown!«

Heller musterte Quantenspringer mit seinen eisblauen Augen. »Ich merke, er will wieder einmal nichts dazu sagen. Oder muss ich persönlicher werden? Und doch Distanz wahren? Kein Du mehr unter uns? Also, wie Sie ja treffend dargestellt haben, rede ich sowieso am liebsten selbst. Sie sind mir also ein angenehmer Zeitgenosse. Aber was ich mich gefragt habe, war natürlich schon: Bin ich wirklich so? Ist das die Wahrheit über mich?« Heller lachte, aber kein Bauchpinsel schwang da, sondern eine Stahlbürste, die alles aufscheuern wollte.

»Was ist Wahrheit? So frage ich es jetzt genau so, wie es Pontius Pilatus Jesus bei dessen Verurteilung fragte. Ist das die Wahrheit, dass ich wie Pontius Pilatus bin? Ist das der Charakterzug, der sich da offenbart und den ich gar nicht zu spielen brauche? Den ich, ganz im Gegenteil, und so beschreiben Sie es ja, im Alltag nur überspiele, vor den anderen und vor mir selbst? Diesen meinen wahren Charakter des Zweiflers? Und gibt es für mich an diesem Punkt noch eine Chance das zu ändern? Soll ich das denn überhaupt? Oder wäre nicht gerade der Versuch, das, mich zu ändern, der viel größere Frevel? Schließlich hat Gott mich dazu gemacht! Also beuge ich mich besser und erfülle seinen Plan? Ich komme doch aus meiner Rolle sowieso nicht raus. Einmal diesen Charakter angenommen und seine Verkleidung übergestülpt, und das Spiel nimmt seinen Lauf, ist es nicht so? Wer vermag diesen Lauf der Dinge und ihrer Charaktere zum Stoppen zu bringen und wie? Oder ist vielleicht gerade eine mir innewohnende Diskrepanz zwischen mir und meiner eigenen Rolle der Grund, sprich die Triebfeder für meine mir zugeschriebene Rolle? Sie sehen ja selbst und es ist Ihnen, so wie Sie mich gerade spöttelnd anblicken, sicher schon lange aufgefallen, gerade jetzt bei solchen Fragen und Zweifeln finde ich mich in genau dieser wieder. Als der an seiner Macht zweifelnde Machtmensch, der grausam sein muss, um seine Macht zu festigen, der sich an seiner Macht festhält, um nicht unterzugehen. Wie Pontius Pilatus. Ich lasse es also besser sein, das mit den Zweifeln und Fragen, und überlasse das anderen, Profis wie Ihnen, und mache, was ich machen kann: nämlich machen, was ich machen muss.« Wieder diese Stahlbürste.

»Auch wenn Sie es nicht glauben werden, ich will Ihnen in Ihrer erbärmlichen Situation helfen. Ich will nicht grausam sein, sondern eigentlich freundlich. Denn das, was Sie da bislang abgeliefert haben, das kann es doch wirklich nicht gewesen sein! Und war es auch nicht. Es geht weiter, und am Ende stehen Sieg und Niederlage, gibt es Sieger und Verlierer. Wir, meine Freunde und ich, wir feiern heute eine Party, wir haben Grund dazu, hahaha. Das mit den Wortspielereien ist keine große Kunst, wie Sie sehen. Und Sie kommen mit. Als ein Freund. Als jemand, der uns dient und dem wir dienen. Ja Sie schauen mich an, als wäre ich das Christkind. Ich will Ihnen tatsächlich helfen und Sie helfen uns. Freundschaft nennt man das doch? Wir sind eins, ein Volkskörper, nicht wahr? Sie bekommen zum Abschluss noch einen kleinen Skandal geliefert, direkt vor Ihren Augen. Und ich und die anderen werden ihn mit Ihnen genießen.«

»Wir gehen«, gab er Hau, Mau und Sau einen Wink, die jetzt, nachdem sie beinah eingeschlafen wären, parat standen wie drei Fahnenstangen, an denen Windpferde flatterten. So nervös waren sie geworden, weil sie jetzt mit zum Schamberger und auf eine dieser Partys durften, die im Dorf schon seit Längerem als ominös galten.

Mit dem Schneeschlitten ging es hinüber zur Bank. Heller steuerte, Quantenspringer wurde zwischen seinen Arsch und Hau seine Eier geklemmt. Im Dachgeschoss über der Filiale hatte der kleine Banker sein Loft. Man ging hinauf. Ein Licht ergoss sich dezent rosarot in einen weiten Raum, zwischen schneeweißen, großflächigen und doppelseitigen Sofagarnituren unterhielten sich verstreut ein paar junge Männer, die leger weiße, rosa oder hellblaue Hemden trugen. Quantenspringer hatte sie schon öfter im Dorf gesehen, ein Haufen junger einheimischer Versicherungsvertreter, Steuerberater, Büroangestellte, die im Land draußen arbeiteten und gerade viel Zeit übrig hatten. Champagner prickelte in ihren Gläsern und in ihren erquickten Leibern. Schwulstiger Ambient Techno hauchte wie eine warme Brise um die Szenerie, verwandelte den Körper zu einer Wachsfigur, der im schmelzenden Hintern ein Fieberthermometer stecken hatte. Einer von ihnen zeigte mit gewitztem Finger auf den mitgeführten Schriftsteller, und alles lachte. Ein Mann mit Glatze und nacktem Oberkörper tanzte alleine und steif wie ein Brett. Ein anderer griff ihm von hinten mit beiden Händen an die blanke Brust und knetete sich in den Muskeln fest. Hau, Mau und Sau bekamen Augen.

»Ihr Herz wird jetzt höherschlagen, nicht wahr? Sie sehen, ich halte mein Wort. Ihnen wird hier etwas geboten. Auf so etwas stehen Sie doch, das ist wie in *Mein Krampf*.«

Quantenspringer antwortete ihm aber nichts.

»Ich bin gespannt, wie Sie das ausschmücken werden. Wenn es denn dazu noch kommen sollte«, Heller lachte wieder. »Kommen Sie mit!«

Dicht gefolgt von Hau, Mau und Sau, die gar nicht wussten, wohin sie schauen sollten, gingen sie, vorbei an großformatigen Acrylgemälden, auf denen in bunten Farben Stangeneis und Lollipops abgebildet waren, ans andere Ende des Lofts, wo unter einer Wendeltreppe, die ins Schlafgemach hinaufführte, eine wuchtige Ledergarnitur in grellem Pink einen weiteren Akzent der Geschmacksverirrung setzte. Dort in den Polstern hing Maximilian Schamberger und starrte regungslos auf einen monströsen Screen an der Wand, auf dem nackte, muskulöse, vergoldete Männeroberkörper sich in silbernen Wassern räkelten. In eine seltsam verzerrte Grimasse seines eigenen Gesichtes, die Zunge hing halb heraus und die sonst perfekt sitzende Föhnlocke war eigenartig zerzaust, schnitt sich eine übergroße, knallgelbe Sonnenbrille. Er riss den Blick vom Bildschirm und glotzte mit kugelrunden Augen, die den anderen beinah anzuspringen schienen, den neuen Gast über die nach unten gezogene Brillenumrandung an.

»Darf ich vorstellen: Quasi Jesus«, lachte Heller und gab Quantenspringer einen Klaps auf die Schulter. Schamberger grinste wie ein Sandler, zahnlückig irgendwie, obwohl bei ihm alle Zähne perlweiß und schnurgerade im Mund standen.

Sprach: »Als aber Herodes Jesus sah, freute er sich sehr, denn er hätte ihn längst gerne gesehen; denn er hatte von ihm gehört und hoffte, er würde ein Zeichen von ihm sehen«, und lachte wie ein Geck.

Heller zog ein Döschen aus dem Hosensack, öffnete es, ließ das weiße Pulver darin auf den Tisch rieseln und formte mit einer Kreditkarte daraus drei Linien. Mit einem Röhrchen zog er eine Spur in sich hinein. Schamberger kam an die Reihe, zog und rieb sich anschließend an der Nase, als hätte er da jetzt kleine Nägel drin. Quantenspringer aber lehnte ab.

»Nichts von unserem Schnee? Es gibt genug davon«, meinte Heller und die beiden Freunde lachten über diesen Scherz.

»Es hat ihm die Sprache verschlagen. Der macht den Mund nicht mehr auf«, spottete er und zog die dritte Spur weg wie nichts.

Schambergers Stimmung wechselte prompt. »Was schleppst du mir hier für Leute an, Klausi? Das landet doch alles auf seinen Blättern! Schmierfink, der. Das verdirbt mir jetzt bloß die Stimmung.«

»Keine Sorge, unser Literat tanzt jetzt nach unserer Pfeife. Wir bereiten ihm nur noch ein zünftiges Ende für seine Heimatsaga«, lachte Heller.

Schamberger fixierte den Gast mit stechendem Blick: »Wie er verdrießlich dreinschaut, pfui Teufel«, schimpfte er aber wie eine empörte Puffmutter und ging. Wackelte hinüber zu dem mittlerweile gewachsenen Pulk an Tanzenden, denen er sich gleich überschwänglich in die Arme warf.

»Ich liebe euch«, fiepte er sie an. Der Glatzkopf mit dem nackten Oberkörper, der jetzt nur noch Boxershorts im Lederhosendesign anhatte, steckte ihm gleich seine Zunge in den Mund. Hau, Mau und Sau trauten ihren Augen kaum. Heller gab ihnen ein Zeichen, das sie auf Quantenspringer aufpassen hieß, und machte sich an die Bar. Das Döschen aber blieb auf dem Tisch zurück.

Verstohlen machten sich die drei an das Pülverchen, von dem sie bereits so viel gehört hatten. Ohne Witz machten sie es so, wie sie es beim Heller gerade gesehen hatten. Der Mau zog einen Fünfziger aus der Hosentasche, rollte ihn zu einem Röhrchen. Jetzt gehörten auch sie dazu. Die Nasen reibend mussten sie lachen, der eine blähte sich nun über den anderen. Im Überschwang vergaßen sie Quantenspringer und die Anweisung Hellers und tanzten nun mit den übrigen Männern, ihre Körper aneinandergeklebt wie eine schwabbelnde Masse rosafarbiger Götterspeise, schreiend, jauchzend, herzhaft lachend. Plötzlich fiel der Mau dem Sau an die Lippen und knutschte ihn, der aber stieß ihn von sich. Und beschwerte sich, dass der Depp sich nicht ordentlich rasiert habe.

Heller schnappte sich dann Quantenspringer und nahm ihn mit auf die Dachterrasse hinter der vollkommen verglasten Vorderseite des Lofts. Die drei Kreuze Golgathas ragten im Dunkeln aus dem Kirchenbuckel. Um eine bunt beleuchtete Schneebar versammelten sich nun die Gäste, um ausgelassen zu tratschen, dabei teuren Wein zu trinken und aus Schalen Shrimps zu naschen. Der Glatzkopf stand barfuß im Schneegestöber. Einer nach dem anderen drängte nun an den Festgenommenen heran, fasste nach seinem Körper und piesackte ihn mit langen Fingern.

Schamberger schien sich an seinen Part im Spiel zu erinnern und verstand: Aber Herodes mit seinen Soldaten verachtete und verspottete ihn, legte ihm ein weißes Gewand an.

»In ein weißes Kleid!«, rief er es aus und steckte Quantenspringer in den Schnee. Die anderen fielen mit ein, hatten ihre Gaudi. Mit ihren Füßen stoben sie den Schnee über ihn, bis sein Körper darunter begraben lag, seiften sein Gesicht extra ein. Heller aber war es, der dazwischenging. »Lasst ihn! Wir brauchen ihn noch.«

»Was willst du denn mit ihm?«, fragten sie.

»Mir schwant da etwas, euch etwa nicht?«, fragte er in die Runde, doch keiner wollte es sagen. »Lasst euch überraschen.«

Heller pfiff nach Hau, Mau und Sau, die erst nicht hören wollten, so sehr waren sie angemacht, hieß sie mitzukommen und im Schneeschlitten ging es dann mit Quantenspringer zum Lechner in die Ausnüchterungszelle. Die Party ging weiter, geilte sich auf bis zum Überschäumen. Der ordinär hämmernde Pulsschlag der Sieger, der simple Takt ihrer Erfolgsgeschichte, ein schnöder Marsch durch die Zeiten. Die Musik hallte durchs Dorf bis zum Morgen, und keiner schien sich daran zu stören.

Hau, Mau und Sau zogen schnell wieder zurück zum Schamberger, Heller aber blieb bei Quantenspringer, setzte sich auf einen Stuhl neben die Pritsche. Lässig die Beine übereinandergeschlagen begann der Klaus-Peter zu reden: »Ich weiß jetzt, wie das Ende ausschauen muss, Quantenspringer. Vorhin, ganz unverhofft, auf der Terrasse beim Zerkauen eines Shrimps und dem perlenden Weißwein auf der Zunge, den Blick dabei auf Golgatha, da kam sie mir, die Idee, einfach so, wie eine warme Flut in einem dahinfließenden Bilderreigen. Das ist schön, ich verstehe jetzt ein bisschen mehr von Ihrem Beruf, von dem, was Sie tatsächlich antreibt.«

Quantenspringer: »Kommen Sie auf den Punkt.«

»Wir beide wissen, was kommt. Wir ahnen es, aber vielleicht kommt ja doch die überraschende Wendung, nicht wahr? Wozu also gleich alles verraten? Treiben wir es doch auf die Spitze. Das erhöht die Spannung. Das bringt den begehrten Pulsschlag. Wir sind Menschen aus Fleisch und Blut. Wir lieben es, wenn wir in Wallung geraten, einem Höhepunkt entgegensteuern bis zur Entspannung.«

Quantenspringer: »Sie verstehen etwas von Literatur?«

Heller lachte: »Sie tun mir leid. Wirklich. Denn Sie sind mir sympathisch. Ich mag Ihre selbstzweifelnde Art, dass Sie sich kleiner machen, als Sie sind, dass Sie sich so sehr verleugnen, dass Sie so harmlos sind. Das macht es einfach für mich. Sie sind kein Gegner, eher ein Freund, aber auf einseitige Weise. Ein Opfer nämlich, das ich darum schätze, während Sie mich hassen. Ist es nicht so?« Wieder lachte er. »Sie sind jemand, der sich selbst zerfleischt, weil er das als seine Bestimmung ansieht. Weil er glaubt, es wäre die Erlösung von allem Leiden, sich seine Eingeweide herauszureißen und in seiner eigenen Blutlache unterzugehen. So sind Sie jemand, der den Dreck an sich zieht, der durch seine Ausrichtung zu einem Magnet dafür wird. Jemand also, auf den wir ruhig unseren eigenen Dreck schütten können, weil er sich sowieso nicht wehrt, weil er angeschüttet werden will, denn sonst würde er ja seine Bestimmung, seine Ausrichtung und den Glauben verraten, dass er der Gute ist. Erst wenn sich so ein Sündenbock gequält und beschmutzt wiederfindet, findet er seine Identität. Ihre eigene Opferhaltung ist es doch, die Sie hassen müssten, und nicht uns. Sehen Sie, wir sind Menschen aus Fleisch und Blut. Aber damit geht es uns gerade nicht so gut. Wir werden bedrängt von den Launen der Natur und von den eigenen darauf reagierenden Launen, die sich nicht mit den Demütigungen und schon gar nicht mit einer Niederlage abfinden wollen. Sie kennen das ja, trotz aller Niedergeschlagenheit, die Sie so sehr pflegen. Sonst säßen Sie ja nicht hier in Ihrem selbst geschaffenen Wirrwarr, nicht wahr? Wir wollen, dass es uns gut geht, unser Fleisch soll sich angenehm anfühlen und unser Blut soll es süß und warm durchströmen. Darum achten wir diese auch als ein Geschenk. Wir verleugnen uns nicht, wir führen keinen vergeblichen Kampf gegen uns selbst. Vielmehr erfüllen wir die Bedingungen, um in ihnen aufzugehen. Wir nutzen die uns innewohnenden Kräfte. Wir sagen Ja zur Schöpfung und zu unserem Auftrag, uns in ihr zu entwickeln und Gott gerecht zu werden.

Denn das ist unsere Bestimmung, das ist unser Selbstverständnis. Ja eigentlich auch für Sie, mein Lieber, auch wenn Sie ganz anders tun. Aber so ein Opfer kommt uns, den Siegern, da doch gerade recht. Wir wollen das Gefühl des Sieges. Dafür brauchen wir Verlierer. Wir wollen herrschen, beherrschen, wir wollen dabei sauber sein. Tragen Sie es also mit Fassung. Wir sind nicht so böse, wie Sie glauben und es glauben machen wollen. Wir sorgen uns nur um unser Blut und unseren Boden. Um unsere Zukunft. Das ist unsere Natur. Das ist Evolution. Das ist das Leben. Das ist Liebe. Und es regiert das Recht des Stärkeren. Das haben nicht wir erfunden, das werden auch Sie nicht ändern können, und es ist ein Fehler, mein Lieber, das ändern zu wollen. Schließlich haben wir als Menschheit es weit gebracht auf diese Weise, vom Einzeller zum komplexen System, das sich in einem Luxushotel den Lenz machen kann. Ist das nicht wunderbar? Aus dem Sumpf seiner Plagen werden wir den Mensch erheben, um ihm eine schöne Zeit zu schaffen. Dabei nimmt er sich nur, was ihm geboten wird und ihm darum zusteht, erschließt immer neue Räume dabei und macht sie ihm untertan. So schaffen wir den Himmel auf Erden. Wir sind Kinder Gottes. Und die Wohlgefühle in unseren Körpern und unser Wohlstand auf Erden sind die Belohnung Gottes für ein redliches Leben als Menschen. Was soll schlecht daran sein? Wir erfüllen nur unsere heilige Pflicht. Das ist Gottes Wille. Sonst hätte er doch nicht den Menschen zur Krone seiner Schöpfung gemacht und dafür seinen Sohn geopfert, nicht wahr? Ich sehe, Sie sind schon wieder beim Dreck gelandet, Sie rümpfen die Nase, ich weiß, was Sie jetzt denken. Scheiße, denken Sie. Aber wo gehobelt wird, da fallen eben Späne. Wo gefressen wird, da wird auch … na also. Alles aber halb so schlimm. Wir sind Menschen aus Fleisch und Blut. Und mit Gott über unserem Haupt dürfen wir Menschen sein, Menschen mit Fehlern, Menschen sein, die Späne verursachen. Das ist human, das ist Gnade, das ist Erlösung. Seit dem Tag, als Gottes Sohn, Jesus Christus, für uns am Kreuz gestorben ist, muss sich keiner mehr quälen, auch Sie nicht. Wir sind Erlöste, weil wir an seine Erlösung glauben. Warum sich also mit dem Dreck befassen? Warum sich damit beschmutzen, warum sich sein Glück damit beschweren? Dafür gibt es doch Sündenböcke, Menschen wie Sie. Einen, der den Span in den Dreck seiner Bewertungen taucht. Ist nicht dies das Vergehen, ist nicht dies das Böse, ist nicht das die eigentliche Sünde? Aber das soll nun endlich ein Ende finden, nicht wahr? Ja ein Ende, das fehlt uns doch noch. Wir erlösen Sie aus dieser elenden Selbstquälerei. Wir erfüllen nur unseren göttlichen Auftrag, Sieger zu sein! Erfüllen Sie also Ihren Part und tragen Sie ihn mit Gewissheit. Wir geben Sie Ihren Qualen preis, schenken Ihnen die Gelegenheit, endlich Ja zu sagen zum Leben, Ja zu Ihrer selbst gewählten Rolle und sich von dieser zu befreien. Sie sagen ja gar nichts mehr … Ich sehe, ich rede Ihnen zu viel. Sie sind bereit, Sie wollen keine Umschweife mehr. Ich soll auf den Punkt kommen, nicht wahr? Nun, ich habe ja Ihre Geschichte gelesen, ich weiß, auf was Sie hinauswollen. Und ob Sie es glauben oder nicht, bis an diesen Punkt hat sie mir gefallen, ich habe sehr gelacht. Darum ist es mir wichtig, dass wir uns alle dranmachen, Ihr Werk auch zu erfüllen. Wir bereiten Ihnen ein schönes Ende, genau jenes, nach dem es aus Ihrem Text förmlich schreit. Sie wissen, wir haben Gott ein Gelübde gegeben, wir halten unser Versprechen. Aber Sie sehen ja selbst, wie es schon wieder am Schneien ist. Gott prüft uns und er hat uns Sie geschickt. Einen Schreiberling, der alles tut, um an Stoff zu gelangen. Der einen Aufruhr provoziert, der sich nicht scheut sich unbeliebt zu machen, weil er bereit ist für seinen Stoff zu sterben. Ist es nicht so? Es soll wieder Frieden einkehren, und dafür braucht es ein Opfer. Wir alle müssen opfern. Wir am allermeisten. Weil wir ja eigentlich keine Späne wollen. Weil wir auf solche Momente ja gerne verzichten würden. Aber manchmal muss es sein. Wir werden die Rolle der Täter einnehmen. Damit wieder Ruhe einkehrt. Die Leute brauchen ein gemeinsames Opfer, das sie zusammenschweißt, das sie aneinanderbindet, ja schauen Sie mich nicht so verächtlich an! Wahnsinn, sagen Sie, meinetwegen, aber es ist unser aller Wahn. Dann ist es reiner Wahn. Nun, ich rede ja schon wieder. Ich sage Ihnen jetzt, was Sie ohnehin schon wissen. Wir werden ein bisschen spielen. Ostern steht vor der Tür. Heute Morgen wird die erste Aufführung sein, ganz spontan, nur für uns, für das Dorf werden wir spielen, Schauspieler und Publikum zugleich werden wir sein, und nur Gott wird uns dabei zusehen. Und er wird uns vergeben. Wir müssen das Gelübde erfüllen und Sie müssen Ihre Geschichte vollenden. Darum, mein Lieber, werden Sie uns den Jesus machen.«

Heller ging, schaltete das Licht aus und ließ Quantenspringer in der Zelle auf der Pritsche zurück. Die weißen Mauern wurden grau. Quantenspringer stand auf und ging zu dem

Schlitz in der Wand, durch dessen vergittertes Glas schüchtern das Licht des angebrochenen Tages strömte, schob das Fenster auf, so weit es möglich war. Frische, kühle, nasse Luft drang an ihn heran, er zog sie in sich hinein, als wäre sie Zigarettenqualm. Mit der gleichen Leidenschaft, mit der gleichen Sucht. Als er sich dann zurück auf die Pritsche legte, schlief er ein. Bis die Tür der Zelle wieder aufgestoßen wurde und Hau, Mau und Sau vor ihm in ihren Römerrüstungen standen. Ein Spruch noch, ihr automatenhaftes Gelächter, und es ging los, es ging hinaus, hinein in den Schnee, den Dorfplatz hinüber auf die große Wiese, in irgendeiner längst verwehten und zugeschneiten Spur, hin zu der weiß verhüllten Bühne. Dort mussten sie sich bereits versammelt haben, die Einheimischen, verschreckt und verstohlen sich einander fragend, sich im Stillen selbst fragend, was da wohl aus diesen Schleiern zu ihnen herankommen, welche Geschichte sich da vor ihnen auftun, welche der Möglichkeiten wirksam werden wollte.

Golgatha, die drei Kreuze, vom Weiß verschluckt. Die Dichte an Flocken, die gerade ins Tal geworfen wurden, der Druck der Wolken, die sich zwischen die Häuser wie ein Kissen in die Atemröhren eines Erstickenden pressten, ihre Unerbittlichkeit, ihr Hohn auf alles Leben und auf die Bedürfnisse des Menschen, ihre Konsequenz, alles auszulöschen und unter dem ewig Gleichen zu begraben, schien gerade alles Bekannte der letzten Tage noch einmal zu übertreffen. Man sah die Hand kaum vor Augen mehr.

Es wird bald losgehen, dachte Quantenspringer sich, das Theater wird weitergehen. Herodes wird im prächtigen Gewand erscheinen, Pontius Pilatus in seinem roten Umhang. Kaiphas wird sich eine Mitra auf den Kopf setzen und mit ihm die anderen Schriftgelehrten. Auch die anderen römischen Soldaten werden in ihre Rüstungen schlüpfen. Die Pharisäer in feine Tücher gehüllt sein, das einfache Volk in ärmliche Kutten. Die einen mit Schwertern, Messern und Speeren in den Händen, die anderen das Zittern. Sie alle werden nur ihre Rolle spielen. Petrus wird da sein, aber er wird sich verstecken. Mit versteinerter Miene seinen inneren Kampf verbergend. Soll er kuschen oder aufbegehren, soll er das Leben herausfordern oder es absichern? Sein ewiger Kampf, sein unendlicher Krampf. Doch als sie ihn bezichtigen, er habe mit dem Opfer zu tun gehabt, ja er sei doch einer von ihm, da wird er es abstreiten und sich zurückziehen. Nicht dass er sich selbst verrät in seinem Hadern. Judas wird durchs Dorf irren, die Hände immer wieder gegen die eigene Stirn schlagend. Als wäre da jetzt ein Balken und nicht bloß ein Spieß. Und sprechen: »Unschuldiges Blut habe ich verraten.« Denn es ist anders gekommen, als er es sich vorgestellt hat. Es gibt keine Schlacht, es gibt kein Wunder. Das ist das Wunder. Aber seine Irrtümer sind die Enthäutungen hin an ein Leben, das sich immer nur um sich selbst dreht. Alles, was er war, wirft er nun vor die Schriftgelehrten hin, alles wird entäußert, er will nichts mehr davon haben und sein. Den Grund seines Daseins gibt er auf, hört auf, um sein gelobtes Land, diesen Irrsinn zu kämpfen. Blutacker werden sie seinen Flecken Land von nun an heißen.

Es folgt Jesus aber eine große Volksmenge und viele Frauen, die klagen und beweinen ihn. Er aber wendet sich um zu ihnen und spricht: »Ihr Töchter von Jerusalem, weint nicht über mich, sondern weint über euch selbst und über eure Kinder.«

Und Maria Magdalena hat verstanden, kann fassen, dass sie es nicht fassen kann. Maria, die Mutter Gottes, neben ihr. Als eine Frau, die einem Kind einmal ein Leben geschenkt hat, wird sie dennoch weinen. Und die dritte der Marien wird beten, obwohl es nichts nutzt. Lieblingsjünger Johannes wird als Einziger der Apostel bei ihnen sein und sich alles genau merken, denn sein Zittern vor der Welt verlangt alles festzuhalten, einen Stift trägt er darum im Hosensack. Die anderen Apostel aber zerstreuen sich im Volk und verweilen im Hintergrund, mit verschüchterten Augen schauen sie auf den Thron, wo derjenige sitzt, dem sie sich nun untertan gemacht haben. Sie werden nicht dagegen handeln, werden nichts sagen, sie werden wieder brav ihre Rollen erfüllen. Denn Pontius Pilatus führt doch bloß aus, was seine Untertanen von ihrem Führer verlangen: Grausam muss er sein, der Grausamste von allen. Dann werden Frauen und Männer mit ihren Kindern kommen, um als ein geeintes Volk aufzutreten und aus einem Mund »Ans Kreuz mit ihm!« zu schreien. Denn gemeinsam lechzen sie nach einem Sündenbock, geifern nach einem Opfer und wollen keine Ruhe geben damit, denn sie haben Blut geleckt. Darum schreien sie wieder: »Ans Kreuz mit ihm!«, immer wieder: »Ans Kreuz mit ihm!«

Und Pontius Pilatus wird sich jetzt mit seinen Leuten beraten. Ermuntert von den jüdischen Hohepriestern und Pharisäern, deren Allianz mit der Macht von diesem Juden bedroht wird. In ihrer Selbstgerechtigkeit, nur ein Opfer zu bringen für das Gute, reden sie auf ihn ein, bis er ausruft, was sie von ihm hören wollen: »Ans Kreuz mit ihm!« Denn der Römer muss seine Macht beweisen, muss fürchten, sie zu verlieren. Er kann nur groß sein, wenn er die anderen unter sich weiß. Kann nur wer sein, wenn er einen anderen vernichtet hat. Und er wird sauber dabei bleiben. Denn seinen Dreck werden die anderen abbekommen.

Und Jesus trägt selbst das Kreuz und geht hinaus zur Stätte, die da heißt Schädelstätte, auf Hebräisch Golgatha.

Vorgeführt und unter gellenden Schreien und Gelächter, bis sie ihn schlagen und nach ihm treten und giftigen Speichel nach ihm spucken. Einmal, zweimal, dreimal bricht er zusammen unter der Wut der geifernden Menge. Und als sie ihn abführen, ergreifen sie einen, Simon von Kyrene, der vom Feld kommt, und legen das Kreuz auf ihn, dass er's Jesus nachträgt. Und der gutmütige Bauerntölpel hilft ihm, das Kreuz auf Golgatha zu bringen. Denn er tut alles, um seinem neuen Herrn zu gefallen, immer in der Furcht, von ihnen nicht ins Abseits gespien zu werden. Sie werden Jesus dann über die Balken des Kreuzes legen und sich darum streiten, wer die Nägel durch seine Arme und Beine hauen darf. Eisen auf Eisen. Blut spritzt, versickert im Schnee. Sie richten das Kreuz auf, johlend und spottend, »Hilf dir selbst«, rufen sie ihm zu. »Hilf dir selbst, dann hilft dir Gott!«, und lassen ihn jämmerlich zugrunde gehen. Von der sechsten Stunde an kommt eine Finsternis über das ganze Land bis zur neunten Stunde. Und um die neunte Stunde schreit er laut: »Eli, Eli, lama asabtani?« Das heißt: »Mein Gott, mein Gott, warum hast du mich verlassen?« Einige aber, die da stehen, sprechen, als sie das hören: »Der ruft nach Elija.«

Da rammt ihm ein Römer sein Schwert ins Herz, damit es wahr ist, Kruzifix nochmal! Schließlich kommt Pilatus zu dem Toten und hängt ein Schild über seinen Kopf an den Balken: Jesus von Nazareth, der Juden König.

Stellvertretend für sie muss er leiden, stellvertretend für sie sterben. Denn die Welt verlangt nach Opfern, sie will weiterdrehen, will weitergedreht werden. Was für eine Geschichte. Bis endlich jemand aufhört zu drehen.

Denn man muss ihnen vergeben, denn sie wissen nicht, was sie tun.

Hatten Hau, Mau und Sau bislang unablässig ihre Fäuste in das Fleisch von Quantenspringers Rücken gehauen, antreibende und jeden Gedanken des Ausscherens austreibende Schläge in ein Gefäß, das gezwungen war, alles aufzunehmen und gleichzeitig für sich zu behalten, so waren die drei nun immer mehr mit sich selbst beschäftigt. Sie warfen sich die Hände vors eigene Gesicht und rieben sich den Schnee aus den Augen, bückten sich, um den verlorenen Weg wiederzufinden, versuchten fluchend das vor ihnen schwebende Diffuse zu vertreiben und riefen in wachsender Angst nacheinander, nur um doch immer weiter auseinanderzugeraten. Raum entstand zwischen den dreien untereinander und Quantenspringer, Raum, in den sich gnadenlos der Schnee hineinwarf, und mit diesem die Furcht.

»Kruzifix!«, schimpfte der Hau. »Man sieht den Weg ja kaum! Wo müssen wir lang?« Und nach den anderen beiden rufend, die er im milchigen Licht nicht mehr finden konnte, fluchte er noch einmal und lauter: »Kruzifix! Ich seh nichts mehr außer scheiß Weiß!«

Quantenspringer lief einfach weiter, hinein ins Weiß und weg von diesem Wahnsinn. Nicht wissend, wohin ihn die Schritte führen mochten. Über alle verschneiten Wiesen, hinauf auf alle verschneiten Hänge, über die Berge, wenn es sein musste, bis irgendwann der Süden kommen würde. Der Süden. Immer weiter und ohne zurückzuschauen diesem entgegen. Bis es ihm die Füße in den Boden zog und er ein Stück weit ab in den Schnee sackte. Vergeblich ruderte er nach Halt, fand keinen Boden, kein Oben und Unten mehr, kämpfte gegen die Elemente, die als kalte Masse ihm in den Rachen und mit seinem nach Leben japsenden Atem in die Nasenhöhle staubten, kämpfte gegen die Kristalle, die jetzt in ihn hinein und kalt machen wollten, was da noch warm war in ihm. Dann ließ er auch das sein. Kämpfte nicht mehr. Sah, was ihn da umgab, was ihn da unterhöhlte, was da beständig auf ihn herunterfiel. Kristalle, tausende über tausende, und einer fiel ihm direkt vor sein Auge, wo er in den Spitzen seiner Wimpern hängen blieb. Aus einer kreisrunden Mitte, über ein symmetrisch angeordnetes Hexagon mit sechs in drei Nebenarme sich gliedernden Armen strebte dieser eine Kristall nach außen sternförmig einer abgeflachten Spitze zu. Glasklare Räume taten sich vor Quantenspringer nun auf, von glitzernden Säulen auf durchsichtigen Böden getragen und von lichtdurchfluteten Decken geborgen, einander spiegelnd von einem Saal in immer neue führend – der Grundriss eines Palastes. Ein Komplex ohne Anfang und Ende, dafür Anfängen in Anfängen und Enden ohne Ende. Ein Gebilde aus ständig sich spiegelnden Bildern, die wieder und wieder einander reflektierende Bilder bildeten. Keiner brauchte hier ein Wort zu sagen. Alles, alle Worte wurden und waren bereits gesagt, in allen ihren Möglichkeiten endeten diese hier in diesen klaren Räumen und fanden wieder einen Anfang. Der Kristallpalast. Josef Quantenspringer hatte sich schweigend darin verloren und erfand sich darin in immer neuen Geschichten neu, fand sich darin in einer neuen Sprache wieder.

Im ersten Glied des Kristalls, im ersten Saal, sah er sich selbst. Im zweiten sah er seine Botschaft. Im dritten sah er die Geschichte, die daraus wurde. Im vierten sah er die Empfänger seiner Geschichte. Im fünften den Kontext zwischen ihnen, ihm selbst und seiner Geschichte. Im sechsten sah er den Effekt. Das war sein Körper, das war sein Tempel.

Die Zeit verging, er ging mit ihr. Hand in Hand einmal, nicht nach ihr schnappend oder sie abschlagend. Er fand nichts zu sagen. Fand nichts zu denken. Und doch strömten

Worte in ihm, füllten das Weiß mit grellen Bildern, strömten hinfort und er mit ihnen. Da war er noch. Mit jeder Faser seines Körpers verbunden, in jeder Zelle zuhause. Ging aus und ein darin, hatte seinen Platz gefunden. Warm wurde sein Blut, der Kristall verlor seine Struktur. Schmolz. Krachend stürzten erste Säulen auf einstürzende Böden.

Und der Vorhang im Tempel zerriss in zwei Stücke von oben an bis unten aus. Dann werden sie anfangen zu sagen zu den Bergen: »Fallt über uns!« Und zu den Hügeln: »Bedeckt uns!« Und die Erde erbebte, und die Felsen zerrissen, und die Gräber taten sich auf, und viele Leiber der entschlafenen Heiligen standen auf und gingen aus den Gräbern nach seiner Auferstehung und kamen in die Heilige Stadt und erschienen vielen.

Josef Quantenspringer beschloss, dem nichts mehr hinzuzufügen. Mit keiner Tat, mit keinem Wort. Das war seine Geschichte, war sein Ende. War sein Anfang, seine Gegenwart jetzt. Der Raum zwischen den Zeilen öffnete sich und alle seine Wörter stürzten hinein. Aber auch das waren nur Worte. Ein weiteres Schäufelchen auf seinem zu Bergen aufgeworfenen Wörterkomplex, der sich nun noch einmal groß aufmachte, um sich in seine eigens in sich hineingerissenen Täler zu werfen. Alles, was sich da aufgeschichtet hatte zu Hang und Namen, fiel jetzt grundlos auf grundlose Gründe. Gierig in seinem Sturz sich auf alles zu stürzen, was da noch stehen und es noch wagen wollte, auf Bestand zu pochen. Brodelnde, tobende, Abermilliarden wütende Partikel, Kristalle über Kristalle, Geschichten über Geschichten, Geschichten über Kristallpaläste in Geschichten über Kristallpaläste. Mit mannigfaltig sich ausbreitenden Armen nach allem greifend, was einmal greifbar sein, was begriffen werden wollte und jetzt doch losgelassen werden musste, um alles verschluckend, alles vernichtend über Hänge, Kuppen, Absätze und Wälder donnernd hinwegzuwirbeln, als wären diese nie dagewesen, sondern nur als Erscheinungen in Kraft getreten, eingehüllt und fixiert durch einen bloßen Begriff, die jetzt aber kein Begriff mehr einzuhüllen und zu fixieren vermochte. Rissen Stadel und Hütten mit und warfen sich wütend zwischen die Gassen der Häuser, um auch diese bislang standhaft der Zeit trotzenden Gebilde im tosenden Tanz ihrer ungezügelt ausscherenden Beine und Arme zu ersticken, bis auch sie endlich ausgelöscht, still waren. Bis alles verschwand, was sich aufhalten wollte. Mensch und Tier und Freund und Feind, bis alles Schreien, alles Flehen, alle Reue, die letzten Gebete und die allerletzten Flüche verstummten. Bis alles verloren war, was sich nicht rechtzeitig retten wollte: diejenigen, die nicht bereit waren, alles zu geben.

Aber auch das waren bloß Worte. Das letzte Aufbegehren der Verzweiflung gegen ein unabwendbares Schicksal, das letzte wütende Fest des Vergänglichen vor dem Werden, die letzte Übertreibung vor dem Versiegen, der letzte Schwulst vor der endgültigen Vernichtung, das letzte Ausschmücken eines weißen, leeren Blattes. Die letzten Worte. Josef Quantenspringer, da war er noch immer. Der letzte Punkt im ewigen Weiß. Spann noch immer. An seinem Ende, an seinem Anfang. Verwob die Fasern seines Körpers zu Strängen und verknüpfte sie mit denen einer Welt. Er hatte sich gefunden. Hatte seinen Schmerz wieder. Wie ein Feuer brannte der warm in ihm. Aber auch er musste jetzt gehen, musste bereit sein zu werden. Durfte seinen Schmerz sein lassen. Wortlos aus allen Worten fallen, in den Raum dahinter, wo alles möglich ist, offen ist, nichts entschieden ist, und dass gut so ist, wo nichts entschlossen ist und es keine Schlüsse zu ziehen und gezogene Schlussstriche mehr geben kann, wo endlich alles auf den Punkt gebracht ist, um auch diesen fallen zu lassen, damit endlich alles klar, endlich alles einfach ist, endlich einfach alles ist.

Alle Furcht, aller Ekel dahin. Und gebündelt in einer einzigen Person erschienen sie nun vor ihm; Heller stand im Weiß. Ausgerechnet in der Fratze dieses Mannes zeigte sie sich ihm nun noch einmal, ausgerechnet in diesem glatten, nicht schönen und nicht hässlichen, nicht gutmütigen und auch nicht bösartigen, nicht allzu klugen, aber auch nicht ganz dummen Durchschnittsgesicht, wollte sich ihm nun seine ganze Verachtung noch einmal entgegenstellen, um in einem seltsam an ihn gerichteten Lächeln all seine Spannung zu verlieren.

»Wo bleibt ihr, alles wartet auf euch. Habt ihr euch verlaufen?«, rief Heller. »Quantenspringer, da sind Sie ja. Wir warten bereits auf Sie. He Hau, he Mau, he Sau! Hier ist er, im Weiß liegt er!« Er fasste den Autor mit weicher Hand an der Schulter und zog ihn an seine warme Brust.

»Kommen Sie jetzt endlich. Wir wollen spielen«, sagte er und Quantenspringer antwortete: »Ja, es ist alles nur ein Spiel, und wir sind Kinder, Menschenskinder. Endlich dürfen wir spielen.«

es ist so laut . . . .
S. 50: Triade gg. Hotelbau =
Anlass ef. Buches?
leben mit den Kindern, Religion
→ Scheinheiligkeit? →
sexuelle Ausgabe, trinken,
Drogen
(Antikirchel!) S. 299
S. 294 – Ketzerisch